랑을 품은 나리송이

랑을 품은 나리송이

초판 1쇄 펴낸 날 | 2016년 7월 14일

지은이 | 이미은
펴낸이 | 서경석

편집책임 | 조윤희 편집 | 이은주, 주은영
마케팅 | 서기원 경영지원 | 서지혜, 이문영

임프린트 | MUSE
주소 | 경기도 부천시 원미구 부일로 483번길 40 서경B/D 3F (우) 14640
전화 | 032-656-4452 팩스 | 032-656-4453
이메일 | roramce@naver.com 블로그 | bolg.naver.com/roramce
홈페이지 | http://www.chungeoram.com

발 행 처 | 도서출판 청어람
출판등록 | 1999년 5월 31일 제387-1999-000006호
어람번호 | 제11-0035호

ⓒ 이미은, 2016

ISBN 979-11-04-90857-6 03810

도서출판 청어람은 언제나 여러분의 소중한 작품 투고와 도서 출간 기획 등 다양한 제안을 기다리고 있습니다. chungeorambook@daum.net

랑을 품은
나리송이

이미은 장편소설

MUSE

목차

1.

신화의 서막

하늘신의 딸, 일화가 경계를 늦추지 않는 늑대에게 말했다.

[비천하고도 비천한 늑대여, 한낱 요괴에 불과한 네게 영생을 주마.

만물이 신으로 떠받들게 해주겠노라.]

가느다란, 그러나 힘 있는 목소리에 늑대가 비웃었다.

영원이 무(無)와 다를 것이 무엇이란 말인가?

신? 그보다 더 재미없는 단어는 없을 듯하다. 무용(無用)하다.

그러자 일화는 소리 높여 웃었다.

깔깔깔……. 고귀한 하늘신의 딸은 요부처럼 웃다, 이내 뚝 입을 다물었다.

둥글게 부풀어 오른 배를 조심스럽게 쓸며 일화가 말했다.

[하면 반려를 주마.]

네게, 온전한, 반쪽을 주마, 외로운 늑대야.

그러니 맹약을, 깨지 못할 피에 대한 맹세를.

언제나와 같이 대낮의 주점엔 사내들이 가득했다. 빠르게 정보가 오고가는 곳답게, 사내들은 서로 자신들이 보고 들은 것들을 하나둘 늘어나는 술잔과 함께 풀어냈다.

"몇 달인가 전에 전염병이 돈 마을 말이네. 결국 살아남은 이가 없다더군."

"쯔쯔. 망조야, 망조. 호국에 망조가 든 게야."

나라 욕을 하며 허공에 부딪친 잔들이 수십이었다. 한 차례 술잔을 다시 채우자, 이미 양 볼이 붉게 달아오른 사내가 어제 갓나온 따끈따끈한 정보를 입에 올렸다.

"망조라니 생각났는데, 다들 들었는가? 얼마 전 황녀가 가례를 올렸잖은가. 그게 실은 황비가 한 짓이라더구만. 그, 선황은 황녀를 차기 여황으로 지목하셨는데, 선황이 죽은 다음 황비가 날름 옥새를 낚아채고 황녀를 쫓아낸 거라던데?"

성인이 된 황족만이 황좌에 앉을 수 있기에 불거진 문제였다. 이전에는 비슷한 상황이 발생했을 때 랑(狼)의 가주가 다음 황제가 될 이의 뒤를 봐주었기에 큰 문제가 없었었다. 성인이 된 자만 황좌에 앉을 수 있다는 불문율에도 호국이 흔들리지 않고 굳건할 수 있었던 이유다. 그러나 그 가주가 제 책임을 방기한 것이 벌써 수십 년이었다. 금가기 시작한 균형이 가시적으로 드러나기 시작할 법한 시간이 흐른 것이다. 선황이 지목한 황녀가 황위계승권을 잃은 사건이 대표적이라 할 수 있겠다. 사내의 말에 몇몇의 얼굴에 안타까움이 잠시 스쳐 갔다. 물론 안타까움은 길지 않았다. 이러나저러나 다른 세상 얘기였기에, 그들 중 꽤나 오래 수도를 떠나 있어 소식을 늦게 접한 사내 한 명만 인상을 쓰며 투덜거릴 뿐이었다.

"그래도 되는 건가 몰라. 그 왜, 황족들은 궁에서 나온 적이 없지 않은가."

"거 높으신 분들이 무슨 생각인지 알게 뭔가. 우리 같은 놈들이야 이 난리통에서 당장 배 채우는 게 문제지. 아, 그러고 보니 자네는 그 거창한 혼례를 못 봤지? 그런데 그 상대가 랑(狼)가의 가주라는 얘기는 들었는가?"

그 말에 술을 벌컥벌컥 들이켜던 사내가 눈을 휘둥그레 떴다.

"무…… 쿨럭 쿨럭! 무에? 늑대신 말인가? 아니 어찌 천신의 후예와 늑대신이 가례를 올린단 말이야?"

"에라이, 이 사람 순진한 것 보게. 세상천지 신이 어디 있는가! 그것들 다아 헛소리야, 헛소리. 꾸며낸 얘기다, 이 말이지."

"쉬이! 미쳤나. 황족들은 신이여! 그 머리칼이며 눈이며 땅의 것이 아니잖어. 게다가 '하늘'을 움직……."

잔뜩 겁먹은 사내의 모습에 주변에서 잇따라 웃음이 터져 나왔다. 대낮부터 술을 입에 퍼다 나르는 사내들의 목청은 걸걸해서, 순식간에 주점 안이 시끌벅적해졌다. 그중에서도 흥미진진하게 전개되는 두 사내의 얘기에 귀를 기울이던 또 다른 사내가 술병을 들어 올리며 말했다.

"푸흐하핫! 저 사람은 어디 동굴에 처박혀 있다 나왔나. 보게, 내가 상단 일을 하는데 말일세. 저ー 먼 서역 어딘가엔 갈색 머리통이 흔해 빠졌다네. 그 피가 이어진 게지. 그리고 '하늘'이라고? 푸하하! 사람이 비를 내리고 천둥을 친다고? 그걸 대체 누가 보았단 말인가. 정녕 황족들이 신의 후예라면 어찌하여 작년 가뭄 때 비를 내려주지 않았단 말이야? 여태껏 그걸 믿는 순진한 인간이 과연 있을까 싶었더니 바로 예 있었구만그려."

상인이라 스스로를 밝힌 남자의 박장대소에 이번엔 주모가 얘기에 끼어들었다. 그녀는 물 묻은 손을 치맛자락에 대충 문질러 닦고는 상인의 등짝을 있는 힘껏 내려쳤다.

철썩! 살갗이 맞부딪치는 찰진 소리 사이로 사내가 비명을 내질렀다.

"아악! 왜, 왜 그러는 게야!"

"예끼! 예서 하늘이 노할 얘기 하지 마! 저 예국에서 수룡을 부리는 이가 수신에게 가서 약을 받아왔다는 얘길 아직도 못 들었어? 신이 노해서 내 가게에 벼락이라도 떨어지면 등짝으로는 안 끝날 줄 알어!"

"아이고, 아 거참 신이 어디 있다고 이 난리야, 난리가! 아파 죽겠네."

상인이라 스스로를 칭한 사내는 사내들 중에서도 복장이 꽤나 멀끔해서, 겁을 집어먹었던 사내가 주모의 눈치를 보며 슬쩍 운을 뗐다.

"하면 그, 황자는 뭐란 말이오."

뜬금없는 질문에, 상인은 얼얼한 등을 매만지며 되물었다.

"황자가 왜?"

"거 황족들이 머리 색이며 눈 색이 서역에서 온 것이라면 황자는 뭐냔 말이오. 듣자하니 황자는 머리고 눈이고 시꺼멓다더만. 우리들처럼. 그럼 황자는……."

사내는 여기서 한껏 목소리를 낮췄다.

"소문처럼 황비가 사통(私通)해 낳은……."

사내의 말은 우물거리다 입안으로 숨어버렸다. 주모의 매서운 눈빛에 겁을 집어먹은 탓이다. 그러나 이미 뱉어진 말만으로도 뒷내용은 충분히 짐작할 만한 것이라, 상인은 눈을 반짝이면서도 꽤나 근엄한 척 턱을 쓸어내렸다.

"흐음. 글쎄, 모를 일이지. 황비가 다른 남자와 정을 통한 것일 수도 있고."

상인의 의견에 사내들이 웅성이며 서로 머리를 맞댔다. 해가 쨍하니 떠 있는 하늘 아래에서 술안주로 높으신 분들의 부정 얘기보다 더 맛난 것이 어디 있겠는가. 웅성거림 사이에서 의견은 대체로 둘로 나뉘었다. 황비가 부정을 저질렀다는 이들과, 황자가 무능력해 까만색을 갖고 있다는 쪽으로. 사내들의 반응을 즐기듯 상인은 눈을 가늘게 뜨며 말을 이었다.

랑을품은
나리솔이

"그래도 그 뭐냐, 황족들 중에는 검은 머리도 몇 있었다 하니 아닐 수도 있고……."

"아 거 맞다는 거여 아니란 거여?"

한 사람이 짜증을 내자 상인은 어깨를 으쓱였다.

"모를 일이지. 그걸 내가 어찌 아나? 배 맞은 인간들이 알 일이지."

에라이, 모르는데 왜 그리 말을 질질 끌어? 술이 거나하게 취한 몇몇이 불평을 늘어놓자, 상인은 입술을 비틀어 올렸다. 그는 술을 가득 채운 술잔을 들어 올리며 의뭉스럽게 말을 이어나갔다.

"황비가 정신이 나가 입을 열지 않는 이상 아무도 모를 일이지 않은가. 한데 참으로 이상하지. 왜, 십 인의 열사 말일세. 고관대작이 하나도 아니고 열이나 목이 잘렸어. 왜 그랬을까……. 황비가 미치지 않고서야 그만한 이유가 있지 않겠는가. 아하! 그러고 보니 황비 외가가 그, 뭐냐, 무가로 유명하지 않았던가? 허어, 그게 또 그리되는구먼."

십 인의 열사 하면 얼마 전 치러진 황녀의 가례 다음으로 저잣거리에서 유명한 얘기였다. 정통한 계승자인 황녀를 밀어내고 억지로 가례를 진행시킨 황비에게 맞서다 정의롭게 목숨을 잃은 열 명의 고관대작. 그들의 영웅적인 행보에 대한 얘기는 암암리에 호국 전역으로 퍼진 지 오래였다. 의도가 고스란히 드러난 말은 술에 취한 이들이라 할지라도 알아들을 수 있을 정도로 쉬웠다. 옹기종기 모여 앉은 사내들이 서로 의미심장한 시선을 주고받았다. 술이 거나하게 취해 시뻘건 얼굴들과는 달리, 서로 주고받는 목소리는 낮고 또 진중했다. 그런 사내들의 모습에 상인은 남몰래 입술을 비틀어 올렸다. 대낮에 주점에 모인 사내들. 이들 중 절반은 보부상이고, 이야기꾼이고, 상인이었다. 말을 전하고 퍼뜨리는 이들. 소문을 내기에 이보다 좋은 장소는 없으리라. 웅성거림 중에 퉁명스러운 말이 툭하고 튀어나왔다.

"황녀는 무슨 죄람!"

이번에는 주모도 말리는 대신 혀를 차며 가여운 황녀가 안쓰럽다는 생각을 했다.

소문은 그렇게 퍼진다. 작은 의심에 누군가가 돌을 던지면, 거기에 살이 붙고 덩치가 거대해져 저잣거리를 휘감고 도는 것이다.

저마다의 생각에 빠진 이들은, 술상에 돈을 올려놓은 상인이 어느새 사라졌다는 것도 눈치채지 못했다.

"어이, 상인 나으리."

주점에서 벗어난 운사는 저를 부르는 익숙한 목소리에 표정을 바꿨다.

"풍사! 뭐야, 언제 돌아왔어?"

"온 지 꽤 됐다. 산채에도 갔다 왔고, 그게 중요한 게 아니라, 네놈, 주점에서 아주 신명이 나던데. 아주 흥에 겨워서 즐거워 보이더라?"

말과는 달리 풍사는 금방이라도 검을 뽑아들 것처럼 잔뜩 화가 나 있었다. 씩씩거리며 다가오는 커다란 덩치에 운사가 속으로 욕을 씹어뱉으며 뒷걸음질 쳤다. 모르긴 몰라도 저 솥뚜껑만 한 손에 맞는다면 최소 중상이라는 생각을 하며.

"뭐야, 뭔진 몰라도 때릴 거면 맞기 전에 왜 그러는지 이유나

랑을 품은
나리솔이

듣고 싶은데."

"이유?"

풍사는 깊게 숨을 들이마셨다. 이유라. 이유. 차분히 속을 좀 가라앉히려 했으나 가라앉기는커녕 더 분이 치솟아서, 그는 그대로 달려들어 운사의 멱살을 잡아챘다.

"내가 잠시 떠나 있는 동안 어째서 마마의 혼례를 네놈이 막지 못한 건지 그 이유를 먼저 들어야겠다!"

이런 젠장. 운사는 바람에 흩날리는 낙엽처럼 좌우로 힘없이 흔들리며 한숨을 뱉어냈다. 그 얘기라면 자신도 만만치 않게 할 말이 많았다. 그러나 풍사는 운사가 무어라 변명을 늘어놓기도 전에 쥐었던 멱살을 탁 놓았다. 오랜 여정이 끝나자마자 달려와, 덥수룩한 머리칼을 헝클이며 그는 복잡한 심정을 뱉었다.

"아무리 마마께서 원하셨다 할지라도 너무 위험하잖아! 네놈이 말렸어야지! 그러라고 여기 남겨놓고 간 건데……."

"쯧. 인간아, 내 검을 잡는 손으로 서책을 좀 잡으라 그리 말했는데. 우리 마마께서 누구시냐. 다아 생각하시고 한 일이야."

"대체 뭘?"

어쩔 줄 몰라 하는 풍사의 모습에 운사는 장난스레 웃었다.

"그거야 마마께서만 알 일이고. 그렇게 궁금하면 나중에 여쭤봐라."

킬킬 웃는 운사의 모습에 주먹을 불끈 쥐었던 풍사는 이내 맥빠진 얼굴로 한숨을 뱉었다. 아예 불가능한 일이 아님은 그가 더 잘 알고 있었다. 그가 모시는 주군은 참으로 어디로 튈지 모르는 공과 같아서, 잠시만 눈을 돌리면 뒤로 넘어갈 만한 일을 벌이곤

했다. 이번 일도 그렇다. 훗날 시연에게 단단히 따져 묻겠다 다짐하며 풍사는 두 번째로 걸렸던 일을 입에 올렸다.

"그건 일단 뒤로 미루고. 아까 한 그 말, 진짜냐."

"뭐가?"

"황비가…… 사통(私通)을 했다는 거."

그의 말에 놀란 것은 운사였다. 그는 눈살을 찌푸렸다.

"……무슨 말이야? 몰랐다고 말하는 건 아니지 설마?"

'장난이지?'라고 묻는 듯한 운사의 얼굴에 풍사는 억울함을 가득 담아 외쳤다.

"난 황자 쪽엔 관심조차 없었다고!"

"그래도, 허, 후계자 수업도 안 받은 거냐, 설마? 백성들이나 등청도 못 하는 선비들이야 그렇다 쳐도 너네 가문은 아니잖아."

물론 가출하긴 했지만. 운사는 아직도 비밀리에 풍사와 저를 찾고 있을 집안사람들을 떠올리며 웃었다. 그의 아비는 아마 집안의 상단을 고작 몇 년 만에 누른 상단의 상단주가 자신임을 안다면 거품을 물고 뒤로 넘어갈지도 몰랐다.

"그런데 진짜 모른다고?"

황비의 사통 가능성에 대한 얘기는 유명했다. 권세가들 사이에서는 황자가 태어난 그 시점에서부터 암암리에 돌던 말이었고, 오늘날에 이르러선 기정사실처럼 여겨지고 있었다. 그럼에도 지금껏 그 누구도 황자의 정통성을 문제 삼지 않은 것은 크게 두 가지 이유에서였다.

첫째는 선황이 황자의 혈통에 대해 왈가왈부하지 않기 때문이다. 사실상 황자에겐 아예 관심이 없다는 편이 더 맞았지만, 생

랑을 품은
나리송이

각 있는 이들은 선황이 황비와 모종의 거래를 했을 것이란 쪽에
더 무게를 실었다. 외가의 세가 약한 황녀의 안전과 황자의 혈통
을 맞바꿔 거래했다는 것이다. 둘째는 선황의 사후에 옥새를 황
비가 차지했기 때문이다. 황비의 손에는 옥새가, 뒤에는 무가인
외척이 떡하니 버티고 서 있으니 그 누가 황자의 혈통을 문제 삼
으랴. 그나마 바른 말을 하던 이들의 목이 줄줄이 잘려나가자 황
자의 정통성은 그대로 묻히는 듯 보였다. 누구의 말마따나 피로
얻은 피―혈통―인 셈이었다.

"적당히 피해 다녔지. 어차피 가문을 이을 생각도 없었고."

태평스러운 말에 운사는 이마를 짚었다. 아니 그래도 그 중요
한 것을 지금껏 모른다는 것이 말이 되냔 말이다. 그러나 이내 그
는 한숨을 내쉬며 설명을 시작했다.

"정확히 말하자면 '그럴 가능성이 높다'야. 선황께서 내 자식이
아니다 단언하신 것도 아니고, 황비가 나는 사통(私通)했다 말한
것도 아니니 아무도 확신하진 못하지. 그래도…… 내가 보기엔 구
할은, 맞아. 황자는 선황의 피를 잇지 않았다."

"그럼 설마……."

"그래. 그러니까 정통성으로 밀고 들어오기 전에 제 자식을 좌
에 앉히고 싶은 거지, 황비는. 황자가 일단 옥새를 받게 되면 나
중에 적통이 아니라는 게 밝혀지더라도 어떻게든 밀어붙이는 게
가능하니까."

그리고 우리의 주군은, 아예 다른 판을 보고 계시지. 호국에
묶이기엔 그 포부가 장대하신 분이시라. 밖으로 뱉진 않았으나,
같은 생각을 한 두 사내는 서로 마주보고 씩 웃었다.

물론, 가례의 상대가 '랑(狼)가'라는 것을 알게 된 풍사가 당장 쳐들어가서 다 때려 부수겠다고 난동을 부리는 것은 그 다음 일이었다.

황녀의 가례가 치러진 지 꼭 일주일째 되던 날의 일이었다.

❀

초봄, 아직 겨울의 추위가 전부 가시지 않은 그날은 호국의 적통 계승자이자 제1황녀인 호 시연이 궁을 나서는 날이었다. 하늘도 배다른 오라비에게 제 자리를 빼앗기는 신의 후예를 가엾게 여기는지 혼례의 서막이 오르자 추적추적 비가 내리기 시작했다. 황실의 혼례였기에 새빨간 색으로 가득한 그곳에서 고작 열여덟, 혹은 열아홉쯤 되었을 황녀는 무심한 시선으로 빗방울이 떨어지는 하늘과, 억지로 울음을 삼키는 궁녀들을 바라봤다. 그러나 바라봤다'는 표현이 무색할 정도로 그녀의 얼굴엔 별다른 표정이 없었다. 그저 고개가 그쪽을 향했다는 표현이 더 걸맞을 터였다.

세상에 알려진 바에 따르면 원치 않는 가례를 올리고 있음에도, 황녀의 얼굴엔 한 줌의 슬픔도 보이지 않았다. 대신 그 자리를 채우고 있는 것은 완벽한 무관심이었다.

이상한 일이 아닐 수 없다. 객관적으로 황녀의 삶은 눈물 없이는 들을 수 없었다. 황녀가 여황의 자리에 오를 수 있는 성년식을 맞이할 때까지 등 뒤에서 지켜줘야 할 선황은 의문사했으며, 황녀를 잉태했던 황후는 황녀를 낳은 뒤 사망하였으니 기댈 곳 없는 황녀는 고작 3년을 버티곤 제위 다툼에서 밀려나 버렸다.

랑을 품은
나리송이

아직 성년이 되지 못한 황녀는, 아무런 힘이 없었기에.

'황비마마! 이리할 수는 없습니다!'

'황족이 궁을 나서는 일은 전례에 없던 일이옵니다!'

황녀의 편에 서 있는 그녀의 외가와 무수히 많은 권문세가들이 이를 악물고 달려들었으나 이미 옥새는 황비의 손안에 있었다. 고작 마흔 줄에 들어서는 황비는 궁에 남은 유일한 어른이자 관을 쓰지 못한 황제였기에, 그녀는 입술을 비틀어 올리며 하나하나 제 뜻을 관철시켜 나갔다.

전국의 유생들이 올린 수많은 상소문들은 모두 내쳐졌고, 목에 핏대를 세우며 소리를 높이던 문인들은 황비의 편인 무인들의 앞에서 차례로 목이 떨어졌다.

그 누가 붓이 검보다 강하다 하였는가? 글로써 부당함을 바로잡을 수 있으리라 믿는 문인들을 비웃듯, 고관대작 열의 목이 가장 먼저 떨어졌다. 세간에선 그들을 십 인의 열사(烈士)라고들 치켜세웠으나 이미 죽은 이는 저들의 이름 석 자가 역사에 아로새겨진 것을 알지 못했다. 그리고…… 호국의 건국 때부터 흥망성쇠를 같이한 고관대작들의 목마저 추풍낙엽처럼 떨어지자 상황은 급변했다.

유생들은 입을 닫았다. 몇몇은 호국에 망조가 들었다며 스스로 목을 맸다. 이름을 남긴 이가 열, 이름조차 남기지 못한 이들 수십이 죽어나간 뒤에야 날카롭게 벼려진 검 앞에서 문관들은 파리한 안색으로 물러섰다.

그리하여 호국의 역사상 없던 혼례의 서막은, 양손으로도 모자랄 만큼 수많은 이의 목이 떨어진 뒤에야 오를 수 있었다. 황족의 비밀을 아는가의 여부와는 무관하게 모든 문무관이 이번 혼례에 대해 가진 생각은 같았다. 황녀를 궁에서 쫓아내는 부당한 혼례. 그러나 모든 권력자가 올바른 선택을 하던가. 멀리 갈 필요도 없었다. 약과 술에 취해 일생을 낭비한 호국의 선황만 보아도 알 수 있는 일이었다. 권력을 쥔 자가 곧 정의였고, 역사였다. 황후는 황녀를 밀어내고자 했고, 이를 위해 수단과 방법을 가리지 않았다. 그런 황후의 밑에서 단지 그들은 선택을 했을 뿐이다. 검을 쥐고 있는 황후의 뜻에 반대해 목을 내밀지, 아니면 그 입을 다물지.

이것이 황실에서 가장 귀한 적통의 피를 이은 황녀가 랑(狼)가로 쫓겨나듯 혼례를 치르게 된, '세상'이 알고 있는 이유였다. 명분은 아이러니하게도 궁내에서 몇 번이고 죽을 위협에 노출되어 있던 황녀의 신변보호였다.

톡, 톡, 쏴아아─.

"비가……"

몇 방울 떨어지던 것이 일순간 쏟아져 내리기 시작하자, 시연은 연지를 칠해 열매처럼 붉은 입술을 달싹여 중얼거렸다. 봄비라 가벼이 넘기기엔 그 양이 많았다. 그러나 신랑을 맞이하기 위해 서 있는 신부에게 비를 피하라 불러들일 수 있는 것은 오직 그녀보다 신분이 높은 자뿐이었다. 귀한 황녀가 비를 맞기 시작하자 내관들이 발을 동동 굴렀다. 하지만 그녀의 등 뒤에 놓여 있는, 신부가 떠나기 전까지 자리를 지켜야 할 황비의 좌(座)는 텅 비어 있었다. 혼례가 치러지는 곳으로는 눈길조차 주지 않고 있다는 황비가 새삼 황녀가 비 맞는 것이 걱정되어 달려올 리 없음을 이 자리에 있는 이들 중 모르는 자는 없었다.

랑을 품은
나라송이

하여 비를 막는 것은 오로지 그녀의 머리 위로 드리워진 붉은 천자락 하나뿐이라, 자그마한 어깨는 시간이 흐름에 점차로 젖어 들었다. 솜씨 좋게 땋아 위로 둥글게 말아 올린 머리카락은 빗물을 머금으며 무게를 더해가고, 겹겹이 꽂힌 장신구는 전부 금과 보석 일색이라 그 무게가 상당해 황녀를 빛내기 이전에 그녀가 서 있는 것마저 위태롭게 하고 있었다.

그렇게 하염없이 시간이 흘러갔다.

그리하여 신부를 데려가기 위해 도착한 신랑이 가장 처음 본 장면이 바로 그것이었다.

호국에서 가장 존귀하나, 가장 비참하게 버려져 찬비가 내리는 날 그것을 온몸으로 맞으면서도 눈물조차 흘리지 않는 황녀.

텅 빈 두 눈이 가장 먼저 사내의 시선을 사로잡았다. 빗물을 머금어 색이 진해진 옷감이 그 다음으로 눈에 밟혔다. 그대로 턱을 들어 하늘을 응시하고 있는 여인의 가녀림이 그의 온 신경에 그대로 가득 들어찼다.

그 모습이, 이젠 흐릿해져 있던 오래된 기억을 떠올리게 해 사내는 잇새로 제 감상을 짓씹듯 뱉어냈다.

"빌어먹을."

별생각 없이 서 있는 황녀와, 저만의 해석을 덧씌운 사내의 첫 만남은 그렇게, 완벽한 동상이몽(同床異夢)으로 성사되었다.

열아홉이라 하였다. 그는 듣고 싶지 않았으나 들었고, 기억하고 싶지 않았으나 기억하고 있는 제 어린 신부의 나이를 떠올리며 낮게 혀를 찼다. 협박에 의해 반쯤 떠밀려 하는 혼례였기에 한 자락의 관심도 줄 생각이 없었다. 예정된 시간보다 늦게 도착한 것도 그러한 이유에서였다. 세상에 던지는 무언의 주장이었다. 그러나 제 가슴팍에나 겨우 닿을 법한 자그마한 여인의 세상을 다 산 듯한 얼굴엔, 시선이 가지 않을 도리도 없었다.

옆에서 고개를 조아리고 있는 내관이 희게 질린 얼굴로 무어라 말을 하였지만, 사내는 그쪽으로는 시선조차 주지 않은 채 넓은 보폭으로 황녀를 향해 일직선으로 걸어갔다. 법도에 따른 순서가 있다는, 등 뒤의 절박한 외침은 들리지도 않는다는 듯이.

네모지게 깎아 만든 돌길을 걷는 발에 점차 속도가 붙었다. 마치 내달리듯 걸어간 그는, 시연이 손에 닿을 거리 안으로 들어오자 제 몸을 감싸고 있던 우의(雨衣)를 벗었다. 의장에 흔히들 있는 장식처럼 어깨 바로 아래에 달려 있는 단추를 풀어내고 한 손에 그 긴 우의를 걷어내는 모양새가 날렵하여, 궁녀들 몇이 잠시 숨을 죽였다. 검만 잡았을 것 같은 거친 손으로 제게 맞춰진 우의를 몇 번 착착 접은 그는, 이내 한쪽 무릎을 숙여 황녀의 어깨에 둘러주었다. 사내의 손길을 따라 반투명한 우의가 가볍게 허공을 부유하다, 이내 여인의 가녀린 어깨 위로 내려앉았다. 그 섬세함에 다른 궁녀들마저 놀람을 금치 않는 순간에도 무심히 저를 빗겨나가는 시선에 사내의 손이 황녀의 흘러내린 머리칼을 둥그런 귀에 꽂아주며 제 존재를 알렸다.

"내 부인될 존귀한 이의 이름은 무엇인가."

사내가 이미 익히 답을 알고 있는 물음을 던지자, 허공을 향하고 있던 시선에 초점이 돌아왔다. 다짜고짜 모든 순서를 건너뛰곤 혼례식의 마지막 순서를 밟고 있음에 종종걸음으로 따라온 내관이 속으로 비명을 내질렀다. 바야흐로 전례에 없던 혼례의 엄

랑을 품은
나라숭이

중한 절차마저 무너져 내리는 순간이었다.

그러나 그것을 굳이 지적할 정도로 시연은 이 혼인에 애정도, 열정도 없었다. 절차 따위야 전부 뒤집어지더라도 어떻단 말인가. 귀한 황궁의 법도 따윈 개나 주라지. 그렇게 여인은 저보다 머리 두 개는 더 큰 사내를 보지도 않은 채 되물었다.

"호국의 적장녀(嫡長女), 호 시연이라 합니다. 하면, 초면에 이리 말을 낮추는 그대의 이름은 무엇입니까."

"하핫! 그래, 내 결례를 범했군. 사죄드리지요, 황녀마마. 랑가의 수장, 랑 키안이라 합니다."

호국에서는 익숙지 않은 방식의 이름, 그러나 그렇기에 머리에 박혀 칼로 새긴 듯 잊을 수 없던 이름. 그녀가 고개를 돌리자, 색소가 옅은 연갈색 눈동자와 짙은 회색 눈동자가 허공에서 만났다.

그제야 그녀는 그의 외양을 눈에 담았다. 짧게 쳐올린, 늑대의 갈기를 닮은 짙은 회색 머리칼과 제게 와 박히는 회색 눈동자까지 천천히 그녀의 세상에 가득 들어찼다. 시연의 얼굴에 점차로 표정이 피어오르기 시작했다. 동그랗게 뜨인 두 눈과, 그 안에서 반짝이는 호기심과 흥분. 그리고 창백했던 볼에 혈색이 돌자 키안은 조금은 놀라움을 느끼며 한쪽 눈썹을 밀어 올렸다. 방금 전까지 세상을 다 산 것 같던 여인이 제 나이대로 보이기 시작한 것에 순수한 감탄을 뱉는 것도 잊지 않았다.

그것이 호국이 건국된 이후로 540여 년간 나이를 먹지 않은 채 랑(狼)가를 이끌어온다 말해지는 랑 키안과 호국의 마지막 남은 황족, 호 시연의 첫 만남이었다.

그리고 꽃을 띄운 술잔조차 서로 나누지 않은, 둘의 혼례 날이
었다.

추적추적, 비는 계속해 내렸으나 키안은 제 어깨 위로 젖어 들
어가는 옷엔 한 줌의 관심도 주지 않았다. 그저 제 옆에서 붉은
꽃을 한아름 안은 채 자박자박 걸어가는 황녀를 조금은 신기하
다는 듯 봤을 뿐이었다. 걸음 하나에 시선이, 뱉어지는 한숨 한
번에 신경이 쏠리니 아예 관심 한 점 주지 않겠다던 당초의 다짐
은 이미 물거품이 되어 사라진 지 오래였다.
  이래서 황실과는 거리를 두고 싶었다. 그는 시선의 끝에 서 있
는 황녀를 빗겨보며 중얼거렸다. 피로써 맺은 맹약에 더는 휘둘리
고 싶지 않아 눈을 감고 귀를 막은 것이 벌써 오륙십 년이었다. 그
런데 결국 또다시 되돌아오다니. 키안은 소리 없는 한숨을 뱉었다.
  그들이 궁의 마지막 문인 제3문을 벗어나자 거대한 문 앞에서
기다리고 있던 시비들이 다급히 시연을 가마로 이끌었다. 그 과
정에서 키안이 제 부인될 황녀에게 우의를 둘러줬다는 사실을 알
아차린 사병 몇이 화급히 자신의 우의를 건네주려 했으나 전부
거절한 그는 사가로 되돌아가는 길 위에서 오직 잊었다 생각했던
옛 기억에 정신이 팔려 있었다.

  그날은 지상의 모든 신들이 들썩인 날이었다. 하늘신의 딸 일화
가 부정을 저질러 아비에게 버림받고 땅으로 도망친 날. 사는
곳이 확연히 달라 서로 마주칠 일 없던 하늘신을 보기 위해 지
신들은 하나같이 고개를 쭉 뺐다.

랑을 품은
    나리송이

아비에게서 아이를 지키기 위해 도망친 일화를 보러 모인 이들은, 그러나 이내 달큰한 향에 취해 버리고 말았다. 일화의 사정을 듣고 걱정스러워하던 지신의 눈이 시뻘겋게 물들었고, 안타까운 한숨을 내뱉던 지신은 이를 드러냈다.

하늘의 피.

그동안 한 번도 마주할 일 없어 그 누구도 예상하지 못했던 그 달큰한 유혹. 손바닥을 뒤집듯 호의가 열망으로 뒤바뀌었다. 그렇게 지신들이 하나같이 일화의 피를 노리고 있을 때, 유일하게 홀리지 않은 이가 있었다. 일화는 저를 무심하게 바라보는 늑대신을 향해 손을 뻗었다.

[⋯⋯하면 네게 반려를 주마, 외로운 늑대야.]

일화의 말에 늑대는 뾰족한 코를 그녀의 배에 들이밀며 킁킁거렸다. 허공에 가득 배어 있는, 생명이 꿈틀거리는 선연한 냄새가 코끝을 가득 채웠다.

그 대가는 무엇이지? 늑대의 물음에 일화의 붉은 입술이 뒤틀렸다. 그녀는 늑대의 털을 쓰다듬고 있지 않은 손으로 봉긋한 배를 쓸어내리며 답했다.

[이 아이를, 내 피가 위협받지 않길. 번영하길. 위험은 걷어내고 오로지 평안함만 존재하도록, 그 길을 지켜주고 수호하며 같이 걸어라.]

이제 만삭의 티가 만연한 일화의 주위엔 달큰한 향을 맡고 새로이 모여든 요괴들이 하나같이 입맛을 다시고 있었다.

탐이 나는 피다. 그들은 입을 모아 말했다.

너무 탐이 나 정신마저 아득해질 것만 같구나.

그러나 지금 일화는 강했다. 탐욕스러운 눈을 한 채 다가오지도 물러서지도 못하는 수십, 수백의 요괴에 둘러싸인 일화는 제 머릿속에 가득 차오르는 생각들을 밀어냈다. 하늘신이 가장 아끼던 막내딸의 눈매가 가느다랗게 좁혀졌다. 그녀는 요괴들의 생각이 너무 천편일률적이라 생각했다. 그래. 지금 자신은 강했다. 그들이 감히 손조차 뻗지 못할 정도로.

그리하여 강하고 아름다운 하늘신의 딸을 통째로 집어삼키기 위해 그들은 약속이나 한 듯 그녀의 주위에 원을 그리며 둘러싸곤 기다리고 있었다.

때를.

하늘신의 딸이 약해지는 순간을. 출산이 시작되는 그 순간을.

욕망과 탐욕으로 가득 차 있는 시선들에 둘러싸인 채, 유일하다 할 수 있는 무심한 두 눈에 마음 깊숙이 위로받으며 일화는 말을 이었다.

[내 두 팔을 주마. 내 아이의 탄생을 축복하라. 내 두 다리를 주마. 내 아이의 나라가 번영토록 하라. 내 몸을 주마. 비천한 것들이 감히 내 아이를 탐하지 못하게 하라. 내 머리를 주마. 내 아이를…… 천(天)에게서 감추어라.]

노래하듯 음을 타고 이어지던 목소리가 뚝 끊어졌다. 한층 낮은, 동시에 색이 선연한 한마디가 잠시간의 침묵을 다시 뒤덮었다.

그것이 대가이다.

연갈색 눈동자가 번뜩였다. 기꺼이 저를 내어놓겠다 말하는 어미를 보던 늑대는, 경외심을 담아 그 앞에 무릎 꿇었다. 일화는 늑대의 콧잔등에 입을 맞추며 다시금 맹세했다.

[그리하면 늑대야, 내 네게 반려를 주마.]

"춥지 않으십니까."

옆에서 나란히 나아가던 가마의 창이 열리고 물음이 던져진 것
은 그즈음의 일이었다. 상념에서 깨어난 그는, 기억 속 여인을 빼
닮은 눈동자를 응시하며 대답했다.

"고작 추위에 약해질 몸이 아니다. 그러나, 부인은 고뿔이 들
수 있으니 창을 닫는 것이 어떠한가."

혼례를 끝냈다고 곧바로 낮춰지는 말은 퍽 자연스러웠다. 그러
나 그곳엔 애정 한 줌 없었기에 창을 여느라 밖으로 내밀어졌던
희고 가는 손이 움찔 떨렸다. 그 미비한 떨림에 잠시 짙은 회색빛
시선이 가 닿았지만, 아무런 대꾸 없이 창이 닫히자 키안 역시 제
관심을 덜어냈다.

창이 닫히고, 가마 안에 앉아 있을 시연이 밖을 내다보지 못하
게 되자, 뒤에서 언제고 끼어들까 눈치를 보던 사내 하나가 말을
재촉해 주군의 바로 뒤로 바짝 따라붙으며 입을 놀렸다.

"주군, 부드럽게 하십시오, 부드럽게. 사정 다 아시는 분이 왜
그리도 냉하십니까그래."

"사정을 다 아니까 그렇다."

"거 참…… 다 알고도 그러신다니 주군께서는 참으로 변태같으
십니다. 아, 그리고 보니 신부의 나이가 열아홉이라 하였지요. 하
핫, 조혼(早婚)도 아니고, 아직 성년도 되지 않은 갓난아이를 신
부로 맞이하시다니, 그런 면에서는 변태가 맞긴 한데 말입니다.
아니 그렇습니까?"

언제나 그렇지만 쓸데없는 말을 아주 당당하게 해대는 태하의 발언에 키안의 눈썹이 꿈틀거렸다. 열아홉이라면 여인의 혼례 시기로는 그리 빠른 것이 아니라는 점도, 조혼이 열 살 아래의 갓난아이나 다름없는 여아를 데려오는 것이라는 것도, 그 외에도 지적할 것은 많았으나 굳이 그렇게까지 할 의욕은 없었기에 그는 줄줄이 늘어질 말을 짧게 축약했다.

"그 입, 다물어라. 시끄럽다."

세상의 말들은 보통 몇 가지 의미로 이어지기에, 그리 어려운 일은 아니었다.

"너무하십니다, 주구운!"

"다물기 어렵다면 베어주랴?"

"그리하시면 아마 주군께선 요마(妖魔)의 숲에 가실 때마다 충신들의 참언에 귀가 따가우실 겁니다."

게다가 경사스런 혼례 날 어찌 피를 본단 말입니까. 헤실 웃으며 덧붙이는 말에 키안은 눈살을 찌푸렸다.

"그게 지금 네 목을 붙여놓는 유일한 이유라는 걸 잊지 마라."

"예, 예. 어쩌겠습니까. 주군의 책사께서 부인될 이를 반드시 보고 오라 했는걸요."

당사자 앞에서 당당하게 저보다 제 책사의 명이 더 중하다는 듯 말하고 있는 놈을 어찌해야 할까 키안은 잠시 고민했다. 그러나 그가 무어라 언질을 하기도 전에 주변을 살핀 태하가 목소리를 낮추며 말을 이었다.

"어차피 인간들의 의식일 뿐이지만 말이죠."

인간 식으로 하는 가례는 어차피 저들에겐 아무런 상관도 없지 않냐며 태하는 어깨를 으쓱였다.

"그래도 다들 어찌나 걱정하는지 모르실 겁니다. 린은 결계에 구멍이라도 있는 건 아닌지 몇 번이나 확인을 했다니까요. 제 형님은 요마의 숲에서 발을 동동 구르고 있고 말이죠. 그래서 제가 귀하신 황녀께서 어떤 여자인지 보고 일러주겠다고 약조를 했죠."

밑에 있는 이들의 걱정을 모를 일도 아니었으나 주제를 잊고 넘나드는 것까지 눈감아줄 정도로 그는 그리 자비롭지 않았기에, 키안은 흉흉한 기운을 굳이 감추지 않으며 대꾸했다.

"다음 방문 때, 두 놈 다 한동안 자리보전하게 될 줄 알고 있거라. 소하에게도 그리 전해."

다음번에 어디 한두 군데는 부러뜨려 놓겠다는 말에도 불구하고 태하는 겁에 질려 벌벌 떨기는커녕 좋다고 킬킬 웃었다.

"약조하셨습니다? 대련해 주시는 겁니다? 으하핫! 이거 횡재했군요. 주군의 혼삿날에 맞는 경사입니다. 으하하하!"

예로부터 미친놈은 상대하지 말라는 말마따나, 제 팔다리를 분질러 준다는데도 좋다고 웃어대는 놈을 상대할 기운이 빠져 버린 키안은 결국 한숨을 내쉬며 고개를 내저었다. 어째서 제 주변엔 제정신이 박힌 놈이 한 놈도 없는가에 대해 고뇌하며.

"……군의 혼삿날에 맞는 경사입니다. 으하하!"

미친놈이로고.

시연은 굵직하면서도 호탕한 목소리의 주인에 대해 그렇게 정의 내리고는 가마 벽에 바짝 붙였던 귀를 뗐다. 중간 중간 목소리가 끊어져 제대로 된 내용을 이해하긴 힘들었으나, 그녀는 미친놈과 나누는 대화는 엿들을 필요조차 없다고 결론 내렸다.

가마는 황궁에서 일평생 귀하지 않은 것은 본 적도, 들은 적도 없는 시연의 눈에도 과하다 싶을 정도로 넓었기에, 그녀는 다리를 쭉 펴고는 벽에 등을 기댔다. 키안이 제게 둘러주었던 우의는 곱게 접어 가마 한구석에 밀어놓은 지 오래다. 사내의 것이라 그러한지, 아니면 단순히 키와 체격 때문에 옷감이 더 많이 들어가서 그런지는 알 수 없었지만 제가 곧잘 입던 비단처럼 얇던 우의와는 비교도 되지 않을 정도로 키안의 것은 부피가 상당했다.

우의를 보며 긴장으로 뻣뻣해진 목을 손으로 주무르던 그녀는 유독 도드라진 상처 부근이 살갗에 쓸리자 천천히 손을 아래로 내렸다.

그녀는 잠시 칼자국이 선명한 제 손안을 들여다보았다. 손가락을 말아 쥐자 상처가 욱신거리는 것만 같았다. 그럴 리 없겠지만. 시연은 피식 웃으며 다시 손을 폈다.

그 순간을 기점으로 방금 전까지 까맣게 표정이 죽어 있던 여인의 얼굴에 점차로 생기가 돌기 시작했다. 밤을 가르고 해가 떠오르듯, 느리지만 확연한 변화였다. 눈꼬리는 아래로 휘어 내렸고, 콧잔등은 연신 잔주름을 만들어내느라 바빴다. 부드럽게 휘어 올라간 입술은 금방이라도 경쾌한 웃음을 쏟아낼 듯 씰룩여, 그녀의 감정을 고스란히 드러내고 있었다.

벗어났다.

"푸흐흐……."

아. 그제야 실감이 나기 시작했다.

궁에서 벗어났다. 드디어. 잔소리가 쉼 없이 나오던 풍사라 할지라도 이번만큼은 무어라 하지 못할 것이다. 공식적으로 황족은 궁을 벗어나는 것이 불가능한 상황에서, 궁을 나왔다는 것만으로도 절반의 성공이나 다름없었다. 차기 황제를 정할 날이 가까워지자 계승권을 갖고 있는 제가 궁에서 살아 있다는 사실에 황비가 불안해한다는 것을 노린 한 수가 먹히다니. 시연은 황비의 빠른 행동력에 혀를 내두르며 그날의 일을 떠올렸다.

"가례를 올리겠습니다."

그녀가 황비의 궁에 허락도 없이 들이닥쳐 그 얘기를 입에 담은 것은 달도 뜨지 않은 밤이었다. 몇 번째인가 기억도 나지 않는 살수들의 피를 밟고 온 자리였다. 그녀가 걸어온 길에는 핏자국이 점점이 이어졌고, 축 늘어진 손끝에서도 누구의 것인지 모를 피가 뚝뚝 떨어졌다. 달빛마저 모습을 감춘 밤, 보통의 여인이라면 비명을 내지를 상황에서도 황비는 무심한 시선으로 되물을 뿐이었다.

"무슨 소리인지 모르겠군, 황녀. 야밤에 이 무슨 예의 없는⋯⋯."

"아직도 모르시겠습니까. 이런 식으로는 저를 죽일 수 없음을."

황비의 입이 닫혔다. 뚝, 뚝, 떨어지는 핏방울과 생채기가 가득한 손등을 훑듯이 바라본 시선은 이내 다시 시연의 얼굴로 향했다.

"그러니 가례라?"

"다른 사내의 여인이 되어 계승권을 포기하지요. 누구든 괜찮습니다. 머저리가 아니라면 옥새를 손에 넣기 전 가례를 올리고 황궁을 나선 황족에게 계승권을 주자는 말은 나오지 않을 겁니

다. 그게 아니라면 부족하십니까? 절 대신해 이리 많은 궁인의
목을 취하시고도?"

"하여 순순히 나가겠다, 이 말이냐."

황좌를 버리고? 의심을 지우지 못하는 황비의 낯빛에 그녀가 삼
킨 물음을 읽어낸 시연이 헛웃음을 터뜨렸다.

"내 언제고, 그 자리를 바란다 황비께 말한 적 있습니까."

연갈색 눈동자가 분노로 번뜩였다. 그것은 그야말로 피범벅이
된 채 흘리는 기괴함이었다.

그래도 설마 랑(狼)가를 끌어들일 줄은 몰랐지만.

"사람을 미치게 만드는 황좌가 무에 그리 좋다고 난리들인지."

환호성이라도 내지르고 싶은 것을 눌러 참기 위해, 그녀는 감
정을 누르며 제가 앉아 있는 가마 안을 훑어 내렸다. 보는 이라고
는 타는 여인 하나밖에 없을 가마는 내부조차 화려하게 장식되어
있었다. 촘촘히 천장을 가득 채우고 있는 그림을 바라보던 시연
이 고개를 기울이며 조용히 읊조렸다.

"늑대신이라."

그녀의 시선이 가 닿은 곳에는 거대한 늑대가 바위에 한쪽 발
을 올린 채 포효하고 있는 그림이 있었다. 나무에 그림을 새겨놓
고, 그 속에 안료를 채워넣는 방식이라, 선연한 늑대의 모습은 당
장이라도 살아 움직일 것 같았다.

늑대신이라.

시연은 다시 속으로 중얼거렸다. 호국에서는 어렵지 않게 볼 수
있는 그림이다. 하늘신의 귀한 막내딸이 땅의 신이었던 늑대신에

게 한눈에 반하여 날개옷을 벗어던지고 땅으로 뛰어내려 낳은 것이 황제의 핏줄이라는 게 호국의 건국신화였으니까.

사랑을 쟁취하기 위해 먼저 제 기반을 버리는 용기로 움직인 것도 여인이며, 사랑을 쟁취한 것도 여인이며, 그 결실을 세상에 내어놓은 것도 여인이었으나, 하늘신의 귀한 막내딸은 여인이었기에 호국의 시초는 늑대신이 되었다. 그것이 오늘날에 이르러 늑대신의 고귀함을 더욱 높여주는 존재로 추락해 버린 그녀의 위치는, 제 남편이라 할 수 있는 늑대신에게 간절히 애원하는 대목에서 보다 적나라하게 드러난다. 쭉 뻗은 발끝을 까딱이며 그녀는 수백 번도 넘게 외운 것을 습관인 양 읊조렸다.

"……땅의 신에게 청하오니, 하늘의 후예가 다스리는 곳이 번창할 수 있도록 자비를 베풀어주소서."

여인이었기에 옥새를 쥔 황비에게 밀려난 자신과, 여인이었기에 제 삶을 스스로 개척하고서도 평가받지 못하는 여신의 처지가 비슷하지 않은가.

잠시 헛된 생각에 잠겨 있던 시연은 이내 픽, 코웃음 쳤다. 그래봤자 전부 신화일 뿐이다. 학자들이 황족을 더욱 성스럽게 보이게 하기 위해 만들어낸 얘기들. 절반인 사실에 나머지 절반인 거짓을 덧붙여 한껏 몸집을 부풀린 그것은 오늘날 체계적으로 학습한 황족이 아니라면 무엇이 사실이고 무엇이 거짓인지 구분할 방법이 없었다.

"하늘에서 사람이 내려온다니. 상상력들도 풍부하시지."

그리 중얼거리던 시연은 이내 입을 닫았다. 그것도 전부 끝이다. 그녀의 눈매가 차갑게 굳었다. 운명의 굴레 따윈 걷어차 보이겠다.

이제 오늘이 지나기 전에 랑(狼)가를 벗어나기만 하면…….

한없이 길게 이어지던 시연의 상념을 끊어낸 것은 가마 문이었다. 소리 없이 열리는 문을 따라 막 비가 그쳤는지 구름을 벗어난 햇빛이 가마 안으로 새어 들어왔다.

"도착했다."

무뚝뚝한 말. 그러나 동시에 가마 안으로 밀고 들어오는 손은 무심히 제 어깨에 우의를 둘러줄 때와 같이 조심스러웠다. 참으로 알 도리 없는 사내다. 크고 단단해 보이는 손을 내려다보며 시연은 미간을 좁혔다.

친절한 건지, 무심한 건지. 이렇게 헷갈리는 이는 처음 보았다고 속으로 중얼거린 그녀는, 그 손을 잡고 밖으로 나서며 잠시 눈을 감았다. 고작 반나절간 몸을 위탁할 뿐이라 생각했던 이곳이 너무 따뜻한 곳은 아니길 빌며.

"앞으로 부인이 지내게 될 곳이니 부디 마음에 들길 빌지."

그 말에 감았던 눈을 슬며시 뜬 시연은 말문을 잃었다. 비록 '공식적'으론 태어난 뒤로 황궁을 벗어난 적이 없는 몸이지만, 랑(狼)가에 대한 위용은 익히 들어 알고 있었다. 그러니까, 그녀는 '듣기만' 한 위용을 직접 눈으로 봤을 때의 충격이 이리도 클 것이라고는 미처 짐작지도 못했었다. 크게 확장된 두 눈이 그녀가 느끼고 있는 감정을 대변하는 것 같았다.

그저 화려하고 거대하기만 한 황궁과는 정반대의 미(美)가, 바로 이곳에 존재했다. 고즈넉함이 물씬 풍기는 기와집들은 과하지 않은 크기였으나 그 끝이 어디인지 짐작하지 못할 정도로 수없이

랑을 품은
나리송이

많았고, 그 사이사이에 위치해 있는 후원들은 화려하진 않았으나 청초한 맛이 있었다.

"아름답네요."

만약 낙원(樂園)이라 표현될 수 있는 공간이 있다면 그곳은 황궁이 아닌 이곳일 것이라 생각하며 시연은 랑(狼)가를 처음 마주한 제 감상을 뱉어냈다. 그것이 썩 마음에 들었는지 키안은 조금 부드러워진 시선으로 대꾸했다.

"백 년이 걸렸으니까."

"예?"

그의 말을 이해하지 못한 시연이 되묻자, 키안은 입술 한쪽 끝을 휘어 웃으며 아직 놓지 않은 손을 이끌어 자그마한 제 신부를 직접 안내했다. 가지각색 모양의 넓은 돌이 깔린 길을 따라 걸으며 그는 한쪽을 가리켰다.

"저택을 완공하는 데 걸린 시간이 백 년이다. 저 소나무가 보이는가?"

"예."

"가지들을 그대로 살리기 위해 소나무의 아랫부분에 위치한 기와는 높이를 낮췄지."

키안의 설명대로 뻗어나가는 소나무 가지 바로 아래의 기와는 바로 옆의 것보다 한층 높이가 낮았다. 그래놓고 보니 천장 높이가 너무 낮아져 골동품을 쌓아놓는 창고로 쓰고 있다며 그가 설명을 덧붙였다.

"그리고 저 연못은 본래부터 저 자리에 저 모습으로 있었던 것이다. 그 주위의 돌조각 하나도 허투루 옮기지 않기 위해 꽤 애를 썼어. 하여 사람이 손을 대지 않고서도 저리 물이 맑은 게지."

사내 대여섯이 손을 맞잡고 빙 둘러싸도 모자를 만큼 넓은 연못엔 연꽃이며 애기부들 같은 것들이 떠 있어서 시연의 시선을 잡아끌었다. 과하지 않은 크기의 붉은 잉어가 그 밑을 유유자적하게 스쳐 지나가자, 그녀의 두 눈이 동그래지는 것을 보며 키안은 속으로 웃음을 흘렸다.

"이 외에도 볼거리가 많아. 어디든 가도 좋다. 그러나 부인은 아직 이곳이 익숙지 않아 길을 잃기 쉬우니 항상 시비를 대동하도록 해라."

"어디든 말입니까?"

"그래. 단, 내일부터. 오늘 하루는 안채에 얌전히 있어라. 그것이 조건이다."

어느새 도착한 안채 앞에서 손을 놓으며 키안은 엄중히 말했다. 예고 없이 사라진 온기에, 잠시 제 손을 내려다보던 시연이 물었다.

"연유를 물으면 답해주실 건가요."

생각지도 못한 질문에 견고했던 가면에 금이 갔다. 키안은 잠시 드러났던 놀란 기색을, 그러나 금세 지워내며 아무렇지도 않은 표정으로 물음에 대한 답을 내놓았다.

"……이곳이 아직 부인껜 안전하지 않기 때문이라 답하지."

비록 그것이 반쪽짜리 대답일지라도.

❀

랑을 품은
나리송이

호국의 시초는 늑대다. 건국신화에 대해 학자들의 의견은 여러 갈래로 나뉘었다. 그러나 정설은 '늑대신과 하늘신의 딸 일화가 혼인해 호국의 초대 황제를 잉태했다'였다. 이후 늑대신의 또 다른 자식이 랑(狼)가를 세우고, 황족을 비호했다는 얘기는 호국에서 갓난아기도 알 만큼 유명한 옛날 얘기였다. 어머니들은 자식들을 품에 품은 채 '옛날 옛날에 어여쁜 하늘신의 딸이 있었는데……'로 시작하는 얘기를 대물림해 주곤 했다. 그것이 어느 순간부터 와전되어, 랑(狼)가의 가주가 실은 늑대신 본인이라는 얘기가 떠돌기 시작한 것이 이백 년쯤 전부터였다. 누구에게서부터 시작되었는지조차 알 수 없는 얘기는, 다들 입에 올리나 아무도 믿지 않았다. 늑대신이 500년 넘게 랑(狼)가의 가주를 도맡고 있다는 얘기는 그저 낄낄거리기 위한 농담일 뿐이었다. 그도 그럴 것이 영생을 이룬 신이라니. 그런 허무맹랑한 얘기를 누가 믿는단 말인가.

그럴지라도 여전히 랑(狼)가는 늑대의 후예라 여겨지기에, 황족에 못지않은 권세를 누리는 것은 어찌 보면 당연한 일이었다. 그러나, 그렇기에 랑(狼)가와 황족 사이에 혼사가 추진되는 일은 전례에 없었다. 그것은 마치 기억도 나지 않을 정도로 오래전 고대 국가에서 왕과 무녀가 혼인을 하지 않았던 것과 비슷한 이유에서였다.

그러나 그녀는 혼인을 했다. 그것도 랑(狼)가의 수장과.

이번 혼사를 반대하다 목을 맨 어느 선비의 유언대로 호국에 망조가 든 것일지도 모른다. 500년간 황궁 밖으로는 걸음조차 하지 않던 황족이 밖으로 나오고, 심지어 늑대신의 후예라 알려진 키안과 혼인을 했으니 말이다. 그러나 저택 바로 앞 후원을 둘러보는 시연의 얼굴은 그저 무심했다. 무심하다 못해 말간 얼굴엔 망조가 든 나라의 황족으로서의 걱정은 한 줌도 보이지 않았다.

"숨으려고 한 것이라면 미안하지만, 다 보여."

시연의 말에 태하가 뒷목을 긁적이며 나무 뒤에서 걸어 나왔다. 헝클어진 옷에 자유로움을 표방하듯 붕붕 떠 있는 머리칼. 그녀는 그가 누구인지 단박에 알아봤다. 가마에서 내릴 때 언뜻 본, 제 주군의 말꼬리를 참하게도 잡던 미친놈이렷다. 자신이 어떻게 평가받았는지 알 리 없는 태하는 씩 웃으며 말했다.

"주군께서 불편한 곳이 없나 살펴보고 오라셔서 왔습니다만. 뭐, 딱히 불편한 건 없어 뵈네요."

다르게 표현하자면 감시인 셈이었다. 시비들도 있는데 굳이 검 쓰는 자를 보내다니. 시연은 참으로 직설적인 표현이다 생각하며 피식 웃었다. 서로 가면을 쓴 채 속내를 감추던 황실이 떠올랐다. 그래서일 터였다. 태하가 가면 따위 존재조차 모른다는 얼굴로 다가와서, 그녀는 꽤나 오랜만에 제 심정을 그대로 터놓았다.

"불편하다기보다 이상하지."

"뭐가 이상합니까?"

"규모에 비해 사람이 적어."

"어…… 음, 뭐, 랑(狼)가니까요."

이해 못할 말에 시연이 눈살을 찌푸렸다.

"그게 이유라고?"

갑작스러운 추궁에 이번엔 태하가 끙 신음을 흘렸다. 사실 이렇게 들키는 것도 예상 범주 외의 일이었다. 태하는 조치는 취해 놓았지만 혹시 모르니 '몰래' 살펴보고 오라던 키안의 말을 떠올렸다. 이미 들킨 시점에서 망했다고 중얼거리며.

"왜 유명하지 않습니까. 랑(狼)가는 늑대신의 후예라는. 그러할
진대 어찌 사람을 막 쓰겠습니까."

꽤나 진지한 태하의 변명에 시연은 잠시 할 말을 잃었다. 그러
나 한참을 기다려도 당당한 태하의 모습에 결국 그녀는 웃음을
터뜨렸다.

"큽…… 푸하핫! 뭐야, 정말 늑대신의 후예라 말하는 게냐?"

"아니, 왜 웃으십니까?"

대꾸하는 태하가 너무 진지해서 시연은 웃음을 멈춘 채 눈을
꿈뻑였다.

"어…… 설마 진짜라 말하려는 건 아니지?"

"무엇을요."

"랑 키안이 540년 동안 살아온 늑대신이라고."

물론 540년간 늙지도 변하지도 않는 랑 키안에 대한 얘기는 유
명했다. 어느 정도냐면 노인들이 손자 손녀에게 '울음을 그치지
않으면 늑대신이 물어간다!'라는 말을 할 정도였다. 그러나, 그렇
다고 해서 정말 그가 늑대신이라 확신하는 이가 존재하냐 묻는다
면 다들 어린애냐 비웃으며 낄낄거릴 것이다. 대신, 랑(狼)가에 대
한 얘기가 나오면 다들 이런 식으로 말하곤 했다.

'랑(狼)가는 대대로 사내들이 비슷비슷하게 생겼단 말이지'라
고.

물론 호국에서 늑대신은 '신'으로서 존재했다. 그것은 상징적이
면서도 호국의 기반이 되는 기틀이었다. 그러나 그 신이 실제로
바로 제 곁에서 숨 쉬며 살고 있을 것이라 믿는 이는 없었다. 어

찌 보면 당연한 얘기였다.

"저 먼 이국에는 하늘님이라는 신을 믿는 나라도 있다지. 그렇다 해서 그 신이 제 옆집에서 살고 있으리라 믿는 이는 없지 않나. 그것과 같은 거잖아, 늑대신은. 설마 내가 황궁에서만 살았다고 속여 넘기려 한 것이라면 포기하렴. 안타깝게도 난 그 정도로 순진하지 않아."

시연의 말에 태하가 입을 비죽였다.

"왜 거짓이라 생각하시는 겁니까. 황녀님이야말로 신의 후예라는 황족 아니십니까. '하늘'을 움직이고, 머리와 눈 색이 다른 신의 후예잖습니까."

그것이야말로 자기 존재를 부정하는 것 아니냐는 태하의 주장에 오히려 시연이 당황했다. 미친놈인줄 알았더니 눈처럼 새하얀 순박한 얼굴을 보자 무언가에 두드려 맞는 것 같은 기분이 들었다.

뭐야, 왜 이렇게 순진해. 키득이며 웃은 게 미안해질 줄이야. 그녀는 미안함을 상쇄시키기라도 하려는 듯 미간을 좁히고 진지하게 그의 물음에 답했다.

"어쩌면. 어쩌면 정말 신의 피가 내게 흐를지도, 건국신화처럼 황족은 하늘신과 늑대신의 후예일지도 몰라. 아주 오래전에는 정녕 이 땅에 신이 존재했을 수도 있겠지. 그러나 정녕 신이 존재했다면 어째서 호국은 망국의 길을 걷고 있단 말인가? 황족이 신의 후예라면 어째서 이리도 어리석단 말인가?"

"완벽하지 않으니 신이 아니란 말입니까."

"아니. 한때 신이었을지도 모르지만, 오늘날 황족도 랑(狼)가

도, 건국신화도 모두 그저 빛 좋은 개살구란 소리야. 그래, 황족
이 신의 후예라는 걸 믿는 이들은 많겠지. 하지만 저잣거리에 나
가 막 뛰어다니는 아이에게 물어보렴. 랑 키안이 진짜 늑대신이라
믿냐고. 아마 그 아이도 웃을걸. 다들 늑대신에게 무언가를 빌지
만, 그렇다고 그 신이 진짜로 제 앞에 모습을 나타낼 거라 믿지는
않아. 그런 거잖아?"

　신이 신을 믿지 않는 시대. 아니, 신마저 신을 믿지 않는 시대
였다. 특이한 색을 지닌 황족은 하나밖에 남지 않았고, 신이한 힘
인 '하늘'을 움직인다는 황족을 직접 본 인간은 이미 땅 위에서
대부분 사라진 지 오래였다. 바로 선황이 '하늘'을 움직였다 알려
져 있었지만 그는 술과 약으로 인생을 탕진하기 바빴기에 실제로
그 힘을 확인할 길이 없던 탓이다. 태하는 너무 빠르게 변해 버려
따라잡기 힘든 얘기에 그저 어깨를 으쓱일 따름이었다.

　"뭐, 그러시다면야 어쩔 수 없지만, 안타깝네요."

　"무엇이?"

　"오늘 저택에서 한 발자국도 나오지 마라는 경고마저도 믿지
않으실 테니 말입니다."

　"위험하니 말인가."

　이미 키안에게 들은 경고를 떠올리며 시연이 작게 웃었다. 그러
나 태하는 꽤나 진지한 얼굴로 고개를 끄덕였다.

　"예. 위험하니 말이죠."

　"가주께 전하렴. '경고는 충분히 전해졌다'고."

　마마껜 충분하지 않은 것 같습니다만. 태하는 입안에서 간질거
리는 말을 그대로 삼키고는 어쩔 수 없단 얼굴로 한숨을 뱉었다.

어쩌겠는가. 믿지 않는 자에게 믿으라 강요할 수도 없는 노릇을.

어둠이 내려앉은 창가를 바라보던 시연은 옷자락이 스치는 소리에 고개를 돌려 뒤로 물러서는 시비를 바라봤다.
"불편하신 것이 있다면 언제든 저희를 부르세요."
호국에서 흔하디흔한 검은 머리칼을 하나로 묶어 늘어뜨린 시비의 말에 시연은 고개를 끄덕였다. 바람 소리조차 나지 않을 정도로 조용히 문이 닫히고, 방 안에 홀로 남겨진 시연은 그제야 미간을 좁혔다. 홀로 남게 된 뒤에야 눌러 감췄던 감정들이 일시에 고개를 치켜들었다.
태하 앞에서 의연하게 행동하고 말했지만, 이곳은 이상했다.
호수에 비친 세상이 실제와 같아 보일지라도 실은 뒤집혀 있는 것과 같은 이상함이었다.
무엇이 이상하냐 누가 물어온다면, 대답할 수 없는 그런 종류. 그러나 그 무엇인가가 날 선 감각을 계속해서 건드려, 그녀의 신경을 곤두서게 만들었다. 거대한 저택에서 살아 움직이는 자들의 숫자는 그리 많아 보이지 않았고, 그 몇 안 되는 자들마저 어딘가 어색해 보였다. 마치 몸에 맞지 않는 거죽을 뒤집어쓰고 있는 것처럼. 잠시 고민하던 시연은 이내 헛된 생각을 떨쳐 냈다. 어차피 고작 한나절 위탁할 곳이다. 그곳이 얼마나 이상하건 차라리 나았다. 억지로 맞아들인 신부가 때 이른 봄비를 맞고 있다 하여 기꺼이 제 우의를 벗어주는 어설픈 온기보다야 이리 기괴한 편이 차라리 마음이 편했으니. 그녀는 다시 본래의 계획을 떠올리며 주먹을 움켜쥐었다.

오늘을 넘길 수는 없었다.

그녀는 이곳에 '신부'로 온 것이었으므로, 그 의무를 요구받기 전에 벗어나야 마땅했다.

그러기 위해 제안한 거래가 아니던가.

예복을 벗어내고 가벼운 평복을 입은 뒤라 몸이 한껏 가벼워진 시연은 머뭇거림 없이 문가에 바짝 다가섰다. 대나무살 위에 얇게 펴 바른 창호지 위로 그녀는 조심스레 귀를 갖다 댔다. 한참의 시간이 흘러도 사람의 기척 한 줌 들리지 않았다. 그녀는 일이 너무 쉽게 풀리는 것이 썩 이상하다 중얼거리면서도 조심스럽게 문을 밀어냈다. 나무로 된 마루가 쭉 늘어선 문밖에는 예상대로 아무도 없었다. 두 시진 전에 온 길을 조금의 오차도 없이 되짚어가던 그녀는 아무런 방해도 받지 않고 너무도 쉽게 안채를 벗어나자 눈살을 찌푸렸다. 예상과는 다르게 흘러가는 상황이 거슬려, 그녀는 눈을 가늘게 뜨곤 주위를 살폈다.

역시 이상했다. 없어도 사람이 너무 없다. 달이 떴음에도 저택을 지키는 이 하나 없다는 것은 말이 되질 않았다. 게다가 스산한 공기는 저택 전체에 깔려 있다 해도 과언이 아니었다. 낮에 그저 아름다웠던 연못가는 물귀신 한둘이 기어 나와도 이상하지 않을 정도로 스산했고, 거대한 소나무는 길게 뻗은 가지가 금방이라도 꿈틀거릴 것만 같이 위협적이었다.

"……귀신이라도 나올 분위기로군."

주변이 얼마나 고요한지 혼잣말로 중얼거린 목소리가 지나치다 싶을 정도로 크게 들려서, 이유 모를 불안감에, 시연은 아랫입술을 물어뜯었다. 어떻게든 들끓는 불안감을 가라앉히기 위한 행동이었다. 그러나 본능이 끝없이 보내는 경고에, 결국 그녀는 치맛자락을 들어 올려 허벅지에 차고 있던 단검을 뽑아들었다. 혹시 몰라 챙긴 것이 이리 유용할지 몰랐다 중얼거리며.

손에 들러붙는 날붙이의 서늘함에 한층 몸이 바짝 긴장했을 때.

[피.]

손톱으로 득득, 나무 바닥을 긁는 듯한 소리가 어둠 속에 녹아 있던 고요함을 찢어 내렸다. 대문 쪽으로 향하던 걸음이 무언가에 붙들린 양 우뚝 멈춰 섰다. 검을 쥔 시연의 손에 바짝 힘이 들어갔다. 바싹 마른 입이, 생각보다 먼저 움직였다.

"누구냐."

[피를, 피를.]

인간이 아니다. 그저 목소리만으로 그녀는 확신했다. 저 소리를 내는 것이 무엇이건, 인간이 아니라고. 마치 얼음으로 문지른 것처럼 등골을 타고 소름이 돋아났다. 좀 봐주지. 진짜로 귀신이 있다고? 시연은 운수 한번 더럽다고 투덜거리며 단검을 고쳐 쥐었다. 도망은 생각지도 않은 그녀의 귓가로 질척하기 그지없는 애원이 파고들었다.

[하늘신의 피…… 영생을…….]

탐욕과 미련이 절절하게 남아 있는…….

"태하의 말대로, 부인께선 내 말을 듣지 않은 모양이군."

금방이라도 저를 잡아먹을 것만 같은 목소리를 가르고 들어온 것은 절제되어 있는 카인의 목소리였다. 방금 전까지 얼어붙어 있던 그녀의 몸이 그제야 움직였다. 팽팽하게 당겨진 실이 툭 끊어지듯 단숨에 변한 분위기와 사라져 버린 소리에 놀라며 몸을 돌리자 보이는 것은 온통 새카만 옷을 입고 있는 키안이었다. 낮의 혼례 때 그의 몸을 감싸고 있던 붉디붉은 혼례복과는 정반대의 색에 시연은 마른침을 삼켰다. 갑작스럽게 풀린 긴장에 그녀는 제가 단검을 손에 쥐고 있다는 사실도, 그것을 키안이 내려다보고 있다는 사실도 미처 알아차리지 못했다. 그런 그녀를 회색 시선이 찬찬이 훑다, 단검에 가 멈췄다.

"혹, 도망이라도 가려 했던 것인가? ……이곳에서?"

저보다 얼굴이 두 개는 큰 사내는 도주를 입에 담으면서도 눈하나 꿈쩍하지 않았다. 놀라지도 않았고, 분노하지도 않았다. 속내야 까보기 전엔 모를 일이지만, 적어도 겉보기에는 그렇게 보였다. 그렇기에 그녀는 열아홉 인생 처음으로 제 앞에 있는 사내를 설득하고자 시도했던 것인지도 모른다.

"두 피는…… 섞여선 안 되는 종류의 것입니다. 아시지 않습니까."

당신이 랑(狼)가의 수장이라면. 정말 호국의 시초부터 살아 숨쉬고 있는 반신(半神)이라면. 그리 말하며 그녀는 그제야 단검을 쥔 손을 슬쩍 등 뒤로 감췄다. 그 손길을 따라가던 시선은 툭 던져지는 목소리의 주인을 향해 움직였다.

"'늑대와 호국의 피가 섞이는 날, 황제의 관이 무너지리라'. 정확히 무슨 일이 일어날지는 알려져 있지 않으나, '랑'의 성을 잇는 자와 황족의 피가 섞여서는 안 된다는 것만큼은 확실하죠."

시연이 읊조리는 것은 건국신화의 한 구절이었다. 키안의 짙은 회색빛 눈동자에 놀라움이 스쳐 갔다. 오래되고 또한 무용하여 아무도 기억하고 있지 않을 것이라 생각했던 것을, 저보다 한없이 어린 아이에게 들을 수 있다는 사실이 새삼스러웠다.

그러나 그것은 시연의 위치를 명확히 모르기에 할 수 있는 오해였다. 그녀는 한때 여황이 되기 위한 교육을 받은 황족이다. 그녀가 배운 것에는 정치나 외교에 대한 것들도 있었지만 황실 역사나 신화에 관한 것도 존재했다. 덕분에 수없이 덧붙여지고 꾸며진 옛 얘기에서 그녀는 꽤나 진실과 거짓을 구분할 수 있었다. 그중 '절대' 해서는 안 되는 일로 배운 것이 바로 랑(狼)가와 황실의 결합이었다.

"그러니 길을 내어주세요."

그는 잠시간의 놀라움을 지워내곤 다시 무심한 얼굴로 시연을 내려다보며 답했다.

"이곳은 위험하니 안채로 돌아가라. 걱정하는 것이 오직 그것뿐이라면, 부인께서 염려하는 일은 일어나지 않을 테니."

귀히 모시라 하였더니 이런 사달이 벌어질 줄이야. 아니, 아니다. 아직 성년식도 치르지 못한 여인이기에 아무것도 하지 못할 것이라 생각했던 것부터가 문제였다. 키안은 잠시 어린 소녀를 멋대로 재단했던 얼마 전의 자신을 반성했다. 그러나 그의 생각은 상식적인 범주로 보자면 지극히 정상적이었다. 그도 그럴 것이 일평생을 귀하게 모셔졌던 여인이 야밤에 도주극을 펼칠 것이라고 어느 누가 예상이나 했겠는가.

"위험하다구요?"

위험.

그 단어에 시연은 저도 모르게 단검을 쥔 손에 다시 힘을 줬다.

랑을 품은
나리송이

방금 전 귓가를 파고들었던 서늘한 목소리가 다시금 떠올랐기 때문이다. 이곳은 이상하다. 무언가가 있다. 같은 내용의 경고가, 질릴 정도로 발목을 붙들고 늘어져서, 그녀는 고개를 들어 저를 바라보고 있는 이와 시선을 맞추며 되물었다.

"의도를 이해하기 힘들군요. 이곳은 랑(狼)가의 저택이 아닙니까. 어째서 위험……."

젠장.

키안은 명령할 수 없는 상대를 내려다보며 미간을 좁혔다. 설명할 수 없는 상황을 앞에 둔 채 저를 믿지 않는 상대를 설득할 수 있을 만한 말재간이 그에겐 없었다.

"설명할 수 없다 하면 가지 않을 생각인가?"

과한 부탁에 그녀의 눈썹이 위로 밀려 올라갔다.

"설명해 주실 생각이 없다면 이대로 제가 갈 길을 가게 해주시지 않겠습니까? 황비껜 천방지축 황녀가 제멋대로 도망쳤노라 고하셔도 상관없습니다."

체에 거르지 않은 날것 그대로의 단어들에 시연을 내려다보는 눈동자가 살짝 흔들렸다. 제가 보고 있는 것은 누구이지? 수백 년간 지긋하리만치 봐온 황족이 맞나? 두 눈은 까맣게 죽고 생에 의지도 없어 보기만 해도 속이 갑갑해지던 이들이 맞나?

지금 저를 쏘아보는 여인의 눈동자에는 불덩이가 일렁이고 있었다. 낮에 아무것도 남지 않아 텅 비어버린 눈을 한 채로 멀거니 서서 비를 맞고 있던 여인과 지금 이 여인이 동일인인가 의문이 들 정도였다. 낮의 여인은 식고 말라빠져 아무것도 남지 않았다면, 지금 이 여인은 활활 불타오르고 있는 하나의 불덩이와도 같았다. 그 간극이 너무도 커서, 키안은 아무런 말도 하지 않은 채 그녀를 바라봤다.

"어차피 서로 원치 않던 혼례가 아닙니까? 초야도 치르지 않았으니 혼례 자체를 없었던 일로 물리는 것도 가능할 것입니다. 황녀를 핍박한 것도, 내쫓은 것도 아니니 세간에선 의무를 다하지 않고 도망친 제 욕을 할지언정 랑(狼)가를 욕보이진 않을 터이며, 황비께서도 눈에 거슬리는 짐을 치우시었으니 흔쾌히 혼례를 없던 일로 해주시겠지요."

시연은 눈에 힘을 주고 단어 하나하나를 허투루 뱉지 않으며 제 의견을 관철시키기 위해 노력했다. 그리고 키안이 옆으로 비켜서며 저를 보내줄 것이라 믿어 의심치 않았다. 제가 도망친다 하여 저자는 잃을 것이 없었으므로. 세상 모든 사람들은 제 손에 떨어질 것을 재단하고 움직인다. 그렇기에 할 수 있는 확신이었다.

그녀가 오랜 세월 공을 들여 조사해 온 것이 맞다면 랑(狼)가의 수장은 이미 오래전 의무를, 맹약을 저버린 이였으므로.

강요에 의해 이뤄진, 이뤄져서는 안 될, 서로 원치 않은 혼례이다. 껄끄러운 관계였다. 저야 궁을 나오기 위한 방편이었다지만 랑(狼)가는 반쯤 떠밀려서 받아들일 수밖에 없었을 터다. 키안이 몇 번이고 이번 혼례를 거절해 왔음을 이미 잘 알고 있는 그녀였기에 나쁘지 않은 판단이었다. 잃는 것은 없고, 거슬리던 이가 알아서 제 갈 길을 가겠다는데 마다할 이 뉘 있을까. 그렇기에 별다른 준비 없이 달이 떠오르는 것만 기다려 이 거대한 저택에서 도망치겠노라 나선 것이기도 했다. 들키더라도 충분히 말로써 설득할 수 있을 것이라 믿었기 때문에.

랑을 품은
나리송이

틀린 판단은 아니었다. 그녀가 모르고 있던 사실 하나만 아니라면 아마 랑(狼)가의 수장은 아무런 말 없이 황녀를 보내주었을지도 모른다. 그러나 그녀는 '그것'을 알지 못했다. 그 하나가 그리도 컸다. 동시에 그 하나는 결코 그녀가 사전에 알아차릴 수 없는 것이었다.

그렇기에.

"태하."

이리 될 것임을 예상치 못한 것이 그녀의 실책이었다.

키안의 부름에 기다렸다는 듯 어둠 속에서 사내가 불쑥 모습을 드러냈다. 기다란 봉을 쥔 그는, 이가 드러나도록 씩 웃으며 성큼성큼 시연을 향해 다가갔다.

"예에, 알겠습니다. 자, 마마께옵선 저와 함께 가셔야겠습니다."

시연은 제 눈앞의 상황에 눈살을 찌푸렸다. 저치는 이유를 말해 줄 생각도, 설득을 당할 생각도 전혀 없어 보였다. 아무리 랑(狼)가의 가주라 할지라도, 늑대신의 현신이라 떠받들어지는 이라 할지라도 이리 막무가내로 나올 것이라고는 미처 생각지도 못했다.

정녕 저를 안겠다고?

황비가 반쯤 미쳐 칼을 휘두르는 보이지 않는 전장에 뛰어들겠다 선언이라도 하는 것인가?

그녀는 제 외조부를 볼 때와 마찬가지로 구역질을 느끼며 말했다.

"설마 진정으로 저와 부부의 연을 맺으려 하셨습니까?"

감추려 애쓰지 않았기에 선연하게 드러나는 불쾌에, 태하가 어깨를 으쓱이며 키안에게 물었다.

"끌고 갈까요, 주군?"

"후…… 예를 갖춰라, 태하."

"하지만, 주군…… 요마(妖魔)의 숲에서 의식을 치르지 않은 여인을 마님으로 모셨다간 아랫것들이 난리가 날 겁니다. 아시지 않습니까. 인간들의 의식은 저희에겐 아무런 의미도 없다는 것을. 전 소하놈에게 잔소리 듣고 싶지 않습니다."

결국 아무것도 아닌 여인이 제 주인을 모욕함에도 조용히 있는 것만으로도 그의 인내심은 이미 한계란 소리였다. 날을 감추지 않은 불만에 키안의 눈매가 서늘해졌다.

"정녕 그 혀를 잘라야 말을 조심할 터냐."

둘 사이에 오고가는 대화에 시연은 눈살을 찌푸렸다. 뭔가 이상했다. 그래, 아주 많이 이상했다.

요마의 숲? 의식? 암호와도 같은 단어들이 그들 사이에서 아무렇지도 않게 뱉어졌다. 키안과 태하를 번갈아 바라보며 뒷걸음질을 치던 시연의 눈에 보여서는 안 될 것이 보인 것이 바로 그때였다. 입을 삐죽이는 태하와 금방이라도 검을 뽑아들 듯한 키안의 등 뒤에서, 서서히 제게 다가오는 자그마한 아이. 그러나 아이라기엔 전체적으로 색감이 온통 짙은 검은색 일색이라 기묘한 느낌에 시연은 저도 모르게 단검을 앞으로 뻗어들었다. 날붙이가 달빛에 반사되어 반짝이자 아이가 서서히 그녀를 향해 손을 뻗으며 숙이고 있던 고개를 들어올렸다.

"……!"

[피다. 피다. 영생의 피다. 하늘신의 피를, 피를!]

그 순간 그녀의 세상이 뒤집혔다.

점차 커지는 검은 덩어리에, 그녀가 알고 있던 사실과 허구의 경계가, 지식의 범주가, 단숨에 무너져 내렸다. 상식이라 이름 붙여진 거대한 벽이 붕괴했다. 범인(凡人)이었다면 비명을 지르며 도망갔을 것이다. 눈앞에 똑똑히 보이는 것을 보지 못했노라 부정했을 것이다. 그러나 그녀는 가장 먼저 질문을 던졌다. 먼지만 남은 제 이성과 상식과 지식에 대고 물었다.

저것은 무엇이지?

시연의 손안에서 챙강, 단검이 떨어졌다. 손에 힘이 들어가지 않았다. 제 눈을 의심했다. 그럼에도 그녀는 물음을 멈추지 않았다.

내가 지금 보고 있는 것이 무엇이지?

아이의 눈동자가 있어야 할 곳에는 커다란 구멍만이 나 있을 뿐이었다. 그리고 그 구멍을 타고 검은 무언가가 끊임없이 뚝뚝 떨어져 내렸다. 아이의 발치가 검은 덩어리로 얼룩지며 점차 썩은 내가 진동하기 시작했다.

아니지. '저것'은 정말 '아이'인가? 빠르게 이어지는 시연의 생각을 억지로 잡아 뜯듯, 길게 찢어진 입을 쫙 벌리며 아이는 새된 목소리로 외쳤다.

[하늘신의…… 피를……! 영생을……!]

키안이 검을 뽑은 것은 바로 그때였다. 소리조차 없는 발검(拔劍)이었다. 어둠을 가르고 은빛의 섬광이 잠시 번뜩였다는 생각이 들었을 때 이미 검은 아이의 심장에 꽂혀 있었다. 그녀가 수없이 봐왔던 무인들의 검이 각자 저만의 색과 존재감을 자랑했다면, 키안의 것은 하나의 얇은 실이었다. 모습도 색도 거의 눈에 띄지 않는, 그러나 동시에 목표한 곳을 향해 가장 빠르게 도달하는

실. 이내 검이 아이를 그대로 반으로 조각내자, 아이는 서서히 시커먼 액체로 변해가면서도 시연을 향해 손을 뻗으며 중얼거렸다.

[아, 아아……! 피를, 피…….]

태하는 얼이 빠진 시연의 얼굴을 보며 쯧쯧, 혀를 찼다. 그러게 믿으라니까. 만약 시연이 들었다면 억울함에 입만 뻐끔거렸을 생각을 아무렇지도 않게 하며 그는 서서히 형체가 일그러지는 '그것'을 향해 고갯짓했다.

"그슨대¹⁾로군요. 허, 참. 주군, 텄습니다. 이미 마마께서 야밤에 밖에 나왔으니 냄새를 맡은 그슨대들이 여기저기서 몰려들 겁니다. 결계도 무용지물이 되어버렸고……. 주군…… 이거 요마의 숲에 마마를 모시고 가야 할 것 같은데요. 저도 완벽하게 홀리지 않겠다, 장담할 자신이 없습니다. 얘기는 많이 들었지만, 이 피, 향이 정말……."

검으로 벨 수 없다 알려진 그슨대를 아무렇지도 않게 베어 넘긴 키안은 한숨을 삼키며 검을 도로 집어넣었다. 그리곤 다리에 힘이 풀려 바닥에 주저앉아 있는 시연 쪽으로 걸어가며 노기를 담아 읊조렸다.

"그 입, 다물라 말했다."

이번에야말로 제 주군의 분노가 진짜라는 것을 깨달은 태하는 순순히 고개를 조아리며 뒤로 물러났다. 태하가 어둠 속으로 모습을 감추자, 키안은 여전히 땅에 주저앉아 있는 시연에게 다가갔다.

"아이, 가. 눈이…… 저건 대체……."

---

1) 아이의 모습을 하고 있으며 어둠을 상징하는 요괴.

시연은 제가 본 것을 믿을 수 없어 이를 악물었다.

헛것인가? 그러나 검으로 베였다. 헛것이라면 허공에 대고 검에 베일 리가 없으니 저것은 실재하는 것이었다. 그렇다면 '저건' 무엇이란 말인가? 그녀는 목 안이 바짝 말라옴을 느끼며 참았던 숨을 단숨에 뱉어냈다. 심장이 너무 빨리 뛰어 밖에까지 그 소리가 들릴 것 같다는 생각을 하고 있을 때, 키안의 목소리가 바짝 긴장된 그녀의 위로 내려앉았다.

"그슨대다. 아이의 형태를 하고 어둠 속에서 사람들을 잡아먹는다 잘못 알려진 토착신이지. 들어본 적이 있을 텐데."

쏟아지는 설명에 시연은 고개를 들어 키안을 바라봤다. '그' 그슨대라면 그녀도 들어본 적이 있었다. 문제는 그녀가 알고 있는 것은 꾸며낸 이야기였고, 방금 전까지 눈앞에 서 있었던 것은 실존하는 것이라는 점 정도였다. 시연은 저를 향해 뻗어진 손을 향해 눈동자를 굴리며 멍하니 대답했다.

"그것들은 전부…… 허구의 것입니다. 그저, 옛날이야기에 불과한……."

"안타깝게도, 부인의 눈에는 허구가 아니야. 적어도 황궁 밖에서는 말이지."

머릿속이 하얘짐을 느끼며 시연이 답했다.

"……그럼 방금 전 그것이 실제라 말하는 것입니까."

"그래. 그대의 눈에는 실존한다. 자, 언제까지 그곳에 앉아 있을 텐가? 갈 길이 머니 어서 일어나길. 그대가 안채를 벗어남과 동시에 걸어놓은 결계가 깨져 버려 부인이 이곳에 오래 있을수록 세가 약해져 가고 있는 토착신들은 점차로 미쳐 갈 것이다. 그 모습을 보고 싶지 않으면 서둘러야 해."

제게 뻗어진 손은 커다랬으나 동시에 무심했다. 더는 설명할 이유도, 필요도 느끼지 않는 키안의 모습에 시연은 눈을 감았다 떴다. 19년 동안 보이지 않던 것이 갑자기 보이기 시작한다. 제 눈에 대해 황궁 안에서나 밖에서나 별다른 차이가 느껴지진 않았다. 그러나 방금 본 것을 못 보았다 치부할 정도로 어리석지 않았기에, 시연은 내밀어진 손을 붙잡고 몸을 일으켰다. 덜덜 떨리는 손으로 치맛자락에 묻은 흙을 털어내는 자그마한 여인을 키안은 새삼스러운 기분을 느끼며 내려다보고 있었다.

신을 두려워하는, 그 당연한 반응이 너무도 오랜만에 접한 것이어서.

그러나 그것도 그리 길지 않았다. 그녀는 떨리는 손으로 치맛자락을 털어내고, 구겨진 주름마저 탁탁 쳐 펴낸 다음 잠시 고개를 숙인 채로 몇 번인가 숨을 들이쉬었다 내뱉었다. 그렇게 얼마간의 시간이 지난 뒤, 손톱이 살갗을 파고들 정도로 주먹을 쥔 시연의 시선에는 두려움이라고는 한 줌도 남아 있지 않았다. 대신 고개를 들어 올린 그녀는 담담히 물었다.

"좋아요. 어딜 가는 거죠?"

"요마의 숲에, 주술이 새겨진 장신구를 받으러 간다. 그게 그대의 피를 가려줄 테고, 그래야 이 미친 듯이 들썩이는 기세가 수그러들 테니까."

요마의 숲. 또다시 알지 못하는 단어의 등장에도 그녀는 고개를 끄덕였다.

"……그렇군요. 알겠어요. 이 모든 것이 저로 인한 것이라면, 가야지요."

흔들림 없는 시선은 겉으로 보기엔 두려움조차 떨친 것 같았다.

그때까지 그저 약조의 마지막 굴레에 불과했던 여인이 다시 보이게 되는 지점이 바로 이 순간이었다, 언젠가의 키안은 그리 회상했다.

평범한 인간들은 실금을 하거나 기절을 하거나 비명을 내지르며 도망갈 법한 상황에서 제자리를 지킨 채 꼿꼿이 현실을 마주하는 여인. 제 색을 또렷이 빛내며 서 있는 그 모습이, 흔해 빠진 모래알에서 단숨에 셈할 수 없는 가치를 지닌 것으로 탈바꿈했다고.

"두렵지 않나."

"일이 이렇게 된 것이 저 때문이라 하였습니다. 맞습니까?"

그녀의 물음에 키안은 슬쩍 미간을 좁혔다. 굳이 시시비비(是是非非)를 따지자면야 그렇긴 했다. 점차 약해져 가는 토착신들에겐 하늘신의 피에 대한 강한 욕구를 떨쳐 낼 도리가 없으니 말이다. 그러나 저렇게 직설적으로 물어보자 대답하기가 꺼려지는 것도 사실이었다. 다른 누구도 아닌 본인에게 존재 자체가 문제라 말하는 것이니 어찌 기껍게 대답할 수 있을까. 그러나 그는 달콤한 거짓을 읊조리는 대신 짤막한 진실을 던져 주었다.

"……그렇지."

"그러니 두렵지 않습니다."

그러나 언제나 가장 존귀했을 그녀는, 존재의 가치를 부정당하는 그 순간에도 꺾이지 않았다. 대신 허리를 곧추세우고 서서 태어날 때부터 제 삶에 지워진, 존재조차 모르던 무게를 그저 겸허히 견디겠노라 말하는 것 같았다.

그래. 그것은 아주 어릴 때부터 여황으로 자라온 여인의 모습이었다.

타인의 위에 서 있는 자로서 갖춰야만 하는 강한 책임감.

수백 년이 흐른 이제서는 거의 사라져 버린 그것.

제가 기억하고 있는 자의 모습에, 키안은 천천히 몸을 낮춰 시연과 시선을 맞췄다. 그리고 그 용기에 경외를 담아 시연의 동그란 이마 위에 짧게 입술을 눌렀다 뗐다. 몇 초에 불과한 그 행위에 뒤로 물러나 있던 태하가 놀라 숨을 삼켰다. 그러나 아무런 예고도 없이 뽀뽀를 당한 시연보다 놀란 이는 아마 이 자리에 없을 터다. 방금 전까지 여황의 낯빛이었던 얼굴이 단숨에 붉게 달아올라 금방이라도 터질 것만 같았다. 후다닥 뒤로 도망친 시연은 연지를 바르지 않아도 붉은 입술을 달싹이며 숨이 넘어갈 듯 외쳤다.

"이, 이, 이, 이게……!"

흐트러지는 시연의 모습에도 키안은 방금 자신이 한 행동에 아무런 의미가 없음을 무심한 태도로 반증하며 손을 뻗어 그녀를 안아들었다.

"완벽하게는 아니지만, 이제 잠시나마 피 냄새가 감춰질 거다. 그래도 혹시 모르니……."

내 옆에 있어라.

그래야 지켜줄 수 있으니.

랑을 품은 나리송이

"원래는 삼 일 밤낮에 걸쳐 친 결계 안에 마마를 고이 모셔놓고 장신구를 받아올 예정이었지요. 그런데 마마께서 이리 훌쩍 도망 나오셨지 않습니까."

다시 결계를 칠 수도 없고, 시연을 저택에 그대로 두고 올 수도 없으니 이리 데려가는 수밖에 없다며 태하가 고개를 내저었다. 일이 이렇게 복잡해질 줄 알았다니까요. 하하핫! 태평스럽게 웃던 태하는 아까 그게 대체 뭐냐는 시연의 물음에 말을 이었다.

"다들 일종의 신들인 거죠. 뭐, 그래봤자 격이 다르지만. 방금 전 봤던 그슨대도 약하긴 해도 원래는 아주 얌전한 놈들입니다. 신이란 게 인간들의 믿음을 먹고 사는 존재인데, 그슨대는 점차 믿는 사람들이 사라져서 소멸되기 직전의 토착신들이거든요. 그래서 더 쉽게 홀린 거죠."

마마의 피에 말입니다. 약하니까요. 주군께선 500년이나 넘게 흘러 희석된 피에 홀릴 정도로 약하신 분이 아니니 마마를 그리 안고서도 아무렇지 않은 거랍니다. 사실 지금 저도 꽤 참고 있다구요? 결계가 깨진 뒤부터 숨도 잘 안 쉬고 있는 거 모르시죠? 숨 한 번 쉴 때마다 공기가 너무 달아서 정신이 나가 버릴 것 같거든요. 마마님이 이렇게 귀한 존재란 말입니다. 으하하하!

귀하다는 표현과는 달리, 설명 속 그녀는 마치 특식을 연상시켜서 시연은 오묘한 표정을 지었다. 이후에도 끊임없이 줄줄 늘어지던 태하의 말은 키안에게 한번 걷어차인 뒤에야 조금 잦아들었다.

그사이 키안은 요마(妖魔)의 숲은 랑(狼)가의 뒤에 위치해 있는 숲과 통로로 연결되어 있는 요괴들의 숲이라 설명했다. 물론 옆에서 사족처럼 덧붙여지는 태하의 목소리에 자주 눈살을 찌푸리긴 했으나 또다시 걷어차거나 하지는 않았다. 불의의 상황에선 언제든 검을 뽑을 수 있어야 했기에 왼쪽 팔에 시연을 앉히느라 고스란히 느껴지는, 제 목을 감아오는 여리고 가느다란 팔의 떨림이 태하의 헛소리에 점차 가라앉음을 느꼈기 때문이다. 한참 동안 떠들다 얘깃거리가 떨어지자 대화의 주제는 자연스레 키안으로 옮겨갔다.

"지난 500여 년간 가장 강한 지신(地神)은 단연코 늑대신이죠. 으하핫!"

제 왼 가슴께를 주먹으로 툭툭 두드리며 말하는 태하의 얼굴에는 자부심이 넘쳐흘렀다. 충성심을 넘어서 묘하게 반짝이는 시선이 제게 향하자, 키안은 이번만큼은 주저 없이 그의 뒤통수를 후려쳤다.

"하면 정녕 당신은 신이란 말입니까?"

통치의 편의를 위해 꾸며냈던 것이라 생각했던 반신(半神)이 실제로 신이란다—황족도 일종의 반신으로 취급받는다—. 조금만 나이를 먹으면 더는 믿지 않는 망태 할아범이 사실은 실제로 존재한다는 말을 들은 양 시연의 충격은 컸다. 그가 신이라니. 그것도 늑대신이라니.

"정녕, 진정으로, 늑대신…… 이십니까?"

턱 밑에서 던져지는 물음에 아래로 향했던 회색 눈동자가 움찔 떨렸다. 동그란 두 눈이, 그대로 위로 올라와 제게 꽂히는 시선이 한없이 경외감에 가득 차 있었던 것이다. 그것을 마주보기

랑을 품은
나리숭이

가 껄끄러워, 키안은 시선을 피하며 답했다.

"그리 대단한 존재가 아니다. 한낱 잡신이 운이 좋았을 뿐."

"주우군! 그리 스스로를 깎아 내리시면 주군의 뒤를 믿고 따르는 이 이(魃) 태하, 울어버릴 겁니다."

금방이라도 제게 매달려 엉엉 눈물을 흘릴 것 같은 태하를 밀어내며 키안은 조금의 망설임도 없이 말했다.

"매번 말하지만, 붙잡지 않으니 부디 네 갈 길을 가라. 귀찮다."

"하면 저는 누구와 대련을 한답니까! 자꾸 이러시면 정말 울어버릴 텝니다!"

농담이 아니라는 듯 정말 울망울망한 눈을 제게 바싹 들이미는 태하의 뒤통수를 한 대 더 후려친 키안은 낮게 한숨을 뱉어냈다.

둘의 투닥거림을 흥미진진하게 보던 시연이 슬쩍 옷자락을 잡아당겼다. 키안이 왜 그러냐는 시선을 보내자, 그녀는 조심스럽게 말했다.

"그럼, 진짜로…… 하늘신의 딸과 가례를 올린, 그 늑대신이십니까? 혹시, 제……?"

시연은 말끝을 흐렸으나, 채 이어지지 못한 공백에 무엇이 있을지는 명백했다. 두 눈을 반짝이며 당신이 내 조상님이냐고 묻는 시연의 얼굴을 본 태하가 다급히 고개를 돌렸다. 한껏 숨을 죽인 끅끅 하는 웃음소리를 노려보던 키안이 이내 한숨을 뱉으며 말했다.

"아니야."

턱에 있는 힘껏 힘을 준 키안의 목소리는 살짝 뭉개져 있었으나 못 알아들을 정도는 아니었다. 시연이 실망한 얼굴로 되물었다.

"아니라구요?"

"그래. 호국을 세울 때 황가를 원활하게 수호하기 위해서 건국 신화에 그런 식으로 끼워 넣었을 뿐이다. 하늘신의 딸은 땅에 내려왔을 때부터 아이를 가진 채였어. 그 호화찬란한 건국신화에서 진짜인 부분은 하늘신의 딸인 일화가 아이를 낳았고, 그게 호국 황족의 시조라는 것뿐이야. 그 외엔 전부 거짓이다."

적당히 알아서들 하라고 하곤 관심을 끊었더니 그 지경이 되어 있었다는 말은 삼켰다. 당시 완성된 건국신화 초안을 본 지신(地神)들이 하나같이 배꼽을 잡고 웃어젖혔던 사건은 그로서는 다시는 꺼내고 싶지 않은 일이었다.

"그리고 난 그저 하늘신의 딸과 맹약을 맺었을 뿐이다."

"일화의 후손을 지키라는 맹약 말이죠."

"그래. 그러니까, 오늘의 혼례는 그저 눈속임에 불과해. 걱정하는 것이 오로지 그…… 초야, 뿐이라면, 나는 부인에게 손끝 하나 대지 않을 생각이니 앞으로도 랑(狼)가에 귀의하는 것은 어떠한가. 랑(狼)가에 귀의한다면 일신의 안전과 평안을 보장하지. 어디로 가고자 한 것인지는 모르겠으나, 황궁 밖은 황족들에겐 온갖 위험한 것투성이야."

황제를 제외한 다른 황족들이 궁에서 평생을 홀로 늙어죽어야만 했던 이유가 바로 그 때문이라 말하며 키안은 빛 한 점 들지 않는 숲길을 앞을 훤히 보이는 것처럼 성큼성큼 걸어갔다.

지독하리만치 무심한 것 같으면서도, 제 안위는 끔찍하게 생각하는 듯한 모순이 참으로 이상했다. 시연은 적어도 그렇게 생각하며 저를 단단히 받치고 있는 사내를 바라봤다. 그가 신이라 인간인 자신의 사고방식으로는 이해할 수 없다면야 달리 할 말이 없었으나, 보통 그런 이중적인 감정을 동시에 갖던가?

"황궁은 어째서 안전한 거죠?"

시연의 물음에 박자를 맞추듯 일정하던 걸음걸이가 잠시 멈칫했다. 그러나 곧 다시 안정을 되찾았다. 사선으로 빗겨 허공을 바라보는 시선은 잠시 말을 고르는 듯했다. 그가 대답해 주길 기다리며 시연은 시선을 옆쪽으로, 그러니까 키안이 걸어가고 있는 방향의 정면으로 돌렸다. 여전히 보이는 것이라고는 암흑뿐이었으나, 그의 걸음에 방해가 되지 않도록 초목마저 알아서 길을 내어 주는 것만 같았다. 그럴 리 없음에도 불구하고 이런 산길을 그저 일직선으로만 걷고 있는 남자의 품에 안겨 있다 보면 그렇게 느껴질 수밖에 없었다. 아무리 길이 트여 있다 해도, 초목이 무성한 산길을 평지처럼 걸을 수는 없으니 말이다.

"황궁은 기둥을 이루는 나무 하나부터, 지붕에 인 기와 한 장에도 주술이 걸려 있으니까."

사실 완벽하게 맞는 표현은 아니지만, 달리 무어라 설명해야 할지 모르겠다며 키안은 잠시 미간을 좁혔다.

"방법을 묻는다면 나로서는 설명해 줄 말이 없다. 그러나 황궁을 벗어난 황족이 안전하지 않다는 것 만큼은 확실해. 하늘신은 하늘의 힘을 훔쳐 땅으로 도망간 제 딸의 핏줄을 끊어놓고 싶어 하고, 지신들은 그 피를 탐하고 싶어 하니 말이야. 방금 전 그는 대가 어떤 식으로 미치는지 봤으니 더 설명하지 않아도 되겠지."

"잠시만요. 그럼, 정말, 사람이 하늘에서 내려왔다는 말이에요?"

"아이를 밴 일화가……. 건국신화를 전부 꿰고 있던 것 아니었나?"

오히려 키안이 당연한 걸 왜 묻냐는 얼굴을 하자, 시연은 할 말을 잃었다. 그런 그녀의 표정을 읽지 못한 키안은, 잘못된 부분을 정정했다.

"사람이라기보단…… 여신에 가깝겠지만, 자부심을 가져도 좋을 일이지. 부인은 신의 피를 타고난 것이니까."

중얼거리는 키안의 말을 뚫고 일전에 들었던 것과 같이 못으로 긁는 듯한 기괴한 소리가 저 멀리서부터 웅웅 울려왔다.

[끼끼끼…… 하늘신의 자손이다.]

[피, 피를…….]

소리가 들리자 키안은 시연을 제 품으로 끌어당겼다. 늑대신이 지키고 있으니 차마 가까이 다가올 용기는 없는지, 멀찍이서 신경만 잔뜩 건드는 웅성임은, 그러나 참으로 끈질기게 그들을 따라왔다. 먼저 발칵 성을 낸 것은 태하였다. 그는 들고 있던 기다란 봉으로 풀숲 사이를 휘저으며 낮게 목울음소리를 흘려 잡신들에게 경계를 보냈다.

"제정신 하나 붙들지 못하는 약한 새끼들이, 덤빌 자신이 없으면 주둥아리를 닥치란 말이야!"

만약 옆에 키안이 없었다면 당장 풀숲으로 뛰어들어 목소리의 주인들을 작신작신 두드려 팼을 것만 같은 박력에 놀란 시연의 몸이 움찔 떨렸다.

역시 그 정도로는 완벽하게 가려지지 않는 건가. 키안은 낮게 혀를 차며 펄펄 날뛰는 태하를 그대로 무시한 채 오른손으로 시연의 등을 톡, 톡 두드렸다.

"다 와간다."

위로라기엔 참으로 투박하기 그지없었지만, 그 투박함에 위로 받아버린 시연은 지금 이 상황이 조금 우스워져 푸흐, 낮은 웃음을 흘리며 고개를 끄덕였다.

키안의 말은 맞았다.

"이럴 수가."

고작 걸음 세 번에 천지가 뒤집히듯 귀신의 숲 같던 어둑한 숲은 어디론가 사라지고 빛무리가 주변을 가득 메웠다. 커다란 나무를 지표로 삼아 주변으로 넓게 형성되어 있는 중턱엔 수많은 토착신들이 삼삼오오 모여 있었다. 술병이 즐비한 것을 보아하니 한창 술판이 벌어지고 있었음을 짐작케 했다.

짙은 회색 머리칼과, 날카로운 회색 눈동자를 가진 키안의 등장에 축제 분위기가 절반쯤 얼어붙었다. 그리고 그의 품 안에 다소곳이 안겨 있는 여인이 다름 아닌 하늘신의 자손이라는 것을 깨닫자 남은 절반의 분위기마저 쩅하니 얼어붙었다.

서로가 서로의 눈치를 보는 기이함이 공기 중에 가득 들어찼다. 몇몇 신들은 혀를 내밀어 허공을 가득 채운, 그러나 날 리 없는 단맛을 좇았다. 인내심이 약한 몇은 저도 모르게 벌떡 일어섰다가 매서운 늑대의 시선에 기가 눌려 다시 주저앉기도 했다.

탐이 난다. 시연을 보자 본능적으로 일어나는 욕구에 그들은 서로의 눈치를 보며 마른침을 삼켰다. 그러나 동시에 키안이 무서웠다. 역시 본능이 매섭게 경고하는 위험 앞에서 서로 어찌할지 몰라 데룩데룩 눈만 굴리는 토착신들을 헤치고 새카만 머리칼과 눈을 가진 사내가 키안 쪽으로 내달려 왔다.

"주군!"

태하와 똑 닮은 얼굴의 사내는 키안의 품에 안겨 있는 시연을 발견하자 복잡한 표정으로 우뚝 멈춰 섰다. 숨을 멈추는 것도 잊지 않았다. 그럼에도 미처 밀어내지 못한 공기 한 줌에 섞인 단내가 지독해서, 사내는 저도 모르게 눈살을 찌푸리며 뒤로 반걸음 물러섰다.

그러나 머릿속이 복잡한 건 시연도 마찬가지였다. 태하와 소하를 번갈아 바라보던 시연은 이 둘이 얼굴 외엔 닮은 점이 없다는 사실을 깨닫자 속으로 고개를 끄덕였다. 쌍생아인 모양이라 중얼거리며.

얼굴만 빼면 둘은 양극단에 위치해 있다 할 수 있을 만큼 달랐다. 다른 것은 전부 제쳐 두더라도 겹겹이 순서에 맞춰 갖춰야 하는 의복을 대충 끼워 입은 태하와는 달리 소하는 정갈한 차림새였다. 단순히 외양만 놓고 봤을 때 태하가 물불을 가리지 않고 전장에 뛰어드는 장수 같은 느낌이라면, 소하는 주군의 옆에서 전략을 짜는 책략가에 가까워 보였다. 소하는 절로 움찔거리는 손끝을 진정시키기 위해 주먹을 쥔 뒤에야 가까스로 입을 열었다.

"……이게 대체 어찌된 일입니까?"

"그럴 일이 있었다. 말해놓은 것은 준비되었느냐."

자세한 설명을 하지 않는 대화법에 익숙해져 있는 소하는 더 캐묻는 것을 포기하고 순순히 품 안에서 자그마한 상자를 꺼내들었다. 길쭉한 갈색 상자는 별다른 장식 없이 투박했다.

그것을 받아든 키안은 지체 없이 제 왼팔 위에 앉아 있는 시연

랑을 품은
나리송이

에게 건넸다. 상자는 그리 무겁지 않았다.

"이것이, 그······?"

"그래. 그게 피에서 나는 향을 지워줄 것이다. 황궁을 보호하는 것과 같은 주술이 새겨진 노리개지. 항상 몸에 지니고 다니면 큰 문제는 없을 거다."

시연은 조심스럽게 잠금쇠를 풀어 상자를 열었다. 그 안에는 새하얀 노리개가 놓여 있었다. 그녀의 손가락이 조심스레 노리개를 쓸어내렸다. 술 사이에 매달린 얇은 옥은 한눈에 봐도 상등품이었다. 옥 위에 새겨진, 복잡하게 얽혀 있는 선들은 그녀의 손이 닿자 잠시 붉어졌다 이내 본래대로 되돌아왔다.

시연이 노리개를 집어 들자, 키안은 그녀를 땅에 내려놓았다. 방금 전까지만 해도 눈을 번들거리며 제 쪽을 바라보던 이들이 노리개를 손에 쥐자 언제 그랬냐는 듯 고개를 돌리고 저들끼리 시시덕거리는 모양새에, 시연은 아연함을 느끼며 물었다.

"······신들입니까? 저들이, 전부."

내 피를 노리는.

밖으로 뱉어지지 않은 말을 꿀꺽 삼킨 시연을 잠시 바라보던 키안은 시선을 돌려 술잔을 돌리기 시작하는 것들을 바라보며 답했다.

"그래. 지신(地神)들이다. 토착신이라고도 불리고, 요괴라고도 불리고, 귀신이라고도 불리는 것들이지. 대다수는 인간들의 믿음이 약해지거나 신앙의 중심이었던 나라가 멸망함에 따라 점차로 쇠약해져 가는 중이다. 그래도 이 안에 있는 것들은 아직까진 영향력을 행사하는 신들이라 봐도 무방해."

설명이 끝나기가 무섭게 저보다 한참은 아래에 위치해 있는 동그란 뒤통수가 좌우로 바삐 움직였다. 노리개를 꽉 쥐고 있는 것을 보면 긴장하고 있는 것이 분명할진대, 무섭다며 비명을 내지르거나 울음을 터뜨리거나 하지는 않아 그것이 꽤나 신기했다. 인간의 나이로 열아홉이면 곧 성년이라 했던가.

그에겐 그리 다를 것도 없던 갈색 눈이, 머리칼이, 그녀와 어우러지자 저만의 색을 내는 것 같았다. 잠시 흥미로움이 맴돌던 두 눈은 이내 그것을 떨쳐 냈다.

그래 봤자, 이제 그에겐 중요하지 않은 일이었다.

이미 그는 지쳤으므로, 그에게 중요한 것은 오로지 하나뿐이었다.

이 여인의 죽음.

시연을 내려다보는 짙은 회색 눈동자가 까맣게 죽어 들어갔다. 마치 곧 닥쳐올 제 죽음에 음울한 환호를 보내듯이.

"늑대신께 내 제안을 하나 하려 합니다."

황제의 죽음, 그것은 키안에게 있어 수없이 겪어온 연례적으로 치러야 하는 일이나 다름없었다. 그래서인지 온통 까만 휘장으로 뒤덮인 궁도, 새하얀 의복으로 털갈이를 하듯 갈아입은 궁인들도 더는 그에겐 아무런 감흥도 주질 못했다. 언제나 비어 있는 황후 자리를 탐내는 것을 감추지 않으며 그 누구보다 화려하게 저를 꾸미고 있던 황비의 초췌함마저도 그에겐 아무런 의미도 없었다.

"그대는 알고 있지요? 황가의 비밀을, 내가 노리는 것이 무엇인지를."

"무슨 말을 하는지 모르겠군."

호국인들에게 일반적인 새카만 눈동자엔 핏발이 서 있었고, 며칠간 잠들지 못했는지 눈 밑은 붉었다. 금방이라도 눈물을 뚝뚝 떨어뜨릴 것만 같은 눈을 한 채로, 오열하고 싶은 얼굴을 감추지 않고서, 황비는 웃었다.

"황족의 피가 늑대신과 섞인다면, 더는 땅에 하늘의 후예는 태어나지 못하게 됩니다. 땅에 그 힘이 짓눌려 사라져 버리지요. 그 지긋지긋한 색이 더는 태어나지 않는다면, 황좌의 주인도 변할 테지요. 제가 원하는 것은 그것입니다. 더는 씹어 먹어도 충분치 않은 그 머리칼이, 그 눈이 황좌에 앉지 못하는 것!"

호국에서 한손에 꼽히는 미인이라 칭송받던 여인은 세월이 흐름에 더욱 그 아름다움이 농익은 채로 처절하게 웃었다. 그녀의 모습은 모르는 사람이 보더라도 비통함을 느낄 정도로 처연했으나 키안에겐 그 모든 것이 한 줌의 가치도 지니지 못하는 것이었다.

"그리고 나는 그대가 원하는 것을 알고 있죠."

"어리석은 말이군. 랑(狼)가가 짊어진 약조를 모르는 건가."

그동안 무심한 얼굴을 한 채 저를 바라보기만 하던 사내의 입이 열리자, 황비는 깔깔깔 소리 내어 웃었다. 상복을 입고, 눈물을 흘릴 것 같은 표정을 한 채, 소리 높여 웃던 여인은 이내 웃음소리를 뚝 끊어내며 대답했다.

"아니오. 압니다. 어찌 모르겠습니까. 이 빌어먹을 황궁을 지하까지 전부 뒤져내 알아낸 것을요. 내 설마 신계 하나 남은 하늘신의 계보를 끊어달라 하겠습니까. 아니지요, 아니 되지요. 바라는 것은 그저, 적법한 절차에 따른 혼례입니다."

황비는 흰 비단으로 만든 옷자락을 들어 올리며 말을 이어나갔다.

"영겁의 세월을 사는 신께, 하늘신의 마지막 핏줄을 바치겠습니다. 그 아이를 품으세요. 더는 이 땅에 하늘신의 혈통이 태어나지 않는다면, 그리하면 당신은 자유를 얻을 것입니다. 호국의 신, 늑대신이시어, 비천한 인간이, 당신께 자유를 드리겠나이다."

아, 그것은.

너무도 오래도록 바라왔던 것이라 너무도 달콤해 입을 다물 수밖에 없었던 제안이었다. 그리하지 않았다면 용서받지 못할 것임을 알고 있음에도, 당장에 그러마 대답할 것 같았기에.

노리개를 손에 넣어 안전해진 시연을 태하와 소하에게 맡긴 키안은 숲의 안쪽으로 걸음을 옮겼다. 대가를 지불하기 위해서. 그가 직접 요마의 숲에 와야 하는 이유가 바로 이것이었다. 수풀을 헤치고 안으로 들어선 그는, 어느 순간 밤임에도 불구하고 환한 공간에 발을 내디뎠다.

"기다리고 있었지요."

"궁희[2]."

"당장이라도 죽고 싶다던 늑대신이 어쩐 일로 내게 그런 부탁을 했나 싶었더니, 그리도 아리따운 황녀를 위해서였군요?"

2) 마고의 두 딸 중 하나로 알려진 여신.

랑을 품은
나리솜이

생긋 웃는 궁희의 물음에 침묵으로 답한 키안은 품 안에서 작은 단도를 꺼내들었다. 쓸데없는 얘기는 하고 싶지 않다는 그의 태도에, 궁희는 어깨를 으쓱였다.

"맹약을 어긴 대가로 몸이 엉망일 테니 조금만 받도록 하죠."

상냥한 목소리에 키안은 코웃음으로 대답했다.

"그대가 언제부터 내 걱정을 했다고?"

"글쎄요. 늑대신이 사라지면 꽤 심심하겠다는 생각을 한 뒤부터? 당신이 사라지면 어머니께서 신이 나 축제를 벌이실 텐데 그 모습은 보기가 힘들 것 같아서 말이죠. 그래, 얼마나 더 버틸 수 있을 것 같나요? 그대가 해야 할 일을 방기한 지도 오십 년쯤 되어가는 것 같은데…… 그 속, 꽤나 망가지지 않았어요?"

길고 가느다란 손가락이 정확히 제 복부를 가리켰다. 궁희는 이래서 상대하기가 거북하다. 키안은 직설적으로 던져 오는 말에 눈살을 찌푸렸다. 태초의 여신인 궁희쯤 되는 이가 아니라면 알아차릴 수도 없는 제 상태가 낱낱이 파헤쳐지는 것은 그에겐 익숙한 일이 아니었다. 키안이 노골적으로 불쾌함을 드러내자 궁희는 작게 웃었다.

"그러니 맹약은 쉬이 맺으면 안 된답니다. 심지어 대가를 언제 받을지도 정하지 않은 맹약이라니. 일화에게만 좋은 일을 한 셈이죠. 당신은 손해가 한가득이잖아요."

"가르치는 말투는 그만둬."

궁희는 '어머, 그렇게 느껴졌다면 미안해요'라고 중얼거렸다.

"그래도 다시 황녀를 보호하기 시작했으니 상태가 좀 호전됐겠네요."

이대로 놔두면 얘기가 끝없이 이어질 터다. 한 귀로 그녀의 말을 흘리던 것도 잠시, 시연에 대한 이야기가 나오자 다문 턱에 힘이 들어갔다. 비록 노리개를 쥐어줬다고는 하나 지신들로 득실거리는 요마의 숲에 시연을 놔두고 왔다는 것이 마음에 걸려, 키안은 궁희를 재촉했다.

"사족은 그만하고 대가를 받아."

"이런, 무서워라."

후후, 웃으며 궁희는 품 안에서 자그마한 병을 꺼냈다. 푸른빛의 병을 잠시 바라보던 키안은 머뭇거림 없이 손바닥을 벴다. 뚝뚝, 피가 병 안으로 떨어지기 시작하자 푸른 병은 이내 붉은빛으로 변했다.

"늑대신의 피가 어머니로부터 저를 좀 더 길게 숨겨주겠죠. 아, 그런데 그것 아나요? 오늘 그대가 벤 그슨대로 인해 요마의 숲이 웅성이기 시작했답니다. 피를 보다니, 어리석은 선택이었어요. 아마 이번 일로 어머니께서 긴 잠에서 깨어나지 않을까 싶네요."

피의 양을 가늠하며 궁희는 최초의 여신이자 모든 신들의 어머니, 마고를 입에 담았다. 수많은 미래를 보며 그것들 중 자신이 원하는 미래를 선택해 세계를 끌어나가는 것으로 알려진 마고는 키안으로서도 까다로운 상대였다. 그는 점차 아무는 상처의 끝을 따라 마지막으로 흐르는 피를 보며 눈살을 찌푸렸다.

"시끄러워지겠군."

"뭐, 그래도 어머니께선 귀찮은 걸 워낙 싫어하시니 이번에도 그저 방관하실지도 모르죠. 본디 직접 나서기보단 남의 손을 빌려 원하시는 것을 얻는 데 도가 트신 분이잖아요?"

랑을 품은
나리송이

방관이라. 키안은 완전히 나은 손바닥을 잠시 내려다보다 주먹을 쥐며 대꾸했다.

"그러길 바라야지."

태하와 소하에게 맡겼다 할지라도 시연을 숲에 오래 두는 것은 그리 좋은 생각이 아니었다. 대가를 치른 키안이 머뭇거림 없이 뒤돌자, 밀봉한 병을 품 안에 챙긴 궁희가 다급히 덧붙였다.

"현명한 선택을 해요, 늑대신이여. 하늘신의 피가 끊어진다면, 그대에게 무슨 일이 벌어지게 될지는 나조차도 알지 못합니다."

아아. 잠시 걸음을 멈췄던 키안은 아무런 대꾸 없이 그 자리를 벗어났다.

시연은 돌아오는 길엔 제 발로 걸었다. 노리개를 고름에 건 뒤였기에 키안에게 안길 필요가 없기도 했지만, 앞서가는 그의 안색이 눈에 띄게 나빠졌다는 것도 한몫했다. 키안과 소하는 앞서서, 그 가운데엔 시연이, 마지막으로 태하가 뒤를 따르자 마치 세 명의 사내가 그녀를 앞뒤로 보호하는 것 같은 형세가 됐다. 시연은 전혀 들리지 않는 피 타령에 새삼 속으로 감탄을 금치 않으며 눈처럼 새하얀 노리개를 매만졌다. 소리가 멈춘 것에서 그치지 않고 눈에 보이는 풍경도 변한 뒤라, 옥 아래에 늘어진 술을 연신 쓸어내리며 그녀는 주위를 휘 둘러봤다. 방금 전 키안의 팔에 반쯤 안겨 올 땐 그저 어둡기만 했는데 지금은 숲의 이름이 왜 '요마(妖魔)의 숲'인지 알 것 같았다.

그 끝이 보이지 않을 정도로 높게 뻗은 나무들은 하나같이 묘한 빛을 내고 있었다. 보다 정확히는 나무의 윤곽을 따라 빛이 끊임없이 위로 솟구치는 모양새였다. 태하는 신기해하는 시연에게 방금 전 그녀의 피에 대한 열망으로 까맣게 죽어 있었던 것들이 다시 신나서 날뛰는 것이라며 설명했다.

그녀가 다시 나무껍질을 감싸며 수직으로 치솟아 오르는 빛에 대해 묻자 태하는 그것을 도깨비불이 나무에 들러붙은 것이라 설명했으나, 왜 그렇게 됐는지는 그도 모르는 듯했다. 아니면 고작 나무 따위가 내뿜는 빛에는 관심이 없거나. 그가 제 입으로 '나무 따위'라 표현했으니 후자에 더 무게를 실으며 시연은 더 묻는 것을 관뒀다. 사실 그렇게 궁금한 것도 아니었다. 대신 그녀는 다른 곳으로 관심을 돌렸다.

나뭇가지엔 갖가지 새들이 앉아 있었는데, 개중 그녀의 시선을 잡아끈 것은 단연 삼두일족응[3]이었다. 환상의 동물로도 여겨지는 새는, 동시에 수많은 곳에 그림과 묘사로 생김새가 꽤나 자세하게 남겨져 있었기에 시연도 어렵지 않게 알아차릴 수 있었다.

"삼두일족응이 이렇게 많이 모여 있는 걸 보게 될 줄은 몰랐네요."

그녀의 말에 앞서가던 키안이 답했다.

"불운을 먹는 놈들이니 먹이가 많은 곳에 몰려 있을 뿐이다."

"불운을…… 먹어요?"

"그래. 아주 기분 나쁜 놈들이지."

삼두일족응은 보통 길한 존재로 알려져 있었기에, 그것을 망설임 없이 '기분 나쁘다'고 표현하는 키안의 말에 시연은 미미할 정도의 거부감을 느꼈다. 망태기 할아범이나 호랑이 귀신을 믿는

―――――――――
3) 머리가 셋, 다리가 하나인 매로 신성한 존재임과 동시에 길조로 여겨짐.

랑을 품은
나리송이

대여섯 살 어린아이가 아니었음에도 불구하고 그녀의 삶에 그런 것들은 아주 뿌리 깊은 곳까지 녹아 있었기 때문이다. 믿지 않음에도 믿는 것들. 그렇기에 말 한마디로 지난 19년간 길조(吉兆)로 알고 있던 것이 단숨에 흉조(凶兆)로 뒤바뀌는 것은 그리 유쾌한 경험은 아니어서, 그녀는 작게 항변했다.

"그래도 삼두일족응의 깃은 꽤 효험이 있다 하던데요."

그것이 아니더라도 직접 본 삼두일족응의 깃은 서적이나 그림으로 묘사된 것보다 배는 아름다웠다. 끝부분에서 시작된 금빛에 가까운 노란빛이 겉으로 퍼져 나오면서 점차 붉게 뒤바뀌는 색감은 세상의 온갖 귀한 것들이 모인다는 궁에서도 본 적이 없는 것이었다. 특히 색이 섞이는 부분은 깃 하나하나마다 조금씩 달라, 시연은 낮게 감탄사를 터뜨렸다. 노을을 그대로 품으면 저런 빛깔을 낼 수 있을까. 저리 아름다우니 길조라 불릴 만하다 생각하며. 그러나 키안은 마치 그녀의 생각을 꿰뚫어본 듯 단호하게 대답했다.

"세간엔 길조로 알려진 모양이지만, 저놈들은 그저 먹이를 찾아 날아다닐 뿐, 인간의 길흉(吉凶)에는 관심 없을 거다. 깃도 마찬가지지."

그저 불행이 좀 더 강한 집념으로 뭉쳐 있기 때문에 그것을 먹이로 삼는 것들이라며 키안은 설명했다. 불행을 먹고 다니다 보니 의도치 않게 행운을 가져오는 새가 된 것이라고.

"전쟁터나, 역병이 돌 때, 그도 아니라면 이렇게 사람들이 가장 많이 모여 있는 수도에 몰려들지. 먹이를 구하기 편하니까."

고저 없는 그 목소리가 꽤나 차가워, 시연은 민망함에 깃을 주우려 뻗었던 손을 거둬들였다.

"주군. 곧 제 갈 길을 갈 여인에게 너무 많은 것을 일러주는 것 아닙니까."

세세하게 설명을 해주는 키안이 영 마음에 들지 않았는지, 소하가 투덜거렸다. 그러나 대꾸는 들려오지 않았다. 먼저 소리 내는 이 없으니 이내 그들 사이에는 침묵만이 내려앉았다.

얼마나 걸었을까. 그리 오래 지나지 않아 저택이 눈에 들어오기 시작했다. 아직 어둠에 잠겨있는 저택은, 방금 전 수많은 신들을 보고 와 그런지 꽤나 인간적이게 보였다. 참 간사한 눈이라고 속으로 중얼거리는 시연에게 일전의 커다란 손이 불쑥 내밀어졌다.

"자세한 건, 내일 얘기하지."

예컨대, 도망칠 생각은 접어놓고 들어가 자는 것이 어떠냐는 그의 말에 시연은 잠시 고민했다. 그러나 그의 말마따나 걱정했던 것은 초야였으니, 합방을 하지 않겠다는 그의 말에 그녀는 마음을 굳혔다. 사실 일단 어디든 바닥 뜨끈한 곳에 주저앉고 싶은 생각이 컸다는 것도 한몫했다. 그녀가 야밤에, 그것도 짧은 시간 동안 겪은 일들은 결코 평범하다고 말할 수 있는 수준의 것은 아니었으니 말이다. 잠시 이어졌던 고민을 끝낸 시연은 제 앞에 있는 손을 잡았다.

"좋아요."

그의 입꼬리가 조금 휘어 올라간 것도 같았다. 그러나 시연이 자세히 보기 전에 고개를 돌린 그는, 뒤에 서 있는 태하에게 말했다.

"넌 부인을 안채로 모시고."

그는 제 옆에서 불퉁한 표정을 하고 있는 소하를 보며 말을 이어나갔다.

"넌, 별채로 따르거라."

부인이라는 호칭이, 이유 없이 간질거려서, 시연은 괜히 잘 매달려 있는 노리개를 만지작거렸다.

❀

"어머머, 이 피부 고우신 것 봐!"

"어휴, 어젠 이리 고우신 분을 그저 멀리서 보기만 하는데 어찌나 슬프던지!"

어제 받은 눈처럼 새하얀 노리개를 매달고 있는 시연에게 거침없이 여인들의 손이 뻗어왔다. 쉼 없이 입을 움직이며 시연의 머리를 틀어 올렸다, 땋아 내렸다를 반복하는 그녀들의 숫자는 줄어들기는커녕 점차로 늘어났다. 어제까지만 해도 폐가라고 해도 손색이 없을 정도로 사람 없이 휑했던 것을 생각해 보자면 극단적인 변화였다. 앞에 놓인 청동거울을 통해 점차로 머리에 장신구가 늘어나는 제 모습을 반쯤은 넋을 놓은 채 바라보던 시연은 속으로 숨을 삼켰다. 아침에 눈을 뜨기 무섭게 벌어진 것들이 벌써 반 시진이나 이어졌다는 것이 새삼 충격이었기 때문이다. 게다가 너무 놀라서 미처 누구냐, 이건 무슨 짓이냐고 묻지도 못했다는 것을 머리 장식이 거의 끝난 지금에서야 깨달은 그녀의 안색은 창백하게 질렸다.

장지문이 벌컥 열리는 소리에, 시연의 고개가 그쪽으로 돌아갔다. 덕분에 양옆에서 '어머, 마마, 갑자기 움직이시면 아니 되어요!'라는 다급한 외침들이 들려왔지만 그 목소리들은 시연의 귀까지 가 닿지 못했다. 방 안으로 들어오는 여인의 모습에 온 신경이 그쪽으로 쏠렸기 때문이다. 간소한 옷차림에 높은 톤의 목소리로 와르르 말들을 쏟아내던 여인들과 방 안으로 들어서는 여인은 정반대에 위치해 있다 표현할 수 있을 정도로 달랐다.

새하얀 저고리는 얼핏 수수했으나 은색 실로 놓아진 자수가 화려했으며, 얇은 옷감을 몇 겹이고 겹쳐 풍성하게 만든 푸르른 치마를 들어 올리는 여인의 걸음걸이는 물 흐르듯 유려했다. 날카롭게 위로 올라간 눈꼬리에 붉게 칠한 입술은 자칫 잘못하면 천박해 보이기 쉬웠으나 그녀에겐 제 옷인 양 꼭 맞았다.

천박함? 누가 됐건 그런 단어를 감히 저 여인에게 갖다 붙일 수는 없으리라. 그녀는 제게 눈을 떼지 못하는 시연을 한 번, 입술을 삐죽이고 있는 여인들을 한 번 훑어보고는 한숨 섞인 목소리로 말했다.

"백여우들이 결례를 범했군요. 대신 사죄드리겠습니다, 마마."

"어머, 언니, 결례라니요. 저희는 마마님을⋯⋯."

그녀의 말에 백여우라 칭해진 여인들 중 한 명이 발끈하며 입을 열었다 금세 닫았다. 그러나 시연은 재빠르게 꼬리를 만 여인의 행동에 오히려 박수를 쳐주고 싶은 심정이었다. 치켜 올라간 여인의 눈꼬리를 따라 일순 냉수라도 부은 양 공기가 서늘해졌기에, 입을 다문 것은 참으로 적절한 판단이라 할 수 있었기 때문이다.

"닥치고 나가렴."

"으, 예⋯⋯."

와르르, 들어왔을 때처럼 떼 지어 여인들이 나가자 달각거리는 소리도 없이 닫힌 문 안쪽에 남은 것이라고는 오로지 둘뿐이었다.

"죄송합니다. 제가 단속을 해야 했는데. 어머, 혹 방금 제 언행이 너무 거칠었나요? 그렇다면 부디 말해주세요. 인간들의 예(禮)는 워낙 어려워 자주 실수를 하곤 한답니다. 그러니 실수를 했다면 혼을 내셔도 괜찮아요."

"아니. 정신이 없던 참이라…… 오히려 감사해야지. 한데, 누구인지 물어도 될까?"

"이런. 제 소개를 잊었군요. 앞으로 호 시연님이 지내시는 데 불편함이 없도록 옆에서 뫼실 호(狐) 린이라 합니다. 들어보신 적이 있으실지 모르겠지만, 저는 구미호랍니다. 아! 그리고 방금 전의 것들은 백여우들이지요."

손은 꽤 야무지지만 잠시 눈만 돌렸다 하면 사고를 치고 다니는, 아주 골치 아픈 것들이랍니다. 눈꼬리를 휘어 웃는 린의 말에 시연은 어디서부터 얘기를 시작해야 할지 알 수가 없게 되어버렸다. 구미호도 신이냐 물어봐야 하는 것일까, 아니면 정말 눈처럼 흰 백(白)여우가 존재하느냐 물어야 하는 것일까, 그것도 아니라면 이 저택 안에 인간은 오직 저뿐이냐고 물어야 하는 것일까.

어느 쪽이든 입 밖에 내었다간 간신히 붙잡고 있는 이성이 뚝 끊어질 것 같았기에 시연은 입을 다무는 쪽을 택했다. 고개를 끄덕인 그녀는 과한 머리 장식 몇 개를 단숨에 잡아 빼며 자리에서 일어났다. 아침 대낮부터 백여우들에게 치이느라 잊고 있던 것이 떠오른 탓이다. 시연은 마음을 다잡기 위해 자그마한 주먹을 꾹 쥐었다. 결판을 내야 할 때였다.

"가주께선 어디에 계시지? 뵈어야겠다."

어머.

린은 어린 황녀를 바라보며 속으로 남몰래 탄성을 뱉어냈다. 늑대신이라 한다면 자고로 호국의 시조이다. 늑대가 인간들에게 경외 받는 위치에 있다 한다면 그 반대급부에는 여우가 있었다. 사냥감 취급을 받는 여우, 혹은 여인들의 노리개처럼 애완용으로 길러지는 여우. 그렇기에 린은 제가 구미호임을 밝혔을 때 이 귀하게만 자란 황녀가 불쾌감으로 눈살을 찌푸리는 모습을 볼 수 있을 것이라 생각했었다. 방금 전까지 제 머리칼을 만지작거리던 아이들이 백여우임을 알게 된다면 아마 뭐가 됐건 던져 부수며 화를 내지 않을까 그리 기대했었다.

한데 어떠한가.

"가주께서는 현재 별채에 계시답니다. 뫼실까요?"

"그래."

지금 저를 보는 황녀의 시선에 호불호는 존재하지 않았다. 감정을 숨기는 데 능숙한 것인지, 아니면 타고난 배포가 두둑한 것인지는 알 수 없었으나 하나만큼은 확실했다.

그저 그런, 쉬운 여인은 아니다.

어쩌면 500여 년이 넘는 시간 동안 고인 물처럼 그저 흘러가는 세월만을 바라보던 저택이 오랜만에 떠들썩해질 수도 있겠다, 그리 생각하며 린은 제게 맡겨진 작은 주인을 모셨다.

안채에서 벗어나자 각자 일감을 들고 삼삼오오 몰려다니는 이들이 저택 안을 가득 채우고 있는 듯했다. 다들 겉보기에는 인간과 다를 바 없었다. 시연의 옆에 바짝 따라붙은 린이 바구니에 가득한 옷감을 들고 가는 여인이나, 두루마리를 한아름 들고 뛰어가는 사내를 볼 때마다 연신 여우니 길달[4]이니 일러주지 않았더라면 알아보기 불가능했을 터다. 그들의 공통점이라 한다면 궁이나 규모가 꽤 큰 세도가에선 흔히 사용하는 신분패가 전혀 보이지 않는다는 점이었다. 보통 옷자락이나 앞섶에 매다는 동그란 패는, 무수한 사람들 사이에서 서로의 지위를 명확하게 구분할 수 있는 수단이었다. 의복과 통틀어 거의 필수품이라 할 수 있는 패의 부재에, 시연은 고개를 모로 기울었다.

"내, 무엇 하나를 물어도 괜찮은가?"

제각기 아무런 옷이나 주워 입었는지 의복에 공통점이라고는 조금도 보이지 않는, 후원을 뛰어다니는 어린 백여우들을 바라보던 시연의 물음에 린이 대답했다.

"예. 무엇이든지요."

"이곳은 신분이나 지위에 대한 개념이 옅나? 아예 존재하지 않는 것 같진 않은데……"

엄연히 키안을 주군이라 부르는 것을 보면 상하(上下)관계는 확고한 듯했다. 그러나 또 어젯밤 태하를 생각하자면 정작 모시는 이를 대하는 태도가 불경스럽다 고함을 칠 만큼 제멋대로여서 생긴 의문이었다. 물론 그 내막을 알 리 없는 린은 예상외의 질문에 조금 놀랐지만 말이다.

"흠. 글쎄요. 엄연히 말하자면야 없다고 해야겠지요. 인간들이 흔히 말하는 황제나 양반처럼 피로써 귀함과 천함을 나누지는 않습니다. 디만, 강한 이를 따르고자 하는 것들이 알아서 달라붙어

---

4) 도깨비, 귀신의 일종

있는 것이랄까요. 가주께서 저희를 누르고자 하시었다면 또 달랐겠지만 랑(狼)가의 가주께옵서는 저희의 존재 자체를 귀찮아 하는 분이시라서요."

제가 윗사람이라는 것을 인지시키는 것에도 애정과 열정이 있어야 한다는 말을 하며 린은 살짝 어두워졌던 낯빛을 애써 감췄다.

"그런데 어찌 그리 생각하셨습니까?"

이어지는 린의 물음에 잠시 생각을 정리하던 시연이 답했다.

"어제, 태하라는 자가……."

"푸흐흐, 이런이런. 죄송합니다, 마마. 하필 처음 마주한 자가 그 천둥벌거숭이 같은 도깨비라는 게 우스워 그랬습니다."

"……도깨비라고?"

ㄱ자로 되어 있는 저택을 끼고 돌며 린이 슬쩍 제 뒤를 따르고 있는 여인을 훔쳐봤다. 저를 치장하던 여인들이 백여우라는 것에는 전혀 놀라지 않더니 태하가 도깨비라는 사실은 꽤나 놀라운지 얼굴에 당혹스러움이 가득했다. 그것이 또 웃겨서, 린은 터지려는 웃음을 꾹꾹 눌러 참으며 답했다.

"예에, 도깨비지요. 그 볼썽사나운 긴 봉을 휘두르는 꼴을 보셨겠죠? 그게 그놈 방망이랍니다. 주군은 말이라고는 쥐뿔도 듣지 않는 도깨비는 필요 없으니 제발 제 갈 길 가라고 한다는데, 그놈이 딱 달라붙어서 안 떨어지고 있죠. 그놈에겐 예의니 범절이니 같은 건 바라면 아니 된답니다."

인성이 바닥에 붙어 있는 놈이니 말이지요. 살랑살랑, 등 뒤에 꼬리가 흔들릴 것만 같이 부드러운 목소리로 조곤조곤 말하던 린은 생긋 웃었다. 그런 린의 말투도 그리 제대로 된 건 아니라는 말을 해줘야 하나 고민하던 시연이 이내 그 말을 속으로 삼켰다는 것을 전혀 모르기에 나올 수 있는 웃음이었다.

"내보내야…… 피를…… 주군!"

린의 안내로 별채 바로 앞에 도착한 시연은 벼락처럼 내리 떨어지는 목소리에 우뚝 걸음을 멈췄다. 낯설지 않은 목소리였다. 그렇기에 그녀는 오래지 않아 목소리의 주인공이 누구였는지 기억해 낼 수 있었다.

"가주께선 바쁘신 모양이로구나."

시연의 말을 뒷받침하기라도 하는 듯 쾅쾅, 발을 구르는 소리가 연이어 들려왔다. 낯부끄러운 상황임에도 불구하고 '돌아가야 할까'라며 제게 묻는 시연의 모습에 린은 화들짝 놀라며 대답했다.

"아, 아닙니다. 소하는 아마 곧 나올 겁니다. 저 녀석은 항상 저러거든요. 한데 마마께선 어째서 주군을 가주라 칭하십니까? 말도 높이시고……. 엄연히 부부의 연을 맺은 사이인데 말이지요."

그, 인간들은 남편을 '샤님'이라 하지 않냐며 물어오는 질문에 시연의 고개가 옆으로 기울어졌다. 오히려 그녀는 방금 제게 던져진 린의 질문이 전혀 이해가 가지 않는다는 표정으로 되물었다.

"가주는 지신(地神)이라 하지 않았나. 신의 혼례와 인간의 혼례는 다르다고 들었는데…… 그렇다면 어제 올린 인간의 것은 무효가 되는 것이 아닌가?"

"아…… 예, 그, 그렇긴, 그렇지만……."

"또한 이 가문의 주인은 인간이 아니라 신이니 격식을 갖춰 말을 높이는 것이 맞지."

그제야 린은 시연을 이곳까지 데려오며 느꼈던 기시감의 정체를 눈치챌 수 있었다. 제 눈앞에 있는 여인은, 호국이 들썩였던 혼례에 아무런 가치도 두고 있지 않은 것이다. 찬성보다 반대가 더 많은 혼례였으나, 그렇다 하여 그 규모가 작거나 가치가 떨어지진 않았다. 오히려 타국에서도 주목할 정도로 거국적인 결합이라 해도 과함이 없었다. 역사에 길이 남아 후세에도 알려질 한 획의 주인공. 황녀에겐 이 혼례의 무게가 그 정도여야 마땅했다. 그런데 지금 어떠한가. 그녀는 아주 자연스럽게 혼례의 무용함에 대해 말하고 있지 않은가.

일평생을 인간으로 살아왔고, 따져 묻자면야 인간에 가까운 이가 이렇게 아무렇지 않게 또 다른 세계를 받아들이는 것이 과연 정상적인가에 대해 고민하며 린은 조심스레 대답했다.

"그렇지요……."

콰앙!

닫혀 있던 문이 요란스레 열리며 소하가 박차고 나온 것은 바로 그때였다. 어제의 그 단정한 옷차림은 어디다 집어던졌는지, 풀린 옷고름에 버선 한쪽은 어딘가로 날려 버린 모양새로 그는 씩씩거리며 안쪽을 향해 '악!' 외쳤다.

"주군께서 알아서 하십시오! 전 모릅니다! 모른다고요!"

그 기세, 꽤나 호기롭다. 그리고 정면으로 향한 고개.

잠시간의 침묵.

"……도깨비는 보통, 다혈질인가?"

침묵을 깨는 시연의 얼굴엔 순수하게 궁금증만 가득했다. 두
려움 한 점 없는 그 말간 질문에 결국 린의 꾹 다물려져 있던 입
가가 비틀렸다.

"푸…… 푸하하핫! 으흑, 으혁, 아, 아, 예, 예에, 마마, 도깨비
놈들은 모두 저리 성질이 더럽답니다. 그러니 절대 가까이 하지
마시어요. 푸흐흐흐."

와르르 터져 나오는 웃음보에 소하의 눈썹이 꿈틀거렸다. 그는
반쯤 밀어 넣듯 억지로 신을 꿰어 신고는 섬돌을 사뿐히 날아 내
려앉은 뒤 린에게 이를 드러내며 노성 어린 목소리로 말했다.

"그만 웃어. 꼬리를 죄다 뽑아버리기 전에."

그리고 뒤이어 제게 던져지는 악의 섞인 시선. 그러나 어제와
는 달리 오늘의 소하는 그다지 무서워 보이지 않았기에, 시연은
그 시선을 그저 흘려보냈다. 옷고름 하나 제대로 매지 않은 이를
두려워하기엔 그녀의 지위가 조금 많이 높았다.

"어머, 그럼 그 뿔은 과연 무사할까?"

"몇 번을 말해야 알아들을 테냐? 뿔 달린 것들은 바다를 건너
온 것들이라고! 내겐 뿔 따위 없어!"

"그랬나? 그럼 방망이를 부러뜨려 주랴?"

"방망이도 없다고 누누이 말을 했을 텐데. 후…… 그래, 이 기
회에 주군 곁에서 알짱거리는 백여우들과 한데 묶어 몰아내 주마.
이리 귀찮게 할 줄 알았다면 사백 년 전에 끝장을 봐야 했어!"

"흥! 이 거대한 저택을 이 정도까지 유지하는 게 전부 누구 덕
인지는 잊은 모양이지? 게다가 사백 년 전이라니. 어머머. 벌써
기억이 가물가물하니? 그땐 분명 내가 네놈의 목을 자르려던 걸

불쌍해서 봐주었다고."

투닥거리던 둘의 모습을 잠시 바라보던 시연은 제가 상관할 일이 아니라고 결론 내렸다. 만약 황궁이었다면 상전을 앞에 두고 저들끼리 쌈박질을 하는 것을 그냥 두지 않았겠지만 이곳은 랑(狼)가였다. 게다가 저들은 인간이 아니라 요괴, 혹은 신이었다. 서로의 목을 베니 마니 하는 살벌한 요괴들의 대화에 인간인 제가 끼어들어 무엇하겠는가. 하니 보이는 것도 못 본 척, 들리는 것도 못 들은 척하는 것이 제일이라 속으로 중얼거리며 시연은 섬돌을 디디고 마루로 올라섰다. 새하얀 버선발이 마루 위로 올라서자, 잿빛 시선이 위로 죽 밀려 올라왔다. 다홍빛 치맛자락을 밟고, 위로 남색 저고리를 스쳐 간 시선은 이내 붉은 입술과 연갈색 눈동자를 차례로 담아냈다.

"……부인이 이곳엔 무슨 일인지?"

열어젖혀진 장지문 너머로 미간을 짚은 키안은 의문을 감추지 않았다. 등 뒤에서 이제 반천 년 전까지 거슬러 올라가는 구미호와 도깨비의 대화에 시연은 점차로 멀어져 가는 현실감을 애써 붙들며 말했다.

"물을 것이 있어 찾아왔습니다. 잠시 들어가도 되겠습니까?"

"얼마든지."

방 안으로 들어서며 그녀는 문을 걸어 닫았다. 밖에서 뭐라 말소리가 높아지는 게 들렸으나 그런 사소한 것까지 신경 써주기엔 어제 오늘, 그녀 스스로가 겪은 충격들도 너무 컸다.

성큼성큼 키안의 코앞까지 걸어간 시연은 이내 곧바로 그 앞에 앉았다.

"가장 먼저……."

"질문이 여럿인가 보군."

시연은 제 말을 잘라낸 키안을 잠시 바라봤다. 다른 이유가 있는 것이 아니라 그저 조금 놀라서. 선황이 서거한 지 올해로 삼 년. 선황이 생존해 있을 때를 제외하고 그녀의 말을 잘라낸 이는 키안이 처음이었다. 황비도 당장 저를 내쫓아내고 싶다는 표정을 하면서도 말을 끊어내지는 않았으니 말이다. 그러나 그녀는 그리 오래지 않아 놀라움을 밀어냈다.

"예. 어제 같은 일을 겪었는데 물을 것이 하나일 수는 없잖습니까."

"그렇지. 그래서, 첫 번째 질문은 무엇이지?"

"요괴들이 제 피를 노리는 것은 달이 뜨는 시간에 한정된 것입니까?"

그것은 어제 저녁 그녀가 흰 노리개를 손에 쥐고 고민한 것들 중 하나였다. 노리개에 새겨진 주술이 제 피를 향한 요괴들의 광기(狂氣)를 막아준다는 것은 이미 증명된 사실이었다. 늑대신은 보통 황족들이 궁 밖으로 나가지 못하도록 엄히 금지한 이유 중 하나가 바로 요괴들의 먹이가 되지 않도록 하기 위함이라 했다.

그러나 그녀는 이미 수차례 몰래 궁에서 밖으로 외출한 적이 있었다. 물론 그것은 선황의 허가 하에 이뤄진 것이었으며, 선황이 서거한 지 3년 동안은 황비의 매서운 감시 아래에서 궁 밖은 구경도 하지 못했지만, 궁을 벗어난 적이 있다는 것은 의심할 여지가 없는 사실이었다.

"그래. 달이 품은 음(陰)의 기운이 쉽게 이성을 잃게 해. 하나

약한 요괴들은 해가 하늘에 아직 걸려 있을 때에도 하늘신의 피를 탐할 거다. 그러니 그 노리개를 몸에서 떼어놓지 마."

아귀가 맞지 않는 상황에 시연은 눈살을 찌푸렸다. 그녀는 잠시 고민했다. 자를 믿을 수 있을 것인가, 없을 것인가에 대해. 그러나 그녀는 곧 속으로 얕은 웃음을 터뜨렸다. 믿을 생각이 조금도 없으면서 자연스레 그런 고민을 하고 있는 스스로의 모습이 참으로 웃겼기 때문이다. 질의란 뱉어내는 것이 있어야 얻는 것도 있는 법이라, 그녀는 이제 와 비밀이라 할 수도 없는 것을 쉬이 입에 담았다.

"전 궁을 나선 적이 있습니다. 낮이었지만, 꽤 자주 궁을 벗어났고, 그때마다 아무런 일도 일어나지 않았죠. 하여 이에 대해 명확히 알고자 한 것입니다."

"……궁을?"

"예. 선황께서 제게 베푸신 유일한 편의랄까요. 이에 대한 것은 제 개인적인 부분이니 더는 답하지 않겠습니다."

어째서 궁을 벗어났는가에 대해 질문할 상황 자체를 끊어내는 시연은 완고했다. 단호한 그녀의 태도에 키안은 고개를 끄덕였다. 괜스레 듣지도 못할 것을 캐물어서 관계만 악화시킬 필요는 없다 생각했기 때문에, 그는 순순히 추론을, 그러나 확신에 가까운 답을 내어놓았다.

"선황은 황자였던 시절, 하늘신의 피에 대해 우연히 알게 된 적이 있다. 그때 내가 주술에 관한 것을 언질해 주었으니 아마 부인에게 궁에 있는, 주술이 새겨져 있는 무언가를 딸려 보냈을 가능성이 커."

그의 말에 시연의 표정이 굳었다. 키안은 제 추측이 맞았음에 조용히 그녀가 생각을 정리할 시간을 주었다. 다시 그녀가 입을 연 것은, 그로부터 한참의 시간이 흐른 뒤였다.

"알겠습니다. 무엇인지. 하면 다음 질문을 하겠습니다. 이유가 뭡니까?"

맥락을 짚기 힘든 질문에 그는 미간을 좁혔다.

"질문을 하려면……."

"지신(地神)인 당신이, 굳이 한낱 인간인 제게 이곳에 머물라 청하는 이유를 알아야겠습니다."

"그러면 부인께선 왜 이곳을 떠나려 하지?"

그놈의 부인 타령.

왜 제가 부인이냐 묻고 싶었지만, 그 대신 시연은 대답했다.

"제가 먼저 질문하였습니다."

"일전에 보니, 건국신화를 전부 꿰고 있는 듯하던데. 거기에 이미 답이 있지 않은가."

그것은 황족으로서 말을 배우기가 무섭게 외우도록 시키는 것이었기에 시연은 금세 그가 말한 부분이 어디인지 눈치챘다. 그녀는 자리에 앉아 어서 제가 그 부분을 읊길 기다리는 키안의 모습에 괜스레 뚱해졌지만, 더 이상의 불필요한 기싸움을 하고 싶지 않았기에 순순히 입을 열었다.

"'땅의 신에게 청하오니, 하늘의 후예가 다스리는 곳이 번창할 수 있도록 자비를 베풀어주소서. 하늘의 후예의 피가 언젠가 끊어질 때까지 보호와 번영과 번창이 이어지도록 하소서.' ……그래서, 지금 제가 하늘신의 자손이라 가주께서 보호해야 한다는 말

신화의 서막   87

을 하려는 것은 아니겠죠?"

"그렇지."

"……거기에 제 의지는 반영되지 않습니까?"

"불행히도."

젠장. 시연은 입술을 앙물었다. 새하얀 얼굴이 말 몇 마디에 금세 와르르 무너져 내리는 것을 키안은 꽤 색다른 기분으로 보고 있었다. 비장한 표정이 아연실색으로 변하더니, 또 얼마 지나지 않아 무언가 고민하듯 골똘히 생각에 잠긴다. 제 앞에 앉아 있는 여인은, 참으로 표정이 다양했다. 바로 어제 그렇게 생기 한 줌 없는 사람인 양 서 있었던 것과는 달리. 이어지던 생각을 찬찬히 짚어보던 그는, 자신도 모르게 입을 열었다.

"하나 묻지. 어젠 왜 그랬지?"

"……예?"

"어제 말이다."

시연은 가장 중요한 설명은 쏙 빼놓곤 입을 딱 다무는 키안을 기가 막히다는 표정으로 바라봤다.

"방금 전 말을 돌려드리죠. 다짜고짜 어제라고 하면 제가 어찌 압니까. 어제 얼마나 많은 일이 벌어졌는지는 알긴 하신 거지요?"

날 선 지적에 키안의 눈가에 주름이 졌다. 자신에겐 일상이었던 일들이 그녀에겐 알고 있던 세상이 뒤집혀지는 정도로 충격적이었을 것이라는 생각에, 그는 제 설명이 꽤나 부족했다는 것을 인정하며 말을 덧붙였다.

"혼례식 때, 세상을 다 산 사람처럼 서 있던 것에 비하면 지금은……."

그녀를 위에서 아래로 찬찬히 훑은 뒤에 키안은 제 생각을 던져 놓았다. 꽤나 팔팔해서 말이지. 물론 단어 선정이 참으로 무례해 시연의 눈매가 날카로워졌으나, 그녀는 얕은 한숨을 한 번 내쉬고는 순순히 대답했다.

"일종의 가면이죠. 안 그러면 그 안에서 살아남을 수 없었거든요. 감정을 죽이고, 모든 일에 아무런 관심도 없다는 듯 굴어야 황비마마의 의심에서 벗어날 수 있었으니까요."

심지어 끊임없이 황비가 제 앞에서 흔들어대는 황좌를 뚱하니 바라보며 저는 그것에 전혀 관심이 없다, 온몸으로 증명해야만 했다. 부탁한 적도, 원한 적도 없건만, 제멋대로 제 앞을 막아서며 땅에 떨어진 목들, 그리고 감정도 이성도 전부 죽인 채 흘려보내야 했던 시간들을 떠올리는 시연의 미소가 썼다.

이해하지 못했다는 티가 역력한 시선에, 시연은 피식 웃으며 말을 이었다.

"하루는 새벽녘에 잠이 오지 않아 몰래 후원을 거닐었는데, 돌아와 보니 장지문 앞을 지키던 궁녀 둘이 죽어 있었어요. 또 하루는 매일 쓰던 활에 유리 가루가 잔뜩 발라져 있기도 하고, 음식에 독이 들어가 있는 것은 그리 놀랄 일도 아니죠. 선황께서 서거하신 뒤 3년 동안 제 궁에서 궁녀만 두 자릿수가 죽어나갔다면 믿겨지나요? 나중엔 다들 제 궁으로 배정되는 걸 꺼릴 정도였으니 더 말할 것도 없죠. 이미 죽은 이들을 다시 살려낼 수는 없는 노릇이지만, 그런 상황에서 제가 여황(女皇)이 되겠노라 팔팔거리며 날뛰었으면 아마 죽어나가는 이들이 배는 늘었을 겁니다."

"……궁녀들의 목숨을 보전하기 위해 황좌를 포기했다고?"

"그들이 없으면 황좌도 없으니까요. 자리를 대물림하는데 굳이 피를 가장 많이 흘릴 길을 택할 이유가 없죠."

누가 되었건, 자리는 채우면 그만이니까요. 망설임이라고는 조금도 없는 대답에 키안은 입을 다물었다.

저 여인이 황제가 되어야 했다.

오백여 년 동안 호국의 황제들과, 호국의 번영을 이끌어왔던 랑(狼)가의 수장으로서 그는 제 앞에 앉아 있는 여인이야말로 이번 대(代)의 황제가 될 재목임을 확신했다.

황좌에 욕심이 없으며 아랫사람을 중히 여길 줄 안다. 동시에 그들의 죽음을 과하게 연민하지 않는다. 상황 판단도 빠르며, 원하는 것을 얻어낼 가장 효율적인 길을 잡을 만큼 명석했다.

그는 확신했다. 시연이 다음 황좌에 앉는다면 그녀의 치세(治世) 아래에서 호국은 이보다 번영할 것임을. 멸망의 길을 걷고 있는 호국이 다시 한 번 전성기를 맞이할 수 있을 것임을.

원치 않음에도 가지 치듯 멋대로 뻗어나간 생각이 황좌에 앉은 그녀에게까지 가 닿자, 죽어버렸다 생각했던 심장이 제멋대로 널뛰기 시작했다. 무심함을 가장했던 얼굴에 금이 갔다. 저 여인의 손에서 피어나는 호국을 보고 싶다는, 누구의 것인지 모를 욕망이 꿈틀거렸다.

이, 빌어먹을, 맹약.

키안은 당장이라도 그녀를 황좌에 앉히고 싶어 끓어오르는 욕구 위로 찬물을 쏟으며 인상을 썼다.

이만하면 충분하잖아, 일화. 500년이라고.

다시 제 손으로 무심함을 가장한 가면을 뒤집어쓰며 그는 이를

랑을 품은
나리송이

갈았다. 언제 받을지 모를 대가를 기다리며 쳇바퀴같이 반복되는 삶을 사는 것은 이제 지긋지긋했다.

할 만큼 했잖아, 일화. 무려 500년 동안.

그러나 그의 내면에서 치열하게 맞부딪치는 갈등을 알 리 없는 시연은 어깨를 으쓱이며 말을 마쳤다.

"그러니 절 보내주시죠."

아무렇지도 않게 제게 예정되어 있던 부와 권력을 버리겠노라 말하는 이의 눈에 미련은 한 줌도 없었다. 그래서 그는 생각한 적 없던 물음을 던졌다.

"나가면, 무엇을 할 생각이지?"

"세상 구경을 할 겁니다. 호국의 끝에서 끝까지, 가능하다면 호국을 넘어 예국과 자하국도 돌아볼 생각입니다. 견문(見聞)을 넓히고 세상을 배워 한낱 새장 속 새의 신세에서 탈피를 하려 합니다."

"……그 뒤에는?"

"그 뒤에는……."

시연은 먼 곳을 바라보듯 허공을 응시했다. 그것은 상상만으로도 등골이 오싹할 정도로 기분 좋은 일이라, 그녀는 눈꼬리를 휘어 접곤 부드러이 웃으며 답했다.

"제가 설 땅을 찾을 겁니다."

그는 그리 말하는 여인을 마주본 뒤에야 자신이 무언가 놓치고 있다는 생각을 했다. 선황의 사랑받는 딸이자, 호국의 하나뿐인 적통 후계자로서 그 누구보다 귀하게 키워졌을 여인이다. 비록 선황의 사후에 황비에게 위협을 받았다 하나 그것으로는 미처 다 설명할 수 없는 무언가가 있었다. 설 땅이라니. 그녀의 뿌리는 호국에서도 가장 깊이 연결되어 있었고 그녀의 성장은 호국의 품 안에서 이뤄지지 않았던가. 그리할진대 '설 땅'을 찾는다니.

그러나 키안은 제가 알지 못하는 무언가를 무자비하게 파헤치는 대신 조건을 내걸었다.

"1년."

"예?"

"1년 뒤에 황자가 성년이 된다. 그때 즉위식이 있겠지. 비어 있던 황좌가 채워진다면 황비도 더는 부인에게 관심을 두지 않을 거다. 만약 그 후에도 가고 싶다면 말리지 않겠다. 그러나, 즉위식 전에 계승권을 가진 황녀가 행방불명된다면 황비는 손에 피를 묻히고자 할 것이다. 그 노리개는 지신들에게선 부인을 감춰주겠지만, 자객들을 막아주지는 못하니 일 년간은 내 보호 하에 있어."

반박하려 시연이 입을 열자, 손을 들어 말을 막은 키안이 더 이상의 협상은 없음을 확고히 못 박았다.

"모른다 하진 않겠지?"

모르지 않았다. 그러나 저치가 그것을 지적하지 않길 빌긴 했었다. 시연의 얼굴이 볼썽사납게 일그러졌다. 그녀의 머릿속에서 수많은 가능성들이 빠르게 서로 얽혔다. 그러나 상대는 인간이 아니라 신이었다. 그것도 늑대신. 그 하나가 수많은 가지들을 단숨에 쳐냈다.

결국 그녀는 백기를 치켜들 수밖에 없었다.

"좋습니다. 일 년. 딱 일 년입니다."

"그래. 일 년."

왠지 저를 바라보는 회색 눈빛이 끈적지다 생각하며 시연은 자리에서 일어났다. 길게 늘어진 치맛자락을 한 손으로 붙들며 그녀는 다시 한 번 다짐을 받았다.

"말을 바꾸었다간⋯⋯."

굳게 다물린 붉은 입술에 키안의 시선이 가 닿았다. 그녀가 하늘신의 피를 이었다고는 하나 그것은 시간이 흐름에 점차 옅어졌다. 눈앞에서 피가 흐르지 않는 한, 그것에 제가 정신을 놓을 일은 없었다. 게다가 단순한 무력으로 놓고 보자면야 제가 훨씬 우위에 있었다. 그렇기에 저 작은 입술에서 무슨 말이 나올지 궁금한 것이다. 무엇으로 약하디약한 여인이 저를 협박할 것이란 말인가?

시연은 그런 그의 생각을 비웃듯 여유로이 웃었다. 그의 생각처럼 보호받으며 살아온 황녀는 이 자리에 없었다. 수없이 많은 죽음을 넘어온 여인만이 존재할 뿐이었다. 그녀는 어깨를 으쓱이며 말을 이었다.

"제가 그저 살기 위해 도망치기만 한 것이 아님을 보여드리지요."

올곧은 어깨, 자신감이 가득 담긴 두 눈. 그것은 밀려나고 또 밀려나 황궁에서마저 버려진 황녀가 가질 수 있는 종류의 것이 아니었다. 말을 마친 시연은 더는 할 말이 없다는 듯 그대로 몸을 돌려 별채를 나가 버렸다.

쾅, 문이 닫힌 뒤에야 키안은 아주 천천히 그녀가 제게 선전포고를 했음을 깨달았다. 선전포고라니. 근 500년간 제게 그리 나온 이가 몇이나 되던가.

하하하하!

별채에서 요란스럽게 터져 나오는 웃음소리에, 그 호탕함에, 기꺼움에, 여태껏 싸우고 있던 린과 소하가 경악을 감추지 않으며 멈춰 섰다.

웃는다. 저들의 왕이. 요괴들의 왕, 신 중의 신, 땅에선 그 누구보다 강한 그가 웃는다.

"마, 마마?"

그리고 그 기적 같은 일을 만들어낸 시연은 방금 제가 내뱉은 말을 곱씹으며 속으로 비명을 내지르고 있었다. 치렁치렁한 치마를 입고 경중경중 잘도 뛰어가는 시연의 뒷모습을 바라보던 소하가 툭, 말을 던졌다.

"저 여인은…… 대체 누구냐."

그러나 린도 같은 심정이었기에, 질문에 대한 답은 돌아오지 않았다.

별채를 벗어난 시연의 옆에 린이 보이지 않자, 어린 백여우 몇이 살랑살랑 꼬리를 흔들며 다가왔다.

"마마, 마마께옵서는 '하늘'을 움직이시지요?"

"우와아― 마마! 비를 내려주세요!"

"아니야, 저 구름을 걷어내 해가 쨍쨍 비치게 해주시면 아니 되나요?"

졸졸졸, 종알종알종알, 주위를 맴돌며 쉼 없이 말을 뱉어내는 백여우들은 시연의 허리 정도밖에는 오지 않았다. 아직 어려서 그런지 미처 꼬리조차 감추지 못한 백여우들의 눈동자가 기대로 반짝였다. 주위들은 얘기 몇 개만으로도 황족을 하늘신처럼 알고 있을 어린 백여우들의 종알거림에 시연은 바람 빠진 웃음소리를 흘렸다.

"푸흐……. 미안. 난 '하늘'은 못 움직여."

"에에에? 어째서요!"

"황족 중에서도 몇몇만 '하늘'을 움직일 수 있거든. 백 년 넘게 황족이 하늘을 움직인 걸 제대로 본 이는 없을걸."

마지막이라 할 수 있는 선황의 치세에서도 그 능력은 황족과 무관한 것으로 철저히 감춰졌다. 분노에 차 돌풍과 벼락만이 가득 떨어진 그날은 오히려 저주와도 같았으니 선황의 능력이라 알려져 좋을 것이 하나도 없었기 때문이었다.

황후의 죽음이 알려졌을 때, 단 한 번. 저주와도 같던 날 이후 선황이 '하늘'을 움직인 적은 없으니 '공식적'으로 지금 호국민들 중 황족의 능력을 직접 목격한 이는 없었다.

시연의 말에 잔뜩 부풀어 올랐던 기대가 푸쉬쉬 꺼져 버린 백여우 몇이 비죽 입을 내밀었다. 개중 꼬리로 바닥을 팡팡 내려치던 백여우가 번쩍 손을 치켜들고는 물었다.

"하면 마마는 신이 아니에요?"

생각지도 못한 질문에 시연의 얼굴이 당혹감으로 물들었다. 얼마 전까지만 하더라도 그녀는 단 한 번도 스스로를 신이라 생각해 본 적이 없었다. 반신이라 일컬어졌지만 통치를 위해 신처럼 여겨지는 것일 뿐이라 생각했다. '하늘'에 대한 것도 진지하게 고민해 본 적이 없었다. 당장 죽느냐 마느냐의 문제에 시달리는 상황에서 그 누가 명확하지도 않은 것을 두고 깊이 있게 사색한단 말인가.

사는 것에 급급했기 때문이라는 게 가장 큰 이유였지만, 남은 황족이 오직 그녀 한 명뿐이라는 것도 시연이 신이나 '하늘'에 대해 진지하게 생각할 수 없었던 이유였다.

"어······ 정확히는. 글쎄, 나도 잘 모르겠네."

"몰라요? 아닌데에······ 우리 언니가 마마님은 쩌어기 하늘에서 내려온 여신님의 아이랬어요!"

시연의 치맛자락을 붙들며 종종걸음으로 쫓아오던 백여우가 발끈 성을 내며 외치자, 그 옆에서 또 다른 백여우가 고개를 끄덕이며 말을 덧붙였다.

"맞아. 그래서 마마님이 오기 전전날부터 쪼오기부터 요기까지 결계를 친다고 해서 우린 전부 숨어 있었는걸요!"

"결계?"

"네. 마마님이 오면 위험하다고 며칠 동안 어른들이 난리였어요. 그런데 어젯밤에 그게 갑자기 깨져서 또 난리가 났었는데. 그지이?"

"맞아, 맞아."

시연은 백여우가 하는 말이 무엇인지 짐작하고는 우뚝 걸음을 멈췄다. 어제, 저택에서 나오지 말라던 키안의 경고가 귓가를 스치고 지나가는 듯했다. 이걸 말하는 거였구나. 백여우들이 발을 동동 구르자 다시 걸음을 옮기기 시작하며 시연은 속으로 한숨을 뱉어냈다. 그의 말이 맞았다.

늑대신은 하늘신의 후손을, 자신을, 보호하기 위해 백방으로 노력하고 있었다. 본인이 원하든, 원치 않든, 이미 그녀는 그의 비호를 받고 있는 셈이었다.

"그런데 마마는 늑대신님이랑 혼례를 올린 거죠?"

"뽀뽀는 했어요?"

짓궂은 질문에 시연의 얼굴이 붉게 물들었다. 날 때부터 황녀였던 시연에겐 돌려 말하는 화법이 정석이었다. 수하들 중 가장 직설적인 풍사도 이 정도는 아니었다. 그래서 그녀는 이토록 직설적인 질문에 어떻게 대처해야 하는지 몰랐다. 말문을 잃은 시연을 대신해 백여우의 등을 후려친 것은 그 뒤에 있던 어린 도깨비였다.

"꺄! 부끄럽게 그런 걸 왜 묻고 그래!"

"악! 아파!"

"아프라고 때린 거야! 그리고 어른들이 그러는데 이건 혼례가 아니랬어! 우리들은 요마의 숲에서 해야 진짜라고……."

양손을 허리에 얹은 채 의기양양한 어린 도깨비의 말에 시연이 다급히 끼어들었다.

"그 얘기, 자세히 좀 해줄래?"

시연의 물음에, 머리를 종종 땋은 아이가 두 눈을 동그랗게 떴다.

"마마는 몰라요? 신들은 진짜 진짜 사랑하면 요마의 숲에서 혼례를 치러요."

신이 난 백여우가 말을 덧붙였다.

"그런데 위험하니까 막 하지 말라고 그러던데."

시연은 무릎을 굽혀 시선을 맞추며 되물었다.

"위험해?"

"네."

왜 위험한지 물어보려던 시연은 결국 그 답을 듣지 못했다. 갑자기 아이들이 주변으로 와르르 흩어지자 그녀는 주위를 둘러보며 자리에서 일어났다.

소하와 린이 서로 투닥거리며 다가오는 게 보였다. 방금 전 봤던 린의 박력을 떠올리며 시연은 치맛자락을 탁탁 털었다. 그런 그녀에게 재빠르게 다가온 린이 걱정스레 물었다.

"마마, 아이들이 혹시 결례를 저지르진 않았나요?"

주의를 줬는데도 저럴 줄은 몰랐다며 한숨을 쉬는 린에게 시연은 손을 내저었다.

"아냐. 그런 거 아니니까 혼내지 마."

좀 쉬어야겠다고 말하곤 자리를 벗어나는 시연의 뒤를 한참 동안 바라보던 소하가 린의 어깨를 두드렸다. 잠시 얘기를 하자는 손짓에, 린은 고개를 끄덕였다.

✿

요괴들 사이의 소문이란 인간들보다도 더 빨라서, 채 한 시진이 지나기도 전에 키안과 시연에 대한 얘기는 저택 내에서 모르는 이가 없게 되었다. 소문이란 녀석은 본래 그렇듯, 다양하게 뻗어나가 제 멋대로 변형되었으나, 대체적으로 그 시작은 하나같이 간략하고 강력했다.

황녀가 늑대신을 웃겼다! 한 번도 소리 내어 웃은 적 없는 가주가 박장대소했다!

그것이 아니라 지적하기 저어할 정도로 사실과는 묘하게 달랐지만, 또 틀린 말도 아니었다. 그런데다가 정작 당사자들은 소문에 대해 아는 것이 없었으니 문제될 것도 없긴 했다. 덕분에 백여우들은 셋 이상 모이면 늑대신과 황녀 사이에 정말로 무언가가 존재할 것인가에 대해 일장 토론을 펼쳤다.

늑대신에 대한 경외는 하나였으나 그 옆자리에 대한 의견은 나뉘었다. 절반은 황녀야말로 늑대신의 반려에 부족함이 없다 주장했다. 하늘신의 피를 이은 여인과 땅에서 가장 강한 신의 결합이야말로 완벽하지 않느냐 찬양했다. 그러나 나머지 절반은 인간이나 다름없는 이를 안주인으로 모셔야 한다는 것에 격한 거부감을 감추지 않았다. 신은 신과, 인간은 인간과. 짚신의 짝도 짚신이지 않느냐는 터무니없는 논리를 기반으로 삼아 그것이야말로 만물이 탄생하던 순간부터 이어지던 만고불변(萬古不變)의 진리가 아니냐 목청을 높였다.

당사자들에겐 물을 수 없으니 정작 괴롭힘을 당하는 것은 목격자들이었다. 그리고 그 자리에 있었던 몇 안 되는 목격자이자 증인인 소하는 수없는 질문에 시달린 끝에, 한 놈만 더 제게 말을 건다면 죽여 버리겠다고 중얼거리며 이를 갈았다. 그러나 또 다른 목격자인 린은 좋다고 웃으며 여기저기 낭설을 퍼뜨리고 다녔으니, 그날에 대한 얘기는 날로 그 몸뚱이를 더해갔다.

소문도 아예 근거가 없으면 헛소리라 치부되기 일쑤다. 그러나 목격자와 적절한 목격담이 있다면 삽시간에 불어나는 것도 소문이었다. 이번 일이 바로 그런 종류라, 이미 린을 중심으로 퍼져나간 소문의 몸집은 거대하기 짝이 없었다.

"왜. 좋잖아. 가주께 반려가 생기게 되는 거라고."

500년이 넘게 홀로 지낸 늑대신에게 반쪽이 생긴다면야 다른 놈들보다 앞서서 좋아할 놈의 반응이 뚱하자, 린의 눈이 가늘어졌다. 그녀는 짐작할 수 있는 몇 안 되는 가능성 중 가장 터무니없으나 가장 재밌는 것을 집어 들었다.

"너, 설마…… 마음속에 가주를 품고 있었다던가……."

"정말 그 잘난 꼬리를 잡아 뽑아주랴."

격렬하게 돌아오는 분노에 린은 항복의 뜻으로 양손을 들어올렸다. 씩씩거리던 소하가 좀 진정된 듯싶자 그녀는 턱을 괴며 투덜거렸다.

"아니, 그런데 대체 왜 그렇게 길길이 날뛰냐고."

그녀의 말에 소하의 눈썹이 꿈틀거렸다. 그는 답하기 싫은 질문을 받은 어린아이처럼 있는 힘껏 인상을 썼다. 그러나 제게서 떨어져 나가지 않는 구미호의 끈질긴 시선에 결국 후, 숨을 뱉어내며 단숨에 말을 주워 삼켰다.

"……마지막 자손이잖아. 하늘신의."

"뭐?"

"황녀가 주군과 맺어지면, 더는 하늘신의 피가 이어지지 않는다고."

린은 그의 말을 명확히 이해하고자 노력했다. 사실 그것은 그렇게 어려운 일은 아니었다. 인간들 사이에서는 그저 글귀 몇 개로 내려오던 것을 그들은 직접 겪어왔기 때문에. 그럼에도 소하의 말은 이해하기 어려웠다. 린은 검지로 볼을 긁적이며 물었다.

"그게, 주군의 반려보다 의미가 있나?"

딱히 영생엔 관심 없어, 하늘신의 피에도 일절 관심이 없는 구미호는 진정 그리 생각했다. 그런 그녀를 바라보는 도깨비의 까만 눈동자는 음울하게 가라앉았다. 그는 한 번의 한숨과, 두 번의 머뭇거림 끝에 제 속을 꽉 막아놓았던 덩어리를 뱉어냈다.

"맹약이 끝나는 거야. 뭘 의미하는지 모르겠어? 그 끝에 무엇이 있는지 아무도 알지 못한다는 뜻이라고."

"그게 왜?"

"그게 왜? 정말 몰라서 묻는 거야? 주군께 어떤 일이 벌어질지 모른다는 소리라고!"

한낱 잡신에 불과했던 늑대신이 땅 위에서 그 누구보다 강한 신이 될 수 있었던 이유가 바로 맹약이었다. 하늘신의 딸과 늑대신 사이에 이뤄진 맹약. 그것이 끝난다면, 키안에게 어떤 일이 벌어질지 아는 이는 아무도 없었다. 소하는 양손으로 얼굴을 감싸쥐었다.

그게 제일 무섭다. 뭐가 있을지도, 무슨 일이 벌어질지도 알지 못한다는 것. 대처조차 하지 못한 채 그저 벌어진 일에 끌려가야만 한다는 것.

"나는 그게 두려운 거야."

500년이 넘도록 평온했던 순간들이 일순간 깨질 수도 있다는 거.

나는, 그게 두려워.

2.
하늘신의 피

호국은 참으로 이상합니다. 예국에서 온 사신의 말에 여황이 웃었다.

"그래, 무엇이 그리도 이상하더이까?"

선황께 장성한 황자가 셋이나 있었다 들었는데, 어찌……

불손한 말이 끝나기도 전, 여황의 충직한 종들이 분기탱천(憤氣撑天)하여 들고 일어났으나,

여황은 다시금 웃을 따름이었다. 활처럼 부드러이 몸을 숙이며 여황은 비밀을 속닥였다.

"그것은 말이네. 하늘신의 피는, 남아와 여아를 가리지 않기 때문이라네."

대륙에서 호국이 여성도 검을 쥘 수 있고,

바지를 입을 수 있고,

활시위를 당길 수 있는 유일한 국가인 이유이지.

"하여 황좌에 앉고자 한다면 '하늘'을 움직이거나, '옥새'를 움직여야 한다네."

그대에게만 내 몰래 알려주는 것이야.

과인은, 하늘을 움직여, 그대가 말하듯 선황이 총애하시었던 장성한 황자를 밀어내 여황이 되었다네.

그런데 이상하지 않은가. 정작 황위를 차지한 것은 하늘신의 피이거늘,

호국의 시조는 늑대라니.

　태초의 시작이자 모든 신들의 어머니, 마고는 아주 천천히 잠에서 깨어났다. 처음엔 살갗이 따끔거리는 기분 나쁜 느낌이 깊은 잠에 빠져 있던 그녀를 뒤흔들었다. 그러나 잠든 지 고작 몇백 년밖에 되지 않아 그녀는 잠시 가시지 않은 잠결에 취한 채 몸을 뒤척였다. 바위를 달아맨 듯 무거운 눈꺼풀이 밀려 올라간 이유는 단순했다.

　잠시였으나 코끝을 강하게 찌르는 단내.

　벽을 쌓고 주술을 새겨 지신들에게서부터 도망친 이가 밖으로 나왔음을 알리는 단내에 그녀의 눈꼬리가 파르르 떨렸다. 향을 맡기만 해도 절로 입맛이 돌아 어서 깨어나라며 뒤흔드는 것만 같다.

　"아아……."

　기어코 마고의 눈이 뜨였다. 숱 많은 눈썹이 팔랑이듯 빠르게 움직였다. 점차 잠기운이 걷혀가며 그녀는 덮고 있던 나뭇잎들을 밀어냈다. 오래도록 움직이지 않아 단단하게 굳은 몸을 몇 번 비틀어 다시 부드럽게 만들곤 그대로 자리에서 일어난 그녀의 뒤로 나뭇가지가 움직여 옷을 건넸다.

"짧은 잠이었도다. 드디어 그토록 바라 마지않았던 미래가 보이는구나."

[어떤 미래입니까.]

나무의 물음에 마고는 등 뒤로 길게 늘어지는 옷을 몸에 걸치며 작게 웃었다.

"모든 것이 제자리로 돌아오는 미래."

[늑대신과 전면전을 불사하실 생각이십니까?]

오랜만에 눈을 떠서 그런지, 나무의 질문은 끈질겼다. 그러나 평소엔 그리 좋아하지 않던 말을 하는 것도 몇백 년 만이라면 꽤나 즐거운 법이다. 마고는 나무를 불태우는 대신 헝클어진 머리칼을 매만지며 그 물음에 대답해 주었다.

"오오, 안타깝게도 그건 불가능해. 하늘신의 피가 끊어지기 전까지 그는 이 땅 위에서 누구보다 강한 신이다. 하니 랑 키안을 죽이려면 먼저 하늘신의 피를 끊어놓아야 하는데, 그가 얌전히 그걸 보고 있을 리 없지. 게다가 내 손에 하늘신의 피를 묻히게 된다면 어떤 인과가 들러붙을지 모를 일인데 그런 위험을 감수할 생각은 없단다."

참으로 복잡하면서도 번거로운 문제였다. 그녀가 굳이 랑 키안과 마찰을 일으키지 않기 위해 오랜 시간 잠으로 세월을 흘려보낸 이유이기도 했다. 세월이 흘러 옅어졌다 할지라도 하늘신의 피

랑을 품은 나리송이

였다. 심장을 뽑아내고 싶은 마음은 굴뚝같았으나 정말 그리한다면 오래 전 숨을 거둔 일화가 저승에서 벌떡 일어나 저주할지도 모를 일이다.

마고는 이슬로 목을 축이며 후후, 웃었다. 불확실한 일에 굳이 움직이지 않는다. 그럴 필요가 없었다. 시간은 많았기에, 불확실이 확실해지기 전까지 잠이나 한숨 자고 일어나면 그만이었다. 영생을 사는 존재에게 수백 년이란 고작 그 정도의 가치밖엔 지니질 못했다.

[하면…….]

"화무십일홍(花無十日紅)이라, 번영한 혈족이라도 천 년을 넘기지 못하는 법. 그 지긋지긋한 피를 이은 인간이 홀로 남았으니 움직일 때가 되었지. 아아, 이번 꿈에서 본 미래는 참으로 아름다웠느니라. 모두가 원하는 것을 손에 넣게 될 것이야. 오랜 시간 외로움에 몸부림치던 늑대는 제 짝을 찾게 될 것이고, 하늘의 피는 땅에서 사라질 것이며, 반 천 년의 세월을 돌아 나는 다시 이 땅 위에서 그 누구보다 강한 여신이 되리라."

비틀렸던 굴레가 다시 제대로 굴러갈 시간이 도래했노라. 노래하듯 이어지는 목소리는 즐거움에 춤추는 듯했다. 길게 늘어지는 머리칼을 한쪽으로 모아 땋아 내리며 마고는 이 즐거움을 어찌해야 할지 모르겠다는 표정으로 웃었다.

"이제야 오랜 시간 손을 놓아야만 했던 딸들을 볼 수 있겠구나. 궁희는 여전히 늑대의 피에 의지해 몸을 숨기고 있느냐?"

[예.]

"조금 더 자유를 주어도 괜찮겠지. 그쪽은 급한 것이 아니니

······아아 그래, 마지막 남은 하늘신의 혈족을 보러 가야겠구나. 그 아이가 모든 것을 원래대로 돌려놓을 테니······."

호 시연. 마고는 입에 붙지 않는 이름을 몇 번이고 반복해 불러 보며 입술을 비틀어 올렸다. 하늘신의 딸, 일화가 뱉어낸 맹세로 시작된 호국은 그녀의 후손으로 인해 끝을 맺을 터였다. 모든 것이 제자리로 돌아올 시간이 된 것이다.

❁

혼례가 끝난 지도 며칠이 흘렀으나 특별히 황녀의 행동거지에 제약을 가하는 이는 존재하지 않았다. 사실상 호국 내에서 그녀의 지위는 한 손 안에 들 정도로 높았으므로, 쉬이 제약을 가할 수도 없는 실정이긴 했다. 게다가 랑(狼)가에서 시연의 위치는 참으로 애매했다. 요괴와 인간 사이에 우위를 정하는 것은 둘째로 치더라도 그녀를 랑(狼)가의 안주인으로 대하는 것이 맞는가에 대한 의견부터 일치하질 않았다.

만약 시연이 랑(狼)가에 머물기 시작한 지 몇 주라도 지났다면, 혹은 이전에 랑(狼)가에 안주인이 존재한 적이 있었다면 상황은 조금 달랐을지도 모른다. 그러나 랑 키안의 혼례는 이번이 처음이었고, 이에 대한 준비는 조금도 되어 있지 않았으며, 실상 시연에 대한 처우조차 완벽하게 정해진 바가 없었다.

그렇기에 지금 그녀는 누구의 방해도 받지 않고 랑(狼)가를 벗어나 왼쪽 담벼락 아래에 서 있을 수 있었다. 접선 장소에서 기다리던 그녀는 이내 익숙한 얼굴이 가까이 다가오자 활짝 웃으며 허공에 팔을 붕붕 흔들었다.

"풍사!"

한눈에 보더라도 값비싼 비단으로 만든 것 같은 도포를 걸친 사내가 그녀의 부름에 웃는 대신 인상을 썼다. 그는 체통 어쩌고 하던 것을 집어던지고는 내달려 단숨에 시연의 앞에 도달했다. 뜀박질을 했음에도 호흡 하나 흐트러지지 않은 사내는 안부나 반가움을 찾기 전에 먼저 사태 파악에 나섰다.

"마마. 가례라니요!"

인사로는 적절치 않았으나 그의 정황상 당연한 것이었다. 운사에게 미처 전해 듣지 못한 얘기들을 가볍게 생각했던 것이 문제라면 문제일지도 몰랐다. 잠시 수도를 벗어났다 되돌아오니 거리는 온통 황녀의 혼례 얘기로 떠들썩했다. 그 행렬이 얼마나 장엄했는지부터, 호국 역사상 최초가 아니냐는 말까지 관련된 얘기를 풀어놓자면 하룻밤이어도 부족할 정도였다.

저는 전혀 알지 못하는 것들을 제삼자의 입에서 들을 때의 기분이란!

풍사는 아마 우사가 말리지 않았더라면 당장 칼을 휘두르며 랑(狼)가로 쳐들어갔을지도 몰랐다.

묻는 이는 혼이 빠진 얼굴이건만, 답하는 이의 모습은 차분하기 그지없었다.

"가장 빠른 길을 선택했지."

"예? 마마, 설마 진짜로……."

말끝을 흐리던 풍사는 장난스레 웃는 시연의 모습에 이마를 짚었다. 운사와 대화할 때도 설마 설마 했는데, 설마가 사람 잡는다더니 딱 그 꼴이었다.

"마마!"

"난 그냥 그런 길도 있다, 말을 흘렸을 뿐이야. 일단 궁에서 나와야 뭐가 될 거 아냐. 황비는 성인식이 가까워지자 점점 애가 닳아서 난리지, 대신들은 반으로 나뉘어서 나를 황좌에 올려야 한다, 황자를 황좌에 올려야 한다 난리가 났지, 나는 궁에서 벗어나야겠지. 아무리 머리를 싸매고 고민해도 그것밖에는 길이 없었다니까?"

슬쩍 찔러봤을 뿐이라고? 랑(狼)가에 시집보낼 줄은 몰랐지만 말이지. 시연은 그렇게 중얼거리며 슬쩍 풍사의 시선을 피했다.

"그렇다고 혼인을 하시다니요!"

"잘 풀렸으니 됐잖아. 다들 원하는 것을 얻었어. 황비는 제 아들을 황좌에 올릴 수 있게 되었고, 나는 궁에서 벗어났지. 사실, 황비가 받아들일 줄 몰랐지만."

번갯불에 콩 구워먹듯 혼례를 치른 황녀는 당당했다. 한번 목표를 정하면 그것을 밀고 나가는 강한 추진력이 이번에도 빛을 발한 것이다. 그 당당함에 풍사만 끙 소리를 내며 손으로 이마를 짚었다. 그녀에게 쏟아내려던 잔소리가 하나도 기억나지 않을 정도였다.

"……전례에 없던 일입니다."

"그런 건 원래 깨라고 있는 거야."

시연이 궁 밖으로 나왔다. 그것이 가지고 있는 의미는 컸다. 지금껏 쌓아온 계획들을 실제로 실행하기 위해 필요한 마지막 준비가 끝났다는 소리였으니 말이다. 풍사는 매번 물었던 질문을 다시금 입에 올렸다.

"마음은, 변치 않으셨습니까."

"오라비가 져야 할 짐이야. 나는, 황좌에 앉지 않아. 호국에서 살지도 않을 거고. 이걸로 황족의 혈통은 끊어지겠지만, 반 천 년이면 오래 버티었지."

누군가 냉정하다 한다면 할 말은 없었다. 그러나 그녀의 삶을 조금이라도 아는 이라면 지금의 선택이 당연하다 생각할 터였다. 풍사의 경우 후자였다. 그는 운사도 확신은 하지 못했던 물음을, 그녀가 궁에서 벗어난 뒤에야 입에 담았다.

"……마마께서는 어찌 확신하십니까."

황자가 황제의 핏줄이 아님. 자칫 반역도로 몰릴 수 있는 말을 입에 담은 풍사의 표정은 진지했다. 황족이 대대로 특이한 색의 머리칼과 눈을 갖고 있음은 호국의 갓난아기도 아는 사실이었다. 그러나 황자처럼, 때로 검은 머리칼에 검은 눈을 타고난 황족도 분명 존재했다. 그때마다 공식적으로 그들은 신의 피가 옅은 황족으로 여겨졌다. 그런데 지금 시연은 너무도 자연스럽게 황족의 혈통이 끊어진다고 말하고 있지 않은가.

"들었으니까."

"예?"

"선황께서 단 한 번도, 황비를 품으신 적이 없다 단언하셨으니까. 풍사, 황가의 피를 이은 모든 황족은 이 색을 타고나. 그것엔 한 치의 예외도 존재하지 않지."

그녀는 제 머리칼을 매만지며 말을 이었다.

"내 오라비는 그저 정치적인 이유로 태어나, 그 자리에 앉아 있을 뿐이야. 아마 오라비도 알고 있겠지."

황비가 굳이 내란의 위험을 감수하면서 수많은 피를 본 또 다른 이유였다. 황녀를 좌에 올리려는 이들의 목을 베어 중도파에 있는 이들마저 짓누른 이유. 부족한 정통성은 피로써 채워진 셈이었다.

풍사는 어지러운 머릿속을 정리하며 이를 악물었다. 결국 그의 주군은, 자격조차 갖추지 못한 이에게 자리를 빼앗긴 셈이 아니던가.

"정녕…… 괜찮으십니까."

"무엇이? 풍사, 나는 이미 오래전 결정을 했고 그 결정에 후회도, 미련도 없어."

마음껏 슬퍼하지도 못해 그 감정마저 메말라 버린 듯한 시연의 모습에, 풍사는 말머리를 돌렸다.

"예. 압니다, 마마. ……미행은 없었습니까?"

"없었어. 그 정도도 확인하지 않았을까 봐. 산채(山砦)는?"

작아지는 목소리가 이야기의 중요성을 짐작케 했다. 산채 얘기가 수면에 오르자 풍사의 표정도 한결 진지해졌다. 산채(山砦). 그곳은 시연이 그토록 애를 써 황궁에서 벗어나고자 했던 이유이자 그녀의 미래 그 자체다.

"평온합니다. 운사야 언제나 그렇듯 상단에 매달려 있고 우사는 마마를 위해 미래의 새싹들을 잘 길러야 한다며 산채에 있는 아이들을 한데 모아 작은 학당을 차렸습니다. 곧 떠날 테니 괜한 일 만들지 말라 그리 말을 해도 들어먹질 않은 덕분에 온갖 잡일은 제 차지죠."

힘들어 죽겠다고 툴툴거리면서도 어깨를 쭉 펴는 모습에 시연이 낮게 웃었다. 뿌듯해하는 아랫사람의 소소한 자랑은 그저 잘했다고 칭찬해 주는 것이 제일이다. 그녀는 그동안 미뤄둔 칭찬을 한 번에 쏟아부어 기어코 풍사가 창피함을 견디지 못하고 얼굴을 붉히게 만들었다.

삼 년. 무려 삼 년 동안 얼굴 한 번 들이밀지 못했건만 제 손으로 일궈놓은 것들은 언제 올지도 모르는 자신을 기다리며 점차 성장해 가고 있었다. 싹이 튼 것이 잠시 고개를 돌린 사이 꽃망울을 터뜨리는 걸 봤을 때의 기분이 이러할까.

잃어버린 시간을 슬퍼해야 할지, 제가 없음에도 거뜬히 번창해 가는 이들의 모습에 기뻐해야 할지 갈피를 잡지 못한 시연은 결국 찡그리면서도 웃는, 요상한 얼굴로 말했다.

"항상 고맙다."

"……저희가 선택한 길입니다. 그러니 그런 말은 하지 마십시오."

가문을 등지는 것도, 나라를 배반하는 것도 전부 자신들의 결정이라 말하는 이의 얼굴은 맑았다. 그 얼굴을 보고 있자니 입안이 쓰다 생각하며 시연은 풍사의 어깨를 두드리며 말했다.

"그래도 고맙다 말하고 싶으니 그냥 듣거라."

명령이니라.

입을 비죽 내민 풍사의 모습에 와하하 웃음을 터뜨린 시연은 다시 몇 번이나 고맙다고 말을 한 뒤에야 웃음을 그쳤다. 그녀는 찔끔 흐른 눈물을 손으로 훔쳐내며 말을 이어나갔다.

"그러니 일 년만 더 부탁하자."

"예? 마마, 무슨 일이 있는 겁니까? 설마 랑(狼)가에서……!"

"응? 아니, 아니야. 단지…… 좀 복잡한 문제가 생겨서. 일 년 정도면 해결이 될 듯하니 그리 말하는 거야."

"제겐 말해주시지 못하는 일입니까?"

진지하게 물어오자, 시연은 잠시 고민했다. 황비와 대관식에 대한 얘기야 그리 어려울 것이 없었으나 요괴와 피에 대한 얘기를 풍사가 순순히 받아들일 수 있을지, 그녀는 확신할 수 없었다. 직접 겪지 않는 이상 이성적으로 이해하기 힘든 일이지 않은가. 게다가 풍사는 그녀의 주위에 있는 이들 중에서도 가장 이성적이며 현실 감각이 투철한 사내였다. 물론 그녀에게 서약을 한 몸이었으나, 그리고 충성심은 둘째가라면 서러울 사내였으나, 그는 현실적이었다.

동시에 영특했다. 그 누가 검을 잡는 이는 무식하다 지껄이던가. 대대로 무가 가문에서 걸음마보다 검을 먼저 만지며 훌륭한 무인으로 자라난 풍사는 동시에 이상에 젖는 대신 타개책을 궁리하는 지략가였다. 그렇기에 풍사는 호국에서도 한 손에 꼽는 세도가에서 점차 속으로 썩어 무너질 기둥이 되는 길을 과감히 버렸다. 새로운 곳에서 새로운 기둥이 되어 맞이할 수백 년의 번영에 그는 제 모든 것을 걸었다. 발밑이 점차 무너지는 것도 알지 못한 채 향락에 젖어 있는 가문도, 집안도 모두 버리고 내린 결단이었다. 그러니 만약 풍사에게 요괴에 대한 얘기를 한다면 그는 겉으로는 믿는다 할지 몰랐으나 분명 뒤에선 우사와 운사에게 주군의 정신이 이상해졌다며 걱정을 늘어놓을 것이 뻔했다. 거기까지 생각이 미친 시연은 고개를 저으며 답했다.

"나중에. 일이 정리된 뒤에 얘기해 주마. 하니 지금은 나를 믿어줘."

그녀의 목소리에 장난기라고는 한 줌도 없었다. 8년. 강산이 한 번쯤은 바뀌었을 법한 시간 동안 봐왔던 제 주군은 언제나 일을 진행하는 과정에서 웃음을 잃지 않는 여인이었다. 그래서일 것이다. 오랜만에 보는 바싹 마른 얼굴에, 그는 새삼스레 황녀와 처음 만났을 때를 떠올렸다. 열일곱, 천재라 불리던 시기에 한창 콧대가 높아져 있던 그는 열한 살이었던 황녀의 활 스승으로 처음 궁에 입궐했었다.

그리고 그때 좌절과 깨달음을 동시에 겪었지. 풍사는 제 삶에서 지워 버리고 싶은 17년간의 자만심 가득한 기억에 쓰게 웃었다.

"예. 그리하겠습니다."

믿음이 가득한 시선에 그녀도 웃었다.

"하나만 여쭤도 되겠습니까?"

"뭐든지."

"랑 키안은 어떤 자입니까?"

생각지도 못한 질문 내용에 시연의 눈이 동그래졌다.

"그건 갑자기 왜?"

"소문이 나쁘니 말입니다."

요컨대, 소문이 별로라 그 집 안에 머무는 시연이 신경 쓰인단 소리였다. 랑 키안이 어떤 사내냐는 질문에 시연의 고개가 옆으로 기울었다. 그런 질문을 받을 것이라 생각해 본 적 없었기에 쉽게 답이 나오질 않았다. 가장 먼저 떠오르는 것은 역시 그가 늑대신이라는 점이었다. 하늘신의 딸 일화와 거래한 늑대신. 그러나 그걸 밝힐 수도 없는 노릇이다. 그 다음으로 떠오르는 건 이마를 스치고 갔던 열기와 저를 품에 안았던 온기였다. 저도 모르게 얼굴이 붉어지는 것만 같아서, 시연은 잽싸게 손을 휘저으며 대답했다.

"어어 아니, 괜찮은 사람이야. 소문과는 정반대니까 걱정하지 마. 나름 선도 지키고, 괜히 친분 쌓겠다고 덤벼들지도 않고 아주 좋아."

그리고 그녀는 풍사가 다른 말을 꺼내기 전에 빠르게 말을 이어 붙였다.

"사람들에게 안부 전해주고. 삼 년간 한 번도 들여다보지 않았다고 다들 기운 빠져 있는 건 아니지?"

"하하. 안 그래도 마마께서 혼례를 올렸다는 소문을 들은 녀석들이 길길이 날뛰는 걸 떼어놓고 오느라 죽을 뻔했습니다. 당장 황궁을 엎어버리겠다느니 랑(狼)가에 쳐들어가 마마를 구해오겠다느니……."

사실 풍사도 그중 한 명이었으나—단연코 그 혈기가 두드러졌다—, 이미 그때의 기억은 그의 머릿속에서 싹 지워낸 지 오래였다. 말로 꺼내니 다시 떠오르는 기억에 그는 질색을 하며 고개를 저었다. 아마 오늘 시연을 데려가지 못한 채 빈손으로 돌아가면 왜 우리 마마님을 그 험한 곳에 내버려 두고 왔냐며 제게 덤벼들 놈들이었다, 그놈들은. 생각만 해도 한숨이 나와, 풍사는 입술을 비죽이며 투덜거렸다.

"그놈들은 혈기가 너무 왕성해서 탈입니다."

"푸흐흐…… 맞아. 다들 기운이 넘치지. 어서 보고 싶네. 자, 이건 내 마음."

그녀는 어제 저녁 쉼 없이 적어 내렸던 서신을 건넸다. 눈으로 봐도 두툼한 것이 한두 장이 아님을 짐작케 했다. 풍사가 그것을 조심스럽게 받아 품 안에 갈무리하자, 시연은 슬슬 헤어질 때가 가까워 옴을 느끼며 말을 이었다.

"그리고…… 조금만 더 기다리라고 전해줘."

약속은 반드시 지키러 갈 테니. 시연은 어깨 위에 내려앉은 묵직한 무게를 새삼스레 인식하며 눈을 접어 웃었다.

덩치는 산만 해선 아롱아롱한 눈으로 저를 보며 떠날 줄 모르는 풍사를 쫓듯이 보낸 뒤 랑(狼)가로 돌아온 시연은 얼마 걷지 않아 우뚝 걸음을 멈췄다. 그러자 언제 그랬냐는 듯 그녀에게 쏟아졌던 시선들이 제각기 흩어졌다.

"가주께서…… 소리 내…… 웃음을…… 응, 그래……."

"연모…… 어머머…… 그럼 안주인이……."

이상하다?

고개를 한 번 갸웃거리곤 다시 걸음을 재촉했으나 얼마 걷지 못하고 다시 멈춘 그녀는 이젠 대놓고 저를 바라보며 히죽히죽 웃어대는 백여우들의 시선에 미간을 좁혔다. 자신이 신기해서 그런다기엔 이곳에 온 지도 벌써 며칠이나 지났다. 혹시 하늘신의 피 때문인가 싶었으나, 노리개는 얌전히 고름에 매달려 있었다. 천천히 걷자 이번엔 아예 한 무리의 백여우들이 제 뒤를 졸졸 따라와, 시연은 미간을 좁혔다. 아무리 생각해도 이상했다. 이상해도 아주 많이 이상했다. 그리 생각하기가 무섭게 그녀는 이 일에 대해 물어볼 만한 유일한 사람을 찾아 안채로 뛰듯이 걸어갔다.

장지문을 열어젖히자, 린이 자수 천을 내려놓으며 저를 반기고 는 다시 내려놓았던 것을 집어 들었다.

"린."

시연의 부름에 수를 놓던 손이 움찔 떨렸다. 그러나 린은 곧 아무렇지도 않게 한창 수놓던 녹색 잎을 마저 이어나갔다. 명백 한 외면에 시연은 확신했다. 무언가, 그것도 자신과 관련된 일이 있음을.

시연은 아예 린 앞에 주저앉았다. 옆으로 슬쩍 피하는 그녀의 고개를 따라 시연의 고개도 움직였다. 그 상태로도 용케 수를 놓 던 린은, 시연이 몇 번이고 더 부른 뒤에야 모른 척을 그만뒀다. 그녀는 낭패라는 기색을 여실히 드러내며 푹 한숨을 내쉬었다.

"예에."

"지금 내가 모르는 일이 벌어지고 있는 것 같은데, 그게 나와 관련된 것 같단 말이지. 뭔지 알지?"

분위기를 읽는 데는 일가견이 있다고 자신할 수 있었기에, 그녀 는 이걸 그냥 넘겨서는 안 된다 확신하고 있었다. 수를 놓는 것과 비슷하다. 바늘이 두어 번 잘못 들어간 것을 심각하게 생각하지 않고 그저 넘기면 엉망진창인 결과가 나오게 되는 것처럼, 사소한 일상을 쉬이 넘겼다간 감당할 수 없는 결과가 되기 쉽다. 그리고 시연은 그런 걸 너무 많이 봐왔다. 가볍게 흘린 말 한마디와 흘려 들은 경고로 사람 몇이 죽어나가는 것은 일도 아님을 그녀는 너 무 잘 알았다.

지금처럼.

린은 아주 엉뚱한 곳에 바늘을 억지로 쑤셔 넣으며 대답했다.

"글쎄요. 평소와 같아서…… 아! 황족이 랑(狼)가에 머무르는 것은 처음이라 다들 들뜬 건 아닐지요?"

분명 그럴 것이라 경쾌하게 말하는 린을 향해 시연은 코웃음 쳤다.

"말해주기 싫으면 됐어."

생각보다 빠른 포기에 린이 속으로 안도의 숨을 뱉은 것도 잠시, 자리에서 일어난 시연은 곧장 문 쪽으로 걸어가며 폭탄을 던졌다.

"가주께 물어보지."

그 말이 가진 파급력은 어마어마했다. 바람처럼 횡하니 사라진 시연은 말이 걷는 것이지 거의 뜀박질을 하고 있었다. 그 뒤를 린이 다급히 뒤따랐다. 한 손엔 자수 천을 쥐고, 한 손으로는 치렁치렁한 치맛자락을 들어 올리며 내달리는 구미호의 모습을, 백여우들이 눈을 동그랗게 뜨고는 구경했다. 쉽게 볼 수 있는 구경은 아니긴 했다. 시연은 내달리면서 길 위에 있는 백여우들에게 키안의 위치를 물었고, 백여우들이 손가락으로 가리키는 지점을 향해 다시 내달렸다. 린이 그녀를 따라잡기에는 모든 일들이 너무도 빠르고 신속하게 일어났다.

그렇게 한참.

린이 황녀를 잡기 전에, 황녀가 먼저 멈춰 섰다. 그 갑작스러움에 린은 가쁜 숨을 내뱉으면서도 손을 뻗어 시연의 팔을 단단히 붙들었다. 혹여나 다시 그녀가 어딘가로 뛰어갈지도 모른다고 생각하는 게 훤히 보였다. 그러나 그럴 필요가 없다는 것을, 린은 시연보다 한 발자국 늦게 알아차렸다. 그들이 달려 도착한 곳이 다름 아닌 저택 한편에 마련된 수련장이었고, 그곳에선 이미 한창 키안과 태하의 대련이 벌어지고 있었다. 목검을 쥐고 있는 것은 키안뿐이고 이미 태하의 것처럼 보이는 목검은 저 구석에 내팽개쳐져 있긴 했지만.

"주군! 악! 아악! 거긴 급소…… 으아악! 항복! 항보옥!"

요란스러운 고함을 지르며 엉덩이에 불이라도 붙은 듯 펄쩍펄쩍 뛰는 태하를 잠시 바라보던 시연은 고개를 돌려 린에게 물었다.

"도깨비 중에 정상은 없는 건가?"

참으로 종족차별적인 물음이 아닐 수 없었으나, 아니라 대답하기엔 그동안 시연이 봐왔던 도깨비들이 죄다 제정신은 아니었음을 모르지 않는 린은 그저 웃었다. 가만히 있으면 절반은 간다는 말마따나, 대답하기 어려운 질문에 그저 웃음으로 답하는 린의 얼굴엔 무어라 해야 할지 모르겠다는 기색이 선연했다.

시연 역시 딱히 답을 바란 질문은 아니었기에, 그녀는 급소를 노리는 검을 가까스로 피하는 태하를 보며 제 감상을 내뱉었다.

"그런데…… 저건 대련이라기보다는 구타에 가깝네."

그녀의 말마따나 둘 사이의 차이는 극명했다. 며칠 전, 대련을 한다며 신나 하던 태하의 웃음소리를 떠올리며 시연은 시선을 피했다. 있는 힘껏 옆구리를 얻어맞고는 바닥에서 데굴데굴 구르는 모습은, 그리고 그 위로 무자비하게 내려쳐지는 몽둥이찜질은, 험한 꼴을 많이 본 그녀로서도 차마 보기 힘들었다. 대련이라는 이름 아래에 행해지던 일방적인 구타가 끝난 것은 키안이 시연을 발견한 뒤였다.

신나게 도깨비를 잡던 것이 거짓인 양 키안은 호흡 하나 흐트러지지 않은 채로 목검을 바닥에 던지고는 시연에게 다가왔다. 심지어 땀도 거의 흘리지 않아서, 시연은 제게 가까워지는 키안을 보며 새삼스레 그가 늑대신이라는 것을 다시 체감했다.

"부인께서 여기엔 무슨 일이지?"

"……아뇨. 물을 것이 있기야 했는데…… 다른 이에게 묻는 게 낫겠다는 생각을 지금 막 하던 중이었습니다."

잘못했다간 말 한마디에 누군가가 저리 대련을 빙자한 구타를 당할지도 모른다는 시연의 생각을 키안이 알 리 없었다. 무슨 소리냐는 키안의 물음에 그녀는 그냥 고개를 저었다. 됐다고. 차라리 길 가던 백여우를 살살 구슬리는 게 백번 나을 듯했다.

그래도 도깨비라 그런지 그녀가 본 것만 해도 명치를 몇 번이나 얻어맞았던 태하가 금세 자리를 털고 일어나는 게 보였다. 짐승도 저를 때리는 사람에겐 가까이 가지 않는 법이거늘, 태하는 방금 전 제가 당한 매타작은 기억나지 않는지 뒤통수를 벅벅 긁으며 키안 쪽으로 걸어왔다.

흙바닥을 굴러 먼지며 흙이며 잔뜩 묻은 옷자락을 대충 털어 낸 태하의 시선이 시연에게 향했다.

"마마가 예까지 무슨 일입니까?"

"태하."

흉흉한 시선이 제게 향하자, 도깨비는 재빠르게 항복했다. 태하는 방금 전보다 조금 수그러든 태도로 같은 말을 다른 방법으로 다시 했다.

"……예에. ……마마께서 이곳엔 어쩐 일이십니까?"

제 눈앞에서 이뤄지는 훈육에 시연은 어쩐지 머리가 아프다 생각하며 대답했다.

"어쩌다보니. 그런데…… 이게, 대련입니까?"

대답은 했으나 물음은 키안에게 던져진 것이라 입을 연 것은 그였다.

"아아. 도깨비는 적당히 상대해 주면 무척 불쾌해해. 어떤 승부건 최대치로 해줘야 만족을 하는 녀석들이라."

그렇지 않다면 이렇게 귀찮은 짓을 굳이 나서서 하진 않는다고 말하며 키안은 좋다고 고개를 끄덕이는 태하를 질린 표정으로 바라봤다.

"부인께선 여기까지 올 일이 없을 텐데. 혹, 내게 할 말이라도 있나?"

"음. 아뇨. 역시 관두는 게 좋겠습니다. 그보다 대련장이 생각보다 넓군요."

넓다기보단 많다는 표현이 더 어울렸다. 둥그런 모양의 대련장이 일정한 간격을 두고 여섯 개나 있었으니 말이다.

"군(軍)을 길러내야 하니, 넓을 수밖에."

"……예?"

그녀의 얼굴에 의아함과 경악이 섞였다. 그러나 놀란 기색이 역력한 그녀의 반응에 되레 키안이 놀랐다. 한쪽 눈썹을 위로 죽 밀어올린 채 저를 바라보는 시선이 의미하는 바, 명확했다.

"황족들 사이에선 유명한 얘기일 텐데?"

그 말에 시연은 고개를 저었다.

랑을 품은
나리송이

"몰랐습니다."

굳어버린 그녀의 얼굴을 한 번, 뒤에서 눈치를 보고 있는 린과 태하를 한 번 바라본 키안은 설명이 필요하다는 것을 인정할 수밖에 없었다. 그는 별채 쪽으로 걸음을 돌리며 말했다.

"잠시 얘기 좀 할 수 있을까?"

"……예."

"둘은 각자 일을 보도록."

자수 천에 잠시 키안의 시선이 가자, 얼굴을 붉히며 그것을 등 뒤로 숨기는 린과 옆구리를 부여잡은 태하가 동시에 고개를 숙였다. 듣는 귀를 떨쳐낸 뒤에야 그는 천천히 별채 쪽으로 걷기 시작했고, 그 뒤를 시연이 따랐다.

등 뒤에서 들리는 발소리에 그는 걷는 속도를 조금 늦췄다. 가슴팍에 겨우 올 시연은, 제가 할 얘기들을 기다리며 먼 곳을 응시하고 있었다. 한차례 불어온 바람에 하나로 내려묶은 연갈색 머리칼이 흩날리고, 그녀가 눈을 감았을 때, 그의 입이 열렸다.

"랑(狼)가가 500년이 넘게 호국에서 강한 영향력을 행사할 수 있었던 이유가 바로 군 양성에 대한 권리를 가지고 있었기 때문이다. 사병도, 호국의 병사도 전부 랑(狼)가에서 훈련받은 이들로만 한정되기에 권문세가들도 황가도 쉬이 랑(狼)가의 권위에는 손을 대지 못했던 것이고. 언제든 랑(狼)가가 검을 빼들면, 호국에 피바람이 낭자할 테니."

봄꽃이 흐드러지게 피어난 길을 걸으며 하기엔 참으로 낭만 한 점 없었다. 바람이 지나가자 그녀의 눈 안에 담기는 것은 다시금 한아름 피어난 꽃들이었건만 바람결에 비릿한 혈향이 섞인 것만 같이 느껴졌다. 꽃길을 걸으며 하는 피 얘기는, 그러나 그녀에겐 그리 낯선 것도 아니라 시연은 겁에 질리거나 놀라지 않았다. 대신 그녀는 선황이나 외가에서 한 번도 듣지 못했던 얘기에 조소했을 뿐이다.

공식적으로 알려진 군권(軍權)이 황비의 손에 있었다면, 실질적으로 그것을 휘두를 수 있는 자는 바로 제 앞에 있는 것이나 다름없었다. 그녀는 시선을 돌려 표정이 전혀 보이지 않는 남자의 옆모습을 올려다보았다. 글깨나 읽은 이들은 진정한 권력은 학문에서 나온다 하지만 그것은 결국 검이 제 목 아래에 들이밀어지지 않은 뒤에야 할 수 있는 말이었다. 사람들은 의미 있는 죽음이 존재한다 말하나 그녀는 그것을 이해하기 힘들었다. 죽음은 그것으로 끝이요, 이후에 남는 것은 암흑뿐이다. 남에 의해 끊어지는 목숨에 기꺼움이 어디 있겠는가. 그것은 마치 벼랑 끝에 사람을 밀어 그 등에 잘 벼려진 검을 바짝 갖다 대며 뛰어내릴 것인가 검에 찔릴 것인가 선택하라는 것과 그리 다르지 않았다.

적어도 그녀의 생각은 그러했다.

그렇기에.

"부탁하지 않는 건가."

그녀는 그의 말에 놀랐다. 랑(狼)가가 군을 양성한다는 사실을 들었을 때와는 비교도 할 수 없을 정도로 놀라서 저도 모르게 의도치 않은 탄성이 튀어나갈까 반사적으로 손을 들어 입을 틀어막았을 정도였다.

와아아, 까르르…….

저 너머에서 들려오는 어린 백여우들의 숨넘어갈 듯한 웃음소리를 배경으로 사내는 다시 피로 낭자할 선택을 입에 담았다.

"도와달라, 말하지 않는 건가."

두 번째 물음에서야 그녀는 그가 제게 묻고 있는 이 순간이 현실임을 인정했다. 모든 감정을 배제하고 오직 이성만으로 생각한다면, 그것은 꽤나 매력적인 제안이었다.

황비가 이 모든 것을 이룩할 수 있었던 기반에는 대대로 무관을 지내온 외가의 힘이 컸다. 선황이 옥새를 쥔 채 천명(天命)한 다음 관의 주인을 뒤바꿀 수 있었던 것도 그녀가 쥔 옥새보다 외가 덕이라 할 수 있었다. 그러나 그것은 이성만으로도 욕지기가 터져 나오는 제안이었다.

도움? 시연은 그 단어가 사내의 입에서 나올 것이라 생각도 해본 적 없었기에, 가장 먼저 제 귀를 의심했다. 그 뒤엔 혹여 자신이 이 모든 상황을 잘못 이해하고 있는가 하나하나 되짚었다. 정말, 진정으로, 그 단어를 입에 담을 수 있는 상황인가 이해가 가지 않아서. 그러나 그 모든 것에서 결국 그녀가 원하는 답은 나오지 않았기에, 입을 틀어막았던, 뼈마디가 도드라질 정도로 새하얗게 질린 손이 천천히 아래로 내려가다 이내 툭 떨어졌다. 그녀는 걸음을 멈춘 채로 점차 멀어져 가는 그를 보며 크고, 명확한 목소리로 답했다.

"한번 외면했으면, 끝까지 돌아보지 마십시오."

그녀는 우뚝 멈춰선 키안의 등을 바라보며 눈을 매섭게 치켜떴다. 희게 질린 얼굴은, 그러나 나약함은 한 점도 담고 있지 않았다.

"준 것이 없으니 왜 외면했느냐 원망하지 않습니다. 수백 년의 맹약을 왜 영원히 지키지 않느냐 따져 물을 만큼 생각 없지도 않습니다. 하물며 사람의 관계에서도 하나를 주면 하나를 기대하는 법인데, 사람도 아닌 지신(地神)에게 아무것도 준 것이 없는 저는 그렇게 염치가 없진 않습니다. 그러니."

동그랗게 말아 쥔 주먹에 힘이 바짝 들어갔다. 대답도, 변명도, 설득도 없이 그저 몇 걸음 앞에 멈춰서 있는 그가 돌덩이 같다 생각하며 시연은 말을 이었다.

"어설픈 동정은 사양입니다. 신이라면, 스스로 한 선택을 되짚지 마세요. 순간적인 감정에 쉬이 말을 뱉지 마세요. 당신이 외면한 19년 동안 제가 쌓아온 것들을 그리 쉽게 눈앞에 던져 주겠다 떠보지 마십시오. 그것에 휘둘려야 하는 인간인 제가 불쾌합니다."

그리고 그녀는 곧바로 뒤돌았다. 거친 몸놀림에 치맛자락이 바람을 타고 붕 떠올랐다 일순 가라앉았다. 대답은 애당초 들을 생각도 없었다. 그보단 들을 필요도 없었다. 그럴 의도가 아니었다 하여 이미 느껴 버린 기분이 사라지는 것도 아니었으며, 사과를 받는다 하여 기꺼워질 종류의 일이 아니었다. 당장 저 멱살을 잡지 않은 것만 해도 부단한 노력의 결과였다. 그렇기에 그녀는 그 자리에 굳은 채 서 있는 남자를 향해 한 번의 시선도 주지 않은 채로 지금껏 걸어온 길을 빠르게 되짚어갔다.

안채로 돌아오자 엉망인 얼굴에 걱정을 가득 담아 뻗어오는 손들을 전부 내치고, 동동 구르는 발들을 전부 문 밖으로 밀어내고, 문을 닫아 홀로 남은 뒤에야 그녀는 장지문을 등진 채 미끄러져 내렸다.

"윽……."

지위와, 위치와, 상황이 모두 상관없어진 저밖에 없는 그 공간에 들어선 뒤에야 시연의 얼굴에서 견고하던 가면이 떨어져 나갔다. 꺾인 다리를 아무렇게나 뻗은 채로 그녀는 고개를 떨궜다. 그 아래로 쉼 없이 눈물이 떨어져 내렸다.

그것이 벌써 며칠 전이었다. 그동안 변명이나 사과를 하기 위해 저를 찾지도, 다른 이를 통해 말을 전하지도 않는 키안 덕분에 드글드글 들끓었던 감정이 꽤나 가라앉았을 즈음이었다. 만약 그가 어설프게 사과를 하러 왔으면 그때야말로 활화산처럼 고여 있던 분노가 폭발해 달려들었을지도 모를 일이다. 그러나 그는 그러지 않았기에, 시연이 슬쩍 제 말이 조금은 심하지 않았나 그런 생각을 잠시나마 했을 때.

그녀가 린에게 새로운 노리개 하나를 받은 것은 바로 그런 시기였다.

"그러니까."

시연은 엷은 분홍색 비단을 마름모꼴로 잘라 그 안에 솜을 넣고 은실로 꽃을 수놓은 노리개를 내려다봤다. 그녀는 그것이 린이 며칠 전부터 손에 달고 살았던 것임을 한눈에 알아차렸다. 거기까진 흔한 노리개들과 그리 다른 점이 없었다. 그러나 동그랗게 매듭져 비단 아래로 매달려 있는 깃털이 무엇인지 누구보다 잘 알았기에 시연은 눈살을 찌푸렸다.

"이게, 뭐라고?"

"마마님도 참. 노리개잖아요. 일주일 전인가? 그때 즈음해서 가주께서 어디서 구하셨는지 삼두일족응의 깃털들을 가져다주시면서 뭔가 만들어보라 하셨거든요. 뭘 만들까 고민하다가……."

린은 해사하게 웃으며 시연의 고름에 달려 있는 새하얀 노리개를 가리키며 말을 이었다.

"저 노리개와 같이 달 조그마한 노리개를 만들면 딱일 것 같아서 오랜만에 솜씨를 발휘했답니다. 이렇게, 여기 매달면…… 어머머! 잘 어울려요, 마마. 전엔 너무 희기만 해서 오히려 색감이 좀 죽는 느낌이었는데, 이러니까 화사하죠?"

역시 봄엔 좀 화사한 느낌이 어울린다니까요. 삼두일족응의 깃이 이렇게 쓰일 거라고는 생각도 못했답니다. 요 며칠간 시연의 기분이 바닥을 치고 있음을 예민하게 느낀 린은 한층 높은 목소리로 끊임없이 얘깃거리를 꺼내들었다. 보통 새의 깃은 엉망으로 꺾여 있거나 결이 망가진 것들이 많아 이렇게 온전한 것은 보기힘들다는 것에서부터, 주군이 이렇게 누군가를 챙기는 것은 처음이라는 말까지. 줄줄이 나오는 수다에 빠짐없이 들어가 있는 키안에 대한 칭찬과 찬양은 시연의 머릿속을 복잡하게 만들었다.

뒤 한 번 돌아보지 않고 삼두일족응에 대한 것들은 전부 한낱 미신이라 일축하던 남자와 린이 말하는 남자는 양 극단에 서 있을 정도로 극명하게 달랐기에, 혼란에 빠져 있던 그녀는 자리에서 일어났다.

"그리고…… 응? 어디 가시게요, 마마?"

"가주를 봐야겠어."

갑작스러운 선언이었다. 그러나 며칠 동안 방 안에 틀어박혀 침상에서 이불을 뒤집어쓰고 있던 시연을 슬슬 걱정하던 참이었기에, 린은 기쁘게 웃었다.

"예. 모실까요?"

"아니. 괜찮아."

고개를 저은 시연은, 장지문을 열고 밖으로 나가기 전 입안에서 맴돌던 말을 뱉어냈다.

"그리고, 노리개…… 고마워."

그녀의 감사에 린은 잠시 눈을 크게 떴다, 이내 웃었다. 별 말씀을요. 겸허히 스스로를 낮추는 것을 잊지 않으며.

밖으로 나온 시연은 평소보다 더 끈질기게 들러붙는 시선들에 의아함을 느꼈다. 그러나 곧 자신이 며칠간 두문불출했기 때문임을 알아차리고는 깔끔하게 무시했다. 그녀가 걷는 걸음을 따라 새하얀 노리개와 붉은 깃이 좌우로 흔들렸다. 길게 이어진 길이 끝나고, 그 끝에 고고하게 위치해 있는 별채가 눈에 들어오자 우뚝 발이 멈췄다.

무어라 하나.

그녀는 미간을 좁혔다. 미신이라 말하더니 왜 이걸 줘서 이리 사람을 헷갈리게 하느냐 따져 물어야 하는가? 그러나 또다시 싸우고 싶지는 않았다. 이러니저러니 해도 키안의 도움을 꽤나 받았음을 모르는 바 아니었다. 줄 것이 없는 상태에서 도움만 받는 것은 그리 유쾌한 일은 아니었기에, 또다시 목청을 높이고 싶진 않았다.

그럼 그날 제 말이 심했다 사과를 해야 하나?

이제 시연은 아예 인상을 쓰고 있었다. 지나가던 이가 그녀를 보았다면 어디 아프냐 물어봤을 정도였다. 그러나 별채는 저택의 구석에 위치해 있었고, 그곳은 웬만해선 가까이 가지 않는 곳이었기에 그런 불상사는 일어나지 않았다. 사과라. 시연은 그 단어를 생각하자마자 강한 거부감을 느꼈다. 보통 잘못이 있어야 하는 것이 사과였으나, 태생이 황족이었기에 사과라는 것을 쉬이 해본 적이 없는 탓이다. 이런 경우엔 그녀는 잘못한 일이 없으니 더더욱 거부감은 강했다.

결국 어느 한쪽으로 마음을 정하지도, 모두 포기하고 안채로 되돌아가지도 못한 채 그녀는 별채 앞을 빙빙 돌았다. 작은 원을 그리듯 왼쪽에서 오른쪽으로 재게 걸으며 생각하면 할수록 복잡해지는 머릿속을 정리하느라 꽤 오래전부터 저를 보는 시선도 눈치채지 못할 정도였다.

"부인이 이곳엔 무슨 일이지."

"으악!"

그렇기에 그녀는 대놓고 인기척을 내며 다가온 키안의 물음에 소스라치게 놀랐다. 시연은 비명을 내지르며 펄쩍 뛰었다.

"아. 그, 그게."

얼굴이 새빨갛게 달아올라 말을 더듬는 그녀를 가만히 내려다보던 키안은 숨소리조차 내지 않으며 성큼, 뒤로 물러섰다. 갑작스러운 뒷걸음질에 시연은 '저 인간이 무얼 하나' 하는 표정으로 키안을 바라봤다. 그 적나라한 시선에 그의 입술이 열렸다.

"이 정도면, 괜찮나."

"······예?"

알아들을 수 없는 말에 시연이 되물었다. 그러자 키안은 조금

어두워진 얼굴로 금방이라도 물러설 것처럼 오른발을 뒤로 뻗으며 다시 물었다.

"부인이 놀라지 않으려면. 아니면…… 더 물러서야 하나?"

허공에 던져진 그 기운 없는 목소리에 시연은 잠시 제 귀를 의심했다. 땅에서 강하기로는 제일인 늑대신은, 지금 주눅이 든 것처럼 보였다. 보고 있음에도 믿기지 않는 사실에, 시연은 다급히 대답했다.

"지금. 아니, 아니지. 아닙니다. 가주가 코앞까지 다가온다고 해서 놀라진 않습니다. 그저 갑자기 뒤에서 부르기에 놀란 것뿐입니다."

"그런가."

다시 제자리로 되돌아오는 오른발을 보며 시연은 끙, 신음을 흘렸다. 무어라 말을 해야 할지 정하지도 못한 상태에서 갑작스럽게 대면해 버린 지금 상황이 그녀에겐 부담스럽기 그지없었다. 이를 알 리 없는 키안은 방금 전 답을 듣지 못한 물음을 다시 던졌다.

"그래서…… 부인이 여긴 무슨 일인가?"

피할 수 없는 막다른 벽에 부딪친 그녀는 결국 제 속내를 뒤집어 보였다.

"……그날."

굳이 들쑤시지 않아도 속에서 이미 곪아 터져 버린 상처를,

"절 동정해 그런 말을 한 겁니까?"

다시 건드린 이유. 그것을 물으며 시연은 반쯤 땅을 향하고 있던 고개를 들어올렸다. 궁을 떠나는 날 빗속에서 눈물을 훔치던

궁녀들에게도, 한숨을 쉬어대던 내관들에게도 차마 묻지 못했던 질문이었다.

제 자리 하나 지키지 못한 채 쫓겨나 버린 황녀에 대한 동정인가, 아니면…….

"무엇 때문에."

질문이 던져지기가 무섭게 대답하는 그는 조금 화가 나 보였다. 그는 뒤로 물러섰던 만큼 다시 거리를 좁히며 말을 이어갔다.

"무엇 때문에 내가 부인을 동정해야 하지?"

"그것이 아니라면 왜 그리 물었습니까."

순수한 의문에 키안의 눈이 까맣게 죽었다. 500년의 시간이 낳은 결과는 이렇게 언제나 그를 외로이 만들었다. 그 누구도 기억하지 않는, 오직 제게만 남은 거대한 약속. 피와 살로 맺어진 맹약이 다시금 그의 목덜미를 콱 눌러온다.

"오직 부인만이 내게 그것을 강제할 수 있으니까. 그러한 권리를, 단 한 번의 언질도 없이 짓밟은 것이 나이기에."

이제 그는 바로 코앞에 있었다. 숨결이 느껴질 정도로 가까워진 거리에 그녀는 방금 제 입으로 말한 것처럼 놀라진 않았으나 온몸이 긴장하고 있음을 느낄 수 있었다. 초식동물이 생존을 위해 갖는 예민한 감각처럼, 그녀는 제 목덜미를 물어뜯어 피와 살을 취할 수 있는 가장 강한 신 앞에서 극도의 긴장을 느끼고 있었다. 그것은, 숫제 본능이었다.

"그것이 맹약으로 이뤄진, 부인이 그 피를 이은 순간부터 가진 권리이기에."

저를 올려다보는 동그란 눈동자에 그는 이유를 알 수 없는 갈

증에 목이 바짝 말라온다 생각했다. 실제로 그럴 리는 없으니 그
저 생각일 뿐일 테지만, 이상스럽게도 정말 목이 말라왔다. 그러
나 냉수로 가실 그런 종류의 갈증은 아니었다.

그렇다면 한 번 더 저 피를 취하면 이 지독한 갈증이 사라질
까. 살을 취하고 뼈를 발라내 모든 것을 집어삼키면 그제야……?
아니다. 그것과는 무언가 달랐다.

"그렇기에 물은 것이다."

그는 물이 흐르듯 유려하게 그녀의 손을 잡아 올렸다. 위로 올
려진 손을 따라 소매가 넓은 옷자락이 아래로 흘러내렸다. 상흔
이 남아 있는 손목과, 감각만으로 느껴지는 손바닥의 상처에 그
는 잠시 멈칫했다. 잿빛 시선이 파리한 손목 위의 상처를 더듬었
다. 무어라 말을 할 것처럼 미비하게 달싹이던 입술은 이내 꾹 다
물렸다.

그러곤, 그는 한 치의 망설임도 없이 허리를 숙여 손등에 가볍
게 입을 맞췄다. 닿았는가 의심스러울 정도로 짧은 온기는 금세
사라지고, 그 자리엔 다시 허리를 곧게 세운 사내만이 자리하고
있었다.

"의도한 적은 없으나, 설명이 부족했군. 그러니…… 내가 부인
을 동정했다, 그리 생각했다면, 사과하도록 하지."

"하면 약조하세요."

"그래."

"다시는 어설프게 관여하지 않겠노라고."

"약조하마."

그녀는 동요 한 점 없는 얼굴을 들여다봤다. 그 무엇도 읽어낼

수 없는 사내였다. 방금 전 입술이 닿았던 손등만이, 그곳에 아직 남아 있던 온기만이 방금 전 일이 거짓이 아니라 말하고 있었으나 그녀는 그것을 외면했다.

"그리고, 깃…… 감사합니다."

시연은 고개를 한 번 끄덕이고는 이내 미련 없이 뒤돌았다.

그리고 그는 그녀가 입은 물빛 치맛자락이 눈에 밟히지 않게 될 때까지 그 자리에 계속 서 있었다.

망부석처럼.

한참의 시간이 흐른 뒤에야 그는 별채 안으로 걸음을 옮겼다. 방금 전까지만 하더라도 굳건했던 몸이 채 몇 걸음도 힘에 겨웠는지 비틀거렸다. 기둥을 잡은 손끝이 희게 질려서 한눈에 보더라도 그가 고통스러워하고 있음을 알 수 있었다.

"후……."

문을 닫은 키안은 그대로 바닥으로 미끄러져 주저앉았다. 궁희의 말대로 맹약을 외면했던 지난날은 매분 매초 그의 몸을 갉아먹고 있었다. 나무 바닥을 긁는 손끝이 갈라져 핏방울이 맺혔다. 장기가 녹아내리는 고통에 그의 얼굴이 일그러졌다. 이대로 죽을 수 있다면 차라리 좋으련만, 영생을 얻은 몸은 하늘신의 피가 땅에 존재하는 한 그에게 죽음이라는 안식조차 주지 않았다.

"쿨럭!"

왈칵 피를 토해낸 키안의 두 눈이 흐렸다. 고통을 그저 속으로만 삼키며 그는 어금니를 악물었다. 그저 예고도 없이 들이닥치는 이 고통이, 예고도 없이 사라지기만을 기다리며.

❋

거대한 황궁을 두고 사람들이 이르는 말이 있다. 저곳은 벽에도 귀가 달려 있고, 땅에도 눈이 박혀 있는 곳이라고. 말조심하라는 것을 비유적으로 이르는 말이었으나 랑(狼)가에서는 그것이 문자 그대로 통용됐다. 먼 곳에서도 종알거리는 것들을 듣는 데 탁월한 재주가 있는 것들과 먼 곳에서 일어나는 일들을 보는데 능통한 것들이 한데 모여 있으니 가주가 명령하지 않는 한 랑(狼)가 안에서 사실상의 비밀은 없다 해도 무방했다. 물론 그들에게도 양심이랄 것이 존재했기에—그보다는 능력을 쓰는 것이 꽤나 피곤했기에— 평소엔 굳이 무언가를 보거나 들으려 하진 않았다. 특히 가주가 주로 머무는 별채는 암묵적으로 건드리지 말아야 하는 공간으로 인식되어 있었다.

그러나 그런 것들도 전부 때와 시기에 따라 유동적으로 움직이는 법이다. 실질적으로 랑(狼)가를 꾸려나가는 린의 주장이 그러했다. 시연이 정식으로 랑(狼)가의 안주인 역할을 하게 된다면 상황은 또 달라지겠으나 지금 당장 가문의 생계전반을 꾸려나가는 것은 린이었다. 꼬리 아홉 달린 구미호 가라사대, 사랑이란 세상 그 무엇보다 위대한 법이라 없던 의욕도 생기고 바닥을 치던 생존 욕구도 하늘로 치솟게 하는 힘을 가지고 있다 하였다.

즉, 그녀의 주장은 짧고도 간결했으며, 강렬했다.

가주가 사랑을 하게 된다면 지금과는 정반대로 달라져 의욕적으로 자신들을 이끌어줄 것이다! 그리 된다면 모든 문제가 해결될 터이니, 결국 그 기로는 사랑이로다!

키안이 듣는다면 뒷목을 잡을 소리였으나 안타깝게도 그때 그의 온 신경은 다른 곳에 향해 있었으니 알 수 있을 리가 없었다.

"소, 손을 잡았습니다!"

요괴1의 외침에 백여우 둘이 폴짝폴짝 뛰며 서로 손을 맞잡았다. 그 뒤를 이어 요괴2가 흥분을 감추지 못하고 고함을 빽 내질렀다.

"입을 맞추셨습니다!"

"뭐? 입술에?"

린이 자리를 박차고 일어나자, 요괴2가 눈치를 보며 말을 정정했다.

"아뇨. 손등에요."

그러나 그것만으로도 기함할 일이었다. 요괴2의 뒤에 몰려 있던 백여우들이 하나같이 제 입을 손으로 가렸다. 감격에 찬 얼굴은 덤이라 할 수 있겠다.

"어머머머!"

린도 마찬가지라, 그녀 역시 잘 손질된 손으로 붉은 입술을 가렸다. 반짝이는 두 눈은 극한에 치달은 흥분을 그대로 보여주는 듯했다. 동동 구르는 발을 감추지 않은 채 그녀는 좀 더 자세히 상황을 설명하라 요괴1, 2를 닦달하려 했다. 가능하다면 그 기념비적인 순간을 화폭에 남길 정도의 열정이었다. 만약 벌컥 문이 열리고 화가 잔뜩 난 소하가 들이닥치지만 않았다면 그리했을 것이다.

실질적 2인자의 등장에 방금 전까지 핑크빛 열기로 후끈했던 공기가 단숨에 싸하게 식었다. 소하와 눈이 마주친 요괴들이 썰

랑을 품은
나리숭이

물 빠지듯 와르르 문 밖으로 도망쳤다. 키안이 웬만한 일들은 넘어가 주는 편이라면, 소하는 사소한 것 하나도 쉬이 넘어가지 않는 깐깐함을 갖추고 있었다. 그 말인즉슨, 일단 튀는 것이 상책이었다.

잔뜩 벌려놓은 일들을 보아하니, 그 의도가 쉬이 짐작되어 소하는 깊은 한숨을 내쉬며 이마를 짚었다.

"대체 무슨 생각이야?"

"보면 몰라? 응원하는 중이잖아."

소하는 뻔뻔하게 받아치는 린의 대꾸에 미간을 좁혔다. 그는 눈가 사이에 진 주름만큼이나 엉망으로 구겨져 있는 제 속내를 억지로 잡아 펴며 가까스로 대답했다.

"결과는 정해져 있어. 모르는 바 아니잖아. 우리를 봐도……."

"아무것도 없었어?"

낮게 가라앉은 목소리는 차분하면서도 또한 우는 것 같았다. 물기가 가득한 그 물음에 소하는 그만 무언가가 제 목을 조르는 것 같다 생각하며 시선을 떨어뜨렸다.

"우리 사이에, 남은 것이라곤, 아무것도 없다 생각해? 정말로?"

끊어진 인연에 남은 것이 있을 터가 없다. 결국 그 결말은 아무것도 남지 않기에, 그리 생각하면서도 소하는 대체 무엇이 남았느냐 되묻지는 못하고 침묵으로 답을 대신했다. 영겁의 세월을 사는 이들, 그들 사이에 감정이란 그토록 덧없는 한철 꽃과도 같기에.

사내의 침묵에 여인은 흘러내린 머리칼을 귀에 꽂으며 답했다.

"넌, 무섭다고 했지."

린은 버럭 화를 내려는 그를 막으며 말을 이어나갔다.

"역시 난, 이건 기회라고 생각해."

"그 여자는 인간이야!"

"하늘신의 후손이지."

"약해빠진……!"

소하는 채 말을 마치지 못하고 입을 다물었다. 눈을 감은 여인의 모습에 찬물을 뒤집어쓴 것처럼 냉혹한 현실을 깨달은 탓이다. 평행선이다. 이 문제에 있어 그와 그녀는 영원히 평행선을 내달릴 것이다. 접점은 없었다. 그렇기에 교섭도, 타협도 존재할 수가 없었다.

그것을 깨닫자 그 역시 더 말할 필요성을 느끼지 못했다.

긴 한숨, 그리고 침묵.

오직 그것만이 둘 사이에 남았다.

❀

그날 이후로 시작된 시연의 잦은 외출과, 그때마다 필연적으로 동행하는 키안의 존재는 멀리서 봐도 눈에 띄었다. 온통 새까만 틈바구니에서 연갈색과 회색이 나란히 걸어 다닐 때면 자연스레 시선을 모았다. 그러니 둘에 대한 소문이 세간에 파다하게 퍼진 것은 어쩌면 당연한 결과라 할 수 있겠다. 굳이 복장에 신경을 쓰거나 변장을 한 것도 아니었으니 소문을 의도한 부분도 없잖아 있었다. 오늘도 시연의 복장은 사람들의 시선을 한눈에 사로잡기에 충분하다 할 만큼 화려했다. 강렬한 원색이어서가 아니라, 옷감이 눈 돌아갈 정도로 값비싼 것이어서.

오늘 시연의 저고리는 상아빛이 돌았고, 치마는 옅은 보라색이었다. 그러나 보통 사람들이 쉬이 입지 않는 색이기에, 원색이 아닐지라도 오히려 그 사이에서 튀는 감이 있었다. 하나로 묶어 허리 뒤로 늘어뜨린 갈색 머리칼을 바라보던 키안은 느슨하게 동여맨 나비 모양 머리끈을 조심스럽게 매만졌다. 그 손길을 미처 느끼지 못한 시연은 마치 동상이몽처럼 다른 생각을 하며 키안 쪽으로 고개를 돌렸다.

"여쭤보고 싶은 게 있습니다."

"무엇을?"

"요새 세간에 퍼져 있는 소문들에 대해 들어보셨나 싶어서요."

"소문이라…….."

잠시 중얼거리던 키안은 어깨를 으쓱였다. 전혀 모르겠다는 그의 태도에 시연은 눈을 가늘게 떴다. 정말 모른다고? 아이들도 알고 있는 그 소문들을? 주기적으로 랑(狼)가에 각종 업무와 소문들을 퍼다 나르는 풍사, 우사, 그리고 운사 덕분에 이미 시연은 소문의 내용에 대해 잘 알고 있었다. 만약 막고자 했으면 외출을 자제하거나 머리 색이나마 가리고자 노력했을 터. 그러나 그녀는 소문이 퍼져 나가는 것을 방치했다. 오히려 사람들이 많이 오가는 거리를 과시적으로 다닌 적도 있었다.

그녀는 오늘도 성곽 근처까지 둘러보기 위해 나온 저를 따라온 키안을 돌아보며 잠시 고민했다. 저야 목적이 있어 소문을 관조하고 있다지만, 키안이 정말 그 소문들을 모른다는 것이 이해가 가지 않았기 때문이다. 아무리 호국의 일이며 황궁 내의 사건에 대해 관심을 끊었다 할지라도 자신에 대한 소문까지 모를 리 없었다. 그렇기엔 현 호국에서 랑(狼)가의 위치와, 지위가 너무도 높았다.

"정말 몰라요?"

"내게 들어오는 소문이 하도 많아서. 그중 무엇을 말하는 것인지 알 수가 없는데……."

웃음기가 섞인 키안의 말에, 시연은 잠시 말문을 잃었다. 그녀는 푹 한숨을 내쉬곤 의뭉스러운 표정을 짓고 있는 그를 흘겨봤다.

"일부러 티를 내는 거예요, 아니면 거짓말을 못하는 거예요?"

"전자로 하지. 그래서, 그 소문에 무슨 문제라도 있는 건가?"

소문. 시연은 정녕 키안이 제대로 알고 말하는 것인가 잠시 의심했다. 물론 의심은 길지 않았다. 그녀는 푹 한숨을 내쉬며 대화 주제로 떠오른 소문을 잠시 짚었다. 황녀와 랑(狼)가의 가주를 중심으로 퍼지고 있는 소문은 내용이야 황비가 뒤로 넘어갈 정도였으나 아직 권세가들이나 조금 생각이 있는 자들이라면 믿지 않을, 그런 정도의 수준이었다. 그러나 동시에 완벽한 계약관계이자, 반쯤 떠밀려 한 혼인에 감정이 존재한다는 소문은 부(富)가 적은 사람들을 중심으로 빠르게 퍼져 나가고 있었다. 노동으로 지친 몸을 탁주 한두 잔으로 달래며 재미삼아 하기에 딱 좋은 얘깃거리인 탓이었다. 높으신 분들의 사랑 이야기라, 그보다 더 씹기 좋은 것이 어디 있으랴! 시연은 지금도 힐끔힐끔 저들을 향하는 시선들을 느끼며 입술을 열었다.

"문제라…… 문제라기보다는 가주의 목적이 궁금한 거죠."

시연은 땅에 끌리는 치맛자락을 살짝 들어 올리며 말을 이어나갔다.

"제 목적은 분명한데, 가주의 목적이 불분명한 것 같아서요."

혹시나 모를 상황에 대비해 황비에게 랑(狼)가와의 관계를 과시하겠다는 것을 돌려 말하지도 않고 직구로 던져오는 시연은 당당하기 그지없었다. 떠나기로 했던 계획이 틀어진 이상 그녀에게 가장 든든한 버팀목은 랑(狼)가였다. 그러니 그것을 최대한 이용하겠다는 의도는 계산적이었으나, 동시에 참으로 현실적이자 효율적이었다. 만약 린이 있었다면 감탄을 뱉으며 박수를 쳤을지도 모를 일이었다.

키안은 직접적으로 반응을 하는 대신 그녀에 대해 나름대로 내려왔던 판단에 새로운 의견을 쌓아올렸다. 아무런 말도 하지 않은 채 고요히 자신을 내려다보는 잿빛 시선에 시연의 눈썹이 위로 꿈틀, 올라갔다. 대답을 재촉하는 그녀의 물음에 키안은 웃는 것도, 무표정도 아닌 그 중간의 어중간한 상태로 대답했다.

"그 목적 중 하나가, 이렇게 매번 랑(狼)가에서 성문으로 가는 길을 확인하는 것과 관련이 있는 건가."

주기적인 산책을 빙자해서 말이지. 시연은 핵심을 꼬집어오는 키안의 말에도 그리 당황하지 않았다. 당초에 모르게 할 생각이었다면 어떻게 해서든 그를 떼어놓았을 터였다. 시연은 남문으로 향하기 위해서는 반드시 통과해야만 하는 장터에 발을 들여놓으며 씩 웃었다.

"그렇다고 해두죠."

"하면 내 목적 역시 그와 비슷하다 해두지."

"……예?"

"이리 소문이라도 나야 부인이 조금이라도 안전해질 테니까."

그의 말을 기다렸다는 듯이 거센 봄바람이 허공을 가르고 내달렸다. 날이 풀리는 4월, 때늦은 벚꽃잎이 바람결을 따라 팔랑팔랑, 갈색 머리칼 위로 내려앉았다. 꽃처럼 아름다운 여인 위로 꽃잎이 내려앉는 모습은 저도 모르게 감탄이 나올 정도라, 키안은 그 장면을 머릿속에 새겨 넣기라도 하려는 듯 뚫어져라 시연을 바라봤다. 그 끈질긴 시선에 연분홍빛의 비를 바라보던 여인이 고개를 돌릴 정도였다.

"저는, 모르겠습니다."

진정으로 늑대신인 당신이 이렇게까지 하는 이유를. 시선과 시선이 부딪치고, 잠시 끊어졌던 대화가 다시 이어진다.

"제가 인간이기 때문입니까?"

그렇기에 신인 당신이 보기에 금방이라도 죽을 것 같아 이리 과한 보호를 하는 건가요? 그것이 아니라면, 일전의 대화처럼, 하늘의 피를 이었기 때문인가요? 시연의 목소리는 작았으나 웅성거리는 소음들 중에서 유일하게 키안의 귓가에 가 닿았다. 늑대신은 결코 이해받지 못할 기분을 어찌 설명해야 할지 알 수가 없어 아무런 말도 하지 않은 채 앞으로 한 걸음을 내디뎠다. 주변에선 마지막으로 내리는 꽃비에 연신 탄성과 기쁨이 터져 나왔지만 그렇기에 오히려 늑대신의 눈가는 차분하게 가라앉았다. 그는 저와 시선을 맞추기 위해 고개를 한껏 들어올리는 여인을 바라보며 입술을 달싹였다.

"부인이, 내게 있어 그만한 가치를 가지는 존재이기 때문이라."

이 땅 위에서 오직 그대만이 의미를 갖고 있어. 그리 말하며 키

랑을 품은
나리송이

안은 시연의 머리 위를 가로지르며 팔을 뻗었다. 넓은 소매로 인해 드리워진 그늘을 눈치챈 그녀가 반사적으로 고개를 위로 젖혔다. 놀라 동그랗게 뜨인 눈을 마주하며, 키안은 이내 천천히 팔을 거둬들였다.

"하니 부디 그날에도 위험한 시도는 하지 말아주길 부탁하지."

그녀는 방금 제 머리 위로 뻗어왔던 손이 눈앞에 쑥 내밀어지자 입을 꾹 다물었다. 눈앞에 놓인 사내의 손에는 자그마한 꽃송이가 있었다. 여름에 피는 꽃, 나리였다. 주황빛과 갈색빛이 동시에 도는 꽃잎은 그녀의 눈동자색을 몇 겹이고 덧칠한 것 같은 느낌이었다. 시연이 꽃을 받아들 생각을 하지 않자, 키안은 그것을 그녀의 귓가에 꽂아주며 말을 이어나갔다.

"물론 내 부인은, 꺾으면 꺾이는 꽃처럼 약하지 않지만…… 그렇다 할지라도 부디 마지막만큼은 안전하게 떠날 수 있도록, 그리하여 부인이 원하는 바를 이룰 수 있도록, 내가 도와줄 수 있게 허락해 주었으면 좋겠군."

몸을 굽혀 바로 귓가에 속삭이는 말에 서서히 시연의 얼굴이 붉게 달아오르기 시작했다. 그녀는 연보랏빛 치맛자락을 양손으로 움켜쥐었다.

"그, 꽃, 꽃을, 귀에 꽂으면 어떡해요!"

직진으로 달리다 갑자기 방향을 확 틀어버리는 대화 내용에 키안의 눈에 의아함이 새겨졌다. 그러나 그가 무어라 묻기도 전에 시연이 도망치는 것이 더 빨랐다. 그녀는 방금 전까지 주위의 시선을 하나하나 의식해 가며 최대한 조심스럽게 움직이던 것이 무색하리만치 양손으로 치맛자락을 발목께까지 번쩍 들어 올리고

선 냅다 뛰기 시작했다. 그 재빠름에 한 번, 이유를 알 수 없음에 또 한 번 당황한 키안은 쫓아가야겠다는 생각조차 하지 못한 채 벌써 점이 되어가고 있는 시연의 뒷모습을 멍하니 바라봤다.

그런 그에게 다가간 것은 거리를 둔 채 둘을 호위하던 태하였다. 한 명은 호위가 필요 없고, 나머지 한 명은 호위를 귀찮아하는 터라 제 존재에 회의감을 느끼던 태하는 참으로 오랜만에 존재 이유를 느끼며 키안의 어깨를 툭툭 두드려 주었다.

"주군……."

태하는 대련 때 명치를 수십 대는 얻어맞았던 때보다 더 안쓰럽다는 표정을 한 채 고개를 저었다.

"다 큰 여인의 귀에 꽃을 꽂아주시면 어쩝니까."

여기까지 말했음에도 여전히 키안은 대체 어디서 잘못되었는지 모르겠다는 얼굴이었다. 태하는 정녕 자신의 주군이 이런 쪽으로는 무지하다는 사실을 새삼스레 깨달으며 푹 한숨을 내뱉었다.

"인간들 사이에서 다 큰 여인이 귀에 꽃을 꽂는 건 딱 두 가지입니다. 미쳤거나, 정신이 나갔거나."

귀에 꽃 꽂으면 미친년이라는 태하의 말에 그제야 키안의 얼굴이 와그작 구겨졌다.

"무슨 근거로 그런 얘기가 성립되는 거지?"

"인간들의 생각을 제가 어찌 알겠습니까. 어쨌든 방금 전 행동은 주군이 잘못하셨습니다. 대놓고 미…… 크흐흠. 그, 거, 음. 그렇다고 말한 거니 말입니다."

꽃은 아름다움의 상징이었다. 저마다의 꽃말을 갖고 있을 정도로 사람들은 나붓한 꽃잎과 그 향을 찬양했다. 여인을 아름답다 칭찬하는 것도 누군가에게 지탄받을 일이 전혀 아니었다. 한데 아름다운 여인에게 아름다운 꽃을 주는 것이 대체 어째서 그런 의미로 튀는 것인지 키안은 전혀 이해할 수가 없었다. 인간 틈에서 500년을 넘게 살았으나, 단 한 번도 그들을 진정으로 이해해 본 적 없기에 발생한 몰이해였다. 여전히 왜 그렇게 되는지 모르겠다는 기색이 역력한 키안의 표정에, 태하는 얌전히 입을 다물었다.

어찌 이해시킨단 말인가. 꽃이 문제가 아니라, 하필이면 그 어여쁜 꽃을 귀에 꽂은 게 문제라는 것을.

늑대신이 꽃과 여인의 상관관계에 대해 이해가 아닌 암기를 하고 있을 때, 시연은 열심히 달렸다. 온몸이 간질간질한 것만 같았다. 그중에서도 커다란 손이 스치고 지나간 귓불이 견디기 어려울 정도로 근질거렸다. 꽃가루 때문인가 싶었으나 19년 동안 없던 과민증이 갑작스레 생길 리 없었다. 시연은 이미 알고 있는, 그러나 마주할 자신이 없는 사실을 과감하게 외면했다. 외면하는 것은 그녀가 진이 날 정도로 해왔던 것이기에 그리 어려운 일이 아니었다.

그러기 위해 열심히 달렸고, 그렇기에 그녀는 얼마 지나지 않아 랑(狼)가에 도착할 수 있었다. 꾸준히 해왔던 활쏘기가 체력에 꽤나 도움이 됐는지 시연은 단 한 번도 쉬지 않고 남문 근처에서 랑(狼)가까지 주파하는 기록을 세웠다.

점심상을 물리기가 무섭게 꽃단장을 하고 나갔던 황녀가 채 반 시진도 되지 않아, 그것도 얼굴이 시뻘겋게 달아오른 채로 돌아오자 린이 놀라 자리를 박차고 일어났다.

"마마! 어찌 이리 급히, 아니, 어찌 혼자 돌아오셨어요!"

"그……."

차마 말을 잇지 못하고 벅찬 숨을 몰아쉬는 시연을 걱정스레 바라보던 린의 시선이 황녀의 귀 쪽으로 가 닿았다.

"어머, 나리꽃이네요? 이게 벌써 피었나요? 아직 이른데."

"때 이른 꽃이야."

시연의 말에 웃던 린은, 채 떨어지지 않은 또 다른 꽃잎을 발견하곤 손을 뻗었다.

"……아, 그거……."

"벚꽃이네요."

추억에 잠긴 듯한 목소리, 무언가 생각에 잠긴 시선에 시연은 입을 다물었다. 눈치 빠른 황녀는 구미호의 과거에 벚꽃과 관련된 무언가가 존재했음을 예민하게 알아차렸다.

"벚꽃, 좋아하나 봐."

시연의 말에 상념에 빠져 있던 린의 얼굴이 살짝 붉어졌다가, 다시 원래대로 되돌아왔다. 그녀는 씁쓸한 웃음을 입가에 걸치며 대답했다.

"그렇다기보단, 추억이 있는 꽃이라서요. 사랑하는 이를 처음 만난 것도, 헤어진 것도 벚꽃이 피던 때였거든요."

아픈 기억을 건드렸다는 생각에 시연의 표정이 안 좋아지자, 린은 눈을 가늘게 뜨며 말을 이었다.

"다 옛 얘기예요. 500년도 더 전의 일인걸요, 뭐. 기억도, 감정도 흐릿해서 거의 남아 있지 않아요. 저흰 영생을 살기에, 그만큼 많은 것들을 흘려보낸답니다."

감정은 언젠간 식어가기 마련이기에, 시간이 흐르면 새로이 시 작되는 더 중요한 무언가에 의해 밀려나고야 만다 말하며 린은 슬쩍 말을 돌렸다. 그녀는 어느새 벚꽃잎은 어딘가로 숨겨 버리곤 때 이른 나리꽃을 매만졌다.

"한데 마마의 눈 색과 참으로 잘 어울리는 게……."

린이 꽃처럼 해사하게 웃으며 말하자, 그제야 제가 귀에 꽃을 꽂은 채로 여기까지 달려왔다는 사실을 깨달은 시연이 다급하게 나리꽃을 귀에서 뺐냈다. 부드럽게 바깥으로 말린 잎은 그녀의 눈동자보다 조금 짙은 색이었다.

마치 선황을 쏙 빼닮은…….

거기까지 생각이 닿자 방금 전까지 빨갛게 달아올랐던 시연의 얼굴이 이번에는 희게 질렸다. 힘이 빠진 손끝에서 툭, 꽃이 떨어 졌다. 방금 전까지 여인을 빛나게 하던 꽃은 이제 흙바닥에 내동 댕이쳐져 저를 올려다보는 것만 같았다.

시연은 그것이 마치 술과 약에 취해 저를 바라보던 선황의 눈 을 마주하는 것만 같아, 아랫입술을 물어뜯었다.

"마마? 무슨 일이 있으셨던……."

"린."

잠시 잊을 뻔했구나. 시연은 제 목적을 다시금 상기했다. 아주 잠시 그 지옥 같은 곳에서 벗어나 본래의 목적을, 목표를, 이상을 잊어버릴 뻔했다. 그러나 크고 온기 가득한 손이 건네준 꽃 한 송 이가 그것을 다시금 일깨웠다. 온기가 제 목을 조르는, 참으로 아 이러니한 일이라, 그리 중얼거리며 시연은 말을 이었다.

"잠시만, 혼자 있게 해주겠어?"

허공에 던져지는 부탁에 린은 조심스레 그러겠다 답하며 뒤로 물러섰다. 자그마한 황녀는, 언제고 갑작스레 저런 표정을 지었다. 무언가를 먹다가, 혹은 어떤 것을 볼 때면 잊고 있던 끔찍한 기억을 떠올린 것처럼 표정을 굳히고 얼굴은 희게 질린 채로 안채에 틀어박혔다. 몇 시진이고 그렇게 틀어박혀서 저만의 시간을 보낸 뒤엔 다시 아무렇지도 않게 웃으며 나왔다. 그러나 구미호는 굳이 묻지 않아도, 듣지 않아도 알 수 있었다.

시연이 무언가를 견디고 있다는 사실을.

버리라 했던 나리꽃은, 그러나 방 한쪽에 고이 놓여 있었다. 4월에 나리꽃이 피다니, 흔치 않은 일이라며 린이 호들갑을 떨어댄 결과였다.

그래서 어둠이 내려앉은 지 한참이 흐른 뒤에도 그녀는 잠자리에 드는 대신 그 여린 꽃송이를 바라보고 있는지도 모를 일이었다.

"······부인."

풀벌레 소리 하나 들리지 않을 정도의 적막을 깬 것은 늑대신의 목소리였다.

조금 낮은 그것에, 눈꺼풀이 재빠르게 위아래로 움직였다. 그때까지 눈 한 번 깜빡이지 않았다는 사실조차 잊었을 정도라 뻑뻑한 눈이 비명을 지르는 것 같았다. 불빛 너머에서 일렁이는 그림자를 보자 방금 전까지 빠져들어 가고 있던 늪에서 단숨에 건져지는 것만 같아 그녀는 작은 탄성을 뱉었다.

"잠시 얘기를 할 수 있을까."

찔끔 나오는 눈물을 닦으며 시연은 부름에 답했다.

"예. 들어오세요."

허락이 떨어지자 문이 열리고, 안으로 들어서는 늑대신의 손안에는 때 이른, 그리하여 구하기도 힘들었을 나리꽃이 다발로 들려 있었다. 그 갑작스러움과 이유 모름에 당황한 시연이 멍하게 꽃다발을 한 번, 그것을 들고 있는 늑대신을 한 번 바라봤다. 일단 그가 꽃을 들고 있는 것이 안 어울리면서도 또 묘하게 어울린다는 사실에 놀랐기 때문이고, 그 다음으로는 4월에 나리꽃이 무려 다발로 피어났다는 것이 놀라웠기 때문이다. 어느 쪽이건 키안은 제 감정을 감추지 않은 채 선연히 드러내는 시연의 품에 들고 온 꽃다발을 안기며 말했다.

"하루 종일 방에서 나오지 않았다 들었다. 낮의 일은, 사과하지. 여인의 귀에 꽃을 꽂는 게 그런 의미일 줄은 미처……."

나리꽃을 감싼 천이 바스락거리는 소리를 냈다. 그것을 품에 끌어안으며 시연은 재빨리 이어지던 말을 잘라냈다.

"예?"

이해할 수 없다는 시연의 되물음에, 키안의 미간이 좁아졌다.

"낮에 그것 때문에 그리 뛰어간 것 아니었나."

그제야 시연은 그가 하는 말의 맥락을 잡아낼 수 있었다. 그러자 다시 떠오르는 건 낮의 창피함이라, 슬쩍 얼굴을 붉게 물들인 그녀는 한 걸음 뒤로 물러서며 그가 들어올 자리를 만들었다.

"아닌가?"

성큼 안으로 걸어오며 다시 묻는 말에 그녀의 고개가 뚝 떨어졌다. 그러자 보이는 건 다시 나리꽃이라 애써 미뤄두었던 기억이 거세게 밀고 들어왔다. 위로 시선을 죽 밀어 올리니 퇴색된 기억보다도 더 가라앉아 있는 회색빛 시선이 저를 곧게 바라봐 온다. 말할 수 없는 하나를 제외하니 남는 것은 오직 하나라, 잠시간의 망설임을 걷어내는 듯한 그 시선에, 그녀는 꽃다발을 내려놓으며 자리를 권했다.

"방에서 나오지 않았던 것은 그 때문이 아니라, 잊고 있던 기억이 떠올라 그랬습니다."

그녀는 손을 뻗어 꽃잎을 떼어내며 말을 이어나갔다.

"흘러가는 세월에 태워 멀리 밀어 보냈던 아비에 대한 기억이 말입니다."

"선황…… 말인가."

"예. 하필이면 마지막 숨을 내뱉던, 그 순간이 떠올라서요."

시연은 상처가 남아 있는 손을 키안의 눈앞에 펴 보였다. 횡으로 그어진 상처는 잘 들지 않는 검으로 베어냈는지 삐뚤삐뚤했다. 도드라진 그것은 꽤 깊이 베였다는 것과, 뒤처리가 미숙했다는 것을 동시에 보여주는 흔적이라, 키안의 눈매가 깊어졌다.

"선황의 죽음이 목전에 닥쳤을 때 그 전까지는 그를 단 한 번도 눈에 담지 않던 황비가 제 손을 낚아챘습니다. 무어라 말을 하기도 전에 이가 빠진 단도로 제 손을 베어내고, 그 피를 선황의 입에 떨구며 죽지 마라 절규했죠. 그 전까지만 해도 선황의 술잔에 독을 타던 이가 말이에요."

증오하던 이의, 원하던 죽음에 황비는 온몸을 떨며 슬퍼했다. 그 모습은 차라리 괴이해서 안타깝다는 느낌보다 오싹함이 먼저 고개를 치켜들 정도였다. 좀 더 나이가 든 지금에서야 그 감정이 바로 애증이 아닐까 짐작할 따름이었다.

"당시엔 이유도 알지 못한 채 그저 황비가 미쳤다고만 생각했는데…… 그럼에도 선황은 죽었고, 황비는 비통에 찬 울음을 내뱉어, 저는…… 그 난장판 속에서 부황의 죽음에 슬퍼하는 대신 멍하니 생각했죠."

똑.

목이 부러진 나리꽃이 그대로 바닥을 향해 추락했다.

"빛이 꺼져 버린 선황의 두 눈이 마치 여름이면 흐드러지게 피어나는 나리꽃 색과 닮았다고."

그래서 은연중에 이 꽃을 피해왔던 건지도 모릅니다. 제 궁에 심어져 있던 것들을 죄다 파낸 뒤에 이걸 보는 건 삼 년 만이네요. 이어지는 시연의 말은 무미건조했다. 중간에 끊어내지도, 무어라 말을 덧붙이지도 않은 채 조용히 그녀의 말을 듣기만 하던 키안이 입을 연 것은 그즈음이었다.

"내겐."

그는 손을 뻗어 짓물러질 정도로 거세게 꽃잎을 움켜쥐고 있는 시연의 주먹을 덮었다.

"환히 웃는 부인께 어울리는 꽃으로 보였어."

흔들리는 시선이 제게 향하자 그는 조금 웃으며 말을 이어나갔다.

"죽은 자의 것이 아닌, 생기가 가득한 그대에게 어울리는 꽃이라, 그리 생각했지."

창은 전부 가려지고 문은 오래전에 닫혀 온기도, 빛도 없던 그날의 방 안이 단숨에 걷히는 기분이었다. 선황의 죽음이 제 탓이 아니라는 위로가 아니었음에도 그녀는 위로받았다. 그 오랜 시간 동안 뇌리 속에 박혀 있던 이미지 하나가 걷히는 것만으로도 제 세상의 한 조각이 바뀌는 기분이었다.

삼 년 만에 처음으로 죽은 선황을 마주하며 그녀는 시선을 돌리지 않았다. 눈도 감지 않았다. 대신 그녀는 제 어깨 위에 내려앉는 커다란 손을, 온기를 느끼며 그것을 그대로 받아들일 뿐이었다.

❀

그렇게 한번 들쑤신 뒤엔 또 한동안 평화로운 시간들이 흘러가는 것만 같았다. 굳이 시연이 찾아가지 않는 이상 키안은 그녀를 만나러 오지 않았고, 그녀도 별다른 일이 없는 이상 굳이 그를 만나러 갈 생각은 하지 않았다. 그렇다 하여 시연이 한없이 방 안에만 틀어박혀 있었던 것은 아니었다. 그녀는 시간을 허투루 쓰지 않겠다 다짐이라도 했는지 두 달여간 저택의 오른편을 전부 돌며 알아낼 수 있는 것들을 모조리 알아내기 위해 노력했다. 나리꽃 사건이 있은 뒤로 시연은 마치 무언가에 쫓기는 사람처럼 굴었는데, 그것이 못내 위태로워 보인다는 것이 문제라면 문제였다.

그러니 애가 타는 것은 주변 사람들이라, 린은 오늘도 다과를 들이밀며 슬쩍 말문을 텄다.

"저, 마마."

"응?"

아직 소녀티가 채 가시지 않은 여인은 다과를 한가득 집어 들

랑을 품은
나리송이

었다. 그에 다과가 담긴 그릇을 좀 더 가까이 밀어주며 린이 말을 이었다.

"오늘은 저택의 왼편을 둘러보시는 것은 어떠세요?"

"괜찮아. 오늘은 이걸 마저 읽을 생각이라."

시연은 〈狼國雜錄(랑국잡록)〉이라 적혀 있는 서책을 들어올렸다.

"야사(野史)며, 설화(說話) 같은 것들이 잘 정리되어 있거든. 이곳을 떠나기 전에 조금이라도 알아둬야지."

야사와 설화의 주인공격인 본인을 앞에 두고 인간들이 적당히 적어놓은 것을 대신 보겠다는 시연의 말에 린은 아연실색했다.

"예에? 아니, 궁금한 게 있으시면 그냥 제게 물으세요. 그 서책이 무엇이건, 누가 썼건, 엉망일 게 뻔합니다."

"흠…… 그런가."

그러고 보면 삼두일족응도 사실은 길조가 아니라 흉조였었지. 키안의 말을 떠올린 시연은 이미 절반가량 읽은 서책을 어찌할까, 고민하며 내려다봤다. 지금껏 읽은 것이 있으니 중도에 그만두는 것은 아까웠다. 그렇다고 마저 읽자니 린의 말이 걸렸다. 엉뚱한 지식만큼 위험한 것도 또 없으니 말이다. 고민에 빠진 시연의 모습에, 린은 눈을 반짝이며 말문을 텄다.

"그런데…… 마마. 황족들은 필수적으로 무예를 익힌다 하던데요."

"그랬지."

"하면 말타기나…… 아니면, 아, 그래. 활쏘기라도 하시는 건 어떨지요? 몸은 자주 써주지 않으면 쉽게 굳는답니다."

그 말에 시연의 눈에 생기가 돌았다. 그녀는 방금 전까지 읽던 서책을 덮으며 벌떡 자리에서 일어났다.

"여기에 활터가 있다고?"

"예. 그것도 꽤 넓답니다. 아마…… 호국에서 세 손가락 안에 들 정도일걸요. 활도 다양하고 화살촉도 다양해서, 물소 뿔로 만든 각궁(角弓)부터 없는 게 없다던데요. 태하나 소하가 시간만 났다 하면 거기서 살다시피 하니 맞을 겁니다."

물론 전 활 같은 거엔 관심 없지만요. 그녀의 말에 시연은 빙긋 웃었다.

"린."

"예?"

"오늘은 원하는 대로 따라줄 테니, 다음부터는 그리하지 마."

그렇게 티가 났냐며 어색하게 웃는 린을 뒤로한 채 그녀는 장지문을 밀며 밖으로 나왔다. 굳이 위치를 묻진 않았다. 존재하기만 한다면 활터를 찾는 것은 그리 어려운 일이 아니었다. 저택은 다양한 요괴들로 가득했고, 그들에게 묻는다면 누구든 친절히 가르쳐 주었으니 말이다. 그녀는 쭉 기지개를 켜며 하늘을 바라봤다. 맑은 하늘에 구름 한 점 없는 것을 보아하니 활쏘기에 부족함 한 점 없는 날씨다.

일단 앞으로 걸어볼까 생각하던 그녀는 제게 날아드는 전서구에 하늘로 뻗었던 손을 다급히 내렸다. 자그마한 전서구는 꽤 오래 밖에서 기다렸는지 부르르 몸을 떨었다. 그녀에게 전서구를 보낼 만한 곳은 한 곳밖에 없었다. 시연은 머뭇거리지 않고 다리에 묶여 있는 종이를 끌러내고는 새를 다시 하늘에 날려 보냈다.

다 펼쳐도 손바닥 하나에 겨우 들어올 자그마한 종이. 그것을

랑을 품은
나라솔이

그녀는 소매 안 깊은 곳에 밀어 넣고는 주위를 휘 한번 둘러봤다. 다행히 그녀에게 관심을 두는 이는 없었다. 아무 일도 없었던 것처럼, 그녀는 유유자적하게 걷기 시작했다.

그리고 시연은 안채에서 직선으로 몇 걸음 걷지 못해 익숙한 얼굴을 발견하자, 입꼬리를 휘어 올렸다.

"태하!"

그녀의 부름에 어디론가 신나게 걸어가던 태하가 움찔하며 멈췄다. 뒤돌아보는 그의 얼굴에 내키지 않는다는 티가 역력했다. 표정 관리라는 단어 자체를 모르는지, 께름칙함이 훤히 보일 정도였지만 그녀는 딱히 상처 입지 않았다. 기대를 한 적도 없는 관계에 무슨 상처를 입겠는가. 그녀는 그저 제가 목표로 한 바를 얻기 위해 사람 좋게 웃으며 태하 쪽으로 걸어갔다. 점차 가까이 다가오는 여인을 보며 두어 걸음 뒷걸음질 치던 태하는 결국 도망가는 것을 포기했다.

시연이 싫은 것은 아니었다. 그러나 시연과 연관되어 있는 상황들이 그의 머릿속을 복잡하게 만들었다. 아직 정식으로 혼례를 올린 것도 아닌 여인에게 무조건 예를 갖추라는 주군의 명령은 그나마 나았다. 그러나 린과 소하는……. 둘 다 만만한 것이 저인지, 보기만 하면 붙들고 하소연을 시작하는데 그게 여간 긴 것이 아니다. 생각만으로도 두통이 이는 것 같아 태하는 쯧, 혀를 차며 잡생각을 털어냈다.

"하나만 묻자."

"예에."

"활터가 어느 쪽에 있는지 알려다오. 데려다준다면야 더 좋지만, 어딜 가는 중이라면 방향만 일러주겠나."

어느새 눈앞에 다가온 시연이 던진 물음은 그의 입장에서는 참으로 뜬금없었다.

"예?"

"활터 말이다. 린이 저택 안에 활터가 꽤나 크게 있다던데, 혹 모르느냐."

"아뇨, 알죠. 압니다만, 활터는 무엇하시려구요?"

이번엔 시연이 고개를 갸웃했다. 검을 보고 '저걸 무엇에 쓰려 하냐'고 묻는 것만큼이나 참으로 맥락에 맞지 않는 질문이 아닐 수 없었다.

"그야…… 활을 쏘려고?"

"……활도 쏘십니까?"

"……잘 쏜다만. 그게 뭐 그리 이상한 일인가?"

"아뇨, 이상할 건 없습니다만. 그, 뭐라 해야 하나. 의외라서."

활을 쏜다 하기엔 꽤 곱상한 손이 아닙니까. 태하는 굳이 붙일 필요가 없는 사족을 덧붙이며 어깨를 으쓱였다. 희고 얇다 못해 길기까지 한 손가락을 두고 찬탄 어린 말들은 질릴 정도로 들어 보았으나 곱상하다는 표현은 처음이라 시연은 잠시 얼빠진 표정을 지었다. 그러나 참으로 꾸밈없는 표현이라는 생각에 이내 시연은 와르르 웃음을 터뜨렸다.

곱상하다라. 참으로 적절한 표현이다. 그녀는 제 손을 쫙 뻗어 눈앞에 두고 보며 한 번 더 웃었다. 호신에 가깝다고는 하나 검을 배웠다. 꽤 괜찮다 싶은 실력에 도달할 때까지 활을 쥐었다. 그럼에도 마디가 굵어지지 않고 굳은살이 쉬이 눈에 띄지 않는 것은

156 **랑**을 품은
나리송이

단연 궁녀들의 피나는 노력이 결실을 맺었기 때문이라 할 수 있겠
다.

물론 그러한 내막을 알지 못하는 태하로선, 과연 저 손으로 시
위나 제대로 당길 수 있나 싶었지만 말이다. 제 손을 훑는 시선에
담긴 의미를 모르는 바 아닌 시연의 눈매가 가늘어졌다. 그녀는
직접 모셔다 주겠다며 앞장서는 태하의 뒤를 따르며 슬쩍 미끼를
던졌다.

"그러면 내기를 해볼래?"

물론 거절할 가능성은 애당초 생각하지도 않고 뱉은 말이었다.
도깨비가 내기를 좋아한다는 것을 모르는 이는 없다. 린은 태하
가 키안에게 들러붙은 이유 중 하나가 바로 대련을 계속하기 위
해서라는 말을 할 정도였다. 400년이 넘도록 한 번도 이기지 못
했으니 승부욕에 불타 어떻게든 붙어 있는 것이라고. 물론 그녀
는 대련이라는 곱상한 표현이 아닌 '미쳐 있는', '정신 나간'이라는
표현을 사용하긴 했다.

그녀의 예상은 빗나가지 않았다. 태하는 내기라는 단어가 나오
자 아예 얼굴색이 바뀌었다. 금방이라도 환호성을 지를 것 같은
얼굴로 그는 눈을 반짝였다.

"무슨 내기요?"

"다섯 발을 쏴서, 홍심(紅心)에 누가 더 많이 맞추는가. 이기는
이의 소원을 하나 들어주는 것으로."

몰기를 할 수 있는가를 두고 하는 내기라며 검지를 펼쳐 보이
는 시연의 모습에 태하는 당장 좋다고 씩 웃었다. 활은 그가 주로
쓰는 무기는 아니었다. 그는 봉이나 검을 더 선호했고, 활은 좀생

이 같다며 그리 좋아하지 않았다. 물론 그렇다 할지라도 고작 여인에게 질 정도는 아니라 확신했기에, 태하는 제 승리를 의심하지 않았다.

그리고……,

그렇기에, 패배는 더욱 뼈아팠다.

린의 말처럼 거대하다는 단어 외엔 표현할 길이 없는 활터엔 먼저 온 이들이 가득했다. 그중에서 단연코 빛나는 것은 키안이었다. 각궁을 쥐고 활시위를 당기는 모습에 시연은 작게 감탄했다. 조금의 흐트러짐도 없는 것이, 활쏘기의 표본이며 이상적이라 표현할 정도로 완벽했기 때문이었다.

그러나 그런 그녀의 감탄은 이내 대놓고 내쉬는 한숨에 가려졌다.

"……하."

세상을 다 잃은 듯한 한숨 소리에 시연은 웃음을 터뜨렸다.

"소원 하나. 내게 빚진 거다."

이렇게 질 것이라는 건 그의 예상 범주에 없었던 일이었다. 태하는 허탈함에 가득 차 득의양양하게 검지를 들어 올리는 시연을 바라봤다. 내기는, 태하의 예상과는 달리 꽤 치열하게 이뤄졌다.

결과만 놓고 말하자면 둘 다 홍심 다섯 번을 전부 꿰뚫었다. 그것만으로도 태하는 뒤로 넘어갈 정도로 놀랄 지경이었다. 그런데 시연은 거기에서 멈추지 않고 화살 다섯 발을 같은 자리에만 맞춰, 보는 이를 기함하게 만드는 일을 해냈다. 화살이 연달아 반으로 쪼개지는 모습을 보며 눈을 몇 번이나 비볐던가. 하늘신의 피를 이은 황족들이 신궁(神弓)인가 생각해 봐도 그런 말을 들은 기억은 없었기에 더 놀랐다. 소원 하나라. 뼈아픈 참패에 비통한 대가였다. 그러나 내기는 내기였기에 태하는 어깨를 축 늘어뜨리며 고개를 끄덕였다.

바로 옆에서 이뤄진 둘의 내기를 지켜보던 소하가 키안에게 말했다.

"대단하군요. 인간이 맞나 싶을 정도입니다."

그 말에 키안의 눈이 흐려졌다. 한없이 여려 보이던 여인이 활을 쥐자 표정부터 변했다. 나는 새도 떨어뜨릴 수 있을 정도의 실력이라, 그야말로 신궁이라 칭송함에 모자람이 없었다. 키안은 내기를 마치고 다시 활을 쥐는 그녀의 모습을 바라보며 대답했다.

"……그래."

쉽게 재단할 수도, 짐작할 수도 없는 여인이다. 슬퍼 보인다 싶어 시선을 주면 어느새 흐르던 눈물을 닦고 누구보다도 환히 웃고 있었고 위태로워 보여 손을 뻗으면 눈 깜짝할 사이에 제 두 발로 단단히 땅을 딛고 서서 뻗은 손을 무심히 쳐낸다.

그래서일까.

"시선을 뗄 수가 없어."

"……예?"

"아니다."

키안은 방금 전까지 쏘던 활을 내려놓곤 뒤돌았다. 그는 일직선으로, 곧장 시연을 향해 걸어가고 있었다. 그 모습을 바라보던 소하는 '설마'라는 단어로 제 걱정을 일축했다. 그러나 '설마'는 '혹시'로 대체되어 점차 그 덩치를 키워나가기 시작했다. 소하의 얼굴이 엉망으로 구겨졌다. 방금 전까지 순수하게 활솜씨에 대해 터뜨리던 감탄을 속으로 욱여넣은 채 그는 키안의 뒤를 쫓았다.

"부인께서 아직 활을 쏠 수 있다면……."

그의 시선이 여러 보이는 손으로 향했다. 이미 태하에게 당한 일이었기에, 시연은 굳이 손을 숨기지 않고 당당하게 앞으로 드러냈다. 그런 그녀의 생각을 읽기라도 한 듯, 키안의 입매가 부드럽게 휘었다.

"나와도 내기하지."

그러나 그 제안은 예측하지 못했기에 활을 쏘는 사대(射臺)에 서 있던 시연은 활을 쥔 손을 아래로 떨구며 눈을 깜빡였다. 너무도 갑작스러운 제안이었다. 유유자적하게 내기 활쏘기나 할 만한 사이가 아니라 생각했기에 일어날 리 없다 여겼던 일이었다. 서로 간에 오해로─화해는 했지만─ 묘한 기류가 흐르고 있는 상황이었다. 이런 상황에서 자리를 피하기는커녕 당당하게 다가와 내기를 청하다니. 호탕하다 해야 할지 세심하지 못하다 욕을 해야 할지 갈피를 잡을 수 없어 그녀는 그냥 입을 닫았다.

"이긴 자의 소원을 들어주는 것으로."

소원.

시연은 그것에 넘어갔다. 그녀는 활을 들어 올리며 고개를 끄덕였다. 그녀가 허락하자 왠지 긴장한 듯 보이던 사내는 눈을 휘며 웃었다. 그는 과녁을 눈짓하며 말을 이어나갔다.

"전과 같으면 내기가 재미가 없어질 것 같으니 조금 변화를 주는 건 어떤가?"

"변화라면……?"

"과녁을 100보 정도 뒤로 물리지."

태연스레 태연하지 못할 말을 하는 키안의 모습에 옆에서 태하가 기함했다. 소하는 뒤에서 손으로 눈을 가렸다. 100보가 무슨 뉘 집 개 이름이라도 되는 양 키안은 안색 하나 변하지 않았다. 그리고 시연은, 잠시 고민했다. 보통 사대와 과녁 사이의 거리는 120보 정도였다. 황궁에서 활을 배울 때도 딱 그 정도 거리를 기준으로 연습했기에 과녁을 뒤로 물린 경험은 없었다. 게다가 그녀의 활은 실전에서 사용해 본 적이 단 한 번도 없는 일종의 온실 속 화초였다. 사냥터에 몇 번인가 가본 적은 있었지만 몰이꾼이 눈앞까지 몰아준 사냥감을 잡는 사냥은 사냥이라 치기도 뭐했다. 그녀는 눈을 가늘게 뜨곤 과녁 뒤편을 어림잡아 바라봤다.

가능할 것 같은데?

못할 것도 없을 것 같다는 생각을 하며 시연이 고개를 끄덕이자, 키안이 웃었다. 그는 여전히 제 뒤에서 눈을 가린 채 푹푹 한숨을 쉬고 있는 소하에게 과녁을 뒤로 물리라 말했다. 물론 소하는 제가 뛰어가는 대신 그 옆에서 자리를 지키고 있던 병사에게 말을 전달했다. 발에 땀이 나도록 뛰는 것은 병사의 몫이었다.

"다섯 발입니다."

태하와 한 것과 같은 조건에 그는 고개를 끄덕였다.

"만약 부인이 이번에도 몰기를 한다면, 내기와는 상관없이 소원 하나를 들어주지."

키안의 말에 시연은 굳이 거절하지 않았다. 이미 그녀의 실력을 봤으니 얕보고 하는 말이 아님을 알기에 기분 좋게 웃었을 뿐이다. 굳이 소원을 하나 들어준다는데 열을 내서 기회를 놓칠 필요는 없었다. 앞으로 무슨 일이 벌어질지 알 수 없으니 쓸 수 있는 패는 늘려두는 게 좋다.

과녁이 준비되자 키안은 한 걸음 뒤로 물러섰다. 자연스레 먼저 화살을 잡은 것은 시연이었다. 첫발이 허공으로 쏘아지자 얼마 지나지 않아 고전기(告傳旗)가 휘날렸다. 홍심이다. 그러나 중심에서 조금 빗겨난 홍심이었다. 100보는 생각보다 멀었다. 시연은 숨을 들이마시며 다시 화살 하나를 집었다. 또 하나. 다시, 마지막.

"대단하군요."

전부 홍심에 꽂힌 화살에, 소하는 질린 기색을 감추지 않았다. 그런 그의 말에 키안은 웃으며 태하와 무어라 말을 주고받는 시연을 바라봤다. 100보를 물리고도 몰기를 했으니 성패와는 상관없이 소원 하나를 얻어낸 시연은 득의양양하게 활을 들어 올리며 웃고 있었다.

"그래."

그러나 대단하다는 말을 한 지 얼마 지나지 않아, 소하는 새어 나오려는 한숨을 삼키며 고개를 저었다.

"여전하십니다."

그 옆에서 시연은 입을 떡하니 벌리고 있었다. 그녀도 궁에 있을 때 신궁 소리를 꽤나 들었던지라 놀라움은 더했다. 다섯 발 전부 홍심. 그것뿐이라면 그리 놀라지도 않는다. 그녀 역시 몰기를 했으므로. 그러나 키안이 쏜 화살 네 발은 전부 다음 화살에 반으로 쪼개져 있었다. 방금 전 태하와의 내기 때 시연의 과녁을 그대로 재현한 것만 같았다. 그 위에 마지막 화살만이 당당히 버티고 꽂혀 있는 모습에 시연은 제 패배를 인정할 수밖에 없었다. 둘 다 몰기에는 성공했으나, 홍심에서도 정중앙만을 관통하고 있는 화살들은 굳이 시시비비를 가리지 않더라도 키안이 내기에서 승리했음을 보여주고 있었다. 단숨에 그녀에게서 소원 하나를 얻어 낸 키안은 활을 소하에게 넘기며 말했다.

"소원은 지금 말하지."

"예?"

시연은 재빠른 소원 빌기에 놀랐다가, 이내 제 패배를 시인하고는 고개를 끄덕였다.

"예. 말하세요."

"태하를 호위로 두어라."

이번에는 갑작스레 벼락을 맞은 태하가 펄쩍 뛰었다. 그의 성정은 자유로움 그 자체였다. 먹고 싶을 때 먹고, 자고 싶을 때 자고, 대련을 하고 싶을 땐 지나가는 이가 누가 됐건 붙잡고 검을 맞부딪쳐야 성이 풀리는 성격. 그게 이 태하였다. 그 자유로움은 공기보다도 가볍고 바람보다도 제멋대로라 유일무이한 핏줄인 소하마저도 포기한 지 오래인 도깨비. 그러할진대 누군가를 호위하라니. 본래도 명령이라는 단어와는 썩 친하지 않은 도깨비는 단번에 뒤집어졌다.

"주군!"

"원할 때 언제든 대련을 해주마."

그리고 쉽게 꺾었다.

태하는 불가하다 펄펄 날뛰던 것이 언제냐는 양 오른손으로 주먹을 쥐곤 제 왼 가슴을 쿵쿵 치며 경건한 표정으로 외쳤다.

"제 한 몸을 불살라 마마를 지키겠나이다."

대련, 그가 제 갈 길 가라며 등 떠미는 키안의 옆에 딱 달라붙어 있는 유일무이한 이유를 들이밀자 태하의 얼굴에 싱글벙글 웃음이 떠나질 않았다. 당연한 말이지만, 소원이었으므로 시연의 의사는 한 점도 반영되지 않았다. 아주 잠시 시연은 몰기를 해 받아낸 소원을 써서 호위를 취소할까 고민했으나 이미 포기했다. 소원이 단순히 명분에 불과하다는 것을 모르지 않았기 때문이다. 지금 이 순간 유일하게 행복해 보이는 태하는 연신 웃음을 터뜨리며 제 기분을 드러냈다.

"으하핫! 전 그런 생각이 듭니다. 마마께서는 랑(狼)가에 복을 가져다주는 분이시라는 그런 생각이요."

시연은 원하는 대로 대련을 할 수 있다는 것만으로도 세상을 다 가진 듯 행복해하는 태하를 바라보다 고개를 저었다.

"그게 그리도 좋은가?"

"예?"

"대련 말이야."

시연은 활쏘기로 인해 마른 목을 차게 식힌 녹차로 달래며 마루 아래로 늘어뜨린 다리를 좌우로 흔들었다. 열기엔 역시 시원한 것이 제격이라 생각하며 물어오는 그녀의 물음에, 태하는 잠시 고민했다. 바로 마루의 맞은편에 있는 커다란 나무 그늘에 몸을 기댄 도깨비의 얼굴은 참으로 진지해서, 그녀는 고민의 시간이 꽤나 길어져도 재촉하지 않았다. 한참의 시간이 흐른 뒤에 태하는 아무리 고민해도 이것밖에는 답이 없다는 표정을 한 채 입을 열었다.

"그야 주군께선 지금껏 검을 맞댄 이들 중 제일 강했으니까요."

"정말?"

"활 쏘는 거 보셨잖습니까. 신들이라고 해도 전부 그렇게 검이나 활을 잘 다루는 건 아닙니다. 인간이랑 비슷해요. 못하는 놈은 못하고 잘하는 놈은 잘하죠. 그런 의미에서 주군은……."

좀 비범하다고나 할까요, 아님 천재라고 해야 하나. 그쪽으로는 따라올 이가 없죠. 마치 자식자랑을 하는 부모처럼 뿌듯해 하는 태하의 모습에 시연은 차마 웃지 못했다. 웃을 생각도 들지 않았다는 표현이 더 맞을 터다.

활.

그것은 그녀가 태생적으로 타고난 핏줄을 제외하고 유일하게 그 누구와 맞붙어도 자신 있는 것이었다. 선황은 가끔 그녀의 모후가 약한 몸으로도 활 하나는 참으로 잘 쐈다는 말을 몇 번이고 한 적이 있었다. 그 덕분에 시연은 활을 잘 쐈을 뿐만 아니라 좋아했다. 머리색도, 눈 색도, 심지어 외양마저도 오로지 선황만을 쏙 빼닮은 와중에 유일하다 할 수 있는 모후의 흔적이었기에. 주위에서 너 나 할 것 없이 신궁이라 치켜세워 주니 조금쯤 어깨가 으쓱한 경향도 없잖아 있었다.

그러나…….

신궁이란, 그런 사내를 두고 하는 말이겠지.

너무 차이가 나면 질투도 나지 않는다 하던가. 시연은 그의 실력에 질투가 나기보단 감탄사가 먼저 튀어나왔다. 오랜 세월 활시위를 잡아봤기에 알아볼 수 있는 부분들이 눈을 사로잡고, 활을 단 한 번도 잡아보지 않았을 이라도 눈에 들어오는 것들이 머릿속에 아로새겨졌다.

　찬찬히 기억을 더듬어 나가던 시연은 고개를 끄덕이며 긍정했다. 그러던 중 소매 속에 넣어두었던 종이자락이 바스락거리며 그녀의 신경을 두드렸다.

　마치 잠시 잊고 있던 사실을 어서 알아차리라 재촉하듯이.

　방으로 돌아와 모든 이들을 물린 시연은 땀에 젖은 의복을 천천히 갈아입었다. 잊고 있던 종이를 발견한 것은 바로 그때였다.

　"아."

　오랜만의 활쏘기에 신이 난 것도 정도가 있지. 이걸 잊다니. 시연은 잠시 스스로를 타박하며 종이를 펼쳤다. 몇 줄 되지 않는 글귀를 읽어 내리던 그녀의 얼굴이 점차 딱딱하게 굳었다. 내용은 단순했다. 전염병이 창궐했는데 약을 구할 수 없다. 급히 와주길 바란다. 한데 불가능하면 자신들끼리 어떻게든 해보겠다. 굳이 필요하지도 않는 사족을 덧붙이는 것이 그들다웠다.

　"마마, 괜찮으십니까? 시중은 정녕 필요 없으신가요?"

　장지문 밖에서 들리는 걱정스러운 목소리에 시연은 간신히 입을 열어 대답했다.

　"아냐, 정말 괜찮아. 그냥 잠시 좀 누워 있으면 되니 걱정 마."

　"필요하신 게 있으시면 언제든 부르세요."

　"그래. 알았어."

　발소리가 천천히 멀어진 뒤에야 그녀는 쓰러지듯 바닥에 주저앉았다. 풍사가 사람 좋게 웃으며 편지를 전하던 게 바로 엊그제였다. 악문 턱이 가늘게 경련했다. 전염병, 그 단어 하나만이 그녀

랑을 품은
나리송이

의 머릿속을 가득 채웠다. 시연은 인지하지도 못한 채 자리에서
일어났다. 당장 가야만 한다, 그 생각만이 그녀를 움직이는 듯했
다. 그러나 장지문을 밀어젖히기도 전에 그녀는 끈 끊어진 인형처
럼 다시 우뚝 멈춰 섰다.

아직 해가 하늘에 걸려 있었다. 저택 안은 각종 요괴들로 가득
했고, 저택 밖에는 황비가 붙여놓은 이들이 존재할 가능성을 완
전히 배제할 수 없었다. 근처를 가볍게 거니는 것이라면 괜찮았
다. 그녀는 갇혀 있는 게 아니었으니.

그러나 수도를 벗어난다면? 얘기는 달라졌다.

"제길……!"

조금만 잘못한다면 산채의 위치가 발각되는 것은 순식간이었
다. 해가 질 때까지 기다려야 한다. 적어도 모든 이들의 이목을
끌 수 있는 낮은 안 된다. 속으로 수없이 되뇌며 시연은 덜덜 떨
리는 손으로 종잇조각을 움켜쥐었다. 다시 시간 싸움이었다.

오랜 시간 활을 쐈음에도 땀 한 방울 나지 않은 키안은 뒤따르
는 이들을 물리고 옷을 갈아입었다. 방금 전 전해들은 전언에 따
르면 여유로울 시간이 없었다. 간편한 차림으로 요마의 숲으로 향
한 그는 오래 지나지 않아 찾던 이와 마주할 수 있었다.

나무 등걸에 미끄러지듯 몸을 기대고 있던 궁희가 천천히 감았
던 눈을 떴다.

"마고가, 움직였다고?"

인사도 없이 본론을 꺼내드는 그의 얼굴은 꽤 다급해 보였다.
궁희는 고개를 끄덕이며 몸을 일으켰다. 부드러운 옷감이 그녀의

움직임을 따라 흘러내리듯 궁희의 몸을 감싸고돌았다.

"어머니께서 완전히 잠에서 깨어나신 걸 얼마 전에 확인했답니다. 숲도 한차례 요동쳤죠. 마지막으로 눈을 뜨셨던 게 벌써 백년도 더 전이니까요."

"이유는 아직 모르는 거지?"

"제게 알려주실 리가 없잖아요."

이래봬도 천륜을 끊은 사이랍니다. 마고와 궁희의 대립은 하루 이틀 있었던 일이 아닌지라 그녀는 심각한 일을 입에 올리면서도 장난스럽게 웃었다. 그러나 얘기를 듣는 상대가 심각하자 그녀의 웃음도 점차 잦아들었다. 키안을 살피는 궁희의 눈이 가늘어졌다.

심각이라고? 그가? 오랜 시간 봐왔기에 더 놀라웠다. 기억도 나지 않는 때부터 그의 삶은 그저 권태로움으로 가득했다. 한낱 잡신이었을 때도 하늘신의 피에 홀리지 않은 유일한 존재였던 이다. 지신 중에서 가장 강한 힘을 손에 넣었을 때도 제 손안에 들어온 것들을 무심히 흘려보내던 사내였다. 그러던 그가, 안절부절 못하는 것을 보는 건 궁희로서도 꽤나 충격이었다.

"보통 백 년 주기로 깨어났으니 그저 시기적으로……" ·

"왜 그래요?"

궁희의 물음에 키안은 입을 다물었다. 왜 그러냐고? 자연스럽게 턱에 힘이 들어갔다. 무언가 머릿속에서 앵앵거리며 맴도는 기분이었다. 속이 들썩이고 수없이 많은 생각들이 동시에 고개를 쳐들었다가 사그라지기를 반복하는데 이걸 무어라 설명해야 할지 알 수가 없었다. 점차 일그러지는 그의 얼굴을 바라보던 궁희가 눈을 가늘게 뜨며 물었다.

"설마, 아니죠?"

궁희는 '어머' 하고 놀라며 제 입을 손으로 가렸다. 물론 휘어진 붉은 입술은 그녀가 지금 꽤나 즐거워하고 있음을 여실히 보여줬지만 말이다.

"500년 만에? 정말로? 일화가 내건 맹약의 대가가 진짜로 있었단 말이에요? 그것도 500년이나 지나서? 어머, 아무리 고위 신들이 시간관념이 없다고 해도 설마 설마 했는데……."

그제야 궁희의 말을 이해한 키안이 얼굴을 구겼다.

"무슨 소리지."

"당신 지금 정말 몰라서 묻는 거예요?"

이렇게 재밌는 일은 근 70년 만이라며 궁희가 까르르, 웃음을 터뜨렸다. 졸지에 웃음거리가 된 키안은 마른세수를 하며 답을 재촉했다.

"알아듣게 설명을 부탁해야겠어?"

"오, 그건 안 되죠. 이렇게 재밌는 일을."

알려주면 재미가 반감된다며 궁희는 짐짓 단호하게 거절 의사를 내비쳤다. 그러나 무겁게 가라앉은 키안의 표정에, 그는 작게 한숨을 뱉었다. 정말이지 자신은 이 사내에게 너무 물러서 큰일이라고 생각하며.

"대신 그동안의 정을 생각해서 단서 정도는 줄게요. 시선이 가고, 가만히 있으면 생각나고, 괜히 보호해 주고 싶고, 도와주고 싶고, 손잡고 싶고 그런 사람이 있으면……."

그녀의 말이 이어질수록 키안의 눈썹이 꿈틀거리며 움직였다. 아, 재미있어. 궁희는 가뿐한 얼굴로 목소리를 한껏 낮췄다.

"절대 놓치지 말고 꽉 잡아요. 꽉."

조금 불안해져서 그녀는 한 번 더 강조했다. 절대 놓치면 안 돼요. 알겠죠? 그녀의 말에 키안은 실없는 소리라 생각하며 말을 돌렸다.

"그래서, 당장 마고는 별 움직임은 없는 거고?"

"아직은요. 그런데…… 으음. 그대가 요새 신경 쓰는 황녀님은 무언가를 꾸미시는 것 같네요."

오늘 밤, 어디로 가는 것 같은데요? 궁희는 마고가 깨어나서 그런지 미래가 잘 보이지 않는다며 미간을 찌푸렸다. 그러나 그녀가 숙였던 고개를 들었을 땐 이미 키안은 그 자리에서 사라진 뒤였다. 아, 그러고 보니 이제 밤이네. 궁희는 인사도 없이 사라진 늑대신을 욕하는 대신 흥흥 웃었다.

시연은 해가 떨어지기가 무섭게 조심히 장지문을 열고 밖으로 나섰다. 보통 양반들의 사가엔 밤에도 사병들이 경비를 섰지만, 랑(狼)가엔 특별히 밤에 보초를 서거나 하는 일은 없었다. 이에 대해 태하는 아무리 머저리라 할지라도 금품을 훔치겠다고 랑(狼)가의 높은 담벼락을 넘는 자는 없다고 했지만, 당초에 요괴로 득실거리는 랑(狼)가의 근처에만 가도 보통 사람들은 쉬이 접근할 수 없는 무언가를 느끼기 때문이라 설명했다. 그렇기에 군을 훈련시킬 때 가장 먼저 하는 것이 랑(狼)가의 대문을 넘는 것이라니 더 말해 무엇할까.

처음 랑(狼)가에 올 때부터 아무런 거부감도 느끼지 못한 시연은 그것이 꽤나 신기했고, 자신도 느껴보고 싶다며 호기심을 불태웠으나 태하는 하늘신의 피를 이은 이상 불가능하다 못을 박았다.

그 대문을 그녀는 조심히 넘어섰다.

그리고.

"……누구냐."

뒷목이 섬찟한, 익숙한 감각에 그녀는 입을 열었다. 몇 달간 거리를 두고 있다 해 잊을 수 있는 종류의 것이 아니었다. 궁 안에서 지독하다 싶을 정도로 제 뒤를 쫓아다녔던 자객의 그림자에, 그녀는 아랫입술을 꾹 물었다. 황비가 약조를 어겼다 하여 분노가 치솟지는 않았다. 그저 당연히 와야 할 것을 맞이한다는 기분뿐이었기에 그녀는 수백 번이고 반복한 대로 등을 담벼락에 바짝 붙였다.

"모습을 보여라."

답을 기대하지 않은 물음을 던지며 그녀는 차분히 주위를 훑어 내렸다. 활이 없음이 통탄스럽다는 생각은 되레 태평스럽기까지 했다. 셋인가. 시연은 제가 눈치챈 이들의 숫자를 되짚으며 눈을 가늘게 떴다. 황비가 꽤나 다급한가 싶은 생각과 동시에, 운이 좋으면 한 명 정도는 생포할 수 있지 않을까 하는 기대가 뒤를 이었다. 물론 그런 불확실함에 목줄기를 위태롭게 하는 취미는 없었기에 금세 그 기대를 떨쳐 버렸지만. 그녀는 품 안에 넣어둔 종잇조각을 쥐며 생각을 다잡았다. 갈 길이 있었다. 그리고 꽤나 급박한 상황일 터였다.

과한 욕심은 버리자.

마음을 정한 그녀가 검을 뽑아들기 위해 몸을 숙였을 때였다.

"부인께선…… 이 야밤에 어딜 가는 거지?"

내 분명 밤에는 저택을 벗어나지 말라 그리 말을 했던 것 같은데. 키안은 뒷말을 흐리며 동시에 한숨을 내쉬었다.

그런 그의 등장과 동시에 사라진 살기에, 시연은 그대로 굳어버렸다. 제 목을 노리던 이들이 응대하지 않고 도망쳤다는 사실을, 그녀는 아주 천천히 깨달았다. 그에 새삼스레 그녀의 시선이 키안에게 향했다.

"홀로 나오니, 날파리가 꼬이잖나."

태하가 놈들의 숨통을 끊어놓을 것이라며 그는 시연의 행동을 꾸짖었다. 자객들의 존재를 이미 알고 있었다는 듯 내뱉는 말의 내용은 적나라했다. 그 말에 시연이 어깨를 으쓱이자, 늑대신은 낮은 한숨을 뱉었다.

"내가 부탁한 것들이 그리도 어려웠나."

키안은 꼽아보면 그리 많지도 않은 것들을 하나하나 읊었다.

밤에 나가지 말 것.

노리개를 몸에서 떼어놓지 말 것.

가능하면 저택 안에서도, 그러나 저택 밖을 나서게 된다면 반드시 태하를 대동할 것.

고작 세 개뿐이지 않은가. 그 외엔 요구한 것도, 요구할 것도 없었다. 그런데 고작 그 세 개를 그녀는 참으로 대단하다 싶을 정도로 지켜주질 않았다. 이 정도면 너무하지 않냐 말해도 그녀는 할 말이 없어야 했다. 목숨이 두 개냐며 화를 내야 하나, 잠시 고민하던 키안에게 먼저 시연이 말을 던졌다.

"……중요한 곳에, 급한 일이 생겼습니다."

그녀는 그 짧은 시간 동안 무수히 많은 것들을 고민했다. 가장 먼저 떠올린 것은 들킨 이상 그를 따돌릴 수 없다는 사실이었다. 그녀가 아무리 날고 긴다 하나, 인간의 몸으로 늑대신을 넘어설 재간은 없었다. 낮의 활쏘기에서도 증명된 사실이 아니던가.

그 다음으로 잰 것은 키안과 황비의 관계였다. 그것에 관해서 그녀는 한 치의 의심도 없이 확신할 수 있었다. 랑(狼)가의 가주는 황비를 위해선 움직이지 않는다. 이유는 아주 간단하고도 단순했다. 자신이 대륙을 통틀어 유일하게 남은 하늘신의 후손이었고, 키안의 맹약은 오직 그 핏줄과 연관이 있었으니까.

심지어 그 맹약마저도 내팽개친 지 오래다. 그러할진대 아무런 상관도 없는 황비를 위해 무려 신씩이나 되는 이가 움직일 가능성은 한없이 0에 수렴했다. 그렇기에 그녀는 결론을 내릴 수 있었다. 이것이 지체할 수 없이 급박한 일이라는 것도 한몫했다. 시연은 고개를 들어올렸다. 잿빛 눈동자를 마주하자 그녀는 손을 뻗어 그의 팔을 잡으며 말했다.

"낮의 소원을 쓰겠습니다."

몰기를 해 받아낸 소원을 입에 담는 목소리는 가늘게 떨리고 있었다. 혹시 모를 상황이 참으로 빨리 닥쳤으나, 그녀는 그 생각을 이내 지워냈다. 소원을 쓰기 위해 계획적으로 내기를 조장한 그보다야 그래도 제가 낫다 여겨졌기 때문이다.

"앞으로 볼 모든 것들을 비밀로 하겠다, 약조해주십시오. 그리고…… 같이 가주시지 않겠습니까."

그렇기에 그녀는 소원을 빌었다. 이미 대답이 나와 있는 부탁을.

호국의 수도를 벗어나면 바로 맞닿아 있는 곳엔 활발한 상업 활동으로 유명한 마을, 도봉이 있다. 도봉의 남쪽에는 산 하나가 있었는데, 실상 수도에서 말을 달렸을 때 반 시진도 걸리지 않을 정도로 가까운 거리였다. 그녀가 키안을 이끈 곳은 바로 그 산이었다. 마지막으로 들른 것이 벌써 3년 전이다. 새삼 이곳에 다시 돌아온 것에 그녀는 울컥 치미는 감정을 억눌렀다. 그보다 급한 일이 있었기에. 험한 산길의 틈새에 몰래 만들어져 있는 길을 따라 빠르게 산을 탄 그녀는 산채가 보이기 시작하자 좀 더 속도를 올렸다.

"마마!"

전서구로 연락을 한 뒤에 계속해서 기다리고 있었는지 도착을 알리기 전에 마중을 나오는 것이 먼저였다. 흰 도포를 입은 우사는 말 그대로 '버선발'로 달려왔다. 평소에도 건강하다 말하기 힘든 그의 얼굴은 아예 백지장처럼 희게 질려 있었다. 안도와 불안이 뒤섞인 채 달려오던 그가 막 앞으로 고꾸라질 듯 비틀거렸다. 시연은 기함하며 손을 뻗었다. 그러나 그녀의 팔을 잡아 안으로 끌어당기며 그 앞을 가르고 뻗어나간 키안의 단단한 팔이 우사의 가슴팍을 받아들었다. 그는 가쁜 숨을 내쉬는 우사와, 꽤나 견고해 보이는—단기간에 만들어진 것 같지는 않은— 산채와, 그 위로 불쑥 올라오는 몇몇의 얼굴들을 차례로 훑었다. 결코 원한 적은 없으나 오랜 세월 한 가문을 이끌며 별의별 상황을 겪어왔던 그는 어렵지 않게 눈에 보이는 몇몇으로 지금 상황을 추론해 냈다.

"'서 있을 땅'이라는 게, 비유적인 표현은 아니었군."

본 것에 비해 짤막하고도 참으로 무심한 감상이었다. 그러나 그의 감상에 신경을 쓸 상황은 아니었기에 시연은 키안의 말을 한 귀로 듣고 한 귀로 흘렸다. 대신 그녀는 다시 제 다리로 일어서는 우사에게 짤막하게 상황에 대한 설명을 들었다.

"전염병이, 생각보다 빠르게 번지고 있습니다. 이전엔 본 적 없었던 종류인데 손쓸 시간도 없이 병이 번져 나가는 상황입니다."

"사망한 이는?"

"아직까진 없습니다."

그 말에 시연은 한숨 돌렸다.

"약은?"

"없습니다. 마마, 운사도 알지 못하는 병은 처음입니다. 저도 서책들을 뒤져보고 있지만……."

시연은 눈살을 찌푸렸다. 전서구로 전해 받은 내용과 달랐다. 막 병이 돌기 시작했다는 내용과는 달리 이미 반 넘는 이들에게 발병한 상황이라니. 게다가 발병은 일주일 전부터 시작됐다고 했다. 쉬이 수도를 벗어나지 못하는 제 상황을 고려한 것이라는 걸 잘 알고 있었지만 이런 식은 양쪽 모두에게 그저 해만 입힐 따름이었다. 그러나 그것을 타박할 상황도 아니었기에, 시연은 주먹을 꾹 눌러 쥐며 고개를 치켜들었다.

"가자."

"예. 한데 저자는 누구입니까? 아는 이입니까?"

우사의 물음에 시연은 고개를 돌려 그녀의 옆에서 나란히 걷고 있는 키안을 바라봤다. 하기사 모를 법도 했다. 세상을 떠들썩하게 만든 혼례 날을 제외하고 랑(狼)가의 가주가 두문불출(杜門不出)한 지 벌써 햇수로만 20여 년이 넘었으니 말이다.

"나중에."

시연이 고개를 젓자 우사도 더는 묻지 않았다. 더 급한 일이 목전에 닥쳐 있었다. 머뭇거릴 시간은 없었다. 그녀는 무려 삼 년 만에 모습을 드러낸 자신들의 주군을 보고자 모이기 시작하는 이들에게 인사를 건네면서 빠르게 산채 중심에 위치해 있는 집 안으로 들어섰다. 이미 연락이 닿았는지 그 안엔 운사가 침울한 표정으로 앉아 있었다. 문소리가 들리자 눈가가 거뭇거뭇해진 운사가 고개를 들어올렸다. 그리고 그는 시연의 등장에 마치 신이 강림한 것 같은 기분을 느끼며 왈칵 울음을 터뜨렸다.

이제 되었다. 이제 됐어. 그 한마디만이 그의 머릿속을 가득 채웠다. 언제까지고 저보다 어린 주군에게 매달려서는 안 된다 다짐해 왔으나, 막상 이렇게 얼굴을 보면 억누를 수 없는 감정이 북받친다. 그런 그의 어깨를 두드리며 시연은 씩 웃었다.

"세상이 끝난 것처럼 늘어져 있지 말고, 당장 가서 쌍화산(雙和散) 재료들을 있는 대로 긁어모아 와. 우사 넌 사람들의 출입을 막고. 알고 있지?"

"예."

우사가 붉게 달아오른 눈을 한 손으로 가리며 대답했다.

"예에…… 크흑."

운사는 벌써 뚝뚝 떨어지기 시작한 눈물을 손등으로 벅벅 문지르며 잔뜩 쉰 목소리로 웅얼거렸다. 사내 둘이 나가자 남은 것은 여인 한 명과 사내 하나라, 나무그릇을 물로 헹궈내는 시연을 바라보던 키안이 입을 열었다.

"쌍화산으로 어떻게 돌림병을 잡는다는 거지?"

랑을 품은
나리송이

"······무슨 소리예요?"

그녀는 키안의 말을 이해할 수 없었다. 그러나 키안 역시 그녀의 말을 이해할 수 없는 것은 마찬가지라, 서로가 서로를 이상하게 바라보는 와중에 어색한 침묵만이 흘렀다. 말장난을 할 시간이 없었기에, 시연은 이내 관심을 끊어내고는 손을 뻗어 운사가 미리 준비해 두었을, 깨끗한 무명천 위에 놓여 있는 단검을 집어 들었다. 그녀가 검을 고쳐 쥐자 날이 바짝 서 있는 단검의 끝이 반짝였다. 시연이 갑작스레 검을 집어 드는 이유를 알 수가 없어, 키안은 찜찜함을 느끼면서도 팔짱을 낀 채로 아무런 제재도 가하지 않았다. 그로서는 상상조차 하지 못한 일이었기에 가능한 일이었다.

찰나였다. 잠시 검날을 바라보던 그녀는 날이 꽤 잘 들었다며 만족스럽게 고개를 끄덕였다. 이 정도가 아니라면 베는 게 아니라 살을 쑤시는 것 같아 베는 아프다고 투덜거리는 것 같기도 했다. 검을 쥔 오른손이 부드럽고, 또 빠르게 움직였다. 손속에 사정을 두거나 머뭇거림은 존재하지 않았다. 그래서 그는 미처 검날이 그녀의 왼쪽 손목을 정확히 베어내는 것을 막지 못했다. 그는 검날이 향하는 방향을 보기가 무섭게 손을 뻗었으나 이미 살갗은 벌어지고, 피가 번져 나오고, 그것이 나무그릇 안으로 뚝뚝 떨어져 내린 뒤였다.

아.

분명 머리가 아찔할 정도로 달큰한 향이 나야 할 그것이 끔찍이도 두렵게 보였다. 당장이라도 저 손목에 이를 파묻고 피는 물론이거니와 살점마저 뜯어먹고 싶다는 욕구가 치밀어 올라야 했건만, 가장 먼저 그의 머릿속을 가득 채우는 것은 그녀의 안위였다. 인간은 약하다. 이미 알고 있는 사실이 이상하게 이성을 집어삼키며 범람했다. 인간은 약했다. 피를 조금 많이 쏟아도, 팔다리 하나가 잘려나가도 죽는 것이 인간이었다.

그리고 그녀는 인간이다.

그래서 그는 분노를 참지 않고 고함을 질렀다.

"대체 이게 무슨 짓이야!"

그의 팔이 그대로 뻗어, 검을 쥔 손을 낚아챘다. 설마하니 손목을 베어낼 줄은 몰랐다. 버럭 고함을 외치는 키안을, 그녀는 두 눈을 동그랗게 뜨고 바라보다 아릿한 고통에 눈살을 찌푸렸다. 그 와중에도 시연은 생각한 것보다 얕게 배인 상처에서 흐르는 피가 한 방울이라도 밖으로 떨어지지 않도록 손을 아예 나무그릇 안에 반쯤 처박았다.

단검을 쥐고 있던 손은 너무 세게 잡혀서 인상이 쓰일 정도로 아팠다. 베인 손목보다 그쪽이 더 아플 정도였다. 기어코 그녀가 단검을 놓친 뒤에야 키안은 희게 질린 얼굴로 손을 놔주었다. 검날이 나무 바닥에 그대로 박힐 정도로 잘 갈려 있던 날이다.

조금만 깊게 베었으면……. 그 뒤는 상상이라도 너무 끔찍하여 키안은 이어지려는 생각을 반쯤 억지로 끊어냈다. 손목을 베어 목숨을 잃으려면 손목 절반 정도를 절단할 정도로 '잘라'내야 한다는 것을 이성은 알고 있었다. 그러나 지금도 널뛰는 심장은 당장 저 단검을 빼앗아야겠다는 생각밖엔 들지 않게 했다. 이성마저 날아갈 정도로 놀랐다.

그 정도로…….

"왜 그래요?"

시연은 상처를 타고 흐르는 피의 양을 가늠했다. 대충 맞을 것 같다는 생각에 그녀의 목소리는 한결 가벼워져 있었다. 덕분에 기가 막힌 것은 늑대신이었다. 그는 정말이지 이렇게까지 이해할 수 없는 존재는 처음 본다는 시선으로 그녀를, 좀 더 정확히는 피를 뚝뚝 흘리고 있는 그녀의 손목을 바라보며 되물었다.

"하…… 왜 그러냐고?"

이를 악문 듯, 목소리는 잔뜩 짓눌려 있었지만 못 알아들을 것도 아니었다.

"예. 전부 알고 있는 것 아니었어요?"

키안은 제 잿빛 머리칼을 헤집었다. 그런 그를 바라보는 시연의 눈동자는 이해할 수 없음으로 점철되어 있었다. 서로의 의견을 전달하는 과정에서 무언가가, 아주 중요한 무언가가 빠졌음을 그제야 눈치챈 키안이 터지려는 분노를 억누르며 말했다.

"대체 무엇을 알아야 부인이 피를 뽑아내는 게 아무렇지도 않은 일이 되는 거지?"

"……몰라요?"

"몰라! 그러니 말을 해!"

진정한 지 불과 몇 초도 지나지 않은 것 같은데 그는 다시 버럭 소리를 내질렀다. 그때 문을 열고 들어온 운사가 그와 시연을 번갈아 바라보다 무어라 말할 것처럼 입을 벙긋거렸으나, 시연이 손을 들어 막았다. 그녀는 그새 피가 멈춘 왼손으로 나무그릇을 집어 운사에게 건넸다.

나가. 그녀가 입모양으로 말하자, 운사는 소중한 주군을 듣도 보도 못한 사내와 단둘이 남겨두는 것이 썩 마음에 들지 않았으나 순순히 그릇을 받아들고 밖으로 나갔다. 당장 중요한 문제를 먼저 처리해야 했기에.

운사에게 나가라 말했으니, 그리고 피도 건네주었으니 한동안 그들을 방해할 이는 없을 것이다. 그리 생각하며 시연은 어디서부터 설명을 해야 하나 고민했다.

"하늘신의 피는, 요괴에겐 영생을 준다 했죠? 인간에겐 약(藥)이에요."

"……뭐?"

"어떠한 병에 걸렸든, 심지어 죽기 직전의 상황이라 할지라도 하늘신의 피를 마시면 생(生)을 연장하는 게 가능하죠. 피가 듣지 않는 경우는 딱 하나. 천수(天壽)가 다했을 때뿐이에요."

"그러니까, 지금……."

"예. 돌림병을 막기 위해서 제가 온 거죠. 제 피가 가장 빠르고, 안전하고, 효과도 좋으니까요."

심지어 그 피는 당사자한테도 해당되는 건지, 상처를 내도 이렇게 금세 아물기도 하구요. 그래서 보통 황족이 질병으로 사망한 적은 없다며 시연은 그날의 날씨를 설명하듯 가벼운 어조로 말했다.

키안은 말문이 막혔다. 그녀에겐 삶 그 자체였으나 그에겐 아니었던 것이 성큼 현실로 다가왔다. 그제야 일전에 본 상처가 설명이 됐다. 어째서 한 줌 겨우 될 법한 얇은 손목에 파르라니 상처 자국이 나 있었는지 그는 이제야 이해할 수 있었다. 잘못 이해했던 문맥이 서로 맞물려 굴러가기 시작했다.

선황, 죽음, 그리고 피.

버석거리는 입을 억지로 잡아 벌려 억지로 무언가를 긁어내듯, 그의 목소리가 뚝뚝 끊겨져 떨어져 내렸다.

"언제, 부터냐."

"예?"

"아이의 손목을 강제로 베어내진 않았을 터. 언제부터, 그런 식으로, 피를……."

아.

그제야 시연은 그가 묻는 것을 눈치챘다. 그것은 참으로 긴 이야기라, 그녀는 손을 뻗어 의자 하나를 끌어와 키안 앞에 놓고, 또 다른 의자 하나를 끌어와 제가 앉곤 기억을 더듬어 나갔다.

"대략, 삼 년 전이네요."

선황이 서거한 뒤이니. 그녀는 그리 오래되지 않았다 생각했던 것이 입 밖으로 내니 한참 옛날일 같다며 말을 이어나갔다.

붉은 비단 위에 '모셔져' 있던 단검을 황비는 굳이 집어 들어 바닥에 내동댕이쳤다. 검의 손잡이 부근에 붉은 홍옥이 촘촘히 박혀 있어 값어치가 상당해 보이는 단검을 바라보던 시연은 그 의미를 알 수가 없어 고개를 들어 황비를 바라봤다. 선황의 서거 후에 부쩍 수척해진 황비는 일그러진 미소를 지으며 말했다.

"선황의 의무를, 네가 이어가야 하지 않겠느냐."

무엇인지 알 수도, 안 적도 없던 의무를 입에 담는 황비의 모습은 참으로 기이해서 시연은 그녀가 제게 죽음을 종용하는 것인가 하는 말도 안 되는 생각을 잠시 했다. 시연이 꼼짝하지 않자 황비는 이를 악물며 다시 말했다.

"어디든 좋으니, 피를 그릇에 담아라."

여전히 이해하지 못할 말이다. 시연은 날이 서 있어 보는 것만으로도 섬찟한 단검을 한 번, 이해 못할 말을 하는 황비를 한 번 바라봤다. 쉽사리 입을 연다면 제 패를 내보이게 됨을 잘 알기에 그녀는 그저 아무런 말도 하지 않고 초조해진 황비가 모든 것을 토해내길 기다렸다. 그리고, 그녀의 예상대로, 기다림은 그리 길지 않았다.

"민가의 가주가 피를 요청했다! 약(藥)을 내어놓으라 찾아왔단 말이다! 하니 병사들을 불러 강제로 피를 뽑기 전에, 네 스스로 하란 말이다!"

피와 약. 황녀는 아주 어릴 때부터 수없이 많은 것들을 배워왔고, 배우고 있었기에, 그 두 가지만으로 전체적인 그림을 단숨에 그려낼 수 있었다. 벼락같은 깨달음이 그녀를 스쳐 가고, 황녀는 손을 뻗어 단검을 쥐었다. 머뭇거림 한 줌 없는 손이 검을 휘둘러 단숨에 손목을 베어냈다. 숨조차 쉬지 않고 그 모든 것을 지켜보는 황비를 마주보고 웃으며, 그녀는 작은 종지가 가득 찰 때까지 검을 쥔 손에서 힘을 풀지 않았다.

"그때 전, 선황의 손등에 어째서 검으로 벤 듯한 상처가 있었는가, 어째서 간혹 그 상처는 다시 베인 양 선명하기 그지없는가에 대한 의문을 그제야 해소했다는 생각을 하고 있었어요. 그때 알았죠. 황족의 피에 그런 효능이 있다는 것은."

가볍지 않은 얘기가 참으로 가볍게 이어져서 키안은 숨을 쉴

랑을 품은
나리송이

수가 없었다. 가장 처음에 선택한 곳이 손목이다. 그 심정, 차마
짐작할 수조차 없어 그는 감히 황족에게 피를 요청한 이들에게
맹렬한 분노를 느꼈다. 불덩이가 입술 위에 내려앉은 것만 같아,
그는 당장에 천인공노할 죄를 저지른 이들의 목줄기를 물어뜯고
싶다는 충동을 억누르며 물었다.

"누가, 알지."

목적어가 빠져 있었지만, 시연은 어렵지 않게 그가 하고자 하
는 말의 의도를 알아들었다. 그녀는 적당히 구석에서 굴러다니던
붕대를 집어 들며 대답했다.

"호국을 탈탈 털어봐야 스무 명 정도. 양반들 중에서도 오직
세가 강한 가문의 가주들에게만 비밀스레 전달되니까요. 가주들
은 제 뒤를 이을 아들에게도 이에 대해선 일언반구하지 않죠. 단
지 관을 쓴 황제, 혹은 여황만이 차기 가주에게 언질을 해줄 뿐
이에요."

랑(狼)가의 권력이 검(劍)에 있다면, 황제의 권력은 생(生)에 있
었다. 호국의 세도가들은 사랑하는 이의, 혹은 자신의 목숨과 안
위를 위해 기꺼이 황제에게 고개를 숙였다.

피로써 이룬 온전한 굴복.

이제야, 이제 와서야, 그는 이 모든 상황의 맥락을 온전히 이해
했다. 외면하고, 보지 않고, 뒤돌았던, 그렇기에 알지 못했던 마지
막 조각 하나를 손에 넣은 뒤에야. 그는 마디가 굵은 손으로 마
른세수를 했다.

"그것으로……."

시연은 피식 바람이 빠지는 듯한 웃음을 흘렸다.

"예. 깨지지 않는 충성을 얻는 겁니다. 어떠한 병에 걸려도, 빈 사상태에 이르러도 반드시 황족의 피가 그들을 사지(死地)에서 끌어내 줄 것이라는 약속이, 이 호국이 지탱되는 근원이자 힘이라 할 수 있죠."

그는 눈앞이 아찔하다는 것을 처음 경험했다. 그는 방금 전까지만 해도 제가 알지 못하던 비밀에 토기마저 느끼며 말했다.

"황비가 그 많은 피를 본 이유가 그것인가."

"황족의 피를 포기할 수 없다 들고 일어난 십 인의 열사(烈士)를 말하시는 것이라면, 제대로 짚으셨군요."

처음부터 그녀를 위한 자리는 없었다. 선황이 지목한 후계자가 황좌에 앉아야 한다며 정통성과 꺾이지 않는 신념으로 이름 높아진 열 명의 고관대작(高官大爵)들의 끝없던 상소와 기어코 맞이한 죽음도 결국 그녀를 위한 것은 아니었다. 마지막 남은 황족의 '피'를 지키기 위해 들고 일어선 탐욕 덩어리였다. 그녀를 위한 이는, 그녀가 있을 자리는 실상 어디에도 없었다.

키안의 입술이 바싹 말랐다. 쩍쩍 금이 가 금방이라도 갈라질 것 같은 그것은, 이 모든 것을 아무렇지도 않게 말하고 있는 여인을 앞에 두자 단숨에 와르르 무너져 내렸다. 그는 손을 뻗어 한 손으로 어떻게든 붕대를 메어보려 애를 쓰는 그녀에게서 붕대를 뺏어들었다. 검이나 잡아봤을 법한 크고 거친 손이 솜씨 좋게 붕대를 풀어낸다. 빠르게 손목을 휘감는 붕대를 보며, 시연은 잠시 감탄했다. 처음 만났던 때 우의를 접어낼 때도 감탄을 금치 않았지만, 붕대 끝을 깔끔하게 매듭짓는 모습은 그보다 더 놀라웠다.

"잘하시네요."

랑을 품은
나리송이

"······그것이 싫었다면, 어째서 다시금 검을 들었지?"

마디가 굵은 손가락이 천천히 붕대 위를 매만졌다. 얇은 붕대 위로 적나라하게 느껴지는 온기에 시연은 피식 웃으며 대답했다.

"그거 알아요? 풍사는 이 년 전에 팔 하나를 잃을 뻔한 적이 있어요. 그런데도 그놈은 우사가 제게 찾아와서 엉엉 울 때까지 입도 뻥긋하지 않았죠. 그런 주제에 우사는 제 아비가 사약을 받고 죽어갈 때 아비와 함께 틀어박혀 삼 일간 나오지 않았어요. 전 그때 사약을 먹어도 바로 죽지 않는 이들도 있다는 걸 처음 알았어요. 운사는 상단을 이끌던 이들 중 삼분지 일이 산적을 만나 일주일간 거동하지 못했을 때 가장 먼저 한 일이 뭔 줄 알아요? 그게 제 귀에 안 들어가게 손을 쓴 거였어요."

그런 이들이에요. 내가 기꺼이 검을 들 수 있는 이들은. 거리낌 없이 피를 내어줄 수 있는 존재들은.

시연은 한편으론 답답하리만치 우직한 이들의 얼굴을 떠올리며 웃었다. 이번엔 기꺼움에 짓는 미소였다. 그녀는 이 년 전 우사에게 끌려 입궁한, 풍사의 썩어 들어가던 팔을 보곤 오열했던 것을 기억한다. 그럼에도 팔 하나쯤 없어도 살아가는 데 큰 문제 없다며 제 피를 받지 않으려던 고집스러운 풍사의 얼굴을 아직도 잊지 않고 있다. 기어코 구해내지 못한 우사의 아비도 기억한다. 그는 십 인의 열사에도 포함되지 못한, 한미한 가문이었으나 그저 우직하게 원칙만을 고집하던 이였다. 결국 중상을 입은 다섯을 떠나보냈던 운사가 밤새도록 울었던 것도 알고 있다.

세월이 흐르더라도 그것들은 결코 잊을 수 없는 것들이었다.

"만약 이번 일이 역병이 아니었다면, 몰살의 위험이 없었다면,

저들은 또 침묵했겠죠."

그렇기에 기꺼이 감사한다. 일평생 한 번도 감사해 본 적 없는 제 피가 이토록 쓸모 있음에 감사하고, 저를 따르는 이들이 저리도 우직함에 감사한다.

그리고, 참으로 묘하게도,

"하니 그런 표정 하지 마십시오."

저를 이런 눈으로 보고 있는 이가 있음에 감사한다.

쾅!

들어오지 말라 막아놓았던 문이 지체 없이 열어젖혀진 것은 바로 그때였다. 손에는 환도를 쥔 풍사의 옷자락엔 이미 피가 흥건했다. 그는 평소 시연이 죽으라 말한다면 죽는 시늉이 아니라 진짜 검을 뽑아드는 성정을 갖고 있었다. 좋게 말하자면 우직한 것이고, 나쁘게 말하자면 요령이 없다 하겠다. 그런 풍사였기에 그가 명령을 어기고 들이닥친 것은 여간한 일이 아니라는 것과 다름없었다.

"무슨 일……."

"마마, 피하소서! 괴, 괴물, 아니, 요괴, 아니……."

횡설수설하던 풍사는 이를 악물며 외쳤다.

"무엇이건 적입니다! 피하셔야 합니다!"

비현실적인 단어가 현실감 충만한 이의 입에서 나오는 것만큼 괴리감이 강한 일은 없었다. 그러나 그것은 동시에, 비현실이 현실로 도래했음을 의미하는 신호이기도 했다. 낯빛이 희게 질린 채 시연은 당장에 풍사를 밀치며 문 밖으로 뛰쳐나갔다. 목책 안까지 들이닥치진 않았는지 안쪽은 고요했다. 그녀는 널뛰는 심장을 진정시키고자 마른세수를 했다. 별 도움은 되지 않았으나 제 어깨를 붙드는 손을 느낄 정도는 되었기에, 그녀는 뒤돌아 키안을 바라봤다.

"어찌된 겁니까, 이게."

"피."

그 단어 하나에 그녀는 전후 상황을 완벽하게 이해하곤 욕설을 씹어뱉었다. 제기랄! 황녀의 입에서 나오기엔 꽤 상스러운 말에도 키안은 놀라지 않았다. 제 손목을 베는 것도 봤는데 욕 정도야.

대신 그는 목책 밖으로 모여들고 있는 요괴들의 숫자를 대강 파악하곤 미간을 좁혔다. 그리 많은 숫자는 아니었다. 그러나 제 기운이 섞여 있음에도 불구하고 정신이 나가 버린 존재들은 언제고 기껍지 않아서, 그는 이 상황 자체가 마음에 들지 않았다.

"찰나의 순간에, 숨을 쉴 수 없을 정도로 강한 향이 퍼졌을 거다. 내가 처리하지. 그러니 부인은 이곳에……."

그러나 키안의 말은 채 끝마쳐지지 못했다. 그는 이미 풍사를 닦달해 받은 활을 쥐고 화살통을 어깨에 메고 있는 여인의 모습에 참으로 긴 한숨을 뱉었다.

"낮에 제 실력을 보았으니, 안 된다 하진 않을 거라 믿습니다."

"목책 안에서만이라면."

그 이상 물러설 기색이 전혀 없는 키안의 모습에 시연은 고개를 끄덕였다. 애당초 활은 근거리전에 그리 적합한 무기도 아니었다.

그는 보호받는 데 익숙하지 않은 여인을 향해 손을 내밀었다. 인간들 사이에서는 피를 거듭하면 때로 돌연변이가 나온다고들

한다. 그렇다면 지금 제 손을 잡고 있는 이 자그마한 여인은, 꽁꽁 숨는 데 익숙한 황족들 사이에서 툭 튀어나온 돌연변이일까.

그렇기에 이렇게 계속해서 시선이 가고, 생각이 나고, 손을 뻗는 것일까.

키안은 제 손안에서 가득 느껴지는 온기에 눈을 감았다. 그 온기를 놓기가 싫어서, 피보다 더 원하는 것이 오직 이 작은 손길이라는 사실이 참으로 기꺼워서, 그는 외면했던 것을 인정했다.

그래. 인정할 수밖에 없었다.

그는 그녀를 연모했다.

"······그러니까, 요괴란 말입니까?"

"그래."

담백한 시연의 대답에 우사는 신음을 흘렸다. 그는 평생 생각해 본 적도 없는 것들을 눈앞에 둔 채 잠시 갈등했다. 입 밖으로 뱉으면 그때야말로 되돌릴 수 없을 것 같아서. 그러나 고민은 길지 않았다. 제 두 눈으로 보고 있는데 더 망설여 무엇한단 말인가.

"그러니까······ 그슨대니, 구미호니, 도깨비니 하는 것들이, 정말로 존재한단······ 것이지요?"

"그렇다니까. 아, 저놈은 왜 저렇게 움직여!"

시위에 걸린 화살이 괴상한 소리를 내지르는 요괴를 따라 바삐 움직였다. 요괴를 보고도 무서워 도망가는 것이 아닌, 왜 얌전히 과녁이 되지 않냐고 화를 내는 황녀의 모습에 우사는 길고도 긴 한숨을 뱉었다. 억지로나마 머릿속에 요괴의 존재를 욱여넣은 그는 이내 말머리를 돌렸다.

"요괴가 존재한다면, 그 요괴를······."

저걸 대체 무어라 표현해야 좋단 말인가. 때려잡는다? 두들겨 팬다? 어느 쪽이건 황녀에게 할 법한 고상한 단어들은 아니었지만 그 외에 표현할 말이 떠오르지 않았다. 잠시 고민하던 우사는 말을 이었다.

"때려잡는 저자는 대체 누구입니까?"

고상함을 포기한 진실된 표현이었다. 이미 거의 정리가 된 목책 너머를 질린 표정으로 바라보며 우사가 묻자 시연은 활시위를 당기며 답했다.

"추론해 봐. 잿빛 머리칼, 잿빛 눈동자, 장신에 인간이라고는 할 수 없는 검술."

그녀가 쏜 화살은 키안을 향해 달려들던 요괴의 머리에 명중했다. 그러나 이미 그 전에 목이 잘려 나간 요괴를 보며 시연은 쯧, 혀를 찼다. 누구도 도울 필요가 없다며 홀로 목책 밖으로 나가던 것이 빈말이 아님을 증명하듯 그는 홀로 수십에 달하는 요괴를 상대함에 있어서 조금도 힘들어 하지 않았다. 억지를 써 같이 검을 치켜들고 나갔던 풍사는 이제 아예 넋을 놓고 키안의 검만 보고 있을 정도였다. 그러나 그 심정, 이해 못할 바 아니었다. 적어도 시연은 그리 생각하면서 한수라도 놓칠까 다급히 유려한 검을 따라 시선을 움직였다.

앞으로 뻗어가던 검날이, 어느 순간 눈을 깜빡이면 뒤쪽을 베어내고 있었다. 어떤 무기건 공격을 하기 전엔 마땅히 있어야 할 전조가 그의 검에는 없었다. 피를 봄에 흥분하지 않고, 숨을 거둠에 머뭇거림 한 줌 없다. 압도적이라고밖엔 표현할 수 없는 그의 검에, 우사는 두려움마저 느끼며 마른침을 삼켰다. 그렇기에 우사는 어렵지 않게 그가 누구인지 알 수 있었다. 그 모든 것을 충족시키는 이, 세상을 전부 뒤져도 단 한 명뿐이었기에. 허공을 가르는 검날에, 우사의 몸이 가늘게 떨렸다. 보기만 하고 있는데도 공포에 질릴 만한 실력이다.

"랑(狼)가의 가주입니까."

"응."

쉬이 뱉어질 수 없는 존재를 아무렇지도 않게 던져낸 시연은 아래로 활을 내렸다. 도움은커녕 오히려 방해만 되는 화살을 계속 허공에 날릴 필요성이 더는 느껴지지 않았기 때문이었다. 대신 그녀는 오른쪽 사선으로 그어 내리던 검날이 미처 땅을 향하기 전에 그대로 왼쪽으로 들어 올려지는, 믿기 어려운 장면을 두 눈에 담았다.

"마치, 검무(劍舞)를 보는 것 같아."

붉은 입술이 열리며 뱉어낸 말은, 피와 살점이 난무하는 장면과 대비적이었다. 화려한 꽃잎, 혹은 비단 천과 함께하는 여인들의 검무를 떠올린 우사는 질린 표정으로 대꾸했다.

"마마, 아무리 그래도……."

"검무가 아니라면, 저리 빈 곳 하나 없어, 차마 화살 하나도 끼어들지 못하는 것을 무어라 설명한단 말이냐."

잘 짜여져, 시작과 동시에 다음에 무엇이 이어질지 서로 완벽하게 숙지하고 있는 검무가 아니라면 불가능한 일이었다. 적어도 인간의 범주에서 살아온 그녀의 상식에서는 그러했다. 늑대신이라 할지라도 등 뒤에 눈이 달린 것은 아닐진대, 마치 사방이 전부 보이듯 몸을 젖혀 저를 노리고 들어오는 공격을 피하는 모습은…….

"……예. 마마의 말씀이 맞습니다. 하하…… 참으로 대단한 자로군요. 인간의 몸으로 인간이 아닌 것들을 상대하는 것도 놀라운데 저 정도로……."

압도적이라니.

시연은 순수하게 감탄하는 우사를 어색한 시선으로 응시했다. 사내가 사내에게 갖는 경외심을 깨뜨리자니 저어했기 때문이다. 그러나 그녀가 무어라 언질을 하기 전에 우사가 먼저 그녀의 시선을 읽었다.

"……인간이 아닙니까?"

"뭐어…… 아무리 좋게 봐줘도 인간같이 보이진 않잖아?"

보통 사람은 저렇게 앞뒤로 달려드는 적을 일격에 베어내지 못한다고. 저 검엔 눈이라도 달려있는 건지 원. 불평과 감탄을 동시에 쏟아내며 시연은 입을 비죽였다. 저게 인간이 할 수 있는 범주라면 너무 불공평하지 않냐며.

"마마…… 대체, 후…… 아닙니다."

우사는 깊은 한숨을 내쉬었다. 인간도 아닌 사내와 혼례식을 거행한 제 주군은 그 사실을 들키고도 참으로 당당하기 그지없었다.

고개를 젓는 우사를 보며 시연은 작게 웃었다. 무언가를 깨달은 우사가 이마를 짚은 것은 그 다음 일이었다.

"잠시만요. 설마, 마마. 계획을 1년이나 늦춘 이유가 바로 이것입니까?"

"어…… 음. 그렇지."

"설마 늑대신이…….”

우사가 미간을 좁히며 말꼬리를 흐리자, 시연은 손을 저으며 대답했다.

"아냐, 그런 거. 가주는 내가 호국을 떠나 새로운 나라를 세울 생각이라는 걸 알지도 못하는걸."

얘기한 적이 없거든. 그러니 모르지 않겠냐는 시연의 말에 우사가 의미심장한 표정으로 말끝을 흐렸다.

"산채를 봤으니 이젠 아실 겁니다."

그의 말에 시연은 고개를 끄덕였다.

"뭐가 됐건 내게 꿍꿍이가 있다는 걸 알아차렸겠지. 안 그래도 설명해야 하나 생각 중이야. 잘못해서 내가 반역을 계획하고 있다 착각이라도 하면 곤란하니까."

확실히 새로운 나라를 세운다는 가정보다는 황비를 친다는 생각이 더 현실적이었다. 우사도 그렇게 생각했는지 진지한 표정으로 고개를 끄덕였다. 반역이라. 생각해 본 적도 없는 일이었으나 되짚으니 새삼 기분이 이상해져서, 시연은 어깨를 으쓱였다.

"이쪽 얘기는 알아서 처리할게. 일단 급한 불부터 끄자."

슬슬 마무리가 되어가는 목책 건너편을 눈짓하며 시연이 대화의 끝을 알렸다. 아직 물을 게 많았으나 우사는 피 묻은 검을 들고 서 있는 키안을 한 번 보고는 순순히 고개를 끄덕였다.

키안은 옷자락에 핏방울 하나 묻히지 않은 채로 처음 그 모습 그대로 목책 안으로 돌아왔다. 정신없던 상황이 지나가자 남은 것은 설명을 바라는 늑대 한 마리와, 산더미 같은 일들이었다. 안정을 찾은 환자들을 한번 둘러본 뒤 그녀가 한 일은 지난 공백을

메우는 것이었다.

"비단길은 어떻게 되었어?"

시연의 물음에 운사가 잽싸게 대답했다.

"길을 다지고 길목마다 휴식할 수 있는 곳을 만들어놓았습니다. 훗날 호국인들이 이동하더라도 문제가 없을 겁니다."

"비단길?"

불쑥 끼어든 목소리는 홀로 튀었다. 시선들이 제게 쏠리자, 키안의 눈썹이 꿈틀거렸다.

"지금 내가 생각하는 게……."

"나중에 다 설명해 줄게요."

재빨리 키안의 말을 막은 시연은 심지어 그의 어깨를 도닥여 주기까지 했다. 마치 투정부리는 아이를 달래는 듯한 손길에, 풍사가 바람 빠지는 소리를 냈다. 웃음을 억지로 참느라 일그러진 얼굴로 쏟아지는 키안의 시선을 피하기 위해 고개를 돌린 풍사는 슬금슬금 엉덩이를 움직여 멀찍이 거리를 벌렸다.

"키안."

키안은 불만 가득한 얼굴로 시선을 돌렸다.

"미안해요. 이 일부터 해결하고 설명해 줄 테니까."

"그래."

목소리는 전혀 괜찮아 보이지 않았지만, 시연은 미련 없이 고개를 돌렸다.

"지속적으로 확인해서 식량과 식수가 부족하지 않도록 채워 넣어."

운사가 고개를 끄덕였다.

"예."

"유목민들은 어때?"

"다들 잘 적응하고 있습니다. 원해서 떠돌아다니던 것이 아니라 정착할 땅이 없던 이들이라 그런지 '고향'이라 부를 수 있는 땅이 생겼다는 것 자체에 크게 만족하는 듯했습니다. 상단을 중심으로 계속 교류를 해온 성과죠."

그녀의 지시에 따라 상단을 꾸리고 길을 닦아 새로운 나라를 세울 기틀을 다져왔지만 마음 속 한구석에는 의문이 있었다. 이게 정말 될 것인가에 대한 의문. 불신이라기보다는 순수한 궁금증에 가까운 그것은 세월이 흐를수록 감탄으로 바뀌었다. 시연의 말대로 유목민들은 자발적으로 떠돌아다니던 것이 아니었다. 어느 나라에서도 받아주지 않아 어쩔 수 없이 떠돌던 이들은 항상 위험에 노출된 불안한 삶을 끔찍이도 싫어했다. 그런 이들에게 필요한 생필품을 값싸게 제공하고 사람을 모아 나라의 기틀을 다져왔다. 고작 일이 년 뒤를 보고 짠 계획이 아니었다.

"안정이 될 때까지 긴장을 늦추지 마. 치안에 주의하고 세율을 최대로 낮춰. 상단으로 쌓아온 것들을 아끼지 말고 푸는 것도 잊지 말고."

이날을 위해 쌓아온 부였다. 써야 할 때 쓰지 않는다면 산더미 같은 황금도 아무런 쓸모가 없는 법이다. 시연의 말에 운사 역시 동감하며 고개를 끄덕였다. 살기 좋은 땅에는 사람들이 모여들기 마련이다. 새로운 삶을 꿈꾸는 이들이 새로운 땅에서 강대한 나라를 만든다. 시연은 점차 형체를 갖춰가는 마음 속 청사진을 뿌듯하게 들여다보면서도 긴장을 늦추지 않았다.

"사람이 좀 늘어난 것 같던데."

이번에 대답한 것은 우사였다.

"예. 손이 닿는 대로 거두다 보니 이렇게 늘어났습니다."

말하면서도 표정이 밝지 못했다. 거둬야 할 사람이 늘어났다는 것은 그만큼 고통 받는 백성이 늘어났다는 뜻이다. 이미 호국의 국운은 휘청이다 못해 기울고 있었다. 농기구를 손에 쥔 백성들이 국경에서부터 들고 일어선 지는 오래였다. 멀리서 봤을 땐 잠잠해 보이는 거대한 제국은 가까이 들여다보면 뿌리부터 썩어 간신히 서 있는 모양새였다. 우사가 거뒀다고 말하는 이들도 그랬다. 살 곳을 잃고 방황하던 이들을 향해 뻗어진 손은 오직 시연이 세워낸 목책 한 곳뿐이라 수용 가능한 인원에도 슬슬 한계가 오고 있었다.

"……그래. 이제 움직여야지."

모든 준비가 끝나가고 있었다. 시연은 저를 보는 시선들을 느끼며 마음을 다잡았다.

키안은 늦었으니 자고 낮에 돌아가라는, 썩 타당한 생떼를 쓰는 풍사의 말을 무시하곤 시연과 함께 저택으로 되돌아왔다. 그가 늑대신임을 알게 된 우사만이 식은땀을 뻘뻘 흘리며 신에게 덤비는 우매한 인간을 말리고자 노력했다.

그리하여 랑(狼)가로 돌아와 생각지도 않은 별채에서, 상상도 못한 술상에 시연은 어디서부터 지적해야 할지 알 수 없어졌다. 그래서 그녀는 그냥 입을 닫았다. 술을 꺼리는 것도 아니었고, 못 마시는 것도 아니었으니 이왕 차려진 술상을 굳이 물려야 할 필요성을 느끼지 못한 탓도 있었다. 마시지 않겠다 하지 않으니, 새하얀 자기로 만들어진 술잔에 맑은 술이 가득 따라졌다. 맑을수록 값어치가 올라가는 것이 바로 술이었다. 시연은 바닥이 훤히 비치는 술잔을 들어 올리며 조심스레 속으로 값어치를 매겼다.

최상품이로고.

"황비가, 부인을 죽이지 못한 이유 중 하나가 그 피겠군."

그녀는 반쯤 마신 술을 뱉을 뻔하다 간신히 삼켰다. 잔을 내려놓자 이미 비운 잔을 앞에 둔 채 저를 뚫어져라 보고 있는 키안이 있었다. 이런 얘기를 하려 야밤에 술상까지 대령했나 보다. 딱히 못 할 얘기도 아니었고, 술맛도 꽤나 훌륭했기에 그녀는 입맛을 다시며 대답했다.

"예. 공식적으로 절 역적으로라도 몰 수 없었던 이유라고 한다면, 맞아요. 물론 비공식적인 시도는 수없이 했지만요. 그러니 황비는…… 포기했다기보단 의심을 한 것 같아요."

"하늘신의 후예를……."

읊조려진 첫마디를 시구를 받듯 그녀가 이어받았다.

"사사로이 죽일 수 없다는 쪽으로."

우스운 얘기죠. 결국 인간인지라 죽는 건 똑같을 터인데. 시연은 킬킬 웃으며 남은 술을 입안에 털어버렸다. 그녀는 술잔처럼 새하얀 술병을 집어 키안의 잔을 채웠다. 그러곤 병을 받아들려는 그의 손을 피하며 제 잔도 마저 채웠다.

"게다가 황비는 시간에 쫓기고 있었어요."

"어째서?"

그가 알기로 황비는 원하는 것을 거의 손에 넣은 상태였다. 고관대작 열의 목을 베고 유생들의 상소를 불태우면서까지 얻으려한 것은, 이미 반쯤 그녀의 손안에 있는 것이나 마찬가지였다. 그러니 서두를 이유가 없지 않느냐는 키안의 말에 시연은 어깨를 으쓱였다.

"'하늘'이요."

아.

어째서 생각하지 못했는가. 단 하나밖에 없지 않은가.

모든 것을 뒤집을 수 있는 것은.

제게 하늘신의 피를 끊어놓으라 절규하던, 황비의 비참하기 그지없던 얼굴을 떠올리며 키안은 낮은 탄성을 흘렸다.

"하늘을 움직였나?"

열 명이 조금 넘는 황제와 여황들 중에서도 하늘을 움직인 이는 겨우 셋에 불과했다. 그것은 누가 알려줄 수 있는 것이 아니었으니 배울 수도 없는 일이었다. 호국 최초로 하늘을 움직인 여황은 그것은 그저 운에 맡기는 게 답이라고 했을 정도였다. 그러니 시연이 하늘을 움직였다는 말에 키안이 놀라는 것도 이상한 일은 아니다.

"글쎄요. 잘 모르겠어요. 사실 그땐 진짜 하늘을 움직이는 게 가능한지 확신하지도 못했어서⋯⋯. 그런데 제가 궁에 있을 때 죽을 뻔했던 때마다 비가 내렸거든요. 그래서 황비께선 어서 절 궁 안에서 치워 버리려고 한 거죠. 운이 나빠서 정말 '하늘'을 움직인다는 걸 증명이라도 해버리면 지금까지 해온 게 모두 물거품이 될 테니까요. 그때 마침 제가 혼인하겠다 나선 거고. 대충 아무 사내와 엮어주면 궁을 나오자마자 도망가려고 했거든요."

이쪽은 관엔 관심도 없는데 그렇게 눈에 핏발을 세우고 노려보니 어쩌겠어요. 싸울 게 아니라면 피해야지. 그녀는 잔을 천천히 좌우로 흔들었다. 움직이는 잔을 따라 찰랑이는 술에 웃고 있는 그녀의 얼굴이 일그러져 비췄다. 그 뒤로는 당신도 전부 아는 얘기예요. 도망치려다 이렇게 발목이 붙잡혔답니다. 본래 계획대로 움직였다면, 벌써 호국을 벗어나 있어야 하는데 말이죠.

시연은 사람 일이란 참으로 알 수 없다며 투덜거리곤 두 번째 잔을 단숨에 들이켰다. 키안이 속도가 너무 빠르다 지적하자 그녀는 어깨를 으쓱이며 안주로 준비된 전을 뜯어 씹었다.

"그럼, 산채는? 설 땅을 찾는다고 했지. 자세한 얘기를 해줬으면 하는데."

"음…… 그건 제 개인적인 일인데요. 그저 제가 조용히 호국을 떠날 것이라는 것만 알고 있으면 안 될까요?"

1년의 유예를 둔 계약과는 전혀 상관이 없는 일이지 않느냐는 시연의 말에 키안은 순순히 고개를 끄덕였다.

"물론. 그러나, 오늘 같은 일이 또 일어날 때 내가 도와줄 수 있겠지."

"……먼저 도와준다며 나서지 않겠다고 약속하면 말해드리죠."

키안이 고개를 끄덕였기에, 그녀는 깊게 숨을 들이마셨다. 산채(山砦). 그 시작은 꽤나 아기자기한 소녀의 상상이었다. 이상이었다.

"처음 풍사를 만난 건 열한 살 때였어요. 활을 가르쳐 준다며 무가로 이름 높은 류가에서 둘째아들을 보냈는데 그게 풍사였죠. 물론 그땐 이미 누구한테 활쏘기를 배울 필요가 없어서 풍사와는 거의 얘기를 하면서 놀았어요. 그렇게 별다를 것 없는 날들을 보내던 중, 어느 날 풍사가 그러더라구요."

지금 호국은 뿌리까지 썩어버린 빌어 처먹을 상황이라고.

생각지도 못한 곳에서 참으로 순수한 얼굴로 시연이 욕설을 내뱉자 키안은 아무런 말 없이 그녀의 빈 잔에 술을 채워줬다. 기껏 어렴풋이 제가 가진 마음을 인정하고 있건만, 정작 그 상대는 자신을 전혀 그런 쪽으로 봐주지 않는 것 같다는 생각을 하며 그는 제 잔도 채웠다.

"뭐라고 해야 할까. 안 그래도 어느 정도는 알고 있던 것들인데, 풍사가 알려준 것들은 좀 더 적나라하달까……."

천천히 말을 고르던 시연은 이내 고개를 끄덕였다.

"그래, 폭이 넓었죠. 궁에선 절대 알 수 없는 판자촌에 대한 얘기들, 세금을 어떻게 수탈하는가, 실력 없는 이들이 핏줄(血)과 금(金)으로 어떻게 정계에 진출해 더 실력 없는 이들을 끌어들이고 있는가. 산에는 산적이, 바다엔 해적이 넘치는 얘기들. 궁 안에서 세상 물정 모르던 황녀가 알던 것의 딱 세 배였죠."

충격도 그렇고, 좌절도 그렇고.

"그땐 사실 썩어버린 황족에 대한 것들도 감당하기 힘들어 버둥거리고 있었거든요."

입 밖에 내니 다시 속이 쓰다. 그래서 그녀는 빨리 정신을 놓는 편을 택했다. 세 번째 잔을 반쯤 마신 시연은, 이번엔 오징어무침을 집어 들었다.

"그러다 생각을 했죠."

"무엇을?"

"뿌리를 전부 드러내는 것과 새로운 나무를 심는 것 중에서 어느 쪽이 더 가능성이 높은지."

"그래서 선택한 것이 새로운 나무인가."

"파도, 파도 쉼 없이 나오는 척결자 명단에 전부 철퇴를 휘둘렀다간 호국인들 삼분지 일의 목숨이 끊어질 판이었거든요."

그렇게 해도 이미 썩어버린 나라가 다시 일어설 수 있을지도 확신할 수 없었다. 부패는 아주 사소한 것에서 시작하기 마련이다. 그 사소함이 새끼를 쳐 점차 몸뚱아리를 불려나가, 눈치챘을 땐 이미 수습할 수 없는 상황에 이른 뒤다. 저놈도 이놈도 전부 연관되어 있으니 서로의 목에 칼을 들이민 채로 손을 잡고 있는 것이나 다를 바 없다. 문제는 그것들을 전부 쳐내면 남아나는 것이 없다는 사실이었다.

"그러다 언젠가 빈민촌을 지나간 적이 있는데, 그때 생각했어요. 아, 손에 닿는 사람들만이라도 구하려 노력해 보자."

그녀는 어린 시절 순간적으로 했던 생각을 입에 담았다.

"그런 말을 했더니 풍사가 그러더라구요. 그래봤자 모두를 구하진 못한다고."

그때 그녀는 그렇게 답했다. 그렇다 해서 구할 수 있는 이들을 못 본 척하는 것이 과연 정당하냐고. 그렇게 시작한 일이었다. 한 명 한 명 손에 닿는 이들을 거둬들이고, 쌓아 올려온 세월이 그렇게나 오래되었다.

"그래서 산적들이 버린 산채를 보수하고, 손에 닿는 이들을 구하기 시작했어요. 하나둘, 그렇게 준비를 했죠."

다른 무엇도 아닌 떠날 준비였다. 그녀는 가라앉은 잿빛 시선에 눈꼬리를 휘었다.

"게다가…… 호국의 황좌에 앉고 싶지도 않았고."

그녀는 남은 술을 마저 마시곤 씩 웃었다. 피로 얼룩진 자리라 싫다는 애 같은 소리는 하지 않는다. 그렇게 곱게 키워지지도 않았다. 세상에 피 묻지 않은 좌는 없었다. 원하든, 원치 않든 누군가의 위에 서는 자리엔 필연적으로 누군가의 피가 뒤따랐다. 대외적으로 평화롭다 이름 높은 호국의 양위에도 알려지지 않은 피가 한가득이지 않던가. 다만 그녀는 그 피에 제가 쏟아 부을 것을 더하고 싶지 않았을 뿐이다. 그것이 정녕 과한 바람이던가? 시연은 슬슬 올라오기 시작하는 술기운에 잠시 쉬는 것이 옳다 생각하며 말문을 돌렸다.

"이제 가주 얘기를 해봐요."

"내 얘기?"

"그게 공정하잖아요?"

결국 키안은 고개를 끄덕였다. 그는 쉰다는 뜻으로 술잔을 엎어놓은 시연의 의견을 존중해, 네 번째 잔은 홀로 마셨다.

"무엇이 듣고 싶나."

"무엇을 했어요? 그러니까…… 맹약을 지키던 때에."

그의 삶을 되짚으면 필연적으로 마주하게 되는 것이 몇 가지 있었다. 그중에서 빠지지 않는 것이 바로 맹약이었다. 피로 한 맹세. 그는 다섯 번째 잔을 채웠다. 시연이 눈살을 찌푸리며 안주 없이 그렇게 마시다간 죽을 거라며 경고 아닌 경고를 했다. 첫 잔을 마셨을 때 그가 준비한 술이 화주(火酒)임을 눈치채곤 한 말이었다. 그만큼 독한 술이긴 했지만, 제가 인간도 아니고 술 마시다

죽을 만큼 약한 몸도 아니었기에 그녀의 일견 서늘한 경고에도 그는 무의미한 고개 운동을 했을 뿐이다.

"달마다 한 번 황족들을 돌아보고 이상이 있는지 파악했지. 군사들을 기르고, 세도가들의 사병 숫자를 조율하고, 황제의 걱정을 나누는 삶."

오직 그것만이 끝없이 반복되는 무의미한 시간들. 이유도, 목적도 존재하지 않는 그저 쳇바퀴처럼 같은 것을 반복하는 날들의 허무함이란.

"황제가 죽으면, 그 자리를 비슷한 이가 채웠다. 하나같이 똑같은 머리칼에 눈동자를 가지고, 하나같이 전쟁도, 내란도 일어나지 않는 평온한 일상에 취해갔지. 그렇지 않았던 황제는, 딱 셋 있었다."

그는 얼굴도 희미한 예닐곱과는 달리 눈을 감으면 지금도 선명한 셋의 얼굴을 차례로 떠올렸다.

후궁의 몸에서 태어나 호국 역사상 처음으로 '하늘'을 움직이곤 제 손으로 바닥에서 여황의 자리에 오른 호 적란, 500년이 넘는 호국 역사상 최초이자 최후의 전쟁에서 '하늘'을 움직여 호국을 승리로 이끈 황제 호 무월, 120년 만에 '하늘'을 움직였으나 술과 마약에 빠진 호 권하.

"그럼에도……."

무의미한 시간들이었다. 내리감은 그의 눈꺼풀 위에 그동안 쌓아온 시간들이 보이는 것 같았다. 그들은 시간이 흐르면 죽으나, 자신은 영원히 살아간다. 처음엔 친구가 된 이들이 더 많았다. 굳이 황제가 아니더라도 마음이 맞으면 지금처럼 술잔을 기울이고 이야기를 나눴다. 개중 가장 친했던 것은 호국 최초의 여황인 호적란이었다. 가장 낮은 곳에서 가장 높은 곳까지 닿은 여인. 제 손으로 제가 있을 곳부터 사랑하는 이까지 모조리 손안에 넣은 그녀조차 죽기 전에는 자신을 안타까워했다. 눈물을 흘리며 속삭였다. 먼저 가 미안하다, 미안해할 수 없는 것을 미안해했다. 그때 처음 죽고 싶다는 생각을 했었다. 항상 의문을 갖고 있던, 끝없이 이어지는 삶이 참으로 지긋지긋하다는 생각을 하면서.

"영생은 고여 있는 것과 다를 게 없어, 어느 정도 시간이 흐르면 모든 것이 비슷하게 느껴지기 시작하지. 영원할 것이라 생각했던 사랑도 식어버리고 의무와 책임도 무용해져."

그런 삶이었다.

시연은 말없이 잔을 다시 뒤집어 그의 잔과 제 잔을 채웠다. 이해한다 말을 할 수 있는 종류의 것이 아니었다. 유한(有限)한 삶을 사는 존재가 어찌 무한(無限)을 이해하겠는가. 그렇기에 그녀는 대신 잔을 부딪쳤다.

"맹약과 관련된 사람으로서, 미안하다 말할 순 없지만 대신 하나 약속해 줄게요."

시연은 웃었다. 눈꼬리가 접히며 부드러이 끄트머리가 휘는 그 순간에 그는 제가 취했나, 고민했다.

"나 호 시연의 사후엔 더 이상 가주를 옥죄는 것은 없을 것이라고."

아이를 낳지 않겠다 말하는 목소리가 가볍고도 무거웠다. 여인으로서 누릴 수 있는 가치 있는 것 중 하나를 버리겠다 말하며 그녀는 웃었다. 그것이 순간 쩡, 그의 머리를 후려쳤다. 속이 들썩이고 금방이라도 욕지기가 치밀 것처럼 목 아래쪽이 콱 틀어막혀 그는 헛숨을 들이켰다.

보고 싶지 않았다. 저를 위해 자신을 희생하겠다는 그녀의 웃음을 그는 더는 보고 싶지 않았다. 그의 눈 밑이 붉어졌다. 잔을 내려놓은 손에 의해 술상이 옆으로 밀려났다. 접시들이 서로 맞부딪치는 소리가 야밤에 꽤나 요란스레 울렸다. 술이 꽤 들어간 시연은 놀라는 대신 눈을 껌뻑이며 옆으로 밀려나는 술상을 따라 눈을 굴렸다.

술상이 절로 움직인다!

취한 사람이 이렇게 무서운 법이다. 그러나 그녀는 취한 사람이 으레 그렇듯 벽에 닿아 멈춘 술상이 더는 움직이지 않자 금방 관심을 거뒀다. 그러나 앞으로 되돌아가려던 시선은 어둠에 덮였다.

"웃지 마라."

그녀의 두 눈을 손으로 가린 채 그는 중얼거렸다. 술기운이 오른 건지 손이 뜨끈뜨끈했다. 시연은 술에 취한 와중에도 그것을 느낄 수 있었다. 그녀는 속으로 중얼거렸다. 이 남자, 취했구나. 그러곤 뭔가 우스워 킥킥 웃었다. 세상에, 신도 취하는구나.

"그런 말을 하면서, 웃지 마라."

그리 아픈 얘기를 하며, 그리 아무렇지 않다는 듯 웃지 마.

제게 말하는 그의 목소리가 유달리 슬픈 것 같았다. 그래서일까. 그녀는 잠시 제 머릿속이 희게 질리는 것 같음을 느끼면서도 그를 밀어내지 못했다. 대신 그녀는 조심스레 눈을 감았다.

제 입술 위에 내려앉는 온기를 느끼며.

숙취다.

다음 날 눈을 뜨기가 무섭게 그녀는 그리 생각했다. 띵하니 울리는 머리에, 뒤틀릴 것 같은 속은 어찌 해명하려 해도 해명할 수 없는 명백한 숙취였다. 그녀는 눈을 감은 채로 침상에서 배를 부여잡고 끙끙거렸다.

얇은 이불을 몸에 돌돌 만 채로 좌우로 굴러대는 황녀의 위엄 있는 모양새를 바라보던 린은 이게 무슨 일인가 한탄하며 말했다.

"에휴…… 마마. 그러지 마시고 일어나셔서 꿀물이라도 좀 드세요."

"……린?"

"예. 린이랍니다. 하니 어서 일어나 보세요."

"내가, 아니지, 여기가……."

끙끙.

시연은 제 몸을 거쳐 팔꿈치 사이에 파고 들어가 있는 이불을 빼내며 있는 대로 인상을 썼다. 어깨를 가로지른 이불의 반대쪽과 나머지 반쪽이 엉켜서 대체 이게 왜 이렇게 된 거냐며 한탄을 시작하는 시연의 모습에 결국 린이 한숨을 푹 내쉬며 황녀를 이불 요괴에서 탈출시켰다. 시연은 한 손으로 몸을 일으키자 더 지끈거리는 머리를 부여 쥐고, 남은 한 손으론 린이 건네는 꿀물을 받아들었다.

"대체 이불이 왜 저렇게 엉킨 거지."

"마마께서 밤새 요리 데굴, 조리 데굴 구르셨으니 그렇지요."

린의 말에 역시 술이 문제라고 투덜거린 시연은 꿀물을 단숨에 들이켰다.

술. 안채에서 일어난 걸 보니 제가 술기운에 왔거나, 키안이 데려다준 모양이었다. 그녀는 숨 쉬듯 자연스럽게 스스로 안채까지 걸어왔다는 선택지를 지웠다. 만취한 상태의 스스로는 제가 생각해도 썩 믿음직스럽지 않았기 때문이다.

생각이 돌고 돌아 다시 도달하는 곳은 술. 결국 또 술이다. 그래도 어제 마셨던 것은 꽤나 맛이 좋았지. 화주라니. 너무 빨리 취해 버려서 그 귀한 것을 제대로 맛도 못 본 기분이다. 잠시 입맛을 다시던 시연의 물 흐르듯 흘러가던 기억이 어느 지점에서 우뚝 멈췄다. 누가 그 부분만 붙들고 놓아주지 않는 것처럼.

술기운이 가득한, 그럼에도 온기를 머금은 입술이 제 입술 위로 덮었다. 혀는 넣지 않는, 아주 담백한 입맞춤. 서너 살쯤 되는 아이들이나 할 법한 그런 입맞춤이었다. 그럼에도 닿은 곳이 타버릴까 두려울 정도로 뜨거운 입맞춤이었다.

"아악!"

"마, 마마? 왜 그러세요!"

시연은 제 머리칼을 쥐어뜯었다. 그런다 하여 이미 또렷한 기억이 다시 사라지는 기적은 일어나지 않았지만, 그렇게라도 하지 않는다면 떠오른 장면을 순순히 인정해야만 한다는 현실이 참으로 당혹스러워 그녀는 겨우 탈출한 이불 속으로 다시 기어들어 갔다.

일단 현실에서 도망칠 필요가 있었다.

"……그러니까, 아으…….."

"마마, 술 좀 작작 드시라니까요."

시연은 병사 복장을 한 채로 저를 한심하게 바라보는 우사의 시선을 외면했다. 바로 다음 날 이렇게 들이닥칠 것이라고는 생각도 못했거니와 그 방법이라는 게 랑(狼)가에 넘쳐나는 병사들로 위장하는 것이라는 건 애당초 상상의 범주 안에 들어가 있지도 않았던 탓이다. 꿀물을 두 사발이나 마시고도 남아 있는 숙취를 우사의 잔소리와 함께 외면하며 시연은 말을 이었다.

"어떻게 들어온 거야?"

짐작 못한 시연의 물음에 사내 셋의 얼굴에 하나같이 의문이 떠올랐다. 대답이 들려오지 않자, 시연은 고개를 기울이며 부족한 부분을 채웠다.

"랑(狼)가에 인간은 쉽게 못 들어온다던데. 괜찮았어?"

"아무 일도 없었습니다. 그렇지?"

서로서로 시선을 주고받는 것이, '무슨' 일이 뭔지도 모르는 듯했다. 새삼 시연은 제 옆에 선 이들의 비범함을 느끼며 손을 휘저어 대화 주제를 바꿨다.

"그래서, 회복하지 못한 이는 없는 거지?"

"예. 사망자도 없습니다. 다 마마의 복이죠."

"늙은이 같은 소리. 원인은 밝혀졌어?"

그녀의 말에 우사는 품속에서 두루마리를 꺼내들었다. 시연이 표면이 푸른 비단으로 감싸져 있는 두루마리를 집어 들자, 그는 풀리는 끈을 바라보며 말했다.

"기억하십니까? 일전에 역병이 돌았던 마을에서 살아남은 아이를 데려왔던 적이 있었잖습니까."

"아아. 몇 달 전에?"

"예. 그 아이에게서 옮은 모양입니다."

"애한테는 아무런 말도 하지 않았지?"

"저를 포함해서 이 둘밖에는 모릅니다. 이제 마마도 아시니, 넷으로 늘었군요."

그의 말에 시연은 고개를 끄덕이곤 성냥불을 당겨 두루마기를 태웠다. 그럴 줄 알았다는 표정을 한 운사가 중얼거렸다.

"……그러니까 비단 두루마기 하지 말자고 그렇게……."

한 푼도 허투루 쓰지 않는 상인의 면모를 여실히 보여주는 운사의 말에 옆에 앉아 있던 풍사가 옆구리를 찔렀다. 너무 오래 알아와 서로의 생각을 손바닥 보듯 훤히 들여다보는 이들의 모습에 그녀의 입꼬리가 휘었다.

"한창 뒤처리에 손이 부족할 텐데 하나도 아닌 셋 전부 예까지 온 이유도…… 알 것 같고."

시연의 말에 이번엔 우사가 시선을 피했다. 대신 달려든 것은 한구석에서 불만스러운 얼굴로 팔짱을 낀 채 앉아 있던 풍사였다.

"늑대신이라뇨! 마마, 당장 산채로 모시겠습니다. 어제와 같은 놈들과 같이 지내신다는 게 말이 됩니까?"

이번엔 예상범주 안의 반응이다. 말을 하며 흥분해 반쯤 자리를 박찬 풍사를 운사가 뒷덜미를 잡고 끌어내렸다.

"동감입니다 마마. 일전에 말씀드린 것처럼 이미 계획은 완벽합니다. 땅도, 사람도, 돈도, 부족한 것은 없으니 마마만 오시면 바로 출발할 수 있습니다. 그러니……."

"무슨 말인지 알아. 하지만 아직 안 돼. 몇 달만 더 기다려 줘."

랑을 품은
나리송이

"이유가 무엇인지 물어도 되겠습니까?"

새카만 사내 셋이 울망울망한 눈으로 저를 바라보자 시연은 숙취도 잊고 푸핫 웃었다. 운사의 말마따나 모든 것은 준비된 지 오래이다. 땅을 고르고, 집들을 짓고, 궁을 세워 기틀을 닦아놓았으니 그 안에 살 사람들이 들어찰 일만 남아 있었다. 만약 이들에게 조금의 사심이라도 있었다면 자신을 버리고 그대로 떠났을 정도로 장기간에 걸쳐 해온 것들은 이미 완벽하기 그지없었다. 그럼에도 이렇게 저를 바라봐 준다는 것에 새삼 감동을 받아, 그녀는 눈꼬리를 휘었다.

"어젯밤, 다들 봤으니 알 거야. 내 피는 요괴를 끌어들여. 그러니 예외적인 상황과, 대처할 수 있는 다양한 방법들에 대해 알아낼 필요가 있어. 그리고 그것에 대해 보다 자세히 알아보기 위해선 이곳이 제일 적합하지."

다른 누구도 아닌 늑대신이 있는 곳이니까. 반박할 수 없는 시연의 말에 사내 셋이 입을 다물었다.

그녀가 지난 몇 달간 얻어낸 것은 약해진 토지신이 얼마나 쉽게 악신(惡神)으로 변모하는지에 대한 것들과 그러한 악신들에게 맞서는 몇몇 방법들뿐이었다. 린은 최고의 방법은 도망치는 것이라며 쉽게 맞서려 하지 말고 일단 최대한 늑대신이 있는 곳으로 달리라 충고했으나 곧 키안의 손이 닿지 않을 만큼 먼 곳으로 떠날 그녀에게 그것은 썩 훌륭한 조언은 아니었다. 나라와 나라 사이를 뛰어넘어 살려 달라 외칠 순 없는 노릇이지 않은가.

시연의 말에 고개를 떨군 채 생각에 잠겨 있던 우사가 입을 열었다.

"하면…… 풍사를 두고 가겠습니다."

타의에 의해 차출당한 풍사는, 그러나 싫어하는 기색이 아니라 깨달음을 얻은 것 같았다. '그 좋은 생각을 왜 그동안 못했던가' 하는 식이었다. 득의양양하게 웃으며 앞으로 제가 마마님을 옆에서 보필하겠다 외치는 풍사의 모습에 시연이 떨떠름한 표정으로 대답을 미뤘다. 억지로 떠맡게 된 태하만으로도 골이 아프건만, 풍사까지 더해진다면 아마 멀지 않은 미래에 서로 너 죽고 나 살자 하고 있을 풍사와 태하의 모습이 눈에 보이는 것만 같았기 때문이다. 아랫사람들의 충성심 가득한 호의를 어떻게 좋게 거절할까, 그녀의 고민을 불식시킨 것은 장지문 너머에서 들려온 익숙한 목소리였다.

"잠시 들어가도 괜찮을까."

정중한 말투였으나 목소리를 듣자 장지문 쪽으로 휙 돌아간 사내 셋의 시선은 곱지 않았다. 필요하건 아니건 그들에게 있어 키안은 불안요소인 셈이니 어찌 보면 당연한 반응이었다.

그러나 지금 당장 키안을 보고 싶지 않은 마음이 가장 큰 것은 다른 누구도 아닌 시연이었다. 평소에도 그리 자주 보던 얼굴이 아니었기에 이렇게 빨리 볼 것이라 생각하지도 않았고, 생각하고 싶지도 않았다. 목소리를 듣자 느껴질 리 없는 온기가 입술에 느껴지는 것만 같아 그녀는 얼굴을 붉혔다. 당연한 말이지만 황녀였던 그녀는 이런 쪽 일에 대해서는 꽤나 담백한 삶을 살아왔고, 어젯밤 술기운에 벌어진—일이라고 믿고 있는— 사고는 황녀의 첫 입맞춤이었다. 그러나 쫓아낼 만한 명분도 없었기에 시연은 내키지 않는다는 표정으로 대답했다.

"예."

허락이 떨어지자 장지문이 열리고 흐트러진 모습 하나 없는 신이 방 안으로 걸음을 들여놓았다. 그는 제게 경계심을 보내는 사내 셋을 한 번, 고개를 돌리고 있는 황녀를 한 번 바라보곤 입을 열었다.

"류가의 풍사, 진가의 운사, 서가의 우사라 했던가."

소개한 적 없는 이름을 가문과 함께 꿰뚫고 있음에도 그들은 그저 그러려니 했다. 신이라는데 뭘들 못 하겠는가 하는 근거 없는 믿음이자 범하기 쉬운 실책이었다.

"조심성이 없군. 류가와 진가에서, 가출한 아들들을 알아보기라도 한다면 부인이 위험해짐을 모르는 바 아니겠지?"

당연한 말이지만 풍사는 '부인'이라는 단어에, 운사는 시연이 위험해진다는 말에 분노했다. 이 중에서 제일 위험한 이가 누구인진 아느냐는 운사의 물음에 키안은 당연한 것을 굳이 물어오는 사내를 바라보며 대답했다.

"내 부인이지."

무얼 믿는지 참으로 겁 없이 행동하느라 위험을 몰고 다니는 것만 같거든. 그는 참으로 안타깝다는 표정을 한 채 고개를 저었다.

그 말에 시연이 자리를 박차고 일어나 키안에게 달려들었지만, 그건 그리 중요한 일은 아니었다.

3.
그래야 했던 이유

어느 나라에서는 풍백(風伯), 우사(雨師), 운사(雲師)를 귀히 여겼다 합니다.

자, 이제 아시겠습니까?

어찌하여 '하늘'을 움직인 황족이 관을 쓸 수 있었는지 말입니다.

모든 나라는 전부 같습니다.

백성들은 땅을 일구며 살고, 그렇기에 '하늘'은 절대적입니다.

비를 내리고, 바람을 불게 하고, 천둥을 치는 것은 그야말로 신의 영역이지요.

하면 생각해 봅시다.

황가의 피를 이은 이 중 누군가가, '하늘'을 움직일 수 있다.

그런데 그것이 누가 될지는 알지 못한다.

자아, 궁금증 많은 사신이여, 내 하나 묻겠소.

그 피가, 밖으로 떠돌면 어찌될 것 같습니까?

희석되고 희석된 핏줄 어딘가에서 '하늘'을 움직이는 이가 나온다 생각을 해
보세요.

여황은 두려움에 찬 사신의 얼굴을 보며 웃었다.

여황은 제 머리 위에 씌워진 관을 천천히 매만지며 안타까운 한숨을 뱉었다.

그것이 바로 황가의 피가 그리 귀하게 여겨지면서도,

사사로이 퍼뜨리지 못한 연유이지요.

이제 궁금증이 풀리시었소?

어찌하여 단 한 명의 황족도 궁 밖으로 나서지 못하였는지,

관을 쓴 이를 제외한 그 누구도 후손을 남기지 못하였는지.

그것은, 참으로 안타까우면서도…….

반드시 필요한 일이었지요.

　활터의 존재를 안 뒤로, 그 규모며 갖추고 있는 것들 중 몇몇 개
는 황궁보다도 낫다는 것을 확인한 뒤로, 시연이 랑(狼)가에서 가
장 즐겨 찾는 곳은 바로 활터였다. 랑(狼)가에선 '황녀를 보고 싶다
면 활터로 가라'는 말도 안 되는 얘기가 우스갯소리처럼 돌아다
닐 정도였다. 그런 그녀였기에, 시연은 오늘도 활터에서 활시위를
당기다 안채로 돌아오는 길이었다. 평소와 다른 점이 있다면 백여
우들이 평소보다도 더 많다는 것이었고, 그들이 하는 말이 더 귀
에 잘 들어왔다는 점이었으며 하필이면 그 내용이라는 것이…….
　"……린. 이 모든 주축이 린이라던데, 설명 좀 해주겠어?"
　자신과 키안에 관련되어 있다는 것이 문제라면 문제였다.
　언제나처럼 시연이 돌아올 시간에 맞춰 세숫물을 준비해 놓고
있던 린은 갑작스러운 물음에도 당황하지 않았다. 오래 살기로는
키안보다도 더 오래 살았다 자신할 수 있는 구미호는, 시연의 등

뒤에서 서로 시선을 피하고 있는 백여우 무리를 발견하자마자 대강의 상황을 파악해 냈다.

"어머. 땀 좀 봐요. 마마, 일단 씻고 얘기하세요."

"지금 그게 문제가 아니라……!"

"식기 전에 얼른요. 어서어서."

결국 시연은 구미호의 손에 떠밀려 땀을 씻어냈고, 그 짧은 사이에 린은 만반의 준비를 마친 뒤였다. 바야흐로 세월의 힘이 승리하는 순간이라 할 수 있겠다. 물기마저 완벽하게 닦아낸 시연은 뭔가 말린 것 같은 기분을 느끼며 입을 열었다.

"그래서, 이게 어떻게 된 일이야?"

"무엇이요?"

"발뺌하지 마, 린. 다 들었어. 지금 랑(狼)가 가신들이…… 그, 가주와, 나를, 그, 이, 이어주려고 하고 있다는 게 대체 무슨……."

듣는 것도 민망하거늘 제 입으로 뱉자니 죽을 것 같다고 생각하며 시연은 얼굴을 닦아내던 천으로 눈을 가렸다. 승리의 미소를 짓는 구미호를 보지 못한 것은 그러한 이유에서다. 린은 시연이 다시 천을 내리고 자신을 보자 언제 웃었냐는 듯 안타깝기 그지없다는 표정을 얼굴 한가득 띠웠다. 시연의 등 뒤에서 이 모든 것을 지켜본 백여우들만이 손바닥을 뒤집듯 바뀌는 표정에 소리 없는 감탄을 뱉을 뿐이었다.

"마마, 그것엔 전부 이유가 있답니다."

폭, 한숨을 내쉰 린은 손짓해 백여우들에게 차를 가져오라 시킨 다음 본격적인 판을 펼쳐 들었다.

"가주께서 늑대신인 건 잘 아시지요?"

무용한 소문, 더는 내지 말라고 엄중하게 말할 생각이었던 시연은 본격적으로 시작하는 얘기에 어, 어 하는 순간 끌려갔다. 정신을 차리자 이미 린과 그녀 사이에는 딱 마시기 적당하게 우려진 녹차와 다과가 놓여 있었고 린은 구슬픈 눈을 한 채 옷고름을 끌어당겨 흐르지도 않는 눈물을 찍어내는 상황이었다. 너무 급격한 변화라 시연은 대체 이게 전부 무슨 짓이냐는 말을 할 생각도 하지 못한 채 그저 고개를 끄덕였다.

"마마께옵서 아실지 모르겠지만, 자고로 늑대란 일평생 단 한 명의 반려만을 맞아들인답니다. 늑대신도 마찬가지지요."

참으로 안타깝지 않나요? 영생을 사는데 반려는 하나뿐이라니. 린의 말에 시연의 고개가 옆으로 기울었다. 안타까워해야 하는 일인지 의문이었을 뿐더러 어째서 얘기가 늑대신의 반려로 흘러가는지 알 도리가 없었던 탓이다. 그러나 이젠 우는 소리까지 내는 린의 연기는 그야말로 하늘에서 내린 완벽함이라 칭송할 정도였기에, 시연은 제가 모르는 뭔가가 있나 생각하며 그저 고개를 끄덕여 줄 뿐이었다.

"처음엔 가주께서도 의욕적으로 반려를 찾으셨죠. 하루에 여인을 셋도 넘게 안으신 적도……."

"뭐?"

두 눈을 동그랗게 뜨고 외치는 시연의 모습에 린은 작게 웃음을 흘렸다. 손으로 입을 가린 그녀는 '어머 조금 적나라했나요?'라고 중얼거리고는 다시 슬프게 고개를 저었다.

"그것도 한때였답니다. 500년도 더 전의 얘기죠. 아시나요, 마마? 사내란 마음에 두지 않아도 여인을 안을 수 있지만, 안는다고 그 여인을 사랑하게 되진 않는다는 것을."

그 뒤로 본격적으로 시작하는 가주의 험난한 반려 찾기 대장정은 시연의 한쪽 귀로 들어가, 반대쪽으로 빠져나갔다. 사실 별다른 영양가도 없는 얘기이긴 했다. 그러나 그런 얘기조차 하루에도 여인을 수없이 안았다는 것보단 충격적이지 않았다. 시연은 김이 모락모락 올라오는 찻잔에 시선을 고정시킨 채 제가 왜 충격을 받았는가 고민했다.

"그러다가 결국 어떤 일에도 의욕을 잃으시고……."

아무리 귀하게 자랐어도 그녀는 황녀였다. 역대 황제들 중 심한 이는 후궁을 여덟까지 들였다는 것을 그녀는 수업 때 배웠고, 심지어 그 후궁 중 한 명은 궁녀였으며, 그 궁녀가 낳은 황녀가 여황이 되었다는 것까지 알고 있었다. 호국 최초의 여황이자 최초로 하늘을 움직인 호 적란이 바로 그 주인공이었다.

그렇기에 시연은 그런 쪽으로는 제가 꽤나 많이 알고 있다 생각하고 있었다. 그런데 왜 이렇게 충격이…….

"마마? 마마!"

"으, 응?"

"지금이 제일 중요하다니까요. 들어보세요. 그런데 그랬던 가주께서, 혼례를 하신다잖아요?"

어느새 얘기는 수백 년을 거슬러 올라와 현재까지 도달해 있었다. 시연은 그 빠른 시간 흐름에 잠시 감탄했다가, 이미 차갑게 식어버린 찻잔을 보곤 제 생각이 틀렸음을 깨달았다. 린이 얘기를 빠르게 진행시킨 것이 아니라, 단지 시간이 오래 흐른 것이었다.

"그것만으로도 놀라울 정도인데 가주께서 마마님 덕에 웃으시고, 술에 취한 마마님을 안아서 안채까지 옮겨주시고……."

"잠시만, 잠시만! 누, 누가 날 안아?"

"어머, 모르셨어요? 제가 얘길 안 했던가요? 가주께서 마마님을 꼬오옥 안아들고 이곳까지 오셨답니다. 품 안에 이렇게, 이렇게……."

적극적으로 키안이 저를 어떻게 안았는가를 직접 보여주는 린의 입술엔 함박미소가 떠올라 있었다. 이미 얘기는 물 흐르듯 진행되어 시연이 처음에 따져 물으려 했던 것은 옅게 희석된 뒤였다. 아예 백여우 하나를 불러 직접 시범을 보여주겠다며 린이 그 작은 주먹을 불끈 쥐고 자리에서 일어나자, 얼굴이 시뻘겋게 달아오른 지 오래인 시연도 뒤따라 일어났다.

도망가기 위해서.

그녀는 린이 백여우를 부르며 장지문을 열기가 무섭게 그 밖으로 뛰쳐나갔다. 제발 됐으니 이제 그만하라고 큰 소리로 외치는 것도 잊지 않았다. 활터에 간 지 얼마나 됐다고 다시 안채에서 뛰쳐나오는 시연의 모습에 나무에 기대어 있던 태하가 놀라 그 뒤를 쫓았다. 대체 왜 그러냐며 고함치는 태하와, 창피함으로 인해 비명을 내질러대는 시연을 바라보며 린은 씩 웃었다.

랑(狼)가에서 가장 오래 살았다 할 수 있는 구미호가 당당히 승리를 거머쥐는 순간이며, 동시에 시연이 다시는 떠올리고 싶지 않은 기억 하나를 떠올리게 되는 순간이었다.

❀

시연은 몇 달 간의 경험을 통해 중요한 사실을 깨달았다. 랑(狼)가에서 정보를 캐내기엔 키안이 제일 적합하다는 사실을. 백여우들은 제가 아는 것들을 쉽게 털어놨으나 일단 아는 것이 그리 많지 않았다. 린은 중요한 것은 입에 담지 않는 것으론 선수였고, 태하는 머릿속이 온통 대련뿐이라 대화가 당최 이어지질 않았다. 소하는 더 말할 것도 없으리라. 그리하여 돌고 돌아 결국 남는 것은 키안이었다.

그날의 사고는 때때로 이불을 걷어찰 기억이었으나, 알아낸 것은 많았으며…… 그것들을 다 뒤로하더라도 술맛이 참 좋았다. 음식도 비쌀수록 맛있다더니 술도 마찬가지라, 이후로 시연은 때때로 키안과 술자리를 가졌다. 술자리라 하여 그리 요란한 것은 아니고 동그란 반상에 전 두어 종류만 달랑 올려놓고 술잔을 기우는 그런 종류였다. 물론 반상은 테두리에 옥도 산호도 아닌 금을 통째로 갈아 문양을 새겨 넣은 것이었고 화주는 한 병에 보석을 한 주머니는 줘야 하는 술인지라 잔을 기울이다 보면 간소함과 사치를 동시에 느끼곤 했지만. 중요한 것은 사람과 사람이 친해지려면 일단 술을 마시라는 말마따나 그녀는 술병을 한 번 기울일 때마다 키안과 한 뼘 정도 더 친해졌다는 사실일 것이다. 그리고 또한 그녀는, 귀한 시간을 허투루 쓰지 않고 알아낼 수 있는 것들을 전부 알아내고 있었다.

"신이 그런 역할을 한단 말입니까?"

반상 위에는 술병이 두 개 올라가 있었다. 하나는 물을 탄 술이었고, 하나는 그냥 술이었다. 처음 키안이 물 탄 술을 내밀었을 때 시연은 강하게 항변했다. 취하려고 마시는 술에, 그것도 돈이 있어도 물건이 없어 구하기가 하늘에 별 따기라는 귀한 화주에 물을 타다니! 그러나 물을 탄 술도 일곱 잔을 넘기지 못하자 그녀는 깔끔하게 받아들였다. 지름이 고작 검지 두 마디밖에 안 되는 잔으로, 고작 일곱 잔이라니! 황녀는 절망했다. 탁주도 두 병은 거뜬히 마시는 제 주량을 알고 있기에 충격적이었던 것도 있었다.

"그래. 신은 믿음이자, 구심점이다. 수많은 인간들을 한데 모으는 역할을 하는 것이 바로 신이지."

"그럼 혹시 호국이 대륙에서 유일하게 황제라 칭할 수 있는 이유가 신이 둘이라 그런 겁니까?"

키안은 대답하는 대신 고개를 끄덕였다. 하늘신과 늑대신 둘을 모시는 곳이 바로 호국이다. 신이 둘이니 격이 올라간다. 시연은 참으로 간단한 셈이라 중얼거리며 술잔 끝을 매만졌다. 호국에 비등한 국력을 갖고 있는 예국이 황제의 칭호를 달지 못하는 이유가 바로 그것이었다. 예국을 수호하는 것은 오직 수신, 하나뿐이었으니.

그녀는 잠시 머릿속으로 생각을 정리했다. 술잔을 만지작거리던 손이 우뚝 멈춰 섰다. 시연은 방금 제가 떠올린 가정에 조금 놀라며, 그리고 그것이 가능성이 꽤 높다는 것에 조금 두려움마저 가진 채로 키안에게 물었다.

"그렇다면, 제가 떠나면, 호국은 어찌되는 겁니까?"

술 마시는데 거추장스럽다며 종종 땋아 내린 머리칼을 앞으로 끌어오며 그녀는 계속 말했다.

"더는 황족이 이 색을 갖지 않게 되면, 황제는 왕이 됩니까?"

"아주 천천히."

그는 손을 뻗었다. 팔이 전부 뻗어나가지도 않았건만 길게 늘어뜨린 머리 끄트머리를 잡을 수 있을 정도로 반상은 작았고, 둘 사이는 가까웠다. 마디가 굵고 상흔이 가득한 손이, 부드럽기가 비단에 비할 바 아니며, 가치 있기로 금덩어리를 산으로 쌓아도 따라올 수 없는 그녀의 머리칼을 동여매고 있는 매듭을 잡아당겼다. 종종 땋아놓았던 머리칼은 구불거리며, 바닥 바로 위까지 물결치며, 단숨에 그녀의 얼굴을 감쌌다.

"황가의 피를 이은 황족이 그 색을 갖게 되는 이유는 단순하다. 신의 피가 인간의 피보다 강하기 때문이지. 황제도, 여황도 마찬가지야. 신의 피가 더 강하기 때문이다. 마찬가지로, 지금 부인이 영향력을 가진 지신(地神)의 아이를 가진다면 황가의 피는 더는 발현되지 않아. 500년에 걸쳐 희석된 하늘신의 피는 신 그 자체인 지신(地神)의 피보다 약하기 때문이다. 모든 건 시간 싸움이지. 황제가 왕이 되는 것도 마찬가지야. 단숨에 그리 되지는 않아. 그러나 오랜 시간을 두고 점차 국력은 쇠하고 부패는 늘어갈 터다."

그의 손가락이 머리칼을 쓸었다. 대충 쓸어내려도 어디 한 군데 걸리는 곳이 없는 머리칼은 만질수록 입가에 미소가 피어나게 하는 힘을 가지고 있는 것만 같았다.

"국내외로 사사로운 문제들이 끊임없이 발생하며 황제에게 반기를 드는 자들이 점차 몸집을 불리겠지."

시연은 가장 먼저 벌써 제가 취했나 생각했다. 그러나 아직 술은 두 잔밖에 마시지 않았다. 심지어 삼분지 일은 물을 탄 술이다. 두 잔 만에 취할 리가 없었기에 그녀는 지금 이것이 현실임을 인정할 수밖에 없었다. 그렇다면 손을 쳐내면 된다. 숱도 많고 길기도 긴 머리를 땋느라 시간이 얼마나 오래 걸린 줄 아느냐며 한소리 한 다음 다시 술잔을 잡으면 될 일이었다. 그러나 그러지 못했다. 장작이 바싹 타고 남은 것 같은 잿빛 시선이 그녀의 두 눈을 사로잡아 옥죄는 것만 같아서.

그래서일까. 온몸이 줄에 묶인 양 움직이질 않아, 그녀는 그의 손길이, 온기가 와 닿을 때마다 바짝바짝 마르는 입안을 그저 견딜 수밖에 없었다. 만약 키안이 무언가 하려 했으면 그녀도 가만히 있진 않았을 것이다. 그러나 그는 아무것도 하지 않았다. 그저 그녀의 물음에 계속 답을 할 뿐.

"그런 식으로 황제는 왕이 되어 신의 부재를 만천하에 알리게 될 거다. 이미 경험해 보지 않았나."

질문이 던져지자 그제야 그녀의 달뜬 입술이 움직였다.

"맹약."

"그래. 나는 그것을 방기(放棄)했다. 채 수십 년 만에 황족이 어찌되었나?"

그는 스스로의 죄를 고하며 천천히 손을 거둬들였다. 그의 손가락에 걸려 딸려 올라갔던 머리칼들이 잠시 허공에 부유했다 천천히 가라앉았다. 시연은 눈꺼풀 사이로 서서히 사라지는 잿빛 눈동자를 바라보며 그가 하고자 하는 말을 눈치챌 수 있었다.

"이전엔 황족에게 감히 검을 빼들지도 못하던 이들이 어찌 행동했나? 수십이 넘었던 황족은 그 씨가 마르고, 오늘날에 이르러 거짓과 욕망으로 가득 찬 이가 옥새를 쥔 채 호국을 좌지우지하고 있지 않은가."

그것이 모두 자신의 잘못이라,

차마 멀쩡히 두 눈을 뜨고 그 모든 것에 놔둔 이를 볼 염치가 없어.

시연은 그가 말하는 사건이 무엇인지 단숨에 눈치챘다. 모르려야 모를 수가 없었다. 그녀가 태어난 날, 적통 후계자의 탄생으로 온 호국이 축제 분위기였지만, 정작 황궁에는 피바람이 불었고 몇몇 고관대작들은 훗날 그날을 일컬어 이렇게 말했다.

하늘이 피로 물들어, 호국이 저주받은 날이라고.

열여섯이 될 때까지, 선황이 서거하기 전날까지 황녀와 황비의 사이는 겉보기엔 그리 나쁘지 않았다. 몇몇 궁인들이 숙덕이던 것처럼 황비가 황제의 눈치를 보며 적당히 역할극에 맞춰줬다는 표현이 더 맞을지도 몰랐다. 직감적으로 느끼고 있었던, 그러나 애써 외면하고 있던 그날이 도래했을 때 그래서 시연은 크게 낙담하거나 실망하진 않았다.

그녀는 그저 조금 놀랐을 뿐이었다.

"피로 물든 하늘이 드디어 떨어졌구나."

사람이 하루아침에 이리도 달라질 수 있다는 사실에.

이제야 이 얘기를 꺼낼 수 있다는 것에 고양되었는지, 국장이 끝나고 흰 옷을 벗어던진 그녀는 몸을 앞으로 기울였다. 어느 때보다 화려한 장신구로 머리카락을 틀어 올린 황비의 모습은 오히려 기괴했다. 너무 유명해, 차마 황제의 힘으로도 덮지 못했던 황녀 탄생의 날을 황비는 입에 담았다. 그날 하늘에서는 얼음 조각이 떨어져 내리고 구름 한 점 끼지 않은 맑은 하늘에서는

랑을 품은
나리송이

벼락이 내리쳐 누구 한 명 황녀의 탄생을 축복하지 못했도다.
황비는 하늘을 움직이는 황제가 벌인 잔혹한 날에 대해, 그러나
황녀에겐 절대 알리지 않도록 단단히 단속했던 얘기마저 가감
없이 입에 담았다.

"황자의 탄생이 그 자체로 축복이었다면, 황녀의 탄생은 그 자
체로 지옥불이라, 그날 귀한 황족의 목 여섯이 그대로 선황의
검날에 떨어져 내렸다."

그 누구도 알려주지 않은 피로 얼룩진 진실을 입에 담으며 황비
는 비통해하지 않았다. 그녀는 대신 웃었다. 아주 기쁘게. 그러
나 그녀는 동시에 눈물을 뚝뚝 떨어뜨렸다. 누구를 위한 것인지
알 수 없는 그것을.

"선황은 황후를 살려내지 못한 죄를 물어 여섯의 황족을 베었
고, 귀한 피를 흘리지 않기 위해 선황의 앞을 막아선 궁녀 열둘
과 내관 여덟의 목을 같이 베었다. 너는, 스물여섯의 목숨을 담
보로 태어난 아이란다."

그것이, 가면을 벗은 황비가 가장 처음 열여섯의 황녀의 앞에서
한 말이었다.

시연은 키안의 앞에 놓여 있는 잔을 집었다. 금방이라도 넘칠
듯 가득 차 있는 술을 단숨에 들이마시곤 제 잔 바로 옆에 그것
을 내려놓았다. 물을 섞지 않은 화주(火酒)란 참으로 독해서, 목
구멍에 잠시 불이 붙은 것만 같았다. 그 불길에 내키지 않는 기억
도 같이 태워 버렸다. 그녀는 그것을 한 잔 더 따라 마신 뒤에야
자리를 박차고 일어날 용기를 얻을 수 있었다.

"몇 번을 말하게 할 겁니까."

그녀는 양손을 뻗어 그의 얼굴을 잡아 올렸다. 갑작스러운 손길에 화드득 놀라며 그가 감았던 눈을 떴다. 데구르르 눈동자를 굴려 제 잔이 시연의 자리 앞에 가 있다는 것을 발견한 키안의 미간이 좁아졌다. 그는 물도 타지 않은 화주를 마신 것을 탓하기 위해 입을 열었으나 그녀가 한발 빨랐다.

"저를 보십시오. 불행해 보입니까?"

호박을 그대로 박아 넣은 듯한 눈동자에 얼이 빠진 제 얼굴이 비춰 보인다. 그리고 그 안에 제 두 발로 서 있는, 설 곳을 만들어낸 여인이 보인다. 그는 아주 천천히 고개를 저었다.

"물론 과거는 좀 불행했을지도 모릅니다. 그러나 전 지금 목표가 있습니다. 같이 그것을 이룰 이들도 있죠. 보세요. 당신의 선택은 절 불행하게 하지 않았습니다."

아.

그는 그 순간 여황을 보았다. 아니, 그의 앞에 서 있는 것은 이미 저 홀로라도 고고히 빛나는 여황이었다.

"오히려 감사할 따름입니다."

금방이라도 짓밟힐 듯 연약한 눈동자에 불이라도 붙은 것만 같았다.

"대대로 이어진, 황족들의 저주를 드디어 끝낸 셈이니까요."

평생을 홀로 살며, 높은 담벼락을 한 번 넘지 못한 채 궁에서 늙어죽어야 하는, 절반은 그 고독감에 기어코 미쳐 버린 얘기를 입에 담으며 시연은 눈을 접었다.

그리 아무렇지도 않게 내밀어지는 손은 구원이라는 단어를 그대로 품은 것 같아 키안은 잠시 말문을 잃고 말았다.

"그리고, 다시 말하지만, 전 당신께 준 것이 없으니, 받을 생각도 하지 않습니다. 오래전 하늘신과의 약속을 지키지 않았다고 떼를 쓸 만큼 어리지도, 어리석지도 않아요."

그러나 그 구원은 다시금 저와 그녀 사이에 존재하는 유일한 끈을 잔인하다 한탄할 만큼 쉽게 끊어내 버린다. 구원받은 이는 이번엔 상실감에 어찌할 줄을 몰라 하다, 그저 웃었다. 그렇다고도, 그러지 말라고도 할 수 없었기에.

원하던 것을 얻어낸 뒤에야 시연은 마음 놓고 술을 즐겼다. 희석시켰다고는 하나 유명한 만큼 술맛은 좋았다. 키안은 빠르게 비는 술병을 잠시 불안한 시선으로 바라봤지만, 말리거나 하지는 않았다. 물을 탔으니 괜찮을 것이라는 생각을 하면서.

그리고 고작 반 시진 뒤에 그는 자신의 생각이 얼마나 안일했는지 뼈저리게 깨달아야만 했다.

"……당신은, 이상하단 말이야."

술잔을 쥐고 있는 손목이 힘을 잃고 고개를 수그렸다. 덕분에 반쯤 남아 있던 술이 바닥에 줄줄 흘러내렸다. 키안이 다급히 잔을 그녀의 손에서 빼앗았을 땐 이미 바닥에 술이 홍건한 뒤였다.

시연이 양 볼이 붉게 달아오른 채로 딸꾹질을 했다. 그 모습이 의미하는 바는 하나뿐이었다. 취했구나. 키안은 끙 소리를 내며 술병을 확인했다. 물 탄 화주 세 병. 신들에겐 입맛을 다실 정도밖엔 되지 않았지만, 인간, 그것도 여인에게는 과했을 것이라는 생각이 뒤늦게 들었다. 저번에는 시연이 그대로 잠들었기에 별생각 없던 점도 한몫 단단히 했다.

꽤 오랜 시간 동안 인간과 술잔을 나누지 않았기에 벌어진 실책이었다. 그는 옛 친우인 적란이 취했을 때 어떤 행동을 했던가, 흐린 기억을 되짚으며 조심스레 시연을 불렀다.

"부인."

앞뒤로 상체를 까딱이기 시작하는 시연은 언제 넘어갈까 걱정스러울 정도로 위태로웠다. 붙들지도, 눕히지도 못하는 커다란 손이 허공에서 움찔거렸다. 양 눈썹이 맞붙을 정도로 미간을 찌푸린 그가 다시 조심스레 입을 열었다.

"부인? 취한 것 같은데……."

"취해? 내가? 그으럴 리가! 취하다니! 푸하하핫! 내가? 내가? 이 호 시연이? 푸핫! 샤님께옵서는 참으로 웃긴 말씀을 하십니다 그려!"

당장이라도 그녀를 잡을 듯 다가가던 손이 우뚝 멈췄다. 그는 제 귀를 의심했다. 지금 내가 뭘 들은 거지? 그러나 그가 무어라 말하기도 전에 시연이 먼저 손을 뻗어 키안의 손을 맞잡으며 중얼거렸다.

"샤님, 샤님. 당신 진짜 이상한 거 알아요? 지금까진 신경도 안 썼으면서 갑자기 날 살리려고 너무 필사적이라고. 내가 부인이라서 그런가."

언제나 딱딱하게 가주라 칭하던 시연이 해사하게 웃으며 '샤님'이라 중얼거리자 키안의 두 눈이 일렁였다. 그대로 굳어버린 그의 손에 깍지를 낀 시연은 태평하게 시원하다며 헤실 웃었다. 그렇게 한동안 웃다가 또 언제 그랬냐는 듯 그녀는 잡았던 손을 매정하게 내팽개치며 입을 비죽였다.

"그런데 신들은 인간의 혼례는 인정 안 한다며. 그러면 지금까지처럼 그냥 날 내버려 두면 좋을 텐데. 내 손에서 피가 나건…… 호국을 떠나건…… 내가 무엇을 각오하고 있건…… 그냥 신경 안 쓰면 좋을 텐데. 그거 알아요? 그쪽이 자꾸 신경을 쓰니까 나도 자꾸 신경이 가는 거."

근데 난 그러면 안 되거든. 왜냐며언, 내 어깨에 달린 사람이 한둘이 아니거든요. 시연은 술기운이 가득한 한숨을 폭 내쉬었다.

그런데도 신경이 쓰였다. 그녀는 그렇게 중얼거리며 손을 뻗었다. 팔을 붙잡아 당기자 술 취한 사람의 약한 힘인데도 쉽게 끌려왔다. 힘에서 밀려서라기보다는 예상치 못한 갑작스러움에 제가 당겨지고 있다는 것도 모르는 듯했다. 바로 눈앞까지 끌어온 사내를, 시연은 찬찬히 뜯어보기 시작했다. 잘생기긴 참 잘생겼다는 생각이 가장 먼저 들었다. 그러다 푹신해 보이는 머리칼의 감촉이 궁금해져 그녀는 천천히 손을 뻗었다. 잿빛 머리칼을 휘감던 손이 찬찬히 아래로 내려와 매끄러운 콧날을 타고 그대로 아래로, 아래로 내려갔다.

경직된 잿빛 눈동자가 그 손길을 따라 천천히 움직이다 손가락이 제 입술에서 멈추자 화드득 놀라며 시연을 응시했다.

"무슨……."

아. 시연은 저도 모르게 꼴깍 마른침을 삼켰다. 손가락을 댄 채로 입술이 움직이는 느낌이 너무 생생했다. 이건 꿈인가, 생시인가. 녹진하게 술에 취한 상태에서도 그녀는 그런 고민을 하며 상체를 일으켰다. 그녀가 바짝 다가서자 놀란 키안이 몸을 뒤로

빼려 했다. 그러나 다른 손으로 앞섶을 움켜쥐는 시연의 거침없는 행보에 놀라 그는 그대로 굳어버렸다. 힘으로 밀쳐 내면 술에 취한 그녀가 혹여나 다칠까 염려하는 마음도 있었다.

"그때. 왜, 입을……."

맞춘 거예요? 그녀의 물음은 입 안에서 웅얼거리다 사라졌다. 당겨진 앞섶에 그가 놀라는 것도 잠시, 열기를 품은 입술이 그 위로 조심히 떨어졌다. 불덩이보다 더 뜨거운 열기에 그의 몸이 화드득 떨렸다.

이게 뭐지? 혼란과 혼돈이 뒤섞인 시선이 제 아랫입술을 부드럽게 물고 있는 시연을 빠르게 살폈다. 혹 그녀가 취해서 쓰러진 건 아닌가 싶은 마음에. 그러나 천천히 입안을 가르고 들어오는 혀에 키안의 목울대가 위에서 아래로 움직였다. 입안을 헤집고, 그의 정신은 그보다 더 엉망으로 헤집어놓은 채 그대로 고개를 들어 올린 시연이 무어라 웅얼거렸다.

"……왜……."

제가 돌덩어리도 아니고 자꾸 앞에서 요리 갔다, 조리 갔다 하는데 신경이 안 쓰일 리 없다. 게다가 제가 뭐 하나 하려고 하면 걱정 가득한 얼굴로 바라본다. 혹여 넘어지기라도 할까 제 어린 자식의 주위를 빙빙 도는 부모처럼.

아, 이건 취소. 부모라니. 시연은 술에 취한 와중에도 선황을 향해 날을 세우는 것을 잊지 않으며 천천히 입술을 뗐다. 돌덩이처럼 굳어버린 키안 쪽으로는 시선 한 번 주지 않은 무심한 여인은 술기운을 이기지 못한 채 그대로 탁자에 얼굴을 갖다 댔다. 냉기가 달아오른 볼을 식혀서 시연은 기분 좋은 얼굴로 눈을 감았다. 졸렸다.

그런 시연의 술주정을 처음부터 끝까지 모조리 지켜본 키안은, 그녀가 색색거리며 잠에 빠져든 뒤에야 참았던 숨을 내뱉었다.

취하지도 않았는데 그의 얼굴이 붉게 달아올라 있었다.

❀

"마마, 마마, 인간들은 혼례를 치른 뒤엔 합방이라는 것을 한다 합니다!"

두 눈을 반짝이며 제게 달라붙는 백여우를 떨쳐내며 시연은 푹 한숨을 내쉬었다. 이곳에 머문 지도 벌써 반년도 더 넘었으나 요괴들의 인간 타령은 익숙해지지가 않아 일주일에 한 번은 이런 실랑이가 벌어졌다. 그녀는 아쉬운 기색을 감추지 않는 백여우에게 시선을 주지 않았다. 저러는 게 안쓰러워 괜찮냐 묻기라도 한다면 더 지독하게 들러붙는다는 것을 이미 경험했기 때문이다. 그녀는 흐느끼는 소리가 들리는 뒤쪽으로는 관심 한 점 주지 않고 머리를 하나로 높게 올려 묶었다. 장신구 하나 달려 있지 않아 멋없는 검은 머리끈에 다른 백여우가 너무 끔찍하다며 비명을 내질렀으나 그것도 무시했다. 받아주면 고개도 제대로 못 가눌 정도로 무거운 장신구를 올려놓는 것 역시 몇 번이고 경험했었다.

참으로 힘든 나날이었지. 기어코 랑(狼)가에 머물겠다며 드러눕는 풍사를 가까스로 돌려보내고, 그 대신 일주일에 한 번 셋이 돌아가며 제 안전을 확인하러 오는 것으로 얘기를 맞춘 것도 그 힘든 나날 중의 하루였다.

그 과정이 길고도 험난했지. 가능하다면 두 번은 겪고 싶지 않은 일들이다.

시연은 이내 남복에 가까운 여성용 무복에 한 번 더 내질러지는 비명을 뒤로한 채 안채를 나섰다. 등 뒤에서 그 옷과 노리개는 전혀 어울리지 않는다는 말이 들렸으나 그런 건 그녀가 알 바 아니었다.

키안과 그녀 사이에 오간 대화의 방향은 확고하고도 명명백백했다. 그녀는 1년간 랑(狼)가에 몸을 위탁하고, 이후엔 그녀가 어디로 떠나가든 상관하지 않는다. 대신 주기적으로 머무는 곳이 어디인지를 알린다. 거기에 부부에 대한 의무나 그 관계에 대한 것은 단 하나도 존재하지 않았다. 암묵적으로 그들이 올린 혼례를 아예 존재하지 않았던 것처럼 대하는 태도도 마음에 들었다. 썩 나쁘지 않은 거래였다. 물론 그는 끈질기게 저를 부인이라 불렀으나 호칭 정도야 관대하게 넘어가 줄 수 있었다. 게다가 19년 인생에서 갑작스럽게 요괴라는 게 제 피를 노린다는 사실을 알게 된 그녀로선 그에 대해 보다 자세히 알아볼 필요도 있었다.

스스로에게 유예를 준 1년은 그런 시간이었다. 그러니 그의 아래에 있는 요괴들이 제게 신부로서의 책임을 요구한다 하더라도 그녀는 들어줄 생각이 조금도 없었다.

"어머, 마마. 어딜 가시나요?"

잘 손질된 손으로 입을 반쯤 가린 린의 물음에 시연은 어깨를 으쓱였다.

"장터나 구경 갈까 해서. 뭐 필요한 거 있으면 사다줄까?"

"장터요?"

린은 기운이 넘쳐흐르는 황녀를 어찌해야 할지 모르겠다는 시선으로 고개를 저었다.

"아뇨. 전 괜찮답니다. 음, 그래도 말벗으로 백여우 한둘을 데리고 나가시는 게……."

"괜찮아. 만약 따라오려고 하면 부디 막아. 알았지?"

이런이런. 백여우들이 얼마나 골치가 아픈지 몇 달 동안 진이 빠지도록 겪은 모양이다. 린은 벌써 저 멀리 뛰어가며 손을 휘젓는 황녀를 향해 고개를 숙였다. 시연이 갈 장터가 어디인지 잘 알기에, 슬쩍 올라가는 입꼬리가 조금은 음흉해 보이기도 했다.

뒤이어 와르르 몰려나오며 황녀님이 저들 말을 들어주지 않는다고 울음 섞인 하소연을 토해내는 백여우들의 손길을 내치며 린은 재빠르게 별채로 향했다. 한창 피기 시작하는 꽃 덤불에 감싸여 있는 별채, 그 안에서 들려오는 말소리가 언제나와 같은 하루였다. 변하지 않는, 그저 끝없이 이어지기만 하는 일상. 소하는 변화가 두렵다 말했다. 보이지 않는 것은 대처할 수도 없다며 고개를 저었다. 그녀의 생각은 달랐다. 진정으로 두려운 것은 변화가 아닌 고인 것이다. 고인 물은 썩지 않던가. 이 평안이 속에서부터 썩어나가기 전에 도약할 필요가 있었다.

하여 그것을 과감히 깨고 린은 별채 안으로 걸음을 옮겼다.

"무슨 일이지?"

한창 이어지던 보고를 당연하다는 듯 끊어내는 키안의 말에 소하는 뒤로 물러섰다. 물론 슬쩍 고개를 돌려 린을 쏘아보는 것을 잊지 않은 채였다.

"마마께서 외출하셨다는 걸 알려드려야 할 것 같아서요."

엄연히 가주께선 그분의 부군이잖아요? 뒤이어 이어지는 말에 소하는 아예 죽 쑨 것 같은 표정이다. 소하가 보기엔 정작 본인들은 관심조차 없어 보이는 혼례에 대해 가장 열을 올리는 것이 바로 린, 그녀였다. 그럼에도 소하가 나서서 혼례의 무용함에 대해 주장할 수 없는 이유는 있었다.

"부인이?"

자연스럽게 나온 호칭에 소하는 이제 한숨조차 나오지 않았다. 분명 초야도, 합방도 하지 않는 그야말로 이름뿐인 부부였음에도 불구하고 끈질기게 시연을 부인이라 칭하는 그 속내를 알 수가 없었다. 왜 그러시느냐 물어보기도 저어하고, 그러지 말라 하기도 이상하니 남은 선택지는 그저 입을 다물고 귀를 닫은 채 인내하며 참는 수밖에 없었다.

"예. 장터를 구경 간다 하시던데……."

슬쩍 흐리는 말끝에 '요새 장터가 그리 험하던데'라고 걱정이 던져지자 소하는 속으로 콧방귀를 뀌었다. 구미호가 괜히 구미호가 아니다. 양팔을 걷어붙이고 키안과 시연을 이어주겠노라 나서는데 그 행동력과 교묘함은 옆에서 지켜보는 이들이 혀를 내두를 정도였다. 이번에도 키안은 머뭇거림 없이 한창 처리하던 일을 옆으로 밀어놓은 채 자리에서 일어났다.

"어느 장터로 간다 했지?"

주군은 속고 있는 겁니다. 저 꼬리 아홉 달린 구미호에게 속는 거라구요!

속으로 애타게 외치는 소하의 목소리가 들릴 리 없기에, 키안은 빠르게 밖으로 나갔다.

뒤에 남은 린이 승리의 미소를 지었음은 두말할 것도 없는 일이었다.

호 시연.

호국의 유일무이한 황녀이자, 여황으로 길러진 여인이자, 공식적인 랑(狼)가의 안주인인 그녀는 몇 달 동안 자유란 과연 무엇인가를 온몸으로 느끼는 중이었다. 높게 세워진 벽돌담을 따라 그저 걷기만 했던 3년 전 그때와 지금은 천지차이라 해도 모자랄 터.

길가를 따라 주욱 늘어진 물건들과 그 사이를 묘기라도 부리듯 아슬아슬하게 뛰어다니는 사람들. 엿가락을 손에 하나씩 쥔 채로 와르르 웃음을 쏟아내는 어린아이들까지. 사람 사는 냄새가 풀풀 나는 그곳에서 시연은 씩 웃었다.

"1년 후엔 산이라는 곳도, 바다라는 곳도 가봐야지."

"……산은 벌레며 짐승이며 위험한 것투성이다. 잘못하면 옻이 오를 수도 있지. 바다? 무턱대고 들어갔다가 빠져 죽기 십상인 곳이 바로 바다다. 부인은 수영도 할 줄 모르지 않은가."

등 뒤에서 들려오는 익숙한 목소리에, 시연은 불쾌함을 감추지 않았다.

"또 따라오신 겁니까? 낮에는 안전하다 하시었잖습니까."

"사람이 안전하다는 말은 안 한 것 같은데."

"해서 같이 다니고 있지 않습니까. 가주께서 꼭 붙어다니라 이른 태하와 말입니다."

그녀의 말대로 몇 걸음 뒤에서 시연을 따르던 태하가 키안을 발견하자마자 낯빛을 바꾸는 게 그의 눈에도 똑똑히 보였다.

"우연히 마주친 거다. 한데 무엇을 사러 나온 거지?"

"……그거 아십니까? 가주께선…… 거짓말을 정말 못합니다."

그런 걸 보면 그 맹약의 힘이라는 게 정말 대단하긴 대단한가 봅니다. 저택 밖으로 걸음하기만 하면 얼마 지나지 않아 그가 옆에서 같이 걷는다. 너무 자연스러워져서 이상함마저 느끼지 못하게 되어버린 사내의 존재를 온몸으로 느끼며 시연이 중얼거렸다.

"맹약의 힘?"

"예. '보호'라 하지 않았습니까."

그녀의 말에 키안의 표정이 이상하게 변했다. 우뚝 멈춰 서는 걸음에 앞서 나가던 시연은 두어 걸음 뒤에야 따라오던 이가 보이지 않는다는 것을 눈치채곤 뒤돌았다. 고작 그 정도. 보폭이 넓은 자라면 한 걸음만으로도 훌쩍 넘을 수 있는 거리에 서 있는 사내의 얼굴을 보았을 때, 그녀가 느낀 감정은 놀라움과 그 뒤를 바짝 쫓는 의아함이었다. 저자가 왜 저렇게 충격을 받았지? 고민해 봐도 그럴 만한 일이 없었다. 지난 몇 달간 마치 굴레를 돌듯 빙빙 반복되던 일상의 또 다른 가지에 불과했다. 그런데 갑자기 왜 저런단 말인가.

그녀는 조심스럽게 땅에 뿌리를 박은 양 서서 움직일 줄 모르는 사내에게 다가갔다. 손을 뻗어 조심스럽게, 또 가볍게 팔을 건드리니 화들짝 놀라며 시선이 제게 향한다. 그런데 그게 또 혼란으로 가득 차 있어서, 그녀는 목 끝까지 올라왔던 괜찮냐는 말을 집어삼켰다. 전혀 괜찮아 보이지 않는 남자에게 그리 물을 만큼 생각 없진 않았기에. 대신 그녀는 말머리를 돌렸다.

"비슷한 적 없었어요?"

"무엇과 말이지?"

"설마 500년 넘도록 궁에서 도망치려 한 황족이 오직 저 하나라고 말하는 건 아니겠죠?"

그렇다면 참으로 재미없는 500년이었을 것 같은데요. 한쪽 눈을 찡긋거리는 그녀의 모습에 키안은 피식, 바람 빠진 웃음을 흘리며 대꾸했다.

"아아. 있었지."

"그럼 그땐 어땠는지 얘기 좀 해줘요. 아, 걸으면서. 알아요? 지금 가주가 길을 막고 있다고요."

지체 없이 저를 끌어당기는 손길을 따라 다시 발을 움직이며 키안은 생각에 잠겼다. 500년이 넘는 시간, 그 오랜 시간동안 황좌는 고작 열 번 정도 돌았을 뿐이다. 그 과정에서 칼부림이 난 적은 단 한 번도 없었다. 타국에서 내란 한 번 발생하지 않는 호국의 평화로운 황위 양위(讓位)에 혀를 내두를 정도였다. 언젠가는 기록도 남지 않은 곳에서 온 사신이 그 비법을 묻기도 했으나 사실 비법이라 말할 만한 것은 없었다. 랑(狼)가와 호국 황족의 특이성이 그 비법이라면 비법이었다.

호국에서 다음 황제, 혹은 여황을 결정하는 것은 오직 두 가지였다. 가장 우선시되는 것은 '하늘'을 움직이는 황족이 있는가였다. 하늘을 움직인다면, 그것이 설령 궁녀가 잉태한 황족이라 할지라도 관을 쓸 수 있었다. 오직 하늘을 움직이는 자가 복수이거나, 한 명도 존재하지 않을 때 두 번째로 우선시되는 것이 바로 '옥새'였다. 옥새를 손에 쥔 자가 지목한 이가 관을 쓴다.

참으로 명쾌하고도 단순한 방식이었다. 그럼에도 그 누구 하나 이러한 양위(讓位)법에 반기를 들지 않았던 이유는 그 뒤에 랑(狼)가가 존재했기 때문이다. 자리다툼에 귀한 황족의 피를 흘리게 되면 늑대가 개입한다. 그것은 호국인들에게 마치 낙인처럼 깊게 새겨져 있는 진리이자 맹약이었다. 바로 그 늑대신이 제 의무를 방기(放棄)하기 시작한 것은 오륙십 년이 조금 더 넘었으니, 황녀가 그리 방치될 수 있었던 이유였다.

그러나 그러했기에 지금 이 둘이 얘기를 나눌 수 있는 것이라, 참으로 사람의 인연이란 묘한 것이라 하겠다.

"선황이 궁에서 도망친 적이 있었지."

딱 그 시기였다. 점점 의무적으로 하던 일에 소홀해지던 랑(狼)가가 모든 일에서 손을 떼고 뒷방 늙은이처럼 물러앉은 것이. 정기적으로 황족들을 만나던 일도, 조언을 하거나 정통성을 다져주는 것과 같은 사사로운 일들에서 한순간에 랑(狼)가가 사라졌다.

그때부터였다. 거대한 호국의 아슬아슬한 균형이 깨지기 시작한 것이.

"예……? 선황폐하께서요?"

기분이 이상했다. 시연은 갑작스럽게 마주한 선황의 어린 시절을 반가이 맞이할 수가 없었다. 언제나 약 아니면 술과 함께하던 선황의 얼굴은, 키안이 말하는 이와 너무도 달라 같이 추억에 젖을 수도 없었다. 한 명이 입을 닫았기에 말하는 것은 남은 한 명이었다.

"그래. 흠…… 딱 부인의 나이 때쯤이었던 것 같군."

그는 새삼스러운 눈으로 시연을 바라보며 말을 이었다.

"그날은 한창 축제 때라 정신이 없었는데, 오늘처럼 장이 섰지. 그래도 규모는 이보다 한 두세 배 정도는 컸어. 나는 궁으로 가던 중이었지."

왜 궁으로 향했는지 그 이유는 기억나지 않는다. 그러나 언제나와 같이 쓰잘 데 없는 이유였으리라 짐작할 뿐이다. 황궁과 맞닿아 있는 길은 네 개였다. 궁의 문은 총 네 개로, 사방(四方)으로 나뉘어 있었다. 그중 랑(狼)가와 가장 가까운 문은 동(東)문이었다. 평소라면 동문으로 향했을 걸음이었다. 그런데 어쩐 일인지 그날은 서문으로 가야 할 것 같았다. 그래서 그렇게 했었다.

방금 전까지만 하더라도 그 이유를 몰랐었다. 아니, 관심도 없었다. 키안은 그것을 이제야 깨달은 것에 놀라움을 느끼며 계속해서 말했다.

"그런데 서문 근처에서 선황을 주웠지."

어쩌면 그것이 황족과 늑대신 사이에 이어져 있는 질기고도 질긴 끈일지도 몰랐다. 서로가 서로에게 매여 있는 줄 모르지만, 어쩔 수 없이 끈이 허용하는 길이에서 빙빙 도는 그런 관계. 그러나 한 국가의 황제를 아무렇지 않게 '주웠다'고 표현하는 키안의 눈은 옛 추억을 되짚는지 부드러웠다.

"선황은 말썽이 잦았어. 그 뒤로도 두어 번인가 더 궁에서 도주를 꾀했지. 물론 그 방법이랄 게 하나같이 어설프기 그지없어서 한 번도 성공하지 못했지만. 처음 내게 잡혔을 때 나와 거래를 하려 들더군. 자신은 황제가 되기 싫으니 얌전히 보내주면 호국을 말아먹을 싹이 역력한 황자는 사라져 주겠노라고."

그때 선황은 가장 유력한 차기 황제감이었거든. 다른 놈들이 워낙에 쓸모가 없었어야지. 거기까지 이어나가던 말에서 잊었던 기억이 갑작스럽게 고개를 치켜들어 그는 불에 데인 것처럼 다급히 입을 다물었다.

아.

웃음과, 장난과, 도주로 가득 찼던 기억 틈바구니로 제 어둡고 불순한 소망이 불쑥 튀어나왔다. 그저 한여름 따스한 햇살 같던 장면들 위로 질척한 어둠이 뒤덮이고, 예상하지도 못한 때에 가시에 찔리는 것처럼 음습함이 그를 찔렀다. 선황이 궁에서 도주하던 때, 그때 이미 그는 간절히 죽음을 바라기 시작했었다. 어째서 선황을 잡아 그대로 궁에 처넣었는지, 이제야 기억이 났다. 그래서였다.

"잠시, 일이, 급하게 처리해야 할……"

말을 채 마치지 못한 채 키안은 몸을 돌렸다. 재빨리 한 손으로 제 입을 틀어막았다. 그러지 않는다면 구역질이 날 것 같았기에.

그는, 선황이 제 말마따나 호국을 짓밟아 버리길 기대했었다. 조금이라도 더 빨리, 조금이라도 더 신속하게.

그렇게 될 것이라 확신했다.

그렇기에 그는 선황을 잡아 궁 안에 밀어 넣었다.

제가 저지른 죄의 결과를 앞에 두고 그는 신음을 삼켰다. 방기 (放棄)와 의도(意圖)는 완전히 다른 범주의 것이다. 그는 수십 년 전 맹약을 내팽개쳤고, 그 짧은 시간을 견디지 못해 제 손으로 최악의 길잡이 역할을 자처했다. 그녀는 방기함에 있어 그것은 제 죄가 아니라 구원했다. 그러나 그녀의 유년기를, 찬란해야 마땅했을 십대를 나락으로 빠뜨린 제 의도적인 행동은, 과연 용서할 것인가?

자문(自問)하기가 무섭게 답이 튀어나왔다. 그럴 리 없다. 키안은 아득해지는 눈앞에 밀려오는 토기에 걷던 걸음조차 멈추고 담벼락에 몸을 기댄 채 토악질을 했다. 입에서 왈칵 피가 쏟아졌다. 제 행동의 대가를 내려다보던 그는 밀려오는 피로와 죄악감에 눈을 감았다. 그럼에도 여전히 저를 괴롭히는 감정에 몸부림친다. 과거를 되짚을수록, 제겐 그럴 권리조차 없는 아득한 애달픔에.

❀

"엥? 주군께서 갑자기 왜 저럽니까?"

다급히 키안이 왔던 길을 되짚어가자, 결국 키안과 황녀가 잘되길 바라는 '반려파'로 마음이 기운 태하가 고개를 갸웃거리며 시연에게 다가왔다―물론 소하는 그런 태하에게 배신이라며 강한 비난을 퍼부었다―. 그는 동그랗게 눈을 뜬 채로, 고개를 내젓는 시연을 유심히 내려다봤다. 그리고 그녀가 연기하는 게 아니라 정말 아무것도 모른다고 결론 내렸다.

겨우 제 가슴께에나 올 법한 이 작은 황녀님은, 참으로 까다로운 존재라 보다 보면 재미있을 정도였다. 황궁에서 '살기 위해' 모든 것에 무력하게 반응했다는 말을 하는 걸 보면 꽤 머리가 좋은 것 같은데 이상한 곳에서 이상하게 행동했다. 대표적으로 도깨비는 다혈질이냐고 물어보는 것같이. 저번에는 백여우들은 전부 그리 말이 많으냐고 물어보는데 뭐라 대답해야 할지 알 수가 없어진땀을 뺀 적도 있었다. 그러나 대체로 그녀는 꽤 명쾌했고 명랑했으며 영특했다. 제 형인 소하가 여황의 재목이라 한 것을 들은 적이 있는데 그 의견에 동의할 생각도 있었다.

그렇기에 제 주군의 반려라면 이 정도는 되어야 하지 않나 생각했던 것이기도 했다. 물론 둘 사이의 진도라고 할 것은 개미 눈곱만큼도 없어서 슬슬 포기하는 게 마음 편하지 않나 싶기도 했지만.

"그런데 갑자기 왜 저러신 답니까?"

"그걸 내가 어찌 아니. 기분이 상하려면 내가 상해야 하는데."

당최 저 남자가 갑자기 왜 저러고 사라졌는지 모르겠다고 중얼거리는 말에 태하가 미간을 좁히며 물었다.

"마마께선 왜 기분이 상한답니까? 뭔 얘기를 했기에."

시연은 궁에서 나온 뒤 한 달 동안 내내 느꼈지만 여전히 익숙해지지 않은 기분을 느끼며 씩 웃었다. 자신의 기분이 상할 만한 내용이라는데 그걸 굳이 물어본다던가, 그러면서 악의란 한 줌도 없다는 게 처음엔 꽤나 신기했었다. 궁에선 입 밖에 말을 꺼내기도 전에 알아서 고개를 조아리는 이들에게만 둘러싸여 있어서 더 그럴지도 몰랐다. 그런데 그게 또 기분 나쁘진 않아서, 그녀는 한창 먹거리를 팔고 있는 아낙에게서 떡을 조금 사며 답했다.

"선황에 대해 이야기했어. 그런데, 음."

콩고물이 골고루 묻어 있는 떡 하나를 입안에 넣으며 그녀는 그것을 태하에게도 내밀었다. 자고로 먹을 것은 거절하는 것이 아니라는 신조를 갖고 있는 태하가 하나를 집어 들자 그녀는 두 번째 떡을 입에 넣으며 말을 이어나갔다.

"난 선황과 사이가 그리 좋지 못했거든."

그녀의 말에 태하는 눈살을 찌푸렸다. 이해하기가 어려웠기 때문이다.

"하지만 선황은 마마를 차기 여황으로 지목했잖습니까."

그럼 선황이 가장 아낀 자식은 마마 아닙니까. 그래서 황비가 제 아들을 황제로 세우려고 선황의 사후(死後)에 그리 난동을 부린 것이구요. 태하의 말은 반은 맞고 반은 틀렸다. 그러나 그건 정말이지 말로는 표현할 수 없는, 아주 세밀한 감정과 관련되어 있는 것이라 그녀는 잠시 걸음을 멈춰 서서 단어를 골랐다.

"선황은 황후마마를, 내 모후를 너무 사랑했으니까."

말을 뱉음과 동시에 그녀는 후회했다. 사랑이라는 시시해 빠진 단어로는 차마 그 감정을 다 표현하지 못한다는 것을 알기 때문이었다. 사랑이라는 흔하고도 아름다운 단어로 포장하기에 선황이 품은 감정은 지독하리만치 질척거렸고 동시에 세상에서 유일무이했다.

세상이 말하길 그러했다. 처음부터 손가락 사이로 흘러내리는 모래를 어떻게든 붙잡으려 애쓰는 어리석은 아이처럼, 선황은 그렇게 점차로 끊어져 가는 황후의 숨소리에 발버둥쳤다. 호국의 모든 여인을 안을 수 있는 위치에 서 있는 남자는 고작 흔한 여자 한 명을 살리지 못해 '하늘'을 움직였다. 그리 귀한 재능이건만, 그 해 호국은 저주받았다 표현될 정도로 엉망으로 망가졌다. 그리하여 선황은 황후의 숨이 끊어짐과 동시에 미쳐 버렸다.

"하여 나를 싫어하셨지. 아주."

잊었던 것을 다시 떠올리니 목구멍이 답답하게 막혀왔다. 방금 씹어 삼켜 버린 떡이 채 넘어가지 않고 숨구멍을 틀어막고 있기라도 한 것처럼, 그녀는 얼굴을 엉망으로 일그러뜨렸다.

"그래서 난 절대 그 자리에 오르지 않겠노라 맹세했어."

사람을 미치게 만드는 그곳엔, 절대로.

갑자기 들쑤셔진 과거에 기분은 바닥을 쳤다. 결국 본래 계획했던 구경을 채 반도 끝내지 못하고 걸음을 돌린 그녀는 랑(狼)가 앞에서 목청을 높이는 이를 보곤 긴 한숨을 내쉬었다.

"태하."

"예, 마마."

"여기, 개구멍 같은 건 없지?"

참으로 오랜만에 나온 시연의 이상한 물음에 태하는 고개를 저었다.

"있을 리가 없잖습니까."

역시, 그렇지? 부러 만들어놓지 않은 이상 무수한 이들의 손에서 철저하게 관리되고 있는 저택에 개구멍 같은 게 있을 턱이 없었다. 그러나 알면서도 물을 정도로 다급한 이유가 그녀에겐 있었다. 시연은 점차 거리가 좁아지자 크게 들려오는 목소리에 끙, 신음을 흘렸다.

"어찌하여 황녀마마를 못 뵙게 하는 겁니까! 아무리 랑(狼)가라 할지라도 천륜을 이리 끊어놓을 수는……!"

도깨비의 귀가 사람의 것과 그리 다르진 않아서, 태하 역시 그 소리를 들었다. 태하는 제 옆에서 이젠 아예 이마를 짚은 채 한숨을 푹푹 내쉬고 있는 시연을 힐끔 내려다봤다.

"설마."

"그 설마다. 저분이 바로 내 외삼촌 되시는 분이시지. 외가(家)에서는, 불행히도 아직 날 포기하지 않아서."

"저자가 마마의 외삼촌이었습니까? 어쩐지 질기게도 찾아온다 했습니다."

시연은 제 귀를 의심했다. 고개를 돌린 그녀의 얼굴엔 방금 전의 미소가 사라진 지 오래였다. 못 들을 말을 들은 것처럼, 희게 질린 얼굴에 태하가 왜 그러냐 묻기도 전에 붉은 입술이 먼저 열렸다.

"질기게 찾아온다고?"

뚝뚝 끊어지는 목소리. 그 속에서 가늘게 떨리는 감정에 태하는 미간을 좁혔다. 말을 잘못 꺼냈음을 그제야 알아차린 것이다. 그러나 이미 뱉은 말을 실수라 솜씨 좋게 웃어넘기는 재주도 없는지라 태하는 제게 쏘아지는 시선을 피하며 대답했다.

"예. 자주도 왔죠. 달에 많으면 네 번, 적으면 두 번은 찾아왔으니까요. 껄끄러우시면…… 어찌, 잠시 다른 곳에서 시간을 보낼까요?"

아직 저쪽에서 이쪽을 알아채지 못했으니 일단 자리를 피하자고 말하는 태하는 진지했다. 화가 난 듯한 시연을 달랠 시간도 필요하다 여긴 것이 분명했다.

투명한 물에 그 속이 훤히 비쳐 보이듯이 무슨 생각을 하는지 눈을 감고도 읽을 수 있을 듯한 태하의 모습에 그녀는 웃었다. 평소 무슨 일이건 일단 날뛰고 보는 녀석이 이리 얌전한 걸 보아하니 천둥벌거숭이가 보더라도 제 상황이 썩 좋지 않은가 보다 생각했다. 그러나 어차피 마주해야 할 일. 이상스럽게 찾아오지 않는다 생각했더니 제 앞에 도달하기 전에 잘려 나갔던 것뿐인 외삼촌의 뒤통수를 바라보며 그녀는 이를 악물었다. 그러나 돌파하자고 말하려던 그녀는 굳게 닫혀 있던 문이 열리는 것을 보고 우뚝 멈춰 섰다. 열릴 리 없는 것이 눈앞에서 활짝 열리는 걸 보니 잠시 제가 헛된 것을 보나 싶기도 했다.

그러나 제 피를 노리던 그슨대가 진짜였던 것처럼, 문이 열리는 것도 진짜였다. 그리고 문 안에서 나온 사내 역시, 허구가 아니었다.

"······태하. 저이는, 가주가 맞지?"

익숙한 모습에 태하는 가볍게 대답했다. 대화의 주제가 바뀐 것이 여간 기쁜 게 아닌지 목소리에 그대로 드러났다.

"예. 그렇네요. 어디 가시려나 봅니다."

그녀도 잠시 동안은 그렇게 생각했다. 그러나 무언가를 말하는 키안의 모습에 시연은 이유 모를 기분이 들었다. 당혹스러움? 아니, 그것과는 조금 달랐다. 그것은 느린 깨달음이었다. 시연은 어째서 곧바로 그것을 떠올리지 못했는가 속으로 중얼거리며 말했다.

"외삼촌이······ 순순히 돌아가던가?"

"그럴 리가요. 꽤나 끈질기게 들러붙던데요. 뭐, 그래봤자 가주가 매번 쫓아냈지만."

태하의 말에 속에서 들끓던 것이 한층 거세게 요동치기 시작했다. 불쾌함? 시연은 속으로 작은 탄성을 터뜨렸다. 그래. 이것은 불쾌함이다. 분노다. 그녀는 꽤나 오랜만에 날것 그대로의 감정을 느끼며 눈살을 찌푸렸다. 이내 포기하고 되돌아가는 제 외삼촌을 모습이 눈에 들어왔다. 무엇을 말했는지는 알 도리가 없었으나, 그것을 못 박힌 듯 서서 지켜보고 있는 키안을 바라보며, 그녀는 속에서 불길이 이는 것을 느꼈다.

"이제 와, 왜 참견하나."

그래. 그녀는 그렇기에 분노했다.

"그리 오랜 세월 간 외면하던 작자가 왜 이제 와 무엇이 그리 잘났다고 다시 참견을 해."

분명히 말했었다. 참견하지 말라고. 얻는 것 없이 끝이 보이지 않는 의무에 지친 것을 충분히 이해한다고. 원망하지 않는다고. 준 것이 없으니 받는 것 역시 없는 게 제겐 이상한 것이 아니니 신경 쓰지 말라고. 그러나 그녀는 동시에 한번 손을 뗀 이상 어설프게 건드리지 말라 경고했다. 동의를 했으면서 어긴 것은 저쪽. 그것을 몇 달 동안 눈치조차 채지 못한 머저리는 자신.

"마마?"

한순간에 불타오르는 그녀의 노기에 태하는 속으로 꽤나 놀랐다. 지난 몇 달간 사람 좋게 웃으며 여기저기 들쑤시고 다니던 여인에게 격렬한 무언가가 남아 있을 것이라고는 짐작도 못한 탓이다. 반쯤 궁에서 쫓겨난 뒤에도 화를 내거나 무언가를 때려 부수는 일이 없는 시연을 보며 제 형인 소하는 질색하며 무서운 여인이라 했으나 저는 그것을 그저 과한 걱정이라 웃어넘겼다.

직접 확인하고서야 깨닫는다. 눈앞에 보인 뒤에야 안다. 원하건, 원치 않았건 태어날 때부터 본디 제자리였던 것을 그대로 빼앗겼을 때의 감정이 그저 고요하지 않았을 것임을. 하물며 짐승도 제 것을 빼앗기면 분노하는데, 만물의 영장이라는 인간의, 그 인간 중에서도 가장 높은 곳에 서 있는 여인의 분노는 어떠하겠는가.

그는 자신도 모르게 손을 뻗어 가느다란 팔을 잡았다. 그러자 그 감정 그대로 눌러 담은 얼굴이 제게 향했다.

"대체 왜 그렇게 화를 내는진 모르겠는데, 일단 진정하십쇼. 지금 마마께선 사람 한둘을 찢어 죽여도 이상해 보이지 않습니다."

"내가?"

대꾸가 들려오자 태하는 잠시 안도했다. 뭐가 됐건 일단 감정에 완전히 휩쓸린 것은 아님을 확인하자 그의 목소리도 한층 편해졌다.

"예. 마마, 외가가 찾아든 것이 그렇게 기분이 나쁘다면 다음부턴 얼씬도 못 하게 검이라도 휘두르겠습니다. 아니면 병사를 부르겠다 겁박이라도 하죠. 저치들이 다신 마마의 눈에 띄지 않게 할 테니……."

"아니야."

"……예?"

"내가 화를 내는 것은 외가 때문이 아니야. 오직 고깃덩이에만 달려드는 살쾡이와 같은 이들 때문에 무엇하러 화를 낸단 말이야."

그럴 필요조차 없었다. 실망은 기대를 했기 때문에 하는 것이다. 애당초 기대가 없으면 실망도 존재하지 않는다.

나는 기대했다.

시연은 제가 한 생각에 제가 놀라 이를 악물었다. 그러나 부정하지는 않았다. 사실이기 때문에, 부정할 생각조차 들지 않았다.

그래 나는 기대했다.

"인간과의 약조를 종이짝보다 못한 취급을 하는 신에게 화가 나."

견고하게 쌓아올려 왔던 이성이 감정이란 놈에게 단숨에 무너져 내렸다. 그녀는 눈을 감았다.

그에게 기대했다. 그렇게 설명을 했으니, 그렇게 말을 했으니 이해받았을 것이라 확신을 한 스스로에게 실망했다.

그렇기에 분노한다.

바지를 입어 더욱 행동의 제약이 사라진 시연은 나는 듯 내달려 별채로 들이닥쳤다. 장지문을 열어젖히는 소리가 땅이 울릴 만큼 거셌다. 그녀는 그대로 안으로 들이닥쳐 키안의 소매를 낚아챘다. 그 손속이 거칠어 그의 팔이 그녀가 당기는 힘에 반쯤 뒤로 딸려올 정도였다. 키안은 한창 장터를 구경하고 있어야 할 시연이 이곳에 있다는 것에 한 번, 그녀가 이전과는 비교도 할 수 없을 만큼 맹렬한 분노에 차 있다는 것에 또 한 번 놀랐다. 색이 옅어 햇빛 아래에선 마치 보석처럼 반짝이던 연갈색 눈동자엔 붉은 핏줄이 선명하게 돋아 있었고, 놓아주지 않는 옷자락은 금방이라도 찢어질 것만 같았다.

"갑자기 무슨……."

"외조부!"

절규하듯 뱉어낸 한 마디에 키안의 얼굴이 와그작 일그러졌다.

그는 잡히지 않은 손을 그녀를 향해 뻗었다. 고삐가 풀려 날뛰는 것을 맨손으로 진정이라도 시켜보려는 듯이.

"부인."

"그 빌어먹을 부인 타령!"

시연의 이성은 그 어느 때보다 지금 가장 선명했다. 던지는 말 한마디가 가져올 파급과, 하는 행동 하나로 인해 이어질 결론이 그녀의 머릿속에서 재빠르게 이어지고 끊어지길 반복했다. 그러나 결국 그것들은 거대한 불길에 집어삼켜져 한 줌 먼지가 되어 허공에 흩뿌려졌다. 그녀는 옷자락을 있는 힘껏 제 쪽으로 끌어당기며 외쳤다.

"상관하지 말라 했지! 아무것도 남기지 않을 것이라 그리 말했지! 그러할진대 왜 계속 사람을 들쑤셔! 그렇게 말을 했는데 왜 무시를 해!"

"부인. 잠시, 무슨 일인지 말을……."

"그놈의 부인! 왜 내가 늑대신의 부인인가? 인간들의 가례는 없는 것이라 친다 하지 않았나? 하면 나는 남이지. 완전히 남이야! 맹약? 그것을 들먹이지 마라! 그것을 깬 것은 내가 아니라 당신이다. 그러니 우린 남이야! 아무것도 없는! 그러니 나를 그리 부르지……!"

쾅!

시연은 방금 전까지 멀쩡했던 이성이 잠시 무언가에 집어삼켜졌다 생각했다. 아니, 집어삼켜진 것은 그녀 전부였다. 거대하던 그녀의 분노가 그보다 더 거대한 무언가에 집어삼켜졌다. 붙들고 있던 옷자락은 놓친 지 오래였고, 그녀는 어느샌가 벽으로 밀어붙

여겨 있었다. 맹수가 사냥감을 궁지로 몰아붙이듯 벽에 그녀를 가둬놓은 키안의 눈은 방금 전까지와 달리 일렁이고 있었다. 그러나 그 이유가 무엇인지 그녀는 알 수가 없었다. 그저 잡힌 오른팔이 욱신거렸고, 저를 내려다보는 시선이 처음으로 감정을 담고 있다 생각했고, 그리고.

쾅!

제 머리 위에서 무언가를 억누르듯 벽을 내려치는 그의 왼팔이 가느다랗게 떨리고 있다 생각할 뿐이었다.

"그리 부르지 않으면."

잇새로 억눌린 목소리가, 귀 기울이면 들리지 않을 정도로 작은 고함이 그에게서 터져 나왔다.

"그렇게라도 부르지 않으면, 속에서 들끓는 이 감정이 무엇인지 알 수가 없어서 나는 결국 미칠지도 몰라. 기어코 답을 외면해 버려 그것이 내가 아는 유일한 것이라 믿어, 하나 남은 황족의 피를 지키라는 외침이라 생각해 버릴 터다."

500년도 더 넘는 시간 동안 벗어나고자 발버둥 쳤던 그때의 맹약이 다시 목줄을 거머쥔 것이라 그리 멋대로 생각해 버릴 것이다. 고통에 흐려진 생각이 얼마나 멋대로 뻗어가는지 그는 아주 잘 알고 있었다. 맹약. 그것이 그가 유일하게 아는 것이었다. 지금껏 그의 모든 행동은 오직 맹약을 중심으로 빙빙 돌았으니까. 키안은 턱을 악물었다. 힘을 너무 줘 한계에 달한 턱이 가늘게 떨렸다.

"반쯤 미친 채로 자격 없는 황비의 손을 잘라서라도 옥새를 빼앗을 게 분명해."

역도로 몰릴 수 있는 말을, 그는 하나하나 힘을 줘 뱉어냈다.

"그러고도 이 울렁거림이 가시지 않아, 훔쳐낸 자리를 제 것이라 믿고 있는 황자의 목마저 베겠지."

아.

속에서 끝없이 요동치던 것을 뱉어내기 시작하자 그의 눈앞이 맑아지기 시작했다. 제 시선을 피하지 않고 마주보고 있는 여인의 표정이 검으로 새겨 넣듯 눈 안 가득히 들어찼다. 공포인가? 그것이 공포일까 두려워 주먹을 쥔 손이 떨렸다. 그러나 공포가 아님을 그는 어렵지 않게 알아차릴 수 있었다. 이것은 경악이었다. 짐작하지도 못했던 사내의 속내를 들여다본 여인의 경악. 놀람. 그 모든 것이 뒤섞여 있는 자그마한 얼굴에, 그는 천천히 주먹 쥔 손을 펴 하늘신의 상징이었던 옅은 갈색 머리칼을 한 줌 쥐었다. 화사한 햇살 아래에선 금 타래를 뽑아놓은 것처럼 반짝이는, 그런 머리칼이었다.

"원치 않는, 그러나 마지막 남은 황족을 그 위에 앉힌 뒤에야 광증이 가라앉을 것이다. 그대의 머리 위에 피로 젖은 관을 씌우고, 그대의 발아래엔 감히 랑(狼)가의 수호를 받는 그대를 핍박한 개들의 시체를 쌓은 뒤에야."

길게 늘어진 그것을 조심스럽게 들어 올려 입을 맞춘다.

"그리하고도, 이 일렁임이, 들끓음이, 내가 알지 못하는 이 감정이 가시지 않으면, 그때야말로 진정으로 미쳐 버릴 터다. 이미 피에 흠뻑 젖어 황좌에 앉아 여황이 된 채로 울고 있는 그대를 본다면, 난…… 진정으로 미치겠지."

그는 깨달았다. 자신이 웃기지도 않는 맹약 타령을 하고 있었음을. 수백 년 전에 내뱉은 말 한마디에 이 모든 것을 외면한 채로 그저 그것이 문제다, 모든 것을 뒤로 밀어놓고 있었음을. 연모라 했던가? 그는 그 간질거리는 단어를 뱉었던 얼마 전의 자신을 비웃었다. 이리 날뛰는 것을 잘도 그런 단어로 포장했다 싶어서. 그는, 그러나, 차마 입에 담지 못할 감정을 흔적조차 남지 않도록 짓이겼다. 속에 밀어 넣어 집어 삼켜서 그녀의 눈에 보이지 않도록 눌렀다.

"그래서, 그대를 절대 황좌에 앉힐 수 없다, 무슨 짓을 해도 그리할 순 없다, 스스로에게 수없이 다짐하느라, 고작 그 호칭 하나에 이리 매달리고 있는데."

그럼에도 감춰지지 않는 감정에,

"그리 부르지 말라 하면, 나는 어찌하나."

그는 결국 고개를 떨궜다.

❁

"후아…… 여기 계셨습니까."

여기저기 들쑤시고 다녔는지 태하의 얼굴은 온통 땀투성이였다. 거대한 랑(狼)가의 구석에서 시연을 발견한 태하는 흐르는 땀을 대충 훔쳐 냈다. 몸을 웅크린 채 쪼그려 앉아 있는 시연의 앞에 멈춰 선 태하는 엉망이 된 머리칼을 뒤로 넘기며 숨을 뱉었다. 분명 목소리가 들렸음에도 무릎 사이에 파고든 고개는 움직일 생각을 안 했다.

그대로 굳어버린 것 같은 시연을 잠시 바라보던 태하는 그녀의 앞에 털썩 주저앉았다. 모래먼지가 풀썩이며 일어나자 대충 몇 번 손을 휘저은 그는, 이내 조심스레 입을 열었다.

"그, 외가 때문에 그러신 거면 걱정 마십쇼."

그는 애당초 위로라는 것과 거리가 멀었다. 그런 걸 해본 적도 몇 번 없을 뿐더러, 재능도 없었다. 그러나 그런 그라도 지금 시연의 상태가 심상치 않다는 것 정도는 알 수 있었다.

"마마님을 보겠다고 온 게 아니라, 주군을 보러 온 겁니다, 그 자들."

갑작스레 등장한 키안에, 꿈쩍도 않던 시연이 고개를 번쩍 치켜들었다. 희게 질린 그녀의 얼굴은 꽤나 아파 보여서 놀란 태하가 괜찮냐 묻기 위해 입술을 달싹였다. 다급한 시연의 목소리에 그의 걱정은 그대로 파묻혔지만 말이다.

"그게 무슨 소리야?"

"에? 예?"

"가주를 보러 왔다니. 내 외조부가? 무슨 연유로? 무엇을 얻기 위해서? 그리도 많은 이들의 목숨을 거둬들이고도 또 무엇이 부족해서⋯⋯!"

"워, 마마, 진정 좀 하십시오. 왜 찾아왔는지는 모릅니다. 주군께서 그들의 얘기를 들어준 적이 없으니 말이죠. 그리고 신경 안 쓰셔도 됩니다. 그들이 뭘 요구할진 모르겠지만 주군이 그것을 순순히 들어줄 리 없잖습니까."

그러나 태하의 말에도 딱딱하게 굳은 시연의 얼굴은 풀릴 생각을 안 했다. 십 인의 열사가 죽음에 이르게 된 이유도 바로 그런 안일함 때문이었다. 권세도, 지위도, 심지어 무력마저도 없는 외가가 과연 무엇을 할 수 있을까 생각하며 방치했었다. 그리고 그 결과는 정통성을 중심으로 뭉친 이들의 죽음이었다.

그들의 죽음이 슬펐냐 누군가 묻는다면 시연은 고개를 저을 것이다. 그들 역시 무언가를 얻고자 황녀를 앞에 내세운 권력자일 뿐이었다. 황비와 다를 바가 무엇이란 말인가.

그러나 그들의 죽음은, 그녀에게 많은 것을 가르쳤다.

시연은 자리에서 일어났다.

"가주를 만나야겠어."

키안을 만나야 했다.

그 뒤로 사흘.

그녀가 키안과 한 번도 마주칠 수 없었던 시간이다.

사흘.

그녀가 어떻게든 키안을 만나기 위해 눈에 띄는 요괴마다 붙잡고 키안의 행방을 묻는 것은 물론이거니와 쉼 없이 랑(狼)가의 저택을 돌아다니는 데 허비한 시간이었다. 그럼에도 만나지 못한 것이 랑(狼)가의 가주이자 늑대신이자…… 제게 알 수 없는 소리를 해댄 사내였다.

그리고 사흘.

그녀는 제가 내린 결론이, 맞음을 확신하고 있으면서도 그것이 거짓이길 간절히 빌었다. 아니…… 그래야만 했다.

시연은 제 머리칼을 한 줌 쥐었다. 그러다 제가 한 짓에 놀라 쥔 것이 불덩이라도 되는 듯 재빨리 손을 치웠다. 그녀는 자리에서 일어났다. 왜 그러냐며 장지문을 두드려대던 이들은 물러간지 오래였다. 해가 지고 있었다. 그 정도로 시간이 꽤나 흘렀다.

그녀는 제가 입고 있는 옷을 한번 둘러보고는 죄다 벗어던졌다. 그러곤 황녀의 권위에 걸맞은 화려한 의복으로 다시 하나하나 주워 입었다. 노리개를 달고, 머리 장식을 올리는 손놀림이 잽쌌다.

　그녀는 주위를 지나가는 이들이 없는 틈을 타 저택을 벗어났다. 몇 달간 소하가 혀를 찰 정도로 저택을 누비고 다녔기에 가능한 일이었다. 혹시나 모를 상황을 대비해 저택 안을 눈에 익혀놓았던 것이 이렇게 쓰일 줄 몰랐다. 그러나 시연은 씁쓸한 기분을 느끼며 감상에 젖는 대신 잘나디잘난 외가로 걸음을 잡았다. 바깥을 나다니며 알아둔 것은 꼭 두 개였다. 하나는 수도를 벗어날 수 있는 성문들의 위치였고 또 다른 하나는 바로 외가의 위치였다.

　꼭 쥔 주먹이 그녀의 속내를 짐작케 했다. 십 인의 열사, 이름도 남기지 못한 채 죽어간 선비들, 그리도 많은 이들을 죽음으로 몰아넣은 뒤에도 랑(狼)가를 드나드는 외가에 대한 시연의 분노는 컸다. 처음에 냉정하게 끊어내지 못한 것이 한이었다. 황비가 그녀를 더욱 견제하게 된 것도 외가의 탓이었다. 사람을 모으고, 정통성을 주장하는 중심에 외가가 있었으니 말이다. 이제 끝이다. 본 적도 없는 어미를 들먹이는 것을 눈감아주는 것도, 계속해서 저를 들쑤시는 것도.

　그녀의 걸음엔 거침이 없었다. 장터를 지나, 그 뒤에 바로 위치해 있는 외가로 향하며 그녀는 다짐하듯 이를 악물었다.

　"귀한 이가 이런 늦은 때에 어찌 밖에 나와 있을까."

　살랑살랑 간질거리는 목소리가 내려앉은 것은 그때였다. 소리 나는 곳을 따라 고개를 돌리니 그녀와 꼭 맞는 걸음걸이로 걷고 있는 여인이 하나 있었다. 기생들이나 입을 법한 짤막한 저고리에 머리에는 육각형의 전모가 얹어져 있었다. 나붓한 손길이 시연의 머리에 꽂힌 장신구를 매만졌다. 혹여나 요괴인가 싶어 바삐 가던 걸음조차 잠시 멈추었으나, 피를 탐하거나 하늘신에 대해 일언반구도 하지 않자 시연은 고개를 돌리곤 가던 길을 다시 재촉했다.

"아이야. 나를 그리 무시하지 않는 것이 좋을 텐데."

경고를 하자 돌아오는 것은 침묵이라, 여인은 새빨갛게 칠한 입술을 비틀어 올렸다. 전모 아래로 늘어지는 어둑한 그림자에도 그녀의 입술만큼은 도드라졌다.

"뭐, 좋아. 모를 법도 하지. 500년도 더 넘게 흐른 것을. 인간들이란 참으로 그 생이 짧단 말이야. 참으로 비통하구나. 고작 500년이 조금 넘게 흘렀거늘. 한잠 자고 일어날 정도의 짧은 순간이었거늘."

한 국가가 일으켜지고, 다시 망할 수도 있는 시간이 여인의 손에선 아무런 의미도 없어 보였다. 전모에 가려진 눈동자가 가늘게 휘었다. 여인이 원하던 대로 시연이 입을 열었다.

"누구냐."

"누구라. 참으로 오랜만에 듣는 물음이구나. 참으로 오랜만에 느끼는 기분이야. 내 존재를 궁금해하는 이가 있다니. 아주 즐거운 일이지. 좋아, 내 옛 이야기를 하나 해주마."

여인은 인상을 쓰는 시연의 얼굴은 보이지도 않는다는 듯 제 할 말만 줄줄 늘어놓았다.

"하찮디하찮았던 늑대신은 예정되어 있던 신의 시간을 비틀어 그 자리를 차지했다. 자고로 신에겐 흥망과 성쇠가 있는 법. 그것

을 하늘의 딸이 제멋대로 뒤집어엎어 들쑤셔 놓았을 때, 누가 가
장 피해를 입을까?"

이제 시연은 인상을 쓰고 있지 않았다. 걸음을 재촉하지도 않
았다. 대신 그녀는 제게 말을 걸어온 여인을 경계 어린 시선으로
보며 거리를 벌렸다.

"당신은, 누구입니까."

"어머. 말을 높여주는 거야? 바닥에 내동댕이쳐져, 사람들의
기억 속에서 잊혀져 가는 마고(麻姑)[5]를 위해? 하늘신의 후손이
그렇게까지 해주면 이 마고는, 어찌해야 할지 모르게 되는데. 아
니면, 참으로 머리가 좋은 아이라 칭찬을 해주어야 하나?"

마고(麻姑). 시연은 그제야 그녀가 누구인지 알아챘다. 태초에
땅의 모든 것을 일으킨 여신이자, 땅에서 숨 쉬는 모든 것의 어머
니. 마고의 손에 태어나지 않은 것 하나 없으니 시연은 태초에 존
재했던 창조신(創造神)을 앞에 두고 있는 것이었다.

"그리 무서워하지 마렴. 오늘은 인사를 하러 왔을 따름이니.
하늘신의 마지막 후손이 어찌 생겼는지 보고 싶었단다."

살짝 들어 올린 전모를 따라 드러나는 여신의 얼굴에, 시연은
숨을 멈췄다. 지신(地神)이 그녀가 상상할 수 있는 범주의 존재라
면, 마고(麻姑)는 범접할 수 없는, 해서는 안 되는 존재였다. 혼돈
이전에 존재해 대륙을 창조한 여신을 감히 어떤 인간이 상상이나
해봤을 것인가. 시연은 발이 땅에 붙은 듯 그 자리에서 점차 얼굴
이 희게 질려가고 있었다. 그런 그녀가 결국엔 숨이 막혀 죽어버
리길 기다리듯 웃음을 거두지 않은 채 바라보던 마고(麻姑)는 이

---

5) 보통 거인신화로 전승되어 내려오는 창조신

랑을 품은
나리송이

내 푹, 아쉬움이 가득 섞인 한숨을 내뱉었다.

"어찌하려 해도……."

마고는 시연을 제 품 안으로 잡아끄는 거대한 사내를 올려보았다. 아무리 제 위세가 이전과 비교했을 때 약해졌다 해도 이렇게 눈앞에서 이를 드러내는 이를 보는 것은 참으로 오랜만이라 중얼거리며 마고는 쯧쯧 혀를 찼다.

"늑대에게 물어뜯길까 무서우니 그만둬야지 않겠니."

시연은 갑작스레 저를 끌어당긴 이의 품에 파묻혀 흐릿해지는 목소리를 들었다. 그것에 무어라 대꾸하는 목소리는 익히 알던 것이었다. 키안이 하는 말은 주변 사람들의 소음에 휩쓸려 웅얼거리는 것처럼 들렸다. 그러나 그가 마고를 위협하고 있음은 제 옷자락을 단단히 붙든 손아귀 힘과 빈틈없이 밀착된 그의 가슴께에서 가늘게 느껴지는 목울림으로 알 수 있었다. 그녀는 저를 놓아주지 않는 힘을 밀어내며 고개를 들었다. 그리고 곧바로 커다란 손에 의해 뒤통수가 그대로 감싸 쥐였다. 그러나 그 짧은 사이에 그녀는 똑똑히 볼 수 있었다. 날것 그대로 드러난 그의 감정이 선연한 공포에서 분노로 바뀌는 찰나의 순간을.

"가십시오. 아무것도 손대지 마시고, 선택된 길을 그저 가십시오."

키안의 말에 마고는 눈을 가늘게 떴다. 뭔가가 변했음을 알아차리지 못했다 한다면 거짓이리라. 늑대신의 오래된 소망이 무엇인지 잘 알고 있었기에, 마고는 지금 이 상황이 꽤나 흥미롭다 생각했다. 제 감정을 숨길 필요가 없기에, 그녀는 고개를 기울였다.

"늑대야. 내 눈이 잘못된 모양이구나. 내가 보고 있는 것이 정녕 사실이냐? 마치 늑대, 네가 하늘신의 아이를……."

길게 찢어진 눈이 커다란 늑대의 손에 가려져 거의 보이지 않는 시연을 좇았다. 땅에서는 볼 수 없는 연갈색 머리칼과, 뽑아놓으면 보석처럼 반짝일 것 같던 같은 빛의 눈동자가 보이질 않는다. 아쉬움에 마고는 속으로 탄성을 흘렸다. 가느다란 손목, 한 손으로도 부러뜨릴 수 있을 것 같던 약한 목줄기.

아아. 참으로 탐이 나는 아이였지. 마고의 혀가 천천히 제 입술을 훑었다. 만찬을 앞에 둔 것처럼. 그것을 놓치지 않은 키안이 불쾌함을 여실히 드러냈다.

"그 이상 말한다면 마고라 할지라도 용서치 않겠습니다."

이를 드러낸다. 언제나 무기력한 상태로 제게 주어진 것들을 그저 의무적으로 처리하던 저 늑대가. 언제고 제 끈질긴 삶이 끝에 도달하길 빌던 그가. 마고의 눈썹이 부드럽게 휘어 올라갔다.

"이런. 어리석은 늑대야, 네가 다시 어리석은 선택을 하려 드는 게냐. 잊었느냐? 하늘신의 딸과 계약을 할 때 네가 했던 실수를."

뼈아픈 얘기를 꺼내들자 키안의 눈매가 매서워졌다. 그런 그를 향해 마고는 양손을 들어 올리며 작게 웃었다.

"아직도 신들 사이에서는 간간히 나오는 얘기란다. 후후, 우습지. 신부를 원했건만, 너무도 간절히 원해 '언제' 줄 것인지는 듣지도 못해 500년 넘도록 마냥 기다리기만 한 어리석은 늑대신이라니."

그러다 드디어 지쳐 죽음을 바라는 신이라! 뒷말을 삼키며 마고는 깔깔깔 웃었다. 어리석은 늑대가 되어버린 키안은 시연을 좀 더 바짝 끌어안으며 이를 드러냈다.

"마고께서 드디어 저와 싸우길 원하시는 것이라면, 기꺼이 상대해 드리지요."

저를 바라보는 시선에 투쟁심이 가득했다. 싸움이라는 것도 삶에 의욕이 있어야 가능한 법이다. 싸움은커녕 살아갈 의지조차 없었던 그가 제게 이를 드러내자 마고의 눈이 가늘어졌다.

"오…… 나는 질 싸움은 하지 않는단다. 그래…… 네 그리 나오면 어찌할 수 없지. 오늘 내 늑대에게 자유를 줄 수 있을 줄 알았는데, 이런. 정작 본인은 그것을 원치 않다니."

이리 되면 일이 복잡해지는데. 마고는 곤란하다 말하면서도 즐거운 기색을 감추지 않았다. 복잡하나, 일이 꽤나 재미있게 돌아가고 있었다. 점차 짙어지는 어둠에 마고의 눈동자가 입술에 칠한 연지만큼이나 붉게 빛나기 시작했다. 키안이 이를 드러낸 것은 거의 동시였다.

"짐승이라 그러한가. 감이 좋구나. 그래, 좋다, 늑대야. 내 오늘은 이만 물러가마."

참으로 무정한 아이라 거짓 울음 섞인 목소리로 있지도 않은 아쉬움을 드러내며 마고는 등을 돌렸다. 그리고 그녀가 몇 걸음인가 걸어가자, 마치 처음부터 마고라는 여인은 그 자리에 존재한 적도 없었다는 듯 안개처럼 사라졌다.

아무런 일도 벌어지지 않았다. 그 한 문장이 머릿속에 선명하게 새겨지자 그는 아득, 이를 물었다. 아무런 일도 벌어지지 않았다.

손바닥을 뒤집듯 생각이 뒤집혔다.

……일이 벌어질 수도 있었다. 제가 조금만 늦었어도, 마고가

조금만 빨랐어도, 아주 약간의 변수로도 결과가 달라질 수 있는 상황을 앞에 둔 채 그는 그녀의 목덜미에 얼굴을 파묻으며 노성을 뱉었다.

"해가 질 때 나가지 말라, 어딜 갈 때면 꼭 태하와 대동하라, 그것만 지켜 달라 그렇게 말을 했는데! 기어코 내가 미쳐 날뛰어야……!"

절박함이 가득한 애원에 가까운 목소리에 시연은 허리춤을 붙들었던 손을 위로 뻗어 잿빛 머리칼을 쓸어내렸다. 손가락 사이로 뛰어오느라 엉망으로 뻗친 머리칼이 차분히 정리되어 갔다. 그녀는 귓가에서 쿵쾅거리며 빠르게 널뛰던 심장 소리가 점차 가라앉기 시작한 뒤에야 입을 열었다.

"미안해요. 해가 지고 있는 줄도 모를 정도로 정신이 없어서, 눈치채지 못했어요."

키안이 정신을 차린 것은 아이를 달래듯 부드럽기 그지없는 시연의 목소리 때문이었다. 그녀가 그런 식으로 제게 말한 역사가 없었다. 언제나 격식에 차린 딱딱한 말투마저도 지금 이 순간만큼은 부드럽게 녹아 있어, 가슴께가 간질거릴 정도였다.

점차로 끓는 물속에서 개구리가 죽음을 맞이하듯, 그는 아주 천천히 제가 한 행동을 눈을 굴려 확인하기 시작했다. 겹겹으로 된 치마를 입고 있음에도 무릎이 서로 맞닿아 있었다. 갑자기 잡아당겨지는 바람에 손을 어찌하지 못한 건지 오른팔은 제 허리에, 가슴께에 밀착되어 있는 왼손은 어쩔 줄 몰라 하며 계속 저를 부르기 위해 애를 쓰고 있었다. 동그란 얼굴은 제 가슴팍에, 제 오른손엔 가느다랗고 부드러운 머릿결이 여실 없이 느껴진다.

키안은 그러나 개구리와는 달리, 마지막엔 땅에 내리꽂히는 천둥
보다도 빨리 제가 한 행동이 얼마나 무모하고 무례한지 깨달았
다.

재빠르게, 그러나 정중하게 뒤로 물러난 그는 제 얼굴을 쓸어
내렸다. 며칠에 걸쳐 사고를 몇 번이나 치는지 모르겠다, 생각하
면서.

"그…… 후. 미안하다. 지금 것도…… 사흘 전에도……."

갑작스럽게 던져진 사과에 시연은 제가 지금 꿈을 꾸고 있나
생각하며 눈을 비볐다. 만약 꿈이라 해도 놀라진 않았을 것이, 마
고의 등장과 저를 숨 막힐 정도로 끌어안은 키안, 둘 다 그녀에겐
참으로 비현실적이었기 때문이다. 그러나 슬쩍 뒤로 감춘 팔을 꼬
집어보아도, 눈을 비벼보아도 잠에서 깨는 기적은 일어나지 않았
기에 그녀는 빠르게 이것이 현실임을 인정했다. 그렇기에 그녀는
고개를 들어올렸다. 20여 년 동안 지겨울 정도로 반복해 배운 것
들이 그녀가 이 상황을 판단하고, 재단하고, 가장 현실적인 결론
을 내릴 수 있도록 했다. 그리고 그녀는, 그것이 답임을 알았다.

그렇기에.

"아뇨, 괜찮습니다. 그땐 저 역시 감정이 격해졌어요. 이후 태
하에게 전해 들었습니다. 외가에서 찾은 것이 제가 아닌 가주라
고."

다시 굳어지는 목소리는 전보다 더 멀게 느껴졌다. 방금 전까
지의 순간들이 환상인가 싶을 정도였다. 묘하게 거리를 두는 그녀
의 태도에 키안의 눈가가 좁아졌다.

"하여 외가에 더는 그런 짓을 하지 말라 언질을 줄 참이었습니

다. 그런데 제가 너무 늦게 거동을 한 모양입니다. 이 역시 앞으로
는……."

"무엇 하는 거지?"

"예?"

"무슨 생각을 하고 있지?"

그는 이 상황이 아주 거슬렸다. 나뭇결이 일어난 것처럼 미세
하면서도 확연하게 느껴지는 거슬림에, 그는 저를 바라보는 시연
에게 한 걸음 성큼 다가섰다.

"어째서 권리를 주장하지 않나. 나를 보고자 청했으나 보지 못
했음에 왜 화를 내지 않고, 마고에 대해 미리 언질하지 않았던 것
에 왜 분노하지 않나."

마치 이제 더는 아무런 상관도 없다는 것처럼, 어째서.

시연은 미칠 듯이 빠르게 뛰는 심장박동이 밖에선 들리지 않음
에 감사하며 답했다.

"예. 더는 아무런 상관이 없으니까요. 또한 그동안 생각해 보
니, 저는 그저 세 달만 더 이곳에 머물 것인데 깊이 관여하는 것
도 좋지 않다 생각했으니까요. 단지 그것뿐입니다. 그러나 외가는
제가 처리해야 할 문제이니 폐가 되지 않는다면 차후에 외가를
비밀리에 랑(狼)가로 불러 잠시 이야기를 나누어도 되겠습니까?
단단히 일러 더는 가주께 폐를 끼치지 않도록 하지요."

차분하게 가라앉아 말하는 여인의 모습에 키안은 제게 비소(誹
笑)했다.

자— 보아라, 늑대야.

네가 벗어나려 발버둥 치기 위해 헛되이 흘려 버린 시간이 얼

마나 아까웠던 것인지.

어리석은 늑대야, 보아라.

그녀는 이미 저 멀리 도망가 버릴 준비를 마쳤단다.

키안은 더는 아무런 말도 하지 않았다. 아무 말도 않는 사내의 등을 바라보며 그녀 역시 아무런 말도 하지 않은 채 그 뒤를 따랐다. 랑(狼)가에 도착하고, 안채에 들어선 뒤에야 몸을 돌린 키안은 그저 음울하게 가라앉은 눈으로 그녀를 보며 들어가 쉬라 말할 뿐이었다. 놀란 린과 갑자기 사라져 버린 시연을 찾기 위해 저택을 이 잡듯이 뒤지던 태하가 대체 무슨 일이냐 물었다. 그러나 아무런 대답도 하지 않은 채 시연이 안채에 들어가는 것까지 지켜본 그는 검에 베인 것 같은 얼굴로 한참을 서 있다 돌아섰다. 그 사이에서 안절부절못하던 린은 안채로 따라 들어섰고, 태하는 금방이라도 무너질 것 같은 제 주군의 뒤를 쫓았다.

"마마, 대체 이게 무슨……."

"마고에 대해 알려줘."

린의 팔을 붙들며 다급히 물어오는 시연의 얼굴엔 한 줌의 여유도 없었다.

"마, 마고님이요?"

"그래, 하나도 빠짐없이, 전부."

시연의 열기에 떠밀리듯 린의 입이 열렸다.

"태초에 대륙을 만들어냈다 일컬어지는 창조신입니다. 만물의 어머니이자 대지이지요."

그것은 그녀도 아는 이야기였다. 멀리 갈 필요도 없이 지나가는 꼬마 하나를 붙잡고 물어봐도 마고에 대한 얘기는 어렵지 않게 들을 수 있었다. 이미 하나의 신화(神話)로 호국에 뿌리 깊게 자리 잡고 있는 존재였기에.

또 무엇을 말해줘야 하나, 기억을 더듬어가던 린의 안색이 순간 나빠졌다. 그녀는 짧게 혀를 차며 고개를 저었다.

"성격이 그리 좋은 편은 아니죠. 그래도 창조신이라고 선택을 관장하는 능력을 가지고 있는데, 자신이 원하는 미래가 선택되지 않으면 발로 땅을 구르며 화를 내거든요. 그래서 마고는 늑대신과 사이가 좋았던 적이 없어요."

"어째서?"

"하늘신의 피가 계속 이어지는 건, 그녀가 원한 선택지가 아니니까요. 하늘신은 땅과는 반대에 위치해 있어서, 마고의 힘을 약하게 만들거든요."

거기까지 말한 린은 방금 제가 한 말을 떠올리고는 화들짝 놀라며 입을 가렸다. 본인 앞에서 할 만한 소리가 아님을 그제야 깨달았다. 그러나 시연은 알려줘 고맙다고 말하며 웃었다. 발을 동동 구르는 린을 피곤하다는 핑계로 쫓아낸 시연은 방 안에 저 혼자 남자 억지로 그려냈던 미소를 지웠다. 장침 위에 주저앉듯 앉으며 그녀는 무릎 사이로 고개를 파묻었다. 잠 오지 않는, 길고 긴 밤을 그리 지새우며.

시연이 저에 대해 캐묻고 다닌다는 사실을 알 리 없는 마고의 두 눈엔 기쁨이 가득했다. 만약 알았어도 반응이 그리 다르지는 않았을 것이다. 여신이 기뻐하자 그녀의 주변에 몰려든 지신들도 기쁨에 들썩였다. 어미가 웃을 때면 방싯거리며 따라 웃는 아이의 반응과 비슷했다.

"모든 준비가 끝이 났다. 드디어 오랜 시간 기다려 온 때가 왔노라."

그녀의 말에 신들이 웅성거렸다. 하나도 아닌 수십, 수백의 신들이 동시에 입을 열자 금세 주변은 시끌벅적해졌다. 그러나 마고는 굳이 그 점을 지적하는 대신 유유자적한 표정으로 잔을 들어 입을 축였다. 반 천 년을 기다렸는데 잠시의 수다를 기다리지 못할 이유는 없었다. 게다가 이곳에 모인 신들은 그녀를 경애하는 이들뿐이었다. 그런 자들의 마음을 꺾을 정도로 마고는 자비 없는 여신이 아니었다. 그리 오래지 않아 웅성임은 가라앉았다. 저마다 입을 열어 제 의견을 뱉어내던 신들은 태초의 여신이 입을 다물자 차례로 하던 말들을 끊어냈다. 신들의 시선이 모두 제게 쏠리자, 그제야 마고가 입을 열었다.

"오래지 않아 하늘신의 후손이 늑대신의 보호에서 벗어날 것이다. 내 아이들아, 달큰한 향이 허공을 휘감으면 그 피를 탐하거라. 살점을 뜯어 누구보다 강한 힘을 손에 넣거라. 그리하면 늑대신은 드높은 자리에서 추락하리라."

그녀의 말이 끝나기가 무섭게 순수하게 여신을 찬양하던 시선들에 탐욕이 뒤섞이기 시작했다. 하늘신의 피는 그토록 매혹적이었다. 영생을 얻을 수 있으면서 누구보다 강한 힘을 주는 피를 원치 않는 신은 없었다. 흥분하기 시작하는 신들을 뒤로한 채 마고는 천천히 자리에서 일어났다. 길게 늘어진 옷자락이 바닥에 끌렸다. 입만 축인 잔은 그녀의 손길에 바닥에 나뒹굴었다. 그리도 요란한 퇴장이었건만 그녀가 자리를 뜨는 것을 알아채는 신은 없었다.

[죽이실 생각이십니까.]

제 보금자리로 돌아오기가 무섭게 들려오는 나무의 물음에 마고의 눈꼬리가 휘었다.

"후후, 그건 그리 중요한 문제가 아니란다."

꽤나 어여뻤지. 호 시연의 얼굴을 떠올리며 그녀는 나무에 몸을 기댔다.

"호 시연이 죽는다면, 분노한 늑대신에 의해 수많은 신들이 죽임당할 것이고 죽지 않는다면, 내가 본 미래대로 흘러가겠지. 어느 쪽이건 하늘신의 피는 끊어질 테고 나는 원하는 것을 손에 넣을 테니 어느 쪽으로 일이 끝맺어지건 내 알 바 아니란다."

[하면 어찌…….]

수많은 신들을 선동해 그 피를 죽이라 명령했는지 묻는 나무의 목소리는 가늘게 떨리고 있었다. 여신이 안배한 것으로 인해 흩뿌려질 피에 진저리치듯이.

"내가 본 미래에 필요한 일이었으니까."

[황녀가 죽는다면 수많은 신들이 죽임을 당할 것입니다.]

계보를 타고 올라가다 보면 결국 그녀의 자식들이 아닌가. 나무의 걱정에 마고는 고개를 갸웃했다.

"중요한 일인가?"

순수한 의문이었다. 비꼬거나 돌려 묻는 것이 아니라 그녀는 지금 순수하게 궁금해하고 있었다. 말간 얼굴에서 느껴지는 기이한 비틀림에 나무는 입을 다물었다. 몇몇 강한 신들은 영생을 산

다. 그중에서도 마고는 태초의 무(無)에서 유(有)를 창조해 낸 여
신이었다. 까마득할 정도로 오랜 시간을 살아온 그녀에게 인간적
인 감정들이 결여되어 있다 할지라도 이상할 건 없었다.

"내가 만들어낸 아이들이, 내 필요에 의해 죽는 것이, 그리도
이상한가?"

그러나 이 질문에만큼은 어떻게 답해야 할지 알 도리가 없어,
그녀의 물음은 답을 얻지 못한 채 허공에 그대로 스러졌다.

"주군."

문 밖에서 들리는 부름에 키안은 들어 올리려던 술잔을 다시
내려놨다. 들어오라 말하기가 무섭게 안으로 들어서는 소하를 보
며 그는 이번엔 술을 단숨에 목구멍으로 흘려보냈다.

"속 상하십니다."

"인간들 틈에서 산다 하여 내가 인간으로 보이는 건 아니겠지."

하니 우스운 얘기는 그만하라며 키안은 빈 잔을 채웠다. 소하
는 그 속이 아니라고 대꾸하는 대신 키안의 앞에 주저앉았다. 그
는 제게도 술병을 기울여 주는 주군과 잔을 부딪치며 황제도 쉬
이 마시지 못한다는 값비싼 술을 아낌없이 마셨다. 독하기로는
대륙에서 제일이라 일컬어지는 술이다. 한 잔만 마셔도 속에서 불
길이 일어난다 하여 사람들이 이르길 화주(火酒)라 불리는 술을
─너무 비싸고 귀해서 몇몇 이들은 금주(金酒)라며 비꼬기도 했다─ 벌써
한 병도 더 넘게 마신 키안의 모습에 소하는 속에서 울컥 넘어오
려는 것을 삼키며 애써 태연함을 가장했다.

"이제 그만 보내십시오."

"잔이 비었구나."

"주군. 마고가 나섰다 들었습니다. 마고가 원하는 선택이 무엇인지 잘 아시지 않습니까. 그러니 보내십시오. 인간은 약합니다. 그러니……."

"네 말대로라면 죽겠지."

마고가 나섰다. 백년을 하루같이 여긴다는 창조신이자 태초부터 존재했던 신은 고작 500여 년을 기다리다 고작 500여 년 만에 생긴 기회를 붙잡기 위해 그 무거운 몸을 움직였다. 천 년도 한숨 자고 일어나면 그녀에겐 그만인 시간이었기에, 움직일 것이라 생각지도 못한 존재였다. 늑대신과 마고 사이의 반목이란 그리도 오래되었으면서 둘 사이에 부딪침은 거의 전무했던 것이 바로 그러한 이유에서였다. 둘 사이에 패인 감정의 골이 얕아서가 아니었다. 그저 시간이 그들에겐 그리 큰 의미가 없었기 때문이다.

"마고가, 미래를 본 것이 분명합니다. 아시잖습니까."

그녀가 수많은 미래의 가닥들을 보는 여신임을. 마고는 잠을 잠으로서 미래를 엿보고 그 중에서 제가 원하는 미래를 선택하는 여신이었다. 그러니 그녀가 무언가를 봤을 것임은 키안도 이미 짐작하는 바였다. 그러나 애써 외면했다. 마고가 시연의 죽음을 본 것일지도 모른다는 사실을. 생각하는 것만으로도 그것이 제 속을 치는 것만 같아서.

"주군. 마고뿐 아니라 이미 다른 신들도 술렁이기 시작한 지 오래입니다. 황녀가 밖으로 나온 뒤로 일어난 일들이 너무도 많습니다. 힘이 약한 지신들은 주군께서 피에 홀린 이들을 벤 것이 정당하냐며 화를 내고 있습니다."

소하는 잔 바닥에 새겨진 랑(狼)가의 문양이자 그 자체인 늑대의 형상을 바라보다 어렵사리 입을 열었다.

"그러니 버리십시오. ……도태됨에 마땅한…….'

"닥쳐라."

쩍 갈라지는 목소리는 그럼에도 강했다. 그의 손안에서 다섯 번도 넘게 불가마에서 구워진 잔에 금이 가, 그 안에 담겨 있던 술이 귀한 손을 적시며 흘러나왔다. 소하는 기어코 제 눈으로 확인하게 된 처참한 진실에 신음을 흘리며 눈을 감았다.

"깨어진 지 오래인 맹약입니다."

"시끄럽다."

"이미 떠날 준비를 마친 이입니다. 여러 가지로 알아봤습니다. 주군……."

"듣기 싫다."

소하는 차마 제 입으로는 뱉고 싶지 않았던, 적나라하게 드러내고 싶지 않았던 말을 결국엔 입에 담았다.

"연모하십니까."

그대로 침묵이다. 그것은 또 다른 긍정이라, 소하는 홀로 외로이 술을 담은 제 잔을 비웠다. 참으로 독한 술이라 중얼거리며.

여섯 달도 더 넘게 외면하려 했던 황녀와 얘기를 해봐야겠다고 생각한 것은 술기운을 빌렸기 때문도 있었으나, 결국 마주해 버린 키안의 감정 탓이 더 컸다. 소하는 내뱉는 숨에 섞여 나오는 술 냄새를 없애기 위해 찬물을 한 바가지나 넘게 들이켰다. 이가 시릴 정도로 찬물을 마시고 나서야 머릿속이 조금 맑아지는 것 같기도 했다.

알아봤다, 라. 그는 키안의 앞에서 뱉었던 말을 중얼거리며 피식 웃었다. 뒷조사나 다름없는 그것을 무려 여섯 달이나 했다. 한두 달이면 금방 캐낼 수 있을 것이라 자신했기에 생각보다 더 오래 걸린 시간은 자존심에 상처를 입히기도 했다. 그러나 그보단 그만큼 치밀하고 조심스럽게 감추고자 했던 타인의 소중한 무언가를 헤집는 것 자체가 썩 기분 좋은 일은 아니었다. 참 젠장맞다고 중얼거리며 소하는 까만 하늘을 올려다봤다.

이럴 때 린이었다면 시적인 표현을 읊조리며 한가득 감상에 젖었겠지만, 그에겐 무리였다. 그 정도의 세심하고도 깊이 있는 감수성이 그에겐 존재하지 않았다. 하늘은 그저 하늘. 가득 박혀있는 것들은 그저 별. 그보다 조금 큰 것은 달. 소하에겐 그것이 전부였고, 지금껏 그렇게 살아왔다.

지신(地神) 중 가장 강한 이를 따르고, 그를 이기기 위해 발버둥을 친다. 그의 삶은 쭉 그것의 연장선이었다. 그리고 반 천 년이라는 시간 동안 키안은 변함없이 가장 강한 신이었다. 변할 것 같지 않았던 마고를 키안이 꺾은 순간부터 그의 앞엔 언제나 굳건한 늑대신의 등이 존재했다. 그리고 그는 앞으로도 그러길 바랐다. 오랜 시간 동안 마치 불변의 진리처럼 여겨졌던 것이, 영원하길 바랐다.

"마마."

안채에, 호국의 황녀가, 하늘신의 마지막 후손이 잠들어 있을 문 앞에서 그는 속삭이듯 말했다. 그 목소리에 자는 이를 깨우려는 의지는 조금도 없었다. 차라리 아무도 대답하지 않아 헛걸음을 하길 바라는 것 같기도 했다.

그러나 그의 기대를 깨며 안에서 대답이 들려왔다. 잠시 기다리라는 말이 들려온 지 얼마 지나지 않아 들어오라는 말에, 그는 촛불이 켜지는 방을 바라보며 머뭇거렸다. 되돌아가려면 지금뿐이었다. 쇠로 만든, 둥그런 문고리를 바라보던 그는 이미 답이 나와 있음을 깨닫고는 손을 뻗었다.

"늦은 밤에, 죄송합니다."

고개를 숙여오는 소하에게 시연은 괜찮다 말하며 자리를 권했다. 잠자리에 들었다기보단 불도 켜지 않은 채 어둠 속에 그저 앉아 있었는지 그녀는 침의가 아닌 평복을 입은 채였다.

"무슨 일인가."

그는 말간 눈으로 제게 묻는 여인을 바라봤다. 인간들에겐 나타나지 않는, 오직 하늘신의 후손들에게서만 나타나는 엷은 갈색 머리칼과 눈동자. 햇빛을 보지 못한 것처럼 흰 피부. 가느다란 뼈대. 그 모두가 생존에 있어 극단적으로 불리한 것들이었다. 남들과 다른 것은 배척받는 세상에서 색(色)은 가장 두드러지는 차별점이었다. 저를 곧게 바라보는 시선에 다시금 느끼게 된다. 하늘신의 피는, 이미 오래전에 도태되었어야 맞다는 사실을. 그것을 한곳에 모아 높게 벽을 세우고 주술로 가둬놓아 억지로 연장해온 것에 불과하다는 사실을.

그는 땀이 배어나오는 손을 내려다봤다. 손끝이 제가 뱉을 말에 먼저 반응하듯, 하려고자 하는 일에 먼저 겁이라도 먹은 것처럼, 차갑게 식어 있었다.

"마마께 제안을 하려 합니다."

시연은 곧게 허리를 편 채 저를 바라보는 사내를 훑었다. 태하와 똑 닮은 얼굴, 그러나 그것과는 정반대에 위치하고 있다 해도 믿을 법한 사내. 검은 머리칼은 짧았고, 눈썹은 짙었으며, 우뚝 솟은 콧날은 그가 꽤나 미남임을 보여주었다. 그러나 소하가 야밤에, 저를 찾아와, 무언가 제안해야 할 일이 있던가? 시연은 잠시 여러 가지 가능성을 타진해 보던 속내를 덮고는 답을 기다리고 있는 이를 향해 입을 열었다.

"무엇인지 일단 들어보지."

"······마마께서 원하는 바를 제가 도와드리겠습니다."

"내가 무엇을 원한다는 거지?"

"호국에서 안전히 벗어나는 것과, ······여러 비밀들이 황비의 손에 들어가지 않도록 하는 것이지요."

부드럽게 휘어 있던 미소가 단숨에 사라졌다. 호의는 아니더라도 온기는 품고 있던 시선이 한겨울 한파를 맞이한 것처럼 얼어붙었다. 그녀는 저를 위협하는 이를 앞에 둔 채 더는 아무것도 모르는 온화한 황녀의 가면을 쓰지 않았다. 누군가가 그녀의 얼굴 가죽을 벗겨낸 듯 툭 떨어진 가면 아래엔 지배하는 이의 얼굴만이 존재했다.

"비밀이라. 그래. 비밀. 거래를 하고자 한다면 일단 패를 보여야 할 터. 그대가 알고 있는 비밀이 무엇인가?"

톡, 톡. 희고 가느다란, 그러나 적당히 굳은살이 박인 검지가 탁상을 일정한 박자로 두드렸다. 날 선 시선은 소하의 눈짓 하나, 손짓 하나 놓치지 않겠다는 듯 한 번의 깜빡임도 없었다. 쨍하니 얼어붙은 공기에 그는 눈을 감았다 떴다.

"류가의 풍사, 진가의 운사, 서가의 우사."

그것으로 충분했다. 더 말할 것도, 들을 것도 없었다. 시연은 제 앞에 제가 쌓아올린 성을 내어놓으며 협박하는 사내를 서늘한 시선으로 바라봤다.

"류가와 진가에서는 가출한 아들들을 찾고 있다 들었습니다. 특히 진가는 가문의 상단을 빠른 시일에 압도한 상단의 주인이 누구인지 참으로 궁금해하더군요. 제가 알기로, 두 가문 모두 황비 측에 섰다 들었는데…… 맞습니까?"

풍사와 운사가 황녀인 시연에게 모든 것을 걸었다는 것이 알려진다면 두 가문은 아들들을 황비에게 바칠 것이 눈에 훤했다. 황비가 가문의 충정을 의심하기 전에 먼저 목을 베어 올릴지도 몰랐다. 가문을 살리기 위해 아들 하나를 희생한다. 그리 비싼 값도 아니었다. 태연스럽게 죽음을 입에 담는 소하의 얼굴에 시연이 입꼬리를 비틀었다.

"도깨비는 간이 큰가 보군."

"마마께 해가 될 제안이 아닙니다."

"인질을 잡아 그것을 눈앞에 들이밀며 협박이 아니라 말한다면 그것이 협박이 아니게 되는가? ……풀벌레도 잠든 시간에 찾아들었으니 단독으로 저지른 일일 테고, 비밀스레 만남을 원한 것을 보아하니 가주가 알게 되면 안 되는 일이겠군. ……그래. 역시 그러한가."

시연은 입술을 비틀었다.

"그대는 내가 랑(狼)가에 있는 것이 불만인가 보지."

시연은 어깨를 움찔 떠는 소하를 바라봤다. 그리 놀랄 일도 아

니었다. 처음부터 저를 마음에 들어 하지 않던 사내였으니, 이리
나올 것이라 예상할 수도 있는 일이었다. 만약 소하가 첫날 그녀
에게 이런 제안을 했다면 좋다고 받아들였을지도 모른다. 당장
급한 것을 손에 쥐기 위해 그때의 자신은 꽤나 안달이 나 있었으
니. 하나 이미 몇 달이 흘렀다. 시간은 다급함을 깎아내 둥글게
만들고 조바심을 흐트러뜨려 시야를 넓혔다. 경험하지 못했던 것
들을 겪으며 그녀의 세상은 보다 넓어졌고, 또한 깊어졌다. 선황
의 서거한 뒤 삼 년간, 무언가에 쫓기듯 쉼 없이 내달렸던 시연은
제 목줄을 옥죄는 것이 없는 랑(狼)가에 도달한 뒤에야 평소의
그녀로 되돌아올 수 있었다. 그렇기에 그녀는 지금이 서두를 시기
가 아님을 확신했다. 약속한 그날까지 이제 앞으로 고작 몇 달 남
았을 뿐이다.

　그러니.

　"거절하지. 또한, 소하, 그대가 알아낸 것에 대해 입을 다물길
바래. 그러지 않는다면 나는 내가 할 수 있는 모든 수단을 동원
할 테니. 알겠나?"

　그대도 알지 않는가. 이미 모든 것을 조사했다면 내가 그저 안
채에 들어앉아 세월을 흘려보내는 여인이 아니라는 것을.

　번뜩이는 시선엔 확연한 위협이 박혀 있었다. 설득할 수 없음
은 일자로 굳게 닫힌 입으로, 그녀의 말이 그저 협박이 아님은 저
보다 작은 몸집에도 저를 내려다보는 듯한, 고고한 시선에서 고
스란히 느껴졌다. 소하는 미간을 좁혔다. 쉽게 풀리진 않을 것이
라 생각했지만, 이렇게 단호하게 거절당할 것은 예상하지 못했던
일이기 때문이었다. 그러나 이미 마음을 굳힌 이를 설득하는 것

만큼 어리석은 일은 또 없기에, 그는 순순히 자리에서 일어섰다. 이미 시간이 늦은 것도 한몫했다. 곧 해가 뜰 시간이 가까워지고 있었다. 그는 소리 없이 고개를 숙여 보이고는 방을 나섰다.

"쓸데없는 생각 하지 마, 소하."

안채에서 얼마 걷지도 않았는데 저를 불러 세우는 목소리는 하도 오래 들어 이젠 실수로라도 모를 수 없는 이의 것이었다. 소하는 고개는 돌리지 않은 채, 점차 밝아지기 시작하는 하늘의 경계선을 바라보며 대꾸했다.

"무슨 말인지 모르겠군."

그 무심한 목소리에 여인은 주먹을 움켜쥐었다. 식어버린 감정의 재가 속상함을 타고 풀썩이며 허공을 떠도는 것만 같아, 그녀는 아랫입술을 꾹 문 채 가까스로 말을 뱉어냈다.

"……죽을 거야."

가주가 그걸 용서할 거라 생각해? 구미호의 목소리엔 축축하니 물기가 가득해서 평소의 모습을 조금도 떠올릴 수 없었다. 서로 언제 그토록 아꼈냐는 듯 물고 뜯는 사이가 된 지 벌써 200년도 좀 더 넘었다. 이미 감정은 식어버렸음에도 타다 남은 잔재를 마음 편히 버리지도, 움켜쥐지도 못한 채 꼬박 반천 년을 서로 울고불고 한 결과였다. 고개를 돌리자 보이는 것은 그때 그 여인의 얼굴이었다. 저를 시원스럽게 갖다 버리지도, 그렇다고 다시 시작해 보겠다고 도닥이지도 못한 채 그저 손 위에 올려놓고 이미 끝나 버린 시간에 눈물만 뚝뚝 떨구는 여인의 얼굴. 절 죽이겠다고 달려들 때보다 지금의 것이 더 익숙한 소하는 조용히 웃었다. 심장께 어딘가가 다시 덜걱거리는 것 같기도 했다.

그러나 이건 사랑이 아니지.

참으로 구슬픈 확신에, 그는 손을 들어 올려 피로가 쌓인 눈을 가리며 말했다.

"나의 신이, 그것으로 온전할 수 있다면, 기꺼이."

오직 그뿐이었다. 그가 원하는 것은.

"……너만 죽는 게 아니란 거, 알고는 있는 거야?"

악문 잇새로 새어나온 목소리는 덜덜 떨리고 있었다. 고요한 시선이 그런 저를 마주 봐온다. 린은 그제야 소하가 그 모든 것들을 잊고 있던 것도, 잠시 외면한 것도 아님을 깨달았다. 그럴 수밖에 없었다. 신들의 혼례를 올릴 때, 키안이 몇 번이고 확인했던 물음이 그녀의 귓가를 맴돌았다.

"한쪽이 죽으면, 남은 한쪽도 죽는다. 후회하지 않겠나?"

후회할 리 없다 생각했다. 서로의 숨을 공유한다는 낭만적이면서도 동시에 치명적인 신들의 가례. 백 년에 한 번도 치러지지 않는다는 그것을 선택함에 머뭇거림이 없을 정도로 사랑해 마지않던 이였다. 관계가 끝났음에도 여전히 서로의 목을 옥죄는 붉은 실은 끊어지지 않고 남아 있었다. 가끔, 아주 가끔 그것에 위로받은 적도 있었다. 아이는 없으나 이 긴 사랑의 증거로 무언가는 남아 있구나, 그리 생각했던 적도 있었다.

"너……."

린의 두 눈에서 후두둑 눈물이 떨어졌다. 이미 오래전 식어버린 마음이라 서로 그리 단언했고 인정해 끊어낸 인연이었다. 그럼

랑을 품은
나리숭이

에도 남아 있을 것이라 확신했던 무언가가 방금 서늘한 날에 석둑 베어졌다.

"상관없는 거구나."

인정하고 싶지 않던 현실은 너무도 차가워서 오히려 뜨겁기 그지없었다.

"상관…… 없는 거였어."

들려오지 않는 대답을 마주한 채, 구미호는 그렇게 소리도 없이 눈물만 흘렸다.

❀

황녀의 십대는 오직 한 가지 목적으로 가득했다. 새로운 땅에서 천 년을 갈 국가를 건설하는 것. 오랜 시간이 흘러 오늘, 그녀의 꿈은 겨우 한 발자국만을 남겨두고 있었다.

"창조신이요?"

운사는 잠시 현실과 신화 사이에서 발버둥 쳤다. 수년간 상단을 운영하며 오늘날 제 집안에서 운영하는 상단의 최대 경쟁자로 상단을 키워낸 그는, 제가 꽤나 생각이 유연한 편이라 자부했다. 아니, 했었다. 요괴와 신에 대한 얘기들은 아무리 이곳저곳 돌아다니며 별의별 것들을 다 보고 경험해 온 그라 할지라도 쉽게 받아들여지지 않았다. 그래도 눈앞에서 백여우들이 간혹 새하얀 꼬리를 내밀며 까르르 웃는데 안 믿을 수도 없는 노릇이다. 반쯤 어거지로 밀어 넣듯 늑대신이 정말 존재한다는 것을 인정했는데, 이젠 창조신 마고란다.

"응. 그래서 아마 이동하더라도 해가 지기 전에 머물 곳을 찾아야 할 것 같아. 마고에 대해 알아봤는데, 모든 신들의 어머니라 불리는 창조신이니만큼 그녀를 따르는 하급 신들이 많은 듯해. 만약 나를 죽이고자 한다면 저번과 같이 요괴들이 들이닥칠 가능성을 배제할 순 없어."

시연은 쓰게 웃었다. 입 밖으로 내진 않았지만 자신을 포기하려면 지금이 마지막 기회였다. 운사가 지금이라도 더는 못하겠다며 자리를 박차고 일어나도 어쩔 수 없는 일이다. 그녀가 말을 끊고 자신을 빤히 쳐다보는 이유를 짐작한 운사가 씩 웃으며 말했다.

"노숙보다는 벽이 있는 편이 사람들을 지키기 수월하겠군요."

못 말린다고 중얼거린 시연이 이내 고개를 끄덕였다.

"그래. 그리고 요괴, 그러니까 지신들은 보통 해가 진 뒤에 내 피에 더 강하게 반응해."

현실적인 얘기로 빠지자 안쓰러울 정도로 창백했던 운사의 얼굴에 혈색이 돌기 시작했다. 그는 그럴 줄 알았다며 시연이 내민 대륙 지도를 펴들곤 본래 계획에서 수정해야 할 부분들을 짚어나갔다. 노숙은 위험하니 마을을 끼고 돌아야 했다. 생각보다 더 돌아가야 하자, 시연의 얼굴에 그늘이 드리워졌다. 지도의 이곳저곳을 살피며 최대한 기간을 단축시켜 보려는 그녀의 노력에 운사는 기분 좋게 웃었다.

"걱정하지 마십시오, 마마. 무리를 둘로 나눠서 이동하면 되니까요."

"그게 좋겠네."

대륙에는 주인이 없는 땅이 많았다. 키안에게 물어봤을 때 그는 '신'이 없기 때문이라며 그 이유를 설명했다. 신은 일종의 구심점이다. 그렇기에 사람들이 모이고 그것이 하나의 나라로 이어지기 위해서는 필연적으로 필요한 것이 바로 신이었다. 그러나 대륙에 그만한 영향력을 행사할 신은 그리 많지 않았다. 생각지도 못한 문제에 봉착했으나, 의외로 그 문제는 쉽게 해결됐다. 그녀가 바로 하늘신의 피를 잇고 있으니 말이다.

"예. 그러니 너무 걱정하지 마십시오. 소신이 마마를 반드시 지키겠습니다."

어깨를 펴며 말하는 이는 참으로 믿음직스러워 시연은 활짝 웃었다. 주군의 미소에 덩달아 히죽거리며 웃던 운사는 수정된 진로를 표시해 놓은 지도를 품에 챙기며 매번 반복해, 이젠 안부 인사같이 되어버린 질문을 했다.

"그런데 또 다른 일은 없었습니까?"

평소라면 별일 없다며 시연이 기분 좋게 대답하고, 그럼 그는 다음에 뵙겠다며 꾸벅 고개를 숙였을 것이다. 시연을 위해 챙겨 온 서류 더미만을 남겨 놓은 채로.

그러나 오늘은 뭔가 달랐다. 운사는 그의 말에 심각하게 침묵을 지키는 시연을 두 눈 동그랗게 뜨고 바라봤다. 그가 기억하는 한 시연이 무언가를 함에 있어 머뭇거리는 것은 처음이었다. 심지어 그녀는 첫 만남 때 비난을 퍼부은 제게 화살을 날리는 것에도 주저하지 않은 여인이었다. 귓불의 끝을 찢는 화살촉의 예리함에 실금을 할 뻔하지 않았던가. 그땐 황녀가 신궁이라 불릴 정도로 활솜씨가 뛰어나다는 것을 몰랐기에 하늘이 도와 살아남았다고 생각했었다. 이제 와 다시 생각하면 참으로 창피하고 머저리 같은 시기였지. 운사는 제 과거를 회상하며 고개를 주억거렸다.

"왜 그러십니까, 무슨 일이 있는 겁니까?"

그 목소리가 꽤나 기백 있고 당당하다. 마고까지 나온 이상 더 무서운 건 없다는 생각이 만들어낸 결과였다. 대륙을 창조해 냈다는 태초의 여신보다 무서울 게 무에 있단 말인가. 그리 생각했기에 운사의 마음은 무겁지 않았다. 그러나 한참 고민하다 시연이 던진 물음은 마고보다도 더 무서운 것이었다. 적어도 운사에겐.

"사내들은, 보통 마음이 없어도 가문을 잇기 위해 밤을 보낼수 있다 하지. 하면…… 마음이 없는 이에게 입을 맞추는 것도 가능한가?"

꿀꺽, 그는 마른침을 삼켰다.

"누가, 마마께, 감히, 이, 이, 이…… 아, 아니지. 그, 그걸 한 겁니까?"

시연은 양반다리를 한 채 덜덜 떠는 운사의 모습에 제가 질문할 상대를 잘못 고른 건 아닐까 잠시 후회했다. 그러나 연달아 당장 검을 빼들었을 풍사와 뒤로 넘어갔을 우사를 떠올리고는 개중 운사가 제일 낫다는 것을 인정할 수밖에 없었다.

"아니. 그건 아니고. 여기서 이것저것 주워들은 것들이 많아서."

"대체 누가 그런 말도 안 되는 소릴 한답니까!"

운사는 분노했다. 이런 일에 감정을 아끼면 언제 화를 낸단 말인가. 그는 가장 먼저 제가 올 때면 삼삼오오 몰려서 뒤를 졸졸 따라다니는 백여우 무리를 떠올렸다. 그 다음으로 떠오른 건 안채 근처에서 세상만사 전부 귀찮다는 티를 온몸으로 풍기며 커다란 나무등치에 기대 있다 누가 보이기만 하면 한 판만 싸우자며 달려드는 태하였다. 하나부터 열까지 죄 정상의 범주는 아닌지라, 한번 생각을 시작하자 의심이 안 가는 이가 없었다.

"그, 몸을……."

운사의 얼굴이 금방이라도 터질 것처럼 붉어졌다. 그는 어쩌다 얘기가 이쪽으로 빠진 것인가 깊은 탄식을 했다.

"아 그러니까! 모, 몸을, 섞는 것이라면 또 모를까…… 굳이 마음도 없는 이에게 입맞춤을 하는 사내는 없습니다."

"역시 그렇지?"

시연이 고개를 주억이며 심각해하자 운사도 덩달아 심각해졌다.

"안 됩니다, 마마."

아무런 말도 하지 않았건만 덜컥 반대하는 운사는 결연하기 그지없었다. 그러나 시연이 뭐라 변명을 하기 전에 그는 이번엔 왼쪽으로 한 번, 오른쪽으로 한 번 고개를 저으며 같은 말을 반복했다.

"절대 안 됩니다."

안 된다는 건 이미 알고 있었던 일이다. 그런데 무슨 말을 하기도 전에 일단 저렇게 온 힘을 다해 막아서니 '왜'라는 생각이 불쑥 떠오른다. 안 된다는 걸 알고는 있다. 말도 안 된다는 것도 안다.

그런데, 왜? 왜 안 되는가. 생각지도 못했던 의문이 머릿속을 온통 가득 채워서, 시연은 저도 모르게 입술을 달싹였다.

"아니……."

"신이잖습니까."

그녀가 생각한 수많은 이유 중 하나가 한숨과 함께 운사의 잇새로 터져 나왔다. 무어라 말을 하기도 전에 튀어나온 반대의 이유는 단순했다. 그러나 그 한 방이 너무도 강력해서 시연은 변명이고 뭐고 할 생각도 나질 않아 그냥 고개를 숙였다. 그래. 신이다. 그 외에도 안 되는 이유야 수백 가지는 댈 수 있었으나 일단 가장 먼저 수명이 달랐다. 채 백 년도 살지 못하는 자신과, 영원히 살아가는 그.

"다른 어떤 문제도 해결할 수 있습니다. 신분이 문제라면 번듯한 가문 하나 만들어주면 그만이고, 나이가 너무 어리면 성인이 될 때까지 기다리면 됩니다. 그러나…… 신은 안 됩니다, 마마. 왜안 되는지 저보다 더 잘 아시지 않습니까."

운사는 이 말은 하고 싶지 않았다는 듯, 그러나 해야만 한다는 표정으로 말을 이었다.

"그리고 마마께선, 여왕이 되실 분이십니다."

잊지 마십시오. 저희는 모두 그날만을 기다리고 있습니다.

새로운 땅에서,

새로운 나라에서,

다른 누구도 아닌 당신이 가장 높은 자리에 오르는 그날을.

여왕이 보여줄 새로운 세상을.

운사의 충언에 시연은 웃었다.

금방이라도 깨질 것 같은 위태로운 미소 뒤에 숨어, 그녀는 그만 깨달아 버리고 말았다. 이리 강경한 반대에 미어질 것 같은 기분의 정체를.

운사가 돌아간 뒤에도 멍하니 앉아 있는 시연을 일깨운 것은 태하였다. 평소엔 여기저기 빨빨거리면서 잘도 돌아다니던 황녀가 반 시진이 넘도록 가만히 앉아 허공만 바라보자 걱정이 되었는지, 태하는 휘두르던 검을 저 멀리 집어던지고는 그녀의 옆에 걸터앉았다.

"무슨 일 있습니까?"

왜 그리 죽상이냐는 태하의 물음에 허공을 바라보던 시연의 입술이 달싹였다.

"아냐."

"아닌 게 아닌 거 같은데요, 마마. 어디 아프신 거면 의원이라도 부를까요?"

조금만 더 앉아 있으면 당장이라도 뛰어갈 것 같은 태하의 모습에, 시연은 폭 한숨을 내쉬었다. 그녀는 안 그래도 지끈거리는 머리에 태하까지 얹어지자 어디 아무도 없는 곳에 뚝 떨어지고 싶다 생각하면서도 제 멋대로 움직이는 입술을 어찌하진 못했다.

"연모란 건 무엇일까."

조언을 얻을 만한 이들은 조언을 구하기도 전에 반대를 하니, 물을 이는 제 질문을 표면적으로 받아줄 태하밖엔 남지 않았다. 속이 갑갑하리만치 답답한 것도 한 이유였다. 누구에게건 이 마음이 정녕 연모가 맞는 것이냐 묻고 싶은 충동에 시연은 이를 악물었다. 그러나 태하는 린이 아니었기에, 시연이 누군가를 연모하기 시작했다는 사실을 눈치채는 대신 어깨를 으쓱일 뿐이었다.

"글쎄요. 전 잘 모르겠지만, 옛날 형님과 린을 봤을 땐 그 둘이 하는 게 연모인가 싶긴 했죠."

조언을 얻으려 했건만 갑작스레 튀어나온 것은 까발려진 과거라, 시연은 잠시 제 귀를 의심했다. 그러나 안타깝게도 태하는 장난이었노라 호탕하게 웃는 대신 그 둘의 연애가 꽤나 유명했다고 말을 덧붙이며 고개를 끄덕일 따름이었다.

"……응?"

"왜 종족을 초월한 사랑이잖습니까. 신들 사이에선 요즘도 사랑 타령 나오면 그 둘이 빠지지 않고 등장할걸요. 얼마나 난리였냐면, 제가 그렇게 뜯어말렸는데도 절 후려치고 린을 만나러 가더라니까요? 제가 그때 얼마나 기가 막혔는지 아십니까? 와…… 아주 둘이 저 먼 곳 어디로 도피라도 갈 줄 알았습니다, 그땐."

방금 전까지 미친 듯이 뛰던 심장은 지금 이 순간 다른 이유로 더 빠르게 뛰고 있었다. 시연은 자신도 모르게 마른침을 꼴깍 삼켰다. 태하가 의도한 바는 아니었겠지만 복잡하게 얽혀 있던 머릿속이 갑자기 새하얗게 변할 정도로 놀라운 대 사건이었다. 린과 소하라고? 시연은 식은땀이 차오르기 시작하는 두 손을 꽈악 맞잡으며 다시 반복했다.

린과 소하?

"……그 둘이?"

서로 눈만 마주쳤다 하면 죽일 듯이 싸우던 구미호와 도깨비가 신들 사이에서 유명한 사랑 이야기의 주인공들이라니. 시연은 갑작스레 전개되는 얘기에 휩쓸려 내려갈 것만 같이 놀랐다. 발을 동동 구르고 입안이 바짝바짝 마를 정도로 놀랐다. 그럴 수밖에, 린과 소하라니!

"예. 혼례도 올렸는걸요. 다들 미쳤다고 하긴 했지만. 그 혼례, 가주께서 증인으로 서서 더 난리였죠, 아마."

세상에서 제일 재미있는 얘기라 하면 남 연애하는 얘기라고 누가 그랬던가. 시연은 두근거리는 심장께를 애써 부여잡으며 뒷말을 기다렸다.

그러나…….

"그렇게 죽고 못 살았는데도 반 천 년을 못 갔죠."

그녀의 기대를 부숴 버리며 격정적인 사랑은 참으로 허망하게 막을 내렸다. 활활 타오르던 불 위에 찬물을 끼얹은 것 같은 기분이라, 시연은 잠시 말을 잃었다. 허탈함과 허망함에 시연이 저를 노려보고 있다는 사실을 아는지 모르는지 태하는 고개를 저으며 처음 제게 던져진 물음에 대한 답을 내어놓았다.

"연모란 그런 것 아닐까요."

한 번도 사랑을 해보지 못한, 그러나 이미 그것에 대해 통달한 듯한 표정을 한 채 태하는 말을 이었다.

"결국 식어버리는 것 말입니다."

참으로 낭만이라곤 한 점도 없는 대답이었지만 말이다.

❀

우물도 목이 마른 이가 파는 것이라 했던가.

태하는 시연과 나란히 서서 활시위를 당기고 있는 제 주군을 바라보며 그리 생각했다. 둘의 관계가 진전되길 바라는 요괴들 사이에선 꽤나 활발한 소통이 이뤄지고 있었는데, 그것에 따르면 키안은 활터에 도착한 지 무려 두시진 만에 시연과 우연한 만남을 가장하는 데 성공했다. 심지어 그는 해가 뜰 때부터 나와 있었다. 한 백여우의 말에 따르면 늑대신은 요 며칠 동안 한숨도 자지 않은 데다 술을 마시며 밤을 샜다고 했다. 심지어 다른 술도 아닌 비싸고 독하기로 유명한 화주(火酒)를. 사람이라면 아무리 주당이라 할지라도 채 한 병을 다 마시지 못한 채 뻗는다는 화주를 키안은 하루에 네 병씩 꼬박꼬박 마셨다 했다.

그게 약도 아니고, 다른 술도 아닌 화주를. 태하는 키안과 술 내기는 하지 말아야지 생각하며 고개를 휘휘 저었다.

"형님."

"왜."

"……주군이 좀 이상한 것 같지 않소?"

소하는 동생 놈의 불경한 소리에 그저 시선을 허공으로 던졌다. 그렇다 답하기엔 제 속이 답답했고 아니라 답하기엔 제 눈에도 과하다 싶을 정도로 가주의 행동이 이상해 보였기 때문이다.

"외조부를, 만난다 하지 않았나?"

아니, 부른다고 했었나. 팽팽하게 당긴 활시위를 놓기가 무섭게 키안이 물었다. 허공을 꿰뚫으며 날아간 화살은 그대로 홍심에가 박혔다. 심지어 과녁을 제대로 본 것 같지도 않은데 그러했다. 시연은 사람들이 제가 활을 쏠 때마다 괴물을 보는 것같이 쳐다보던 사람들의 기분을 새삼 알 것 같다 생각했다. 그녀는 몇 발 쏘지도 않은 활을 아래로 내리며 마주보기 껄끄럽기 그지없는 사내의 물음에 답했다.

"예. 안 그래도 오늘 가볼 생각입니다."

"……같이 가지."

시연은 화살을 집어드느라 제겐 시선조차 주지 않는 사내의 말에 얼굴을 구겼다.

"전 곧 떠납니다."

그 한마디가 그와 그녀 사이에 길게 선을 긋는다. 이 이상 넘어오지 말라며 단호하게 뻗어보려는 관계를 잘라낸다. 시연은 잠시 멈칫하다 다시 화살을 시위에 거는 키안을 바라보며 말을 이어나갔다.

"또한, 저는 인간입니다."

언젠가 둘 사이에 술병을 놓고 했던 이야기의 연속이다. 화살이 시위를 떠났다. 과녁 근처에도 가지 못한 화살은 그대로 허공을 가로질러 활터 뒤쪽에 위치해 있는 울창한 숲속으로 사라져버렸다. 평소 그의 실력을 생각해 봤을 땐 어이가 없을 정도의 실책이었다. 키안이 잡고 있던 활도 바닥을 향해 떨어졌다.

"알고 있다."

그는 제가 말을 하고 있는 것이 맞나 잠시 고민했다. 그러나 귓가로 들리는 목소리는 제 것이 맞았기에, 그는 바싹 말라 버석거리는 입술을 다시 움직였다.

"그저……."

늑대의 잿빛 눈동자에 여인이 가득 들어찼다. 손을 뻗음에 쥘 수 없는 잔상과도 같아, 그는 눈을 깜빡여 그것을 떨쳐냈다.

"내게도 시간이 필요할 뿐이야."

시연은 눈 밑에 짙은 그늘이 드리워진 사내를 바라봤다. 그리고 그때처럼 이해할 순 없으나 동조는 해줄 수 있다는 생각이 들었다. 누구나 사랑은 한다. 그러나 모든 사랑이 이뤄지는 법은 없다. 그 와중에 결국 맺어지지 못한 인연을 다시 끊어내기 위해서, 대다수의 이들은 시간을 필요로 하는 법이다. 그것이 신이라 하여 예외가 있을 것 같진 않았다.

왜냐하면, 저 역시 그랬으므로.

시연은 무언가가 콱 틀어 막힌 것 같은 목구멍을 억지로 움직여 숨을 들이마셨다. 길게 내쉬었다. 저자는 신이다.

빌어먹을. 그녀는 십대의 초입에 들어서기가 무섭게 만난 풍사에게서 깨알같이 배운 저잣거리의 날것 같은 욕설을 차례로 뱉어냈다.

젠장할, 이런 육시랄. 염병할 놈의 심장은 때도 장소도 구분하지 못한다.

그는 신이었다. 그리고 자신은 인간이다. 제겐 이뤄야 할 야망이, 저만 바라보고 따르는 이들이, 어깨 위를 무겁게 짓누르는 짐이 한가득이었다. 이미 그것들만으로도 그녀는 눈앞이 아찔하고 두 다리가 후들거릴 정도로 버거웠다. 그러니 안 된다. 이것은, 안 될 일이었다.

"생각해 보니, 외가는…… 가지도, 부르지도 않는 것이 맞을 듯하네요. 황비에게 틈을 보여줄 수는 없잖습니까."

에둘러 말하는 거절도 상대방이 받아들일 생각이 없으면 그다지 쓸모가 없는 법이다. 키안은 거기서 물러서지 않았다. 그는 그녀가 거절하지 못할 말을 던졌다.

"하면…… 잠시 차 한잔하지. 마고에 대해 할 얘기가 있다."

시연은 제게 내밀어지는 손을 내려다봤다. 발 바로 앞에, 제가 속으로 죽 그은 선을 넘어선 그 손은 그가 할 수 있는 최소한이자 최대한이었다. 눈을 감으면, 고개를 돌리면, 거절을 뱉으면 그곳에서 더는 움직이지 않을 손을 바라보던 시선은 이내 위로 밀려올라갔다. 한 번, 입술이 달싹였다. 입 근처에서 머물던 거절의 말은 채 밖까지 뱉어지지 못한 채 그대로 삼켜 버렸다. 다시 한 번, 붉은 입술이 무언가 말하고자 노력했다. 그럼에도 여전히 소리가 되지 못하고 그저 바람이 새어나는 것에 그쳐, 시연은 그냥 눈을 감아버렸다. 그러곤 손을 내밀어 그의 손 위에 제 것을 얹었다. 그것이 그녀가 할 수 있는 최선이었다.

그리하여 이리 위험한 줄타기를 하고 있는 여인과 사내는 별채에서 서로에 대한 얘기를 뒤로 미뤄둔 채 그저 침묵만을 건넬 따름이었다.

"마고는……."

키안이 말문을 열자 그녀는 단꿈에서 깨어나듯 가볍게 몸을 떨었다.

"직접적으로 부인께 위협을 가하진 못할 거다. 그녀는 직접적으로 선택에 개입할 수 없는 제삼자의 위치에 서 있으니까."

"그럼 이번에 제게 접근한 건……."

"정확히는 알 수 없으나, 단순한 변덕일 가능성이 커. 그래도 혹시 모르니 궁희(穹姬)에게 다른 부적을 받아놓을 테니, 그것도 몸에 지니고 다니도록 해."

시연은 어렵지 않게 마고가 낳았다 전해지는 두 딸의 이름을 떠올렸다. 궁희와 소희. 한 명은 하늘과 동굴을 상징하며 한 명은 시내와 과실을 뜻하는 모든 것의 어머니. 그녀는 김이 채 가시지 않은 찻잔을 집어 들었다.

"궁희라 하면……."

"마고의 두 딸 중 한 명으로, 마고와 그다지 사이가 좋지 않은 딸이야. 원래도 하늘을 별로 좋아하지 않았는데 하늘신의 딸인 일화가 땅에 나타난 이후로 마고는 하늘과 관련된 것이라면 질색을 했거든. 그런 데다 궁희는 요마의 숲에서도 가장 깊은 동굴 속에 거처를 마련하고 나오질 않으니 둘의 관계가 좋아질 리 없지."

"그녀가 이 노리개를 만들어준 건가요?"

"그래."

키안은 정확히는 교환이라 말하며 쓴웃음을 지었다. 중요한 얘기는 이 정도가 끝이었다. 신의 계보를 파헤칠 것이 아니라면 굳이 더 시연을 이곳에 붙잡아둘 이유도, 필요도 없었다. 그러나 그는 얘기가 끝났다는 말을 하는 대신 입을 다물고, 조심스레 차를 홀짝이는 시연을 바라봤다. 동그란 이마 선을 따라 그대로 이어지는 콧날이, 그 아래에 자리 잡은 붉은 입술이, 잔을 잡고 있는 자그마한 손이 찬찬히 붓을 들고 선을 그어나가듯 그의 머릿속에 그려졌다. 이 순간이 너무도 아쉽고, 아쉬워 그는 그렇게 이미 그은 선 위에 몇 번이고 선을 덧그려 나갔다.

시연이 쥔 잔이 영원히 비지 않길 바라며.

✿

키안, 그는 해야 할 일이 있다면 당장 처리하는 성정이었다—호국의 초기 250여 년간 그와 황제들과의 관계가 무척 괜찮았던 이유다—. 타고난 게 그러한 데다 마고와 관련된 일은 뒤로 미뤄 좋았던 역사가 없었다. 그녀는 수없이 많은 선택들을 관장하며 동시에 그것을 통해 제가 원하는 바를 손에 넣는 덴 이미 이골이 나 있는 여인이었다. 키안은 어둠이 내려앉은 하늘을 올려다보다 눈을 감았다. 단숨에 밤하늘보다도 더 짙은 어둠이 그를 집어삼켰다. 지금이 행동도, 이 마음도 모두 마고가 원하는 선택의 일부일지도 몰랐다. 감히 짐작조차 하지 못할 만큼 오랜 세월을 산 신을 짐작한다, 라. 거기까지 이어진 생각을 잘라내곤 그는 속으로 스스로를 비웃었다.

그보다 더 무의미한 일도 없음을 모르는 바 아니었기에.

그렇기에 그는 말이 나온 바로 그날 요마의 숲으로 향했다. 생각할수록 미로 속에 빠진다면, 생각이 뻗어나가기 전에 행동하는 것도 하나의 방법일 터였다. 궁희는 요마의 숲에서도 가장 깊은 곳에 거처를 잡고 있었기에 그는 한참을 걸어야만 했다. 멀리서도 눈에 띄는 거대한 나무 앞에 도착한 뒤에야 그는 걸음을 늦췄다.

"기다렸답니다, 늑대신이여."

거대한 나무와 이어져 있는 동굴에서 모습을 드러내는 여인은 천상의 선녀라 표현될 정도로 아름다웠다. 빛을 오래 보지 않아 흰 피부는 파르스름한 핏줄이 비쳐 보일 정도였고, 감고 있는 눈에 길게 내려앉은 속눈썹은 그 속을 무척 궁금하게 만들었다. 온몸을 감고 있는 천의 재질은 인간들의 것과 다른 무언가였고, 모양새도 인간들의 의복과는 다른 어떤 것이었다. 그는 언제고 동굴 속에서 몸을 낮춘 채 살아가는 마고의 딸, 궁희를 눈에 담았다. 하늘을 상징하는 여신이기에 자연스레 마고와 사이가 나빠진 그녀를. 그러나 정작 몸을 숨기기 위해 땅 속으로 숨어야 한다는 것이 참으로 모순적이라 생각하며 그는 용건을 말했다.

"부탁할 것이 있어."

"아아. 알고 있답니다. 제 어머니께서 굴레를 움직이려 하시지요? 어머니께서도 슬슬 사사로운 일에는 손을 떼셔야 할 텐데 말이죠."

두 모녀의 사이가 그다지 좋지 못한 여러 이유 중 하나는 직설적인 궁희의 말투였다. 세상을 창조해, 모든 것이 제가 원하는 대로 되어왔고 앞으로도 그럴 것이라 믿는 천진함이 마고에게 있다면 그 반대급부에 있는 것이 궁희였다. 그녀가 고개를 젓자 까만 머리칼이 그녀의 고갯짓을 따라 좌우로 흔들렸다. 이곳에 온 이가 소하였다면 적절히 말대꾸를 해주며 궁희의 대화 상대가 되어줬을 터였다. 그러나 키안은 수천 년을 넘게 이어지는 두 모녀의 싸움엔 끼어들 생각이 조금도 없었다. 이미 모녀 사이에 깊게 패인 감정의 골은 천 년을 넘어 이어지고 있었으니, 쉬이 건들지 않는 것이 상책이긴 했다. 그가 무슨 말을 하건 궁희는 이 자리를 떠나지 않는다. 그녀는 그저 이곳에서 자신을 찾아오는 이를 맞이하며 세상의 흐름에는 일절 관여하지 않기에 그는 곧바로 제 목적을 말했다.

"마고를 막을 수 있는 주술을."

"……언제나 하는 생각이지만, 당신은 어려운 것만을 부탁하는군요. 그래, 이번엔 무엇을 가져왔나요?"

눈을 감은 궁희의 물음에, 그는 품 안에서 반지를 꺼내들었다. 아주 오래전, 언젠가, 제 옆에 서게 될 이를 상상하며 손에 넣었던 그것을.

4.
돌고 돌아, 맞물리다

일화의 말에 늑대는 음울하게 가라앉은 눈으로 하늘신의 딸을 응시했다.

나에게 무엇을 바라는가, 귀한 여인이여.

그 물음에 일화는 둥글게 부푼 배를 애정 어린 시선으로 내려 보며 답했다.

[지신(地神)을 방패삼아 내 아이의 자손들이 번영을 이룩하기를!

지신(地神)의 이름을 빌어 눈 먼 하늘이 내 아이를 보지 못하기를!]

하늘신의 딸은 울며 웃었다.

줄줄 흘러내리는 눈물 사이로 피가 섞인 웃음이 허공을 찢었다.

그리하여— 이 땅에서 내 아이가 신(神)이 되기를!

천년이 지나도, 만년이 지나도,

그 이름 드높아 저 먼 하늘에서도 알 수 있기를!

요마(妖魔)의 숲. 인간에겐 허락되지 않은 그곳은 오직 신들만을 위한 공간이었다. 그러나 신중에서도 요마의 숲에 들어올 수 있는 신들은 아주 한정적이라, 그곳은 대체로 무척 한산하면서도 또한 평화로운 공간이었다.

그래서일까. 한동안, 그리고 앞으로도 발 들일 일이 없던 손님의 등장은 고요한 숲을 한 차례 술렁이게 만들었다.

[늑대신의 수족이야.]

[하늘신의 피가 신을 몇이나 죽게 만들었나. 신이 신을 죽이다니, 용서받지 못할 일이다.]

[이곳엔 또 무슨 일로 왔단 말이야.]

몇몇 신들은 소문이 자자한 이와 연관된 얼굴을 한 번이라도 보기 위해 고개를 내밀었다. 몇몇 신들이 배신행위라며 불퉁히 화를 내었다. 그럼에도 안쪽으로 갈수록 점차 고요해지는 웅성거림은 차라리 섬찟해서, 그의 얼굴엔 점차 긴장감이 맴돌았다.

세 걸음, 두 걸음,

그리고…….

마지막 한 걸음을 위해 발을 앞으로 뻗자 손바닥을 뒤집듯 단숨에 장면이 전환되며 나무가 빽빽하던 숲은 그를 너른 벌판에 뱉어놓았다. 자정이 넘어선 시간임에도 불구하고 그곳만큼은 대낮인 양 밝았다. 겨울에서 시작된 계절은 벌써 한 바퀴를 돌아 겨울이 성큼 다가오고 있었으나, 공기 중에 맴도는 온기는 이곳의 주인이 누구인지 짐작케 했다. 낮밤도, 봄 겨울에도 전혀 영향을 받지 않는 이 땅 위의 유일무이한 여신(女神).

"이게 누구일까. 생각지도 못한 손님이로구나."

둥근 돌을 베개 삼고, 비단보다도 더 부드러운 흙을 이불 삼아 누워 있던 마고(麻姑)는 속삭이듯 말했다. 가지가 길게 늘어지는 버드나무 아래에서 마치 한 폭의 그림과도 같은 마고의 모습에 '손님'은 입을 다물었다. 감고 있는 두 눈은 여전히 꿈속을 헤매는 것 같았으나, 살짝 기울어진 고개는 정확히 객을 향해 있었다.

마고는 들려오지 않는 대답을 재촉하듯 다시 말했다.

"선택을 한 것이로구나. 그렇지?"

살짝 들뜬 목소리는 노래를 하듯 종종종 이어졌다.

"아아아. 과한 충심이란 이토록 예상치 못한 길로 이어지기 마련이지. 아주 먼 옛날부터 그러했어. 그러나 내 충고 하나 하마. 네가 모시는 이는, 그 충성에, 희생에 감사하는 대신 분노할 것이야. 네 사지를 갈가리 찢고 목을 베어 까마귀밥으로 던져 주고도 그 분이 풀리지 않을 것이야. 영생(永生)을 온통 후회와 비통과 눈물로 채워나갈 것이야."

듣기만 해도 숨이 쉬어지지 않을 정도로 참담한 미래였다. 마고의 눈이 천천히 떠졌다. 눈꺼풀 사이가 갈라지며 서서히 드러난 두 눈동자는 제게 찾아온 객을 맞이했다. 바짝 얼어 있는 이의 모양새에, 그녀는 즐거워하며 말을 마쳤다.

"그리함에도, 선택을 할 테냐."

그리해도 좋으냐 묻는 마고의 눈동자는 읽어내지 못할 것으로 가득 차 있었다.

그래, 그것은 자비였다. 뒤돌아 도망할 수 있는 마지막 자비.

그러나 동시에 매정함이었다. 모든 책임을 마고에게로 돌리지 못하도록 단호하게 막아서는 냉정함. 저는 오로지 그 선택의 결과만 원한다는 여신의 냉담함에 객의 고개가 아래로 떨어졌다. 꾹 쥔 주먹이, 잘게 주름이 간 미간이 그 다짐의 정도를 감히 짐작케 할 따름이었다.

객은 입을 열었다.

"예."

원하는 대답이 허공에 가득 차오르자, 마고의 눈꼬리가 부드럽게 휘었다. 그녀는 손을 뻗어 제 옆에 위치한 나무 등걸의 속을 헤집었다. 흥얼흥얼, 듣기 좋은 콧노래가 허공에 잔잔히 퍼지고, 상황과 맞지 않는 부드러운 분위기가 공기를 짓누를 때쯤 그녀는 원하는 것을 찾았는지 노래를 멈췄다. 엿가락을 손에 쥔 아이처럼 행복하게 웃으며 마고는 말했다.

"그래, 이것이로구나. 후후후. 참으로 알기 쉬운 사내란 말이지. 자아, 이것을 대신 황녀에게 가져다 주거라."

마고가 내민 것은 반지였다. 둥근 옥반지. 한눈에 보기에도 값져 보이는 그것을 객은 조심스레 받아들었다.

"이것, 이면 됩니까."

"아아. 늑대신이 쥐고 있는 것만큼 값싼 것은 내겐 없어서, 가장 비슷한 것을 고른 것이야. 본질은 같으니…… 그래, 그것이 나를 황녀가 있는 곳으로 인도할 것이다. 네가 원하는 결과로 이어질 것이야."

마고는 객의 손안으로 사라지는 반지를 바라보며 기꺼이 즐거워했다.

타인의 배덕함으로 인해 제가 얻을 것을 저울에 재보며.

❀

"가셔야겠습니까?"

'기어코'라는 단어를 일부러 삼키며 묻는 소하의 낯빛은 좋지 않았다. 그는 이미 말에 올라 있는 키안을 붙잡으려면 지금이 마지막이라는 것을 누구보다 잘 알고 있었다. 그러나 그에게서 고삐를 건네받으며 키안은 웃었다.

"다음 달이면 황자가 성인이 된다. 성인식과 동시에 즉위식을 치른다더군. 그런데도 아직 포기 못 한 이에게 슬슬 경고를 해야 할 때가 아닌가."

틀린 말은 아니었다. 그들 사이에서 어떤 대접을 받고 있건 공식적으로 호 시연은 랑 키안의 신부이자 랑(狼)가의 안주인이다. 그러할진대 그동안 시연 몰래 처리한 이가 몇이던가. 키안이 아무런 말 없이 넘어간 것도 무척이나 이례적인 일이 아닐 수 없었다. 그러나 이제 곧 약조한 1년이 채워진다. 그녀는 떠날 것이고, 그는 그녀를 더는 지켜줄 수가 없게 된다. 그 전에 매듭을 짓겠다고 중얼거리는 키안의 얼굴은 차갑게 굳어 있었다.

그 중얼거림에 그동안 죽어나간 살수의 수를 헤아리던 소하는 궁에 입궐하기 위해 푸른 정복을 갖춰 입은 주군을 올려다봤다. 늑대를 형상화한 문양이 목둘레를 거쳐 등 쪽으로 이어져 내린다. 척추가 있을 자리를 따라 일직선으로 죽 내려오는 문양은 자칫 잘못하면 지나치게 화려해 보일 수 있으나 화려함과 엄숙함 사이의 간극을 아슬아슬하게 유지하는 것이 또 다른 멋이라 할 수 있었다.

한동안 입지 않은 정복이었다. 동시에 다시는 입지 않을 것이라, 제멋대로 재단했던 정복이었다. 소하는 이내 고삐를 당기는 키안의 모습에 뒤로 물러서며 고개를 반쯤 숙였다. 시연을 치우지도, 설득하지도, 주군의 바짓가랑이를 붙잡지도 못하는 스스로의 나약함을 다시금 느끼며.

그렇기에 제가 직접 집어낸 선택지에 스스로에 대한 구역질을 느끼며.

황궁과 랑(狼)가는 참으로 가까웠다. 황궁을 지을 때 가장 먼저 그 옆에 랑(狼)가의 터를 닦았다는 소문이 마치 전설처럼 내려올 정도였다. 그리고 그것은 절반 정도는 사실이었다. 좀 더 정확하겐 오래전 호국의 황제가 불민한 일이 발생했을 때 곧바로 늑대 신에게 도움을 청하기 위해 반쯤 억지를 써 이뤄낸 성과였다. 그때까지만 해도 황족을 돕기 위해 기꺼이 앞섰던 랑(狼)가가 거침

없이 그 억지를 수용했기에 가능한 성과였다.

말을 달리면 일다경도 채 지나지 않아 도착할 수 있는 거리를 그보다 배는 빨리 주파한 키안은 병사에게 말을 맡기곤 곧바로 황비가 머물고 있는 궁으로 향했다. 사전에 약조되어 있지 않은 무례한 방문이었음에도 불구하고 감히 랑(狼)가의 가주를 막아서는 어리석은 자는 없었다. 황궁의 병사는 전부 랑(狼)가로부터 사사받았기에 실질적으로 그를 막아설 이가 없기도 했다.

"황비마마께옵서 잠시 기다리라 하십니다."

선황은 서거했지만 아직 황비의 아들이 황제의 자리에 오르지 못했으므로 여전히 황비로 불리는 이의 명령에 키안은 고개를 끄덕였다. 그는 궁녀가 조심스레 내온 차를 그저 바라보다 눈을 감았다. 손 한 번 대지 않은, 한 잔에 황금 한 주머니의 가치를 지닌 차가 그대로 식어갔으나 그의 관심은 고작 차에 머물러 있지 않았다.

지금쯤 황비는 그 고운 얼굴을 일그러뜨리며 머리를 굴리느라 애를 쓰고 있을 것이다. 황녀의 목숨을 노린 열 달이 넘도록 입을 다물던 이의 갑작스러운 방문은 그 정도의 무게를 지녔다. 찔리는 구석이 한둘이 아니니 아마 더할 터. 거기까지 짚어낸 키안은 눈을 감음에도 단숨에 제 머릿속에서 그려내는 기억들에 잠시 몸을 맡겼다.

황비가 지금 머물고 있는 이 궁은, 400년도 더 전, 호 적란이 처음 '하늘'을 움직인 뒤에 받은 궁이었다. 호국 최초의 여황이자 최초로 '하늘'을 움직인 그녀는 하루아침에 손바닥을 뒤집듯 바뀐 대우에 놀라기는커녕 저를 만나러 온 키안에게 참으로 재미있지 않느냐 말하며 호탕하게 웃었다.

그래서일까. 이후 란궁이라 이름 붙인 궁은 대대로 황궁에서 가장 귀한 여성에게 내려지는 궁이 되었다.

궁 안은 주인이 바뀔 때마다 매번 다르게 치장되었으나 그 오랜 시간 동안 변치 않은 것이 있다면 나무 기둥에 칼로 새겨 넣은 '蘭(란)'이라는 글자였다. 궁을 받은 날 호 적란이 술에 거나하게 취한 결과물이었다. 삐뚤삐뚤하고 한두 획이 밖으로 삐져 나간 그 글자는 호 적란이 손수 새겼기에 가치를 지녔다. 오직 그렇기에 귀했다.

어느새 눈을 뜬 키안은 밖에서 소리가 날 때까지 오직 그 글자만을 바라보고 있었다. 이젠 처음의 또렷함을 잃은 채 시간에 쓸려 점차 닳아가고 있는 글자만을. 그것만큼 흘러가 버린 세월을 몸으로 느끼며.

"이런. 귀한 이가 오시었는데 내 급한 일이 있었습니다."

장지문이 닫히자 황비는 황금과 보석으로 만든 꽃 장식을 두어 개 꽂아 화려하게 올린 머리를 숙이며 말했다. 한 손으로 앞섶을 가리는 손동작이 물 흐르듯 유려하기 그지없었다. 미리 약조하지 않음을 돌려 탓하는 그녀의 말에 키안은 표정 하나 변하지 않고 말했다.

"이유는 알 테니, 짧게 하지."

메마른 말투에 황비의 어깨가 움찔 떨렸다. 얇은 비단 두 겹으로 만들어낸 옷은 여인의 선을 그대로 드러냈기에, 그러지 않더라도 가녀린 그녀를 더욱 가녀려 보이게 만들었다. 마치 악인에게 핍박받는 죄 없는 여인과도 같은 황비를 바라보며, 키안은 그저 무심함만을 답해줄 뿐이었다.

"어설픈 짓은 하지 마라. 그대를 지키는 칼날이 그대를 베어내기 전에."

몇 초간의 당혹스러움이 황비를 두드렸다. 그녀는 귀가 뚫려 있음에도 이해되지 않는 키안의 말을 몇 번이나 되짚었다.

"무슨, 말씀인지, 이해가······."

"내 손으로 처단한 자객을 하나하나 짚어줘야 이해가 간다 할 텐가. 황비, 황녀는 랑(狼)가의 사람이다. 황녀를 해하고자 함은 곧 나에 대한 도전이지. 그대는 랑(狼)가와 척을 지고 싶은 것인가?"

키안이 하고자 하는 말을 가까스로 이해하자 이어지는 것은 머리가 띵할 정도의 충격이었다. 황비는 손끝까지 길게 내려오는 옷자락을 움켜쥐었다. 비단이 엉망으로 구겨질 것이 눈에 보였으나, 그것은 지금 그녀에게 그리 중한 일이 아니었다. 붉은 안료로 물을 들인 손톱이 손바닥 깊숙이 파고들고, 역시 붉게 칠한 입술이 잘근잘근 물어 뜯겨 나갔다. 이상했다. 황비는 언젠가 저를 잡아 먹을 듯한 인간들에게 둘러싸여 살아가며 예민해진 제 감각이 울리는 경보음에 귀를 기울였다. 이상했다.

이상해도 아주 이상했다.

그럼에도 그것을 인정해 버리면 차후의 일들을 감당할 자신이 없어, 황비는 억지로 밝은 목소리를 꾸며내 답했다.

"선황이 미쳐갈 때도, 죽었을 때도, 눈길 한 번 준 적 없지 않습니까. 황족이야말로 당신의 발목을 잡는 족쇄이지 않습니까. 이제 그 피, 오직 하나밖엔 남지 않았습니다. 거의 다 왔습니다.

늑대신을 대신해 비천한 인간이 피를 뒤집어쓰겠나이다. 당신은 그저 황녀에게 시선만 떼십시오."

"쓸데없는 짓이다."

"한 번만 눈 감으십시오. 모든 것이 끝날 것입니다."

키안은 겁에 질려 온몸을 부들부들 떨면서도 입만큼은 다물지 않는 황비를, 치맛자락을 움켜 쥔 흰 손을 새삼스러운 시선으로 바라봤다. 시연의 손이 피를 쏟는 관리로 어떻게든 유지되고 있는 것이라면, 황비의 손은 그 자체로 험한 것 한 번 쥐어본 적 없는 손이었다. 검 한 번, 활 한 번 쥐어본 적 없는 손은 그 자체로 나약함의 상징이다. 그럼에도 그녀는 인간의 몸으로서 닿을 수 없는 지점에 있는 사내를 앞에 둔 채 움직일 생각을 하지 않았다. 그것이 불유쾌해, 키안은 인상을 쓰며 직설적으로 경고를 뱉었다.

"좀 더 알아듣기 쉽게 말하지. 앞으로, 다시는, 랑(狼)가의 안주인을 건들지 마라. 그것은 그대로 랑(狼)가에 검을 겨누었다 이해될 것이다."

그리되면 남은 것은 오로지 전쟁이다. 허공에 뱉어지진 않았으나 충분히 읽어낼 수 있는 뒷말에 황비는 결국 무너져 내렸다. 그대로 무릎이 꺾여 앞으로 무너지는 여인의 몸을 받치는 손은 없었다. 가련히 떨리는 어깨를 도닥여 주는 온기 역시 존재하지 않았다. 바닥에 한 손을 짚은 채 그녀는 남은 한 손으론 제 입을 틀어막았다. 그 어떠한 소리도 밖으로 새어나가지 못하도록. 껍데기뿐인 자리와 권위만이라도 지켜내기 위해서. 볼일이 끝났으니 황비를 지나치는 사내의 걸음은 중간에 한 번 멈췄다.

"하나 더. 즉위식에 관한 연락은 받았다. 하니, 같은 내용의 명을 계속 하달하지 마라."

그리고 다시 이어지는 것은 침묵, 발소리.

장지문이 열리고 닫히는 소리, 다시 침묵.

오직 그것만이 궁을 가득 채웠다.

❀

"황비?"

"예. 지금 옥새가 황비의 손에 있다면서요. 소하가 같은 내용에 옥새가 떡하니 찍힌 게 잊을 만하면 온다고 짜증이 이만저만이 아닙니다."

다 좋은데 그 짜증을 저한테 푼다니까요. 태하는 린이 가져다 준 간식을 축내며 투덜거렸다. 양 볼이 불룩해질 정도로 떡과 양갱을 밀어 넣는 태하를 보며 방금 전까지 그에게 대련을 빙자한 구타를 당한 풍사가 질린 얼굴로 고개를 저었다. 욕을 잔뜩 들었을 때처럼 얼굴을 구긴 풍사는 손으로 부채질하며 투덜거렸다.

"황비 얘기는 꺼내지도 마."

"진 놈은 조용히 하고."

서로 오가는 시선에 불이 붙을 것만 같아 시연은 웃으며 둘 사이에 몸을 구겨 넣어 앉았다. 거리가 가까워지자 땀 냄새가 훅 풍겼다. 풍사, 우사, 운사 중에서 가장 싸울 만한 게 풍사인지 그가 올 때마다 호승심을 감추지 않으며 검을 빼드는 태하 덕이었다. 오늘도 땀범벅인 풍사의 어깨를 두드려 준 시연은 고개를 끄덕이며 중얼거렸다.

"황비마마라. 본래는 황후마마가 될 분이었지."

"마마!"

풍사의 외침에 시연은 어깨를 으쓱였다. 숨길 이야기도 아니었거니와 모르는 이가 없는 얘기였기에 그녀는 천천히 말을 이었다.

"보통 황후는 고관대작의 여식 중 황제와 나이대가 맞는 여식으로 결정되기 마련이거든. 여황의 부군인 낭(郎)이랑은 다르게."

"뭐가 다릅니까?"

"어…… 황제와는 달리 여황은 낭(郎)에 대한 선택권이 좀 넓다고 해야 하나? 내가 선택할 수 있었던 낭들도 꽤나 많았어. 일단 멀리 갈 것도 없이 풍사도 낭(郎) 후보였거든."

기어코 뱉어버린 말에 풍사는 끙, 신음을 흘리며 제 머리를 감쌌다. 갑작스러운 과거 고백에 놀라는 것은 온전히 태하의 몫이었다. 마루 바로 밖에 축 늘어져 있는 소나무를 바라본 시연은 생각만 해도 즐거운 과거에 킥킥 웃으며 말을 이어나갔다.

"생각해 봐. 열한 살 황녀를 가르치겠다고 열일곱 살이, 그것도 무과를 통과하지도 못한 꼬마가 오는 게 말이 되는지. 그럴 리가. 그게 아니라 우연을 가장한 상황에서 연심이 싹트면 좋겠거니 하고 밀어 넣은 거지. 보통 낭 후보들은 그런 식으로 여황이 될 황녀와 안면을 텄거든. 그것도 일종의 뻔한 전통 중 하나야."

"……열일곱이면 다 컸습니다, 마마. 그때 전 성인이기만 했어도 바로 전장에 나갈 수 있는 실력이었다구요."

풍사는 포기한 채로 스스로를 변호했다. 그런 풍사의 어깨를 한 번 더 두드려 주며, 시연은 씩 웃었다. 그런 식으로 밀어 넣어진 고관대작의 영식들이 한둘이 아니었다. 보통 맡는 가문을 이어야 했기에 낭(郞)후보는 둘째, 혹은 셋째가 대부분이었다. 그래서인지 풍사를 빼곤 하나같이 삶에 의지랄 게 보이지 않는 인간들이라 이젠 기억도 잘 나지 않았다. 먹으로 그린 그림 위에 물이라도 부은 듯 흐릿하기 그지없는 기억들 중에서 유일하게 유달리 선명한 이가 바로 풍사였다. 제가 낭(郞) 후보로 들이밀어진 것도 알지 못한 채 활을 쥐어보라며 자신만만하게 말하던 소년. 다들 보통은 제가 왜 황녀와 만나게 됐는지 알고 있었는데, 정말 제가 활 스승으로 선택되었다 믿은 소년은 놀라울 정도로 그쪽으로는 무지해서 오히려 신기했었다. 그때 활을 쏘는 저를 보곤 얼굴이 희게 질리던 풍사의 얼굴이 다시 떠오르자 그녀는 소리 없이 배를 움켜쥐고 웃었다.

"그렇다고 하지, 뭐. 어쨌든, 황비는 선황의 황후로 이미 정해져 있었어. 그러니까…… 태중혼약이라고들 하지, 그걸?"

"……인간들은 참 별걸 다 합니다. 아직 태어나지도 않은 이들을 혼인시킨단 말입니까?"

"뭐, 그런 거지. 낭(郞)은 별다른 권력을 갖지 못하는데 반해 황후는 궁의 내정을 전반적으로 관리할 수 있는 권력을 손에 넣을 수 있거든. 그래서 차기 관을 쓸 이가 황제인지 여황인지도 정해지지 않은 상태에서 다음 대 황후만큼은 이미 내정되어 있는 경우가 거의 대다수라 해도 무방해. 그런데 하필 선황께서 별 볼일 없는 가문의 여식에게 한눈에 반하신 거야. 그게 내 모후이시자 선대 황후마마시지."

너무 뻔하고, 너무 흔해 호사가들조차 관심 갖지 않을 그런 이야기였다. 그럼에도 선황이 모든 반대를 물리치고 사랑하는 여인을 황후에 올린 것은 주목할 만한 부분이요, 괄목할 만한 성공이라 할 수 있을 터였다. 시연은 마루에 걸터앉은 채 고개를 들어올리기만 하면 보이는 커다란 소나무를 올려다보며 제가 태어나기도 전에 일어난 일들을 짚어나갔다.

"황후가 되었어야 할 이는 황비가 되었고, 황후가 된 이는 날 때부터 약한 몸이 출산을 견디지 못하고 참으로 일찍 숨을 거두었지. 그에 선황은……."

시연은 이미 지나간 과거의 무게가 참으로 무겁다 중얼거리며 말을 마저 마쳤다.

"정신을 놓았어."

그것이 모든 것의 시작점이자, 끝이었다.

❀

대관식의 날이 잡혔다.

무녀가 길일을 택해 잡은 대관식은 이제 성큼 다가와 바로 내일이었다. 시연은 친히 제게 참석하라는 명과 함께 옥새가 찍힌 종이를 든 채 마음에 들지 않는다는 기색을 굳이 감추지 않았다. 그것을 그녀에게 가져다준 린은 인상을 쓰고 있는 시연에게 주름이 생긴다며 타박을 놓았다. 물론 그런다고 들을 황녀는 아니었지만. 그리 길게 뭐가 쓰인 것도 없는 것을 한참 동안 들여다보던 시연은, 한숨 섞인 말을 툭 던졌다.

"오랜만에 보겠네."

"누굴요?"

가볍게 던진 물음에 시연은 이미 잊어버렸다 생각했던 기억을 떠올렸다. 아직 아무것도 알지 못하던 시절의 이야기였다. 그저 완벽하다 확신했던, 그리하여 웃음과 행복만이 존재했던 시절의 이야기. 이제 더는 존재하지도 되돌아갈 수도 없는 그때를 잠시 떠올린 시연은 이내 그것을 떨쳐냈다.

"아아. 오라버니."

시연은 어느 순간부터 사이가 소원해진 오라비를 떠올리며 종이를 구겨 저 멀리 던져 버렸다. 옆에서 린이 옥새가 찍힌 종이를 그렇게 막 다뤄도 되냐며 잠시 걱정을 했으나 그것도 그리 길진 않았다. 구미호인 그녀에게 인간들의 황제는 고작 그 정도의 무게였다.

"대관식이라. 이렇게 막상 닥치니 기분이 이상하네."

"그러게요……. 그럼 마마님도 이제 곧 떠나시겠네요."

"……그러게."

시연은 미리 입어봐야 한다며 린이 가져온 의복을 묘한 시선으로 내려다봤다. 전통적으로 호국의 예복은 전부 붉은빛 일색이다. 모시는 신은 둘 다 붉은색과는 영 관계가 없는데 어째서 예복은 붉냐고 묻는다면 딱히 할 말은 없었다. 호국의 저명한 학자들이 여러 의견을 내놓았으나 정설로 알려진 것은 없었기 때문이다. 그저 어느 순간부터 붉었고, 그렇기에 지금도 그걸 따르고 있을 뿐이었다. 시연은 손을 대자 매끄럽게 미끄러지는 치마를 내려다보며 중얼거렸다.

"긴 일 년이었어."

"아쉬워요."

"언젠간 다시 볼 수 있을 거야."

때 이른 이별 인사를 하며 두 명의 여인은 서로 마주보곤 웃었다. 그러지 못하리라는 것을 알면서도 괜스레 해보는 말임을 서로 잘 알고 있었다. 린은 며칠 전부터 차곡차곡 방 한쪽에 쌓이기 시작한 장신구를 들어 올리며 말을 돌렸다.

"마마께선 대관식 날 그 누구보다도 아름다우실 거예요."

시연의 수하에 있는 상단은 대륙에서도 이름이 높았고, 그녀가 몸을 의탁하고 있는 곳은 무려 늑대신이 있는 곳이었다. 그러니 시연에게 주어지는 것들은 하나같이 세상에서 제일로 귀한 것들일 수밖에 없었다. 게다가 그 과정에서 암암리에 키안과 풍사 사이에 묘한 경쟁 기류가 흘렀기에, 오늘날 시연은 산호와 진주로 장식된 화려한 머리꽂이를 질린 눈으로 바라보고 있을 수 있었다. 물론 그녀의 취향은 손톱만큼도 고려되지 않아, 시연은 기쁨의 탄성 대신 골치 아프다는 신음을 흘렸지만.

보통 보석이라 함은 하나나 두 개로 장신구의 빛을 담당하는 역할을 하는 것으로 족했다. 그러나 린이 그녀에게 내미는 머리꽂이는 그 귀하다는 진주가 금을 얇게 펴 만든 나비의 날개를 따라 촘촘히 박혀 있었다. 주인공이 되어 홀로 빛을 받아야 할 진주가 한낱 장신구의 일부로 전락하는 순간이었다.

"돈이 썩어나나. 누가 진주를 이렇게 무식하게 박아?"

"왜요. 날개가 반짝이는 게 참으로 어여쁘지 않아요?"

예쁘다고 한다면 할 말은 없었다. 빛을 받을 때마다 여러 방향으로 빛이 반사되는 게 단숨에 시선을 사로잡을 정도로 화려하면서도 아름다웠기 때문이다. 그러나 그 모든 것을 뒤로한 문제가 있었으니.

"무거워."

시연은 묵직한 무게감을 자랑하는 머리꽂이를 복잡한 심경으로 내려다보며 한숨을 내뱉었다. 보통 여인의 머리 장식이란 신분이 귀할수록 화려해지기 마련이다. 즉, 이런 머리꽂이를 하나도 아닌 적어도 두세 개는 꽂아야 그녀의 신분과 격에 맞는다는 소리였다. 이렇게 무거운 것을 한 개도 아닌 두세 개나 꽂는다고?

"목이 부러질 거 같은데."

심각하게 중얼거리는 시연의 말에 린은 농담도 심하시다며 한바탕 신나게 웃었지만 그녀는 농담이 아니었다. 실제로 과거 황후 중 한 명은 과한 머리 장식 때문에 목이 부러져서 사망한 적도 있었으니 말이다. 그녀는 검도 쥐고 활도 쏘며 몸을 단련해 왔으나 아무리 그렇다 할지라도 목까지 강하게 단련하지는 않았다. 애당초 그 부위가 단련이 가능한 것인지도 의문스러웠다. 걱정을 입 밖으로 뱉자 진정으로 제 목의 안위가 걱정되기 시작한 시연은 진지하기 그지없는 표정으로 금박을 입힌 상자에 포장되어 있는 장신구를 하나하나 열어보기 시작했다. 그리 멀리 갈 것도 없었다. 세 번째로 집어든 상자를 열기가 무섭게 시연의 눈동자에 경악이 맴돌았다.

"대체 어째서 그 귀하다는 옥으로……."

차마 말을 잇지 못하고 고개를 젓는 시연의 옆에서, 린도 조용히 고개를 끄덕여 동조했다. 구미호가 보기에도 이건 조금 심해 보였기 때문이다.

"······화려하네요."

대관식의 날이 밝자 아침부터 치장을 시작한 시연이 한 시진 만에 녹초가 된 채 밖으로 나오자 그녀를 가장 먼저 본 태하의 감상은 짧고도 강렬했다. 그는 평소에 치마도 아닌 바지를 입은 채 뛰어다니던 여인과 지금의 여인이 동일인물인가 잠시 고민하는 듯했다. 그 정도로 공을 들인 여인과 그렇지 않았을 때의 간극은 넓고도 깊었다.

"무겁고, 힘들어."

예쁜 것은 둘째로 치더라도 호국의 예복은 여성에게 참으로 가혹하다며 시연이 한숨을 내쉬었다. 그 옆에서 린이 그만한 것은 감수할 가치가 있다 잔소리를 늘어놓았지만 말이다. 어찌되었건 린과 시연의 말마따나 호국의 예복은 불편하면서도 동시에 아름다웠다.

그녀가 저고리 위에 입은 당의는 치마보다 조금 더 밝은 붉은색이었다. 어깨에서 소매까지 이어지는, 늑대와 꽃을 형상화한 금박무늬는 화려하게 당의를 장식하고 있었고, 고름 바로 아래에 둥그렇게 금실로 경계를 둔 보에는 랑(狼)가의 상징이 색색의 실로 새겨져 있었다. 당의보다 어두운 색감의 붉은 대란치마의 아래엔 금박을 두 줄 입힌 뒤, 그 사이엔 역시 금박으로 금방이라도 하늘로 비상할 것 같은 봉황을 새겨 넣었다. 하늘신의 상징이자 황족을 상징하는 봉황과 그 봉황의 뒤를 바짝 쫓는 늑대의 모습은 금방이라도 살아 움직일 듯이 생생하기 그지없었다.

"붉네요."

입어본 적이 없으니 힘들다는 말엔 공감을 해줄 수가 없다. 그

래서 태하는 그저 표면적인 감상을 내뱉었다. 사실 그의 눈으로
봤을 때 인간들의 복식은 그다지 큰 차이가 없어 보였다. 좀 더
화려한가, 덜 화려한가의 차이가 고작인지라 그는 조심스레 섬돌
아래로 내려오는 시연의 손을 잡아주며 한마디 덧붙였다.

"비싸겠는데요."

틀린 말은 아니었으나 온 힘을 다해 치장한 여인에게 하기엔 참
으로 무심한 감상이라, 뒤따르던 린이 한껏 핀잔을 던졌다. 물론
제가 왜 그런 비난을 받아야 하는지 알 길이 없는 태하는 억울해
할 뿐이었지만.

안채를 벗어나자 그녀를 맞이한 것은 정복을 갖춰 입고 있는
키안이었다. 발소리가 들리자 바깥쪽을 보고 있던 그가 몸을 돌
렸다. 그는 시연이 제게 다가오고 있다는 것도 잊은 채 잠시 그
자리에 멈춰 섰다. 놀라움과 경탄이 잇따라 얼굴에 스쳐 지나갔
다. 린이 열심히 눈짓을 한 뒤에야 키안은 그 자리에 뿌리가 내린
것처럼 박혀 있던 발을 움직일 수 있었다.

"부인께…… 잘 어울리는군."

"그래요? 전……."

"내가 지금껏 봐왔던, 수없이 많은 황족들 중에서, 그대에게
가장 잘 어울려."

예쁘다는 말을 참 어렵게도 돌려서 하는 키안 덕분에, 그 뜻을
그제야 알아들은 시연의 얼굴이 확 붉어졌다. 주위에 우연을 가
장해 나온 백여우들과 길달들이 한가득인 상황에서, 그는 조금의
긴장도 되지 않는지 물 흐르듯 자연스레 시연의 손을 잡았다.

그녀를 가마로 인도하며 뒤를 따르는 린과 태하에게 눈짓한 키

안은, 주위에 아무도 남지 않게 된 뒤에야 몸을 기울였다. 걷는 속도는, 늦추지 않은 채로 시연의 귓가에 그는 작은 웃음소리와 함께 속삭였다.

"오늘, 부인이 그 누구보다도 아름다울 것임을 확신하지."

"그……!"

다급히 튀어나오던 외침은, 어느새 제자리로 되돌아가 아무렇지도 않게 자신을 바라보는 시선에 속으로 삼켜 버리고 말았다. 대신 그녀는 붉게 달아오른 얼굴을 한 손으로 가렸다.

시연은 가마의 창을 열었다. 열 달 전에 기쁨에 젖어 가로질렀던 이 길을, 다시는 되돌아가지 않겠노라 다짐한 곳을 제 발로 가고 있으니 참으로 기분이 묘했다. 궁이 가까워 옴에 따라 아침에 화려한 치장으로 인해 잠시 들떴던 심장께가 천천히 다시 차분함을 되찾아가고 있었다. 그녀는 참석하겠다는 확답을 보내지 않자 몇 번이고 제 손안에 밀어 넣어진 종잇조각들을 떠올렸다. 무슨 일이 있더라도 즉위식에 얼굴을 내밀라는 황비의 속내를 짐작하지 못할 바는 아니었다. 오늘 즉위식에 그녀가 자리를 지킴으로 인해 오라비는 명실상부한 호국의 황제로 자리매김할 것이다. 정식 계승자인 황녀마저 정통성을 인정하고 자리를 빛낸 대관식이 되리라.

그럼에도.

그녀는 다시 이 길을 되돌아가고 싶지 않았다. 이 길의 끝에는 단 하루도 평온할 날 없고 단 한 순간도 행복한 적 없던 제 유년과, 외면하고픈 소녀가 전부 있었기에.

"부인."

창이 열린 것을 보았는지 옆에 바짝 붙은 말 위에서 걱정 어린 목소리가 내려앉는다. 그것이 품은 감정은 참으로 투명해서 굳이 보고자 노력하지 않아도 훤히 들여다보였다. 그렇기에 시연은 제 속에서 들썩이는 것들을 하나하나 꾹꾹 발로 밟았다. 속으로 전부 밀어 넣은 뒤에야 감정을 덜어낸 목소리가 뱉어졌다.

"예."

"안색이 좋지 않은데…… 몸이 안 좋으면 굳이 가지 않아도 괜찮아."

제아무리 실세는 랑(狼)가의 가주, 랑 키안이라 할지라도 참으로 대담한 발언이지 않을 수 없다. 호국의 차기 황제가 좌에 오르는 날, 지엄한 명을 어기고 불참이라니. 시연은 만약 그렇게 된다면 분노로 얼굴을 시뻘겋게 물들인 황비가 값비싼 자기들을 무참히 내던질 것이라 생각하며 낮게 웃었다. 그렇게 한다 할지라도 랑(狼)가엔 차마 손대지 못함을 이젠 알기 때문이었다. 그러나 그녀는 이내 작았던 웃음소리마저 지워냈다.

"괜찮습니다. 황족으로서 옥새가 찍힌 명을 어찌 어기겠습니까."

"부인이 원한다면, 몇 번이든."

그것을 찢어발겨줄 수 있어.

한 치의 망설임도 없이 나온 대답에 시연은 눈을 감았다.

아.

참으로 달콤한 말이 아닐 수 없었다. 시연은 이제 확신하고 있었다. 저 남자는 제가 원한다 말한다면 무수한 병사들에게 랑(狼)

가의 이름으로 명해, 황궁을 제압할 것임을. 그것이 단 하루도 지나지 않아 그리 많지 않은 희생으로 이뤄질 수 있음을. 그것이 저를 동정해서도, 단순히 맹약으로 인해 묶여 있기 때문도 아니라는 사실을.

그러나 동시에 시연은 뼈저릴 정도로 잘 알고 있었다. 제가 그것을 원치 않는다는 것을. 그렇기에 이번에도 그녀는 고개를 저으며 거절의 말을 뱉었다.

"괜찮으니, 가겠습니다."

"……마음이 바뀌면, 언제든…….'"

"예."

짤막한 대화를 끝으로 그녀는 시선을 돌려 새로운 황제의 즉위에 축제 분위기인 거리를 구경했다. 싱숭생숭한 마음을 어떻게든 가라앉히기 위함이었다. 키안 역시 그런 그녀의 기분을 짐작했는지 가마 바로 옆에 붙었던 말이 거리를 벌리며 멀어졌다. 시연은 4년 만에 채워지는, 새로운 황제의 등극에 기꺼이 길거리로 나와 화려한 축제를 즐기는 사람들을 바라보다 시선을 허공으로 돌렸다. 이 모든 일들이 이제야 그토록 바라 마지않았던 시작점을 향해 다시금 달려가고 있음을 체감하며.

"새로운 나라를 세울 테야."

그때 그녀의 나이 고작 열셋이었다. 그녀는 제 앞에서 다과로 내놓은 꽃 모양의 약과를 집어먹고 있던 풍사가 입을 쩍 벌린 채로 굳자 와하하 웃음을 터뜨렸다. 방금 전 내뱉은 말의 무게가 단숨에 가벼워지는 듯한 웃음소리였다.

"마마…… 지금 제 귀가 뭔갈 잘못 들은 것 같습니다만……?"

"아주 잘 들렸을걸. 풍사, 그대의 말대로 이 나라는 국운이 다해가고 있어. 썩은 것을 도려내 다시 일으킬 시기조차 놓쳐 버렸지."

눈에 보이기 시작한 시점부터 이미 늦은 일이나 다름없었다. 시연은 마루 아래에서 데롱거리는 다리를 앞뒤로 휘저으며 말을 이었다.

"만약 내가 여황이 될 수 있다면, 평생을 바쳐 호국을 살려내 보고자 노력할 생각도 있어. 하나, 풍사. 나는 여황이 되지 못할 거야."

열셋, 어린 소녀의 무심한 말 속에 담긴 결코 가볍지 않은 내용에, 열아홉의 소년은 조금 놀라고 말았다. 황족이 언제고 어린 아이로 있을 수 없음을 모르는 바는 아니었다. 그러나 아직 정정한 부황을 둔 채로 수년 뒤의 일을 얘기하는 이가 겨우 열셋의 소녀라는 건 쉬이 넘길 수 없는 종류의 것임엔 분명했다. 풍사는 미련도, 욕심도 전부 덜어내어 아무것도 남지 않은 소녀의 얼굴을 바라보며 힘들게 대답했다.

"……어찌 그런 말을 하십니까. 마마께선 분명……."

"아니."

단호하게 고개를 젓는 그녀의 모습에 풍사는 더는 그렇지 않다 말할 수 없었다. 하루의 절반을 약과 술에 젖어 보내는 황제, 그리고 그 황제를 말리는 이 하나 없이 오히려 부추기는 주변. 풍사는 제 아비가 황녀와 황자 양쪽 모두에 줄을 대고 있음을 잘 알고 있었다. 모든 것은 황제가 얼마나 오래 버티느냐, 단지 그것뿐이었으므로. 지금의 황제는 하늘을 움직이는 진정한 반신이었으나 주변 그 누구도 그 반신의 생존을 기꺼워하지 않는다는 사실은 참으로 쓰면서도 현실적이었다. 시연은 약과와 함께 나온 오미자차를 홀짝이며 말했다.

"황비와 자리를 놓고 피를 보기 시작한다면, 호국은 분명 오래가지 않아 망국이 되겠지."

"마마."

"호국의 아래에는 예국이, 위에는 자하국이 있어. 내란이 일어나게 된다면 그 두 나라가 얌전히 구경하며 손가락만 빨고 있진 않을 거야. 게다가 황비의 외척은 대대로 무가 쪽 집안이지. 알잖아? 내란이 발발해도, 전쟁이 일어나도, 뿌리가 썩어버린 나무는 곧바로 쓰러질 거라는 걸."

풍사는 금방이라도 눈앞에 그려지는 듯한 피바람에, 질끈 눈을 감았다. 그 역시 걷기보다 더 먼저 잡은 것이 검이었으므로 잘 알고 있었다. 호국은 가장 강하나, 동시에 약점을 보이면 언제든 공격받을 수 있는 위치라는 사실을.

"그리 말하지 마십시오. 폐하께서, '옥새'가, 마마를 다음 좌의 주인으로, 여황으로 만들 것입니다."

시연은 웃었다. 웃을 수 있는 상황이 아니었음에도 불구하고, 그녀는 언제나 그랬던 것처럼 그린 듯한 웃음을 얼굴에 띠우며 말을 이어나갔다.

"알잖아. 폐하께서는……."

오래 살지 못해. 적어도, 내가 성인이 되어 그 옥새를 받을 수 있을 때까지는.

결국 내뱉지 못한 말만큼은, 입안에 가둬놓은 채로.

도착을 알림과 동시에 가마가 덜컹거리며 멈췄다. 동시에 꿈꾸
듯 멍해져 있던 시연의 두 눈에 초점이 돌아왔다. 그녀는 고개를
돌려 열린 문 사이로 들어오는, 일 년 전과는 달리 이젠 익숙해
져 버린 손을 조심스레 잡았다. 남은 손으로는 부피가 상당한 치
맛자락을 들어 올리며 가마를 벗어나자 하늘의 정중앙에 떠 있는
해가 가장 먼저 그녀를 반겼다. 혼례 날, 때 이른 봄비를 맞으며
떠난 이곳에 그녀는 겨울이 목전에 닥친 11월에 되돌아온 것이다.
"괜찮은가?"
"예."
평생 살아온 곳인데 괜찮지 못할 것이 무에 있냐며 시연은 7년
전 풍사와 대화한 날처럼 그린 듯한 미소를 지었다. 긴장으로 인
해 굳은 눈매와, 힘이 꽉 들어간 붙잡은 손을 전부 뒤로한 채 입
술만큼은 웃고 있는 그녀를 잠시 바라보던 키안은 무언가 말을
하는 대신 남은 한 손으로 가느다란 어깨를 감쌌다. 막 도착한 고
관대작들의 시선이 사이가 꽤나 좋아 보이는 황녀 부부에게로 가
닿았다. 몇몇은 서로 의미심장한 시선을 주고받기도 했다. 거리에
소문이 파다하게 돌 때도 진정으로 랑(狼)가와 황녀의 결합에 감
정이 있을 것임을 예상치 못했던 이들이, 지금의 상황으로 인해
앞으로 어떤 변화가 있을 것인지 빠르게 머리를 굴리는 게 눈에
보일 정도였다.
시연은 그것을 지적했다.
"대관식이 끝나기가 무섭게 랑(狼)가의 문턱이 닳겠네요."

"무슨 의미지?"

"그동안 뒤로 물러나 있던 랑(狼)가가 다시 움직일 것이라 예상하는 이들이 눈에 보이잖아요. 게다가 그 짝은 황녀이니 후사는 자연스레 다음 대 황위 계승권을 갖게 되거든요. 황족들이 황궁에서 홀로 외로이 죽어간 또 다른 이유이기도 하죠."

시연은 어깨를 으쓱이며 말을 이었다.

"아주 희박한 확률이지만 만약 '하늘'이라도 움직이게 된다면 차후……."

키안에게 설명하던 그녀는 잿빛 시선이 무게를 갖고 자신을 바라보자 입을 다물었다. 그제야 제가 하는 말 속에 약조한 적 없는, 약조할 수 없는 미래가 한가득이었다는 것을 깨달은 탓이다. 거기까지 생각이 닿자 제 어깨를 감싸고 있는 팔도, 제 손을 붙잡고 있는 손도, 모두 부담스러워져 시연은 고개를 숙였다.

오늘이 마지막이었다. 이렇게 겉보기로만 내세우는 부부의 모습도 제 옆에 키안이 서 있는 것도. 속이 헛헛해져 시연은 헛웃음을 터뜨렸다. 헛헛하다니. 한번 결론을 내린 일엔 뒤돌아본 역사가 없는 그녀였다. 그러할진대 이런 후회라니. 시연은 속으로 고개를 저으며 흔들리려는 마음을 다잡았다.

"부인을 닮은 아이라면,"

초봄, 비를 맞으며 지나온 제3문으로 다시 걸음을 들여놓으며 키안이 나지막이 속삭였다.

"무척 어여쁠 것 같군."

그저 온기만이 가득한 말에 속에서 무언가가 울컥 올라오는 기분이다. 시연은 제 쪽으로 다가오는 내관에게 시선을 고정하며 그리 생각했다. 기다리고 있었는지 제3문을 지나기가 무섭게 다가온 내관이 고개를 숙이며 안내하겠다 나서자, 키안은 고개를 끄덕이며 붙잡았던 손과, 어깨를 감싸던 팔을 치웠다. 갑작스레 사라진 온기에 시연은 몸을 가늘게 떨었다.

시간이 필요하다 했던가. 그녀는 내관의 뒤를 따라 즉위식이 이뤄지는 호령궁으로 걸음을 옮기며 제 옆에서 걷는 키안을 올려봤다. 선이 굵은 사내는 방금 전까지 제게 손을 내밀었던 이와 동일인인가 싶을 정도로 무심한 얼굴로, 정면만을 응시한 채 걸어가고 있었다.

그 옆을 걸으며 시연은 점차로 늘어가는 관료들의 모습과, 제게 쏟아지는 시선들에 조금의 관심도 두지 않았다. 분명 어제까지만 하더라도 이 모든 것들이 다시금 저를 뒤흔들 것이라 생각했는데, 막상 닥치니 그것들은 하나도 눈에 들어오질 않았다. 대신 그녀의 머리끝부터 발끝까지 가득 채운 것은 오늘 저녁, 너무 가늘고도 약해 이어져 있는 것 같지도 않았던 그와 저 사이의 끈이 끊어지고야 만다는 사실이었다.

"마마. 이곳에."

"……그래."

"랑(狼)가의 가주께옵서는 이곳에."

황제의 좌가 놓인 곳이 가장 잘 보이는 위치로 황녀와 키안을 안내한 내관은 몇몇 주의사항들을 짧게 읊어주곤 종종걸음으로 사라졌다. 호국 유일의 황녀의 혼례식에도 몸이 좋지 못하다는 핑계로 얼굴 한 번 내밀지 않았던 황비는 대관식이 시작되기 전임에도 불구하고 자리를 지키고 있었다. 황제의 좌 바로 옆에서, 이

랑을 품은
나리송이

젠 대비가 될 여인은 금으로 만든 관을 쓴 채 승리자 특유의 오만한 미소를 띠고 있었다. 반짝이는 검은 눈동자는 제 아래에 자리한 호국을 내려다보며 환호성을 내지르는 것만 같았다.

그런 황비의 기쁨은, 시연과 키안을 눈 안에 담자 언제 그랬냐는 듯 단숨에 사그라졌다. 천천히, 그러나 빠르게 시연과 키안을 번갈아 바라보던 황비의 눈이 가늘어졌다. 그녀는 잠시 제 눈을 의심했다. 제가 보고 있는 것이 십 년도 더 넘게 봐오고, 알아왔던 황녀가 맞나 의심스러워서, 그녀는 그리 멀지 않은 곳에 서 있는 시연을 찬찬히 뜯어봤다. 햇빛 아래에 서자 제 머리에 얹어져 있는 황금의 관처럼 반짝이는 머리칼은 곱게 틀어 올려져, 갖가지 화려한 머리꽂이로 장식되어 있었다. 암살을 걱정하느라 제대로 잠을 이루지 못해 까맣던 눈 밑은 언제 그랬냐는 듯 말갰고, 신경질적으로 물어뜯어 늘 피딱지가 앉았던 입술도 멀쩡했다. 하루에도 몇 번씩 손목을 그어 피를 내느라 예민함이 극에 달해 있었던 여인은, 볼에 살이 오르고 간혹 웃음 지을 때마다 볼우물이 움푹 들어가는 활짝 피어나는 꽃 같은 여인으로 탈바꿈해 제 눈앞에 서 있었다.

그럴 리가. 황비는 제 눈을 의심했다. 그러나 그녀가 보고 있는 현실이 사라지는 극적인 일은 벌어지지 않았다.

그럴 리가. 황비는 팔걸이의 끝부분에 붙은 늑대 장식을 있는 힘껏 움켜쥐었다. 그녀가 혼례를 통해 궁을 나가겠다는, 관을 포기하겠다는 시연의 제안을 받아들인 이유는 여러 가지였으나 확신했던 것은 단 하나였다. 궁을 나서더라도 황녀는 행복해지지 못할 것이라는 확신. 그것이 있었기에 황비는 황녀의 출가를 허락했다.

랑 키안이 결코 황녀를 마음에 두지 않을 것이라 확신했기에.

그리고 지금, 그 확신이 눈앞에서 산산이 부서지는 현실에, 황비는 까득 이를 갈았다.

"마마. 곧 식이 시작하오니 좌에서 일어서 주시옵소서."

옆에서 고개를 숙인 채 속삭이는 궁녀의 말에 따라 자리에서 일어나면서도, 황비의 시선만큼은 황녀에게서 떨어지지 않았다.

예상한 범주 외의 일이었다.

황비는 분노했다. 어째서 저리 행복해하나. 내 것은 온통 빼앗아가고 어찌……!

분노로 일렁이던 눈이 잿빛 시선과 마주친 것은 바로 그때였다. 언제고 저를 내려다볼 때면 아무것도 담기지 않은 것처럼 텅 비어 있던 잿빛 눈동자에, 이번만큼은 잘못 알아볼 수도 없을 정도로 선연한 감정이 가득 담겨 있었다.

"마마?"

비틀거리는 황비의 팔을 조심스레 받치며 궁녀가 괜찮으냐 물어왔으나 그녀는 답하지 못했다.

제가 와 박히는 두 눈이 하는 말이 너무도 명백해서, 그것이 그 자체로 공포라 입술도 움직여지지가 않았기에.

"키안?"

시연의 부름에 황비를 향해 있던 것이 단숨에 그녀를 향해 내려왔다.

"왜 그래요? 누구 한 명 죽일 것 같은 표정인데. 무슨 일 있는 거예요?"

요괴라도 나타났냐며 주위를 둘러보는 시연의 말에 키안은 조

용히 고개를 저었다. 그는 오른쪽으로 돌아 상석에 마련되어 있
는 황제의 좌를 향해 걸어오기 시작하는 황자를 눈짓했다. 황비
도 다시 일렁이던 마음을 수습했는지 자랑스러움이 뚝뚝 묻어나
오는 눈으로 제 아들을 바라보고 있었다. 키안은 그것을 번갈아
바라보다 말했을 뿐이다.

"그저…… 기분이 이상해서. 인간이 저 자리에 앉는 것은 처음
이니."

그의 말에 시연은 그 마음을 이해하며 고개를 끄덕였다. 그러
나 그녀가 이해한 것은 그가 느끼는 기분의 아주 작은 부분에 불
과했다. 키안은 예복을 입은 채 천천히 걸어오는 황자의 모습에
자연스레 겹치는 시연을 보고 있었다.

언제나 그러했듯 제 상징인 늑대를 새겨 넣은 머리 장식이 사
랑스러운 연갈색 머리칼의 절반을 위로 틀어 올리고 있을 것이다.
나머지 절반은 그 자체로 하늘신의 피를 이었음을 증명하기 위해
예복 위로 길게 늘어뜨려 햇살 아래에서 빛나도록 내버려 두어
감탄을 자아냈을 터다. 소매가 긴 붉은 예복을 입고, 선황의 위
패를 양손에 든 채로 고개를 꼿꼿이 세우고 고관대작들의 사이
를 가로질렀을 것이다. 심지어 신들 사이에서도 기죽는 법 없는
여인이니 인간들 사이에서야 더 말해 무엇할까. 그가 봐온 역대
황제와 여황들 중에서도 호국의 제일가는 장인이 만들었다는, 금
으로 된 관이 어울리는 여황이 되었을 것이다. 그 무게를 아는 여
황이었을 것이다.

그렇기에 그 누구보다 빛나는 여황이었으리라.

그 누구보다 호국을 태평성대로 이끄는…….

"황제 폐하 만세 만세 만만세! 만세를 누리소서!"

황자가 위패를 이전 황제들의 위패가 늘어서 있는 단의 가장 앞에 내려놓자, 기다렸다는 듯 사람들의 우렁찬 소리가 터져 나왔다. 키안의 상상이 깨지는 것도 동시였다. 그는 바짝 긴장한 채로 자리에서 일어나 황제의 머리 위에 관을 씌워주는 황비를 바라봤다.

바야흐로 호국의 23대 황제, 호 도운이 관을 받는 순간이었다.

톡, 토옥, 쏴아아──.

황금으로 만들어진 관이 이복 오라비의 까만 머리 위에 내려앉았을 때, 기다렸다는 듯 하늘에서 비가 쏟아지기 시작했다. 황제의 즉위를 위해 날을 받았기에 비는 불길함의 상징이나 다름없었다. 방금 전까지 세상을 가진 듯 환히 웃던 황비도, 황비의 측에 섰던 대신들의 안색에도 단숨에 안개가 꼈다. 황비의 고개가 바람을 가르며 시연에게 향했다. 방금 전까지 가득했던 기쁨과 자랑스러움은 망치로 내려친 듯이 부서진 지 오래였다. 수없이 많은 사람들 중에서 이것을 이해한 이는 황비와 키안, 단둘밖엔 없었다.

"부인."

키안의 부름에 꼼짝하지 않고 마치 꿈을 꾸듯 대관식을 보고 있던 시연이 빠르게 눈을 깜빡였다. 그녀는 비가 내리고 있다는 사실도 그때서야 알아차렸다.

"비, 가……."

멍하니 중얼거리며 여름의 소나기처럼 겨울비가 쏟아지는 하늘을 올려다보는 시연의 모습에 키안은 무어라 말하려던 입을 그만 다물어 버리고 말았다. 그녀가 느끼고 있을 것들을 온전히 이해

한다 자신할 수 없었기에.

무슨 정신으로 되돌아왔는지 알 수가 없다. 시연은 여전히 조금쯤 멍한 정신이, 린의 목소리에 되돌아오는 것 같다 중얼거리며 미간을 좁혔다.

"아유, 정말 쌤통이라니까요. 저잣거리도 난리예요. 이번 대 황제는 아주 텄다는 사람들이 어찌나 많은지 제 속이 다 시원하더라니까요?"

린의 말마따나 채 한 시진도 지나기 전에 대관식에 대한 얘기는 홍수처럼 불어나 있었다. 그 중에서도 압도적인 것은 단연 황제의 타당성에 대한 얘기였다.

"안 그래도 그, 색에서 확 티가 나잖아요."

시연은 혼자 벗는 것이 불가능한 예복을 벗는 데 도움을 주는 린의 말에 귀를 기울이다 씁쓸하게 웃었다. 고작 몇 달밖엔 차이가 나지 않는 동갑내기 이복오라비와 사이가 단단히 틀어지게 된 계기가 바로 그것이었다.

색. 그 확연하고도 확실한 증거가 또 어디에 있으랴.

"지금 사람들이⋯⋯."

"황비의 정절을 의심하겠지. 오랜 세월 쌓아온 공든 탑이⋯⋯ 무너졌겠군."

10인의 열사의 목을 베어 황비가 얻은 것은 한 가지가 아니었다. 황비는 직접적으로 검을 뽑아들고 피를 뿌리며 황녀에 대한 지지를 눌렀을 뿐만 아니라 황자의 혈통에 대한 소문도 뽑아내고자 했다. 그리고 그것은 죽음에 대한 공포를 기반 삼아 성공하는 듯 보였다. 아마 대관식 날 별다른 일이 벌어지지 않았다면 성공했을 터였다. 대관식은 말 그대로 하늘에게 좌의 정당성을 심사받는 날이자, 그 관이 정당한 것임을 증명하는 상징적인 과정이었기에.

그런데 그것이 망가져 버리고 말았다. 공든 탑은 빗줄기에 부서지고 무너져 남은 것은 오직 먼지뿐이라.

시연은 다시 황비를 향해, 주춤거리던, 그러나 여전히 날카로운 창끝이 겨눠지기 시작했음을 어렵지 않게 짐작할 수 있었다.

"어머. 오면서 들으셨어요? 예. 선황폐하가 아닌 어디 다른 남자와……."

다시 린의 입이 바삐 움직이기 시작했다. 어느새 내용은 황제의 대관식을 거쳐 자신에 대한 것으로 이어지고 있었다.

권력다툼에서 밀려 쫓겨난 적법한 황녀. 선황이 옥새를 손에 쥔 채 지목한 다음 대의 후계자. 그러나 그녀의 생각은 이복오라비에서 우뚝 멈춰서 있었다. 황제의 관을 손에 넣었으나, 평생을 제 피에 대한 불안과 의심 아래에서 살아갈 오라비를.

"너와 나뿐이다."

아침저녁으로 안부를 묻기 위해 황제가 머무는 처소로 향할 때면 언제나 듣는 말이었다. 황제가 마시는 술에는 대중이 없었다. 하루는 특산물로 올라오는 술을, 또 하루는 내관이 그저 가져다주는 술을 아무런 의심도 없이 마시는 것이 그의 하루 일과이자 유일한 낙인 듯 보일 뿐이었다. 평소엔 그 말이 대체 무슨 뜻이냐며 묻지 않았다. 술에 젖어 금침에 누운 듯 앉아 있는 그에게 물을 생각조차 하지 못했다는 게 더 맞을지도 모른다. 그러나 열 살이 되던 해, 시연은 처음 의문을 가졌고, 입을 열었다.

"아바마마께옵서 하는 말의 의미를 모르겠나이다."

자그마한, 황후 대신 저를 쏙 빼닮은 아주 자그마한 황녀의 물음에 황제는 웃음을 터뜨렸다. 그는 안주가 담겨 있는 사기그릇이 엎어질 때까지 박장대소하며 침상 위에서 데굴데굴 굴렀다. 시연이 몇 살만 더 어렸다면 제 아비가 드디어 미쳐 버렸다며 울음을 터뜨렸을지도 모를 일이었다. 그보다 더 나이가 많았다면 체통을 지키라 한마디 했을지도 모른다. 그러나 그녀는 고작 열 살이었기에, 울거나 입을 여는 대신 두 눈을 동그랗게 뜨고 손이 희게 질릴 때까지 치맛자락을 움켜쥔 채로 인내했다. 다행히도 그리 길게 인내할 필요는 없었다. 언제 웃었냐는 듯 서늘한 눈을 한 황제가, 정말이지 믿기 힘들다는 양 되물었기 때문이었다.

"제왕학을 배우고 있다 들었거늘. 황녀의 스승들이 하나같이 천재라 치켜세우더니만, 그것이 죄 거짓일 줄이야."

황제는 제 앞에서 바들바들 떨고 있는 딸아이를 내려다봤다. 만약 세상을 뜬 황후를 빼닮았더라면…….

중얼거리던 황제는 이내 고개를 저으며 다시 술병을 집어 들었다. 킬킬 웃는 황제의 손에서 몇 번이고 미끄러진 술병은 이미 거의 바닥을 보이고 있었다. 그럼에도 황제는 술을 입안에 털어 넣는 것을 포기하지 않았다. 다시 취하기 위해. 한 뼘이라도 더 멀리 헛된 현실에서 벗어나기 위해.

"잘 들어라. 황족은 오직 친탁(親─)을 한다. 머리칼도, 눈도, 심지어는 외양마저도 외가를 닮는 황족은 없어. 그럼에도 황비는 과거 수많은 황족들 중에서 다른 색을 타고난 황족들을 들먹이며 주장하지. 황자가 황제의 피를 이었음을. 어리석은 짓이야."

황제는 아직도 맥락을 잡지 못하는, 혹은 이미 알고 있음에도 믿고 싶지 않은 사실에서 도망치고 있는 황녀를 바라보며 혀를 찼다. 여황이 될 아이였다. 그는 더 이상 누구에게서도 아이를 볼 생각이 없었으니, 다음 대 좌에는 황녀가 앉아야 마땅했다. 그렇기에 황제는 잔인한 사실을 날것 그대로 제 아이 앞에 내던졌다.

"짐은, 일평생, 오직 한 여인만을 안았고, 사랑했고, 떠나보냈다."

감정이라고는 한 점 없는 눈. 술만을 탐하던 입에서 던져진 서늘하리만치 차갑고도 냉정한 사실. 그것에 황녀의 몸이 한 차례 크게 떨렸다. 바로 어제까지만 해도 오라비라 여기며 같이 활을 쏘던 이가 생판 남이라는 사실을 알게 된 황녀의 충격은 컸다. 반쯤 넋이 나가 버린 채 제대로 된 예조차 올리지 못하고 황녀가 비틀거리며 사라지자 황제는 비어버린 제 앞자리를 바라보다 다시 술병을 들어올렸다.

"그럼에도. 웃는 모습만큼은……."

황후가 웃는 모습과 꼭 닮은 아이가 일순간 머릿속을 스쳐 지나간다. 그렇기에 결국 제 손으로 거둔 아이의 웃는…….

아아.

그 무슨 헛된 생각인가. 이미 그 주인은 없건만.

황제는 눈을 감았다. 이미 말라 버려야 했을 눈가엔 다시금 뚝, 무언가가 떨어져 내렸다.

황제는 눈을 감았다. 앞으로 내뻗은 손은 이미 한계라 말하는 각종 약들을 집어 술병에 털어 넣었다. 환각제, 마약, 여러 가지 이름으로 불리는 새하얀 가루들은 그의 수명을 착실히 깎아 먹어가고 있었다. 만약 황족의 피가 아니었다면 오래전에 죽음과 조우했을 정도로.

참으로 지독한 피다. 원하는 죽음을 맞이하기가 이리 힘들다니.

황제는 술병을 들었다.

오늘에야말로 죽을 수 있길 간절히 빌며.

"……어찌되었든, 대비가 한바탕 난리를 쳤다고 소문이 자자해요."

예복을 전부 갈아입은 것과 동시에 마무리 된 린의 얘기에 시연은 눈을 깜빡이며 웃었다. 절반 정도는 흘려버렸지만 흘려버린 절반에 들어 있던 내용들은 대충 예상이 가는 바였다. 그녀는 다시 편한 복장으로 되돌아오자 해방감마저 느끼며 자리에 주저앉았다. 두 시진은 족히 걸린 대관식에 온몸이 뻣뻣하게 굳어버렸기에 보드라운 침상에 앉자 입에서는 자연스레 탄성이 터져 나왔다. 그런 시연을 보며 호호, 웃은 린은 이내 잊고 있던 게 떠올랐다는 표정으로 말했다.

"아, 그리고 풍사, 우사, 운사가 와 있어요. 옷 갈아입으시면 바로 말해 달라고 신신당부를 하던데요."

"……벌써? 산채로 가는 건 저녁이라고 했는데."

"불안해서 기다릴 수가 없었다고 사내 셋이 어찌나 발을 동동 구르던지, 백여우들이 그 모습이 재밌다고 한참 웃었답니다."

매번 번갈아가면서 랑(狼)가에 온 덕분에 풍사, 우사, 운사가 꽤 익숙해진 린은 눈꼬리를 휘며 말했다. 그녀는 자신이 구미호임을 안 뒤에도 거북해하지 않는 사내들에게 꽤나 호감을 갖고 있었다. 린은 이마를 짚는 시연을 바라보며 말을 이었다.

"아. 운사는 대관식에 참여하기 위해서라면 가출한 집에 다시 돌아가겠다고 우기다가 우사에게 한 대 맞았답니다."

참 재밌는 인간들이라 보는데 질리진 않았어요. 린은 즐거이 웃으며 그들을 불러주겠다고 말하곤 밖으로 나갔다. 소리도 없이 장지문이 닫히고, 홀로 남겨진 시연은 그제야 성큼 현실로 다가온 이별을 체감했다. 가벼워진 옷 무게와는 반대로 마음의 무게는 시간이 갈수록 점차 묵직하게 속을 짓누르는 것 같아, 그녀는 마른세수를 하며 깊이 숨을 들이마셨다.

그토록 고대하던 순간이었건만, 이토록 머뭇거리는 것은 무엇 때문이란 말인가. 시연은 열려 있는 동그란 창을 통해 넘어오는, 이젠 귀에 익은 백여우들의 웃음소리에 귀를 기울이며 눈을 감았다.

물론.

"마마아!"

기다렸다는 듯 장지문을 열고 들이닥치는 사내들 덕분에 그 고요함은 그리 길지 않았지만 말이다. 가장 먼저 박차고 들어온 것은 풍사였다. 그는 처음엔 어색하기 그지없었던 병사 복장이 꽤나 잘 어울리는 경지에까지 올라 있어서, 이젠 얼핏 보면 병사로 착각할 정도였다.

"얘기 들었습니다. 황…… 아니지, 대비가 패악을 부리진 않았습니까?"

만약 그랬다면 당장에 황궁으로 뛰어갈 것같이 비장한 표정을 짓고 있는 풍사의 물음에 시연은 와르르 웃음을 터뜨렸다. 방금 전까지 목구멍을 옥죄던 고민은 잠시 뒤로 밀어낸 채로, 그녀는 뒤이어 풍사의 뒤통수를 후려치며 안으로 들어오는 운사를 맞이했다.

"우사는?"

시연이 보이지 않는 이를 찾자, 운사가 답했다.

"가위바위보에서 져서 먼저 산채로 돌아갔습니다. 그쪽에도 준비할 게 산더미니까요."

그 녀석은 항상 보자기만 낸다며, 이 험한 세상 어찌 살아갈까 걱정이라는 말을 늘어놓은 운사는 차근히 시연의 안색을 살폈다.

"별일 없으셨습니까, 마마."

"일이 있을 게 뭐 있어. 예정대로 오늘 떠나면 돼. 그것뿐이야."

웃는 시연을 보며 운사는 미간을 좁혔다. 무언가 말을 할 것처럼 입술을 달싹이던 그는, 이내 마음을 바꿔먹었는지 꾹 입을 다물었다. 이미 마음을 정한 주군의 속을 다시 뒤흔들지 않기 위해서.

계획은 단순하면서도 간단했다. 가장 먼저 해가 저무는 틈을 타 시연이 산채로 이동해야 했다. 눈에 띄기 쉬운 머리칼과 눈동자를 감추기 위해 부득이하게 선택한 시간대였다. 이후로 활약하는 것은 시연이 오랜 세월 공들여 온 천랑상단이었다.

운사를 주축으로 움직이는 천랑상단은 그 규모가 가히 대륙에서 제일로 꼽힐 정도라 한 번 상행을 나설 때면 움직이는 짐마차만 수십 대에 달했다. 시연이 열셋의 나이에 가장 먼저 상단을 꾸리고자 한 여러 이유 중 하나가 바로 이것이었다. 의심받지 않고 많은 이들을 한 번에 빼돌릴 수 있는 유일무이한 방법이었기에.

그녀를 필두로 산채에 머무는 대다수는 짐마차에 몸을 숨긴 채 해가 뜨자마자 호국을 빠져나가는 것이 계획의 시작이었다.

"……천랑상단이 마마가 만드신 것이란 말입니까?"

해가 수평선 너머로 넘어간 뒤 시연을 산채까지 호위하는 역할을 맡은 태하는 대략의 계획을 듣다 질린 표정으로 물었다.

"아니, 대체 어떻게 그게 가능합니까?"

덕분에 랑(狼)가에서 출발하기까지 남은 일다경을 시연은 넘쳐나는 태하의 궁금증을 해결해 주는 데 쓰고 있었다.

"내탕금이 있잖아. 알지 모르겠지만, 황족에게 배당되는 내탕금의 규모는 상당하거든."

뭘 상상하건 그 이상이라 말하며 그녀는 씩 웃었다. 어찌나 그 금액이 거대하던지, 시연은 처음 제 앞으로 배정되던 내탕금의 금액을 알아봤을 땐 너무 놀라 펄쩍 뛰었다. 그 전까지는 관심조차 두지 않았던 내탕금은, 매년 어마어마한 금액이 배정되었다가 연말에 미처 다 사용되지 못한 것은 그대로 회수되고 있었다. 한창 상단을 꾸릴 자금을 구하기 위해 고민하던 그녀로서는 아주 적절한 자금줄이 아닐 수 없었다.

"그걸 보석으로 바꾼 다음, 몰래 밖으로 빼돌렸지. 보통 황족들이 개인적으로 소유하는 보석의 목록은 따로 기록하지도 않을 뿐더러 개인적인 사치라 여겨져 제재를 가하지도 않아서 가능한 일이었어."

한순간의 충동으로 벌인 일이 아니란 말이었다. 말이 쉽지, 그 과정이 얼마나 복잡하고 또 어려웠을지 짐작도 가지 않아 태하는 얼굴을 구겼다. 황족이 구입하는 보석은 작은 반지 하나에 들어가는 것도 최고급이었다. 세상의 땅이 아무리 넓다 한들 호국 안으로 유입되는 보석의 양이 무한정하지는 않을 터. 그중에서도 황족이 구입할 만한 최고급 보석은 그 수가 매우 제한적이었다. 그럼에도 유동적이게 자금을 유통시켰다는 것은 시연이 직접 발로 뛰고 문제가 생기지 않도록 노력해 왔다는 반증이었다.

"그 돈을 기본 자금으로 두고, 처음엔 유목민을 대상으로 장사를 시작했지. 그쪽은 보통 어느 나라에도 소속되어 있지 않아서 배척당하느라 여러 물건들이 부족하거든. 그리고 나라를 세우는 것이 본래 목표라 유목민들과 관계를 다질 필요도 있었고."

"대단하십니다."

순수한 감탄에 시연은 어깨를 으쓱였다. 직접 움직인 것은 운사였으므로, 찬사를 받을 이가 있다면 그것은 바로 그라는 것이 그녀의 생각이었다. 자리에 앉아 말로만 떠드는 것은 누구나 할 수 있는 일이다. 대단한 것은 그것을 행동으로 옮겨 현실에 실현시키는 이였다.

몇 번이고 대화가 오고가자 정해진 시간이 얼추 되어, 시연은 자리에서 일어났다. 그녀의 옆에서 말을 거들며 낯부끄러운 칭찬을 늘어놓던 풍사와 운사도 긴장한 기색이 역력한 채로 출발할 준비를 마쳤다.

막 대문을 나서려 할 때였다. 그때까지 얼굴 한번 내밀지 않던 소하가 갑작스레 나타난 것은. 그의 등장에 눈물을 찍어내던 린도, 안 가면 안 되냐며 그녀를 잡던 백여우들도 잠시 이별의 순간을 접고 의아한 기색을 감추지 않으며 소하를 바라봤다. 시연 역시 마찬가지라, 그녀는 그리 좋지 못했던 소하와의 관계를 떠올리며 고개를 갸웃했다.

"주군께서, 전하라 하셨습니다."

잘 가라는, 몸조심하라는 인사 한마디 없이 소하가 건넨 것은 옥을 얇게 깎아 만든 반지였다.

"이것은……."

"일전에 말하신 것이라 하면 아실 것이라 하더군요."

그 말에 시연은 갑작스레 몰아닥친 일들에 잠시 잊고 있었던 기억을 떠올리고는 낮은 탄성을 뱉었다.

"정확히는 알 수 없으나, 단순한 변덕일 가능성이 커. 그래도 혹시 모르니 궁희(宮姬)에게 다른 부적을 받아놓을 테니, 그것도 몸에 지니고 다니도록 해."

그의 목소리가 귓가에 웅웅 울리는 것만 같았다. 옥지환에 키안의 온기가 느껴지는 것만 같아, 시연은 잠시 그것을 손에 쥔 채 멀거니 내려다봤다. 헤어짐의 순간에 건네는 것이 반지라니. 그가 마지막으로 강한 한 방을 던지길 원한 것이라면 아주 제대로 먹혀들었다. 시연은 열심히 이것저것 얘기를 늘어놓느라 잠시 흐릿해졌던 늑대신이 성큼 제 앞에 서 있는 것만 같아 몇 번이고 눈을 깜빡였다. 옥지환을 꾹 움켜쥐곤 그녀는 하늘을 한 번, 땅을 한번 올려다보고 내려다봤다.

그런 시연을 바라보는 이들은 하나같이 그녀가 별채로 달려갈지도 모른다 생각했다. 그 모습은 아무리 아니라 변명한다 할지라도 누군가를 연모하는 여인의 모습이었으므로.

그러나 그것이 전부였다. 그녀는 갑작스레 별채로 뛰어가지도, 울지도, 그 자리에 주저앉지도 않았다. 그저 의연히 옥지환을 네 번째 손가락에 끼우곤 저를 바라보는 이들을 향해 말했을 뿐이었다.

"가자."

그 속내를 짐작할 도리가 없어, 그들 중 아무도 차마 입을 열 수 없었다. 그저 시연의 말에 따라 그들은 짧은 인사를 서로에게 건네곤 랑(狼)가를 벗어났다.

"마마."

대관식에 비가 내렸기 때문인지, 축제 분위기였던 거리는 일찍 파장을 맞이한 지 오래였다. 사람들이 밤새도록 축제를 즐길 것을 고려해 일부러 해질녘을 고른 이유가 사라지자 시연은 잠시 허탈한 웃음을 뱉었다.

"응?"

시연이 고개를 들며 대답하자, 운사는 잠시 머뭇거렸다. 제가 이 말을 해도 괜찮은지 고민하는 기색이 역력했다. 그러나 결국 그는 시연이 손에 낀 반지를 곁눈질하며 입을 열었다.

"괜찮으십니까."

그 말이 심장을 아프게 친다. 시연은 그리 생각하며 웃었다.

그녀는 말을 달려 랑(狼)가가 더는 보이지 않고 산채가 있는 산이 눈 안에 들어오기 시작한 뒤에야, 말에서 내려 걷기 시작한 뒤에야, 한참 전의 물음에 답을 내놓았다. 그리 오래 들끓는 속내를 내리누른 뒤에야 의연히 답할 수 있었다.

"괜찮지 않을 게 뭐가 있어. 드디어 오랜 세월 쌓아올린 숙원이 이뤄지는 날인데."

"마마, 저는……."

그러나 어렵사리 시작한 운사의 말은 채 끝맺지 못했다. 앞에서 갑작스레 멈춰 선 태하로 인해 뒤통수를 박았기 때문이었다. 얼얼한 고통에 눈꼬리에 찔끔 매달린 눈물을 훔치며 운사의 고개가 정면으로 되돌아갔다. 왜 그러느냐며 한 소리 하기 위해. 그런 운사의 팔을 잡아챈 것은 시연이었다. 그녀는 귀신을 본 것처럼 희게 질린 얼굴로 한 손으로는 운사를, 남은 한 손으로는 풍사를 제 등 뒤로 보내며 잇새로 중얼거렸다.

"……달려라. 말이 있는 곳으로 곧장 달려."

"예? 마마, 왜 그러십니……."

의아함을 감추지 못하던 두 사내의 의문을 풀어준 것은, 시연을 경악하게 하고 태하가 검을 빼들게 만든 장본인이었다.

"이런. 반신반의했는데…… 정말 그 도깨비가 일을 자알 해주었구나. 아아아. 드디어, 드디어, 오랜 숙원이 이뤄지는 날이 왔노라. 감히 땅의 것을 탐낸 하늘을 찢어발겨 그 피로 대지를 적시고 그 살은 대지의 양분이 되는 순간이 도래했노라. 이날만을 기다리며 수없이 보낸 날들이 참으로 기쁘구나."

목소리는 사내들이 넘어갈 정도로 간드러졌으나, 담긴 내용은 섬뜩해 풍사와 운사는 잠시 제 눈을 의심했다. 그들이 보고 있는 것은 여인이었다. 전모를 쓰고, 풍성한 치맛자락을 자랑하는 가녀리고도 아리따운 여인. 그러나 벌레 한 마리 죽여보지 못했을 것 같은 여인이 붉디붉은 입술을 휘어 올리며 노래하듯 말하는 것은 그 무엇보다 처참한 죽음이었다.

시연은 제 앞에서 검을 뽑고 있는 태하를 한 번, 등 뒤에서 아직 명확한 상황파악을 하지 못한 풍사와 운사를 한 번 바라보고는 미간을 좁혔다. 반지는 분명 제 손에 있었다. 그럼에도 그것은 마고에게 아무런 영향도 미치지 못하는 것만 같이 그저 고요하기 그지없었다. 무언가가 잘못됐다. 시연은 아랫입술을 물어뜯었다. 무언가가 잘못되었어.

"마고다. 인간은 상대하지도 못해. 그러니 랑(狼)가로 달려가, 누구에게든 도움을 청해라."

그러나 그녀의 말이 끝나기도 전에 풍사가 허리춤에 맨 검을 빼들었다. 그는 제 팔을 잡고 있는 시연의 손에서 단숨에 벗어나, 태하의 옆으로 가 섰다. 제 앞을 막아선 어리석은 이들을 바라보던 마고는 기분 좋게 웃었다.

깔깔깔, 목청 높여 웃는 그녀의 등 뒤로 점차 저물어가는 노을이 마치 피인 양 붉디붉어서, 시연은 이를 악물었다.

"인간이야 항상 어리석지. 아아, 그런데 도깨비야. 너는 어찌 내 앞을 막아서느냐? 정녕 그 철 조각으로 나를 막을 수 있으리라 여기는 것이냐."

마고는 진정으로 안타깝다는 표정을 지은 채 고개를 저었다.

"고작 500년이 이리도 길다니. 이리 어리석은 이들이 늘어날 정도로 긴 시간이라니. 참으로……."

풍사는 검을 쥔 제 손이 떨리고 있다는 것을 그제야 눈치챘다.

마고의 눈을 마주했을 때, 그는 본능적으로 이것이 불가능한 싸움이라는 것을 인정할 수밖에 없었다. 그리고 공포를 떨쳐내기 위해 숨을 들이마셨을 때, 손안에서 미끄러지는 검을 붙들기 위해 풍사는 눈을 부릅뜰 수밖에 없었다.

"……참으로 어리석은 이들아, 누구에게 검을 치켜들고 서 있는 게냐?"

이미 마고는 그들을 지나쳐 시연의 앞에 서 있었기에.

시연은 얼어붙은 듯 굳어 있는 태하와 풍사를, 제 뒤에서 주저앉아 버린 운사를 차례로 살폈다. 뻣뻣하게 긴장되어 있던 어깨에서 서서히 힘이 빠졌다. 너무 지고하고 또한 강대해, 속내를 감출 이유도 필요도 없는 여신의 목적을 마주하자 그녀는 저도 모르게 안도의 한숨을 흘렸다.

"다행이군요."

씹어뱉듯 내뱉는 말에, 처음으로 마고가 놀란 표정을 지었다.

"어머, 다행이라니. 참으로 어울리지 않는 말을 하는구나, 하늘의 아이야."

그녀는 운사의 팔을 잡고 있던 손을 놓으며 말을 이었다.

"아뇨. 다행입니다. 마고께서 관심 있으신 것이 오직 저뿐이라 말이지요."

찰나의 순간이었다. 허리춤에 차고 있던 검을 빼든 시연이 그것을 허공에 휘두른 것도, 마고가 그것을 눈 한번 깜빡이지 않고 피한 것도. 그러나 처음부터 벨 수 있을 것이라 믿진 않았다는 듯 시연은 장검을 그대로 바닥에 내던진 채 뒤돌아 달리기 시작했다.

"이런."

마고는 여인치고는 꽤 빨리 달리는 시연을 바라보며 혀를 찼다. 그녀는 고개를 옆으로 기울이며 폭, 한숨을 내쉬었다. 세상을 알지 못하는 아이의 어리석음을 볼 때면 어미가 짓는 그런 종류의 한숨이었다.

"이리도 필사적이라니."

그녀는 이미 제 손안에 있는 것들을 내려다보며 고개를 저었다.

"이미 늦었거늘."

그녀의 손안에는, 새하얀 노리개와, 동그란 옥지환이 들려 있었다.

시연은 잡아 뜯겨진 고름을 굳이 내려다보지 않았다. 보지 않더라도 노리개도, 옥지환도 사라졌다는 것을 느낌상으로 알 수 있었다. 무슨 조화를 부린 것인지는 알 수 없었다. 알고 싶지도 않았다. 그저 그녀의 머릿속을 가득 채운 것은 어떻게 해서든 랑(狼)가로 되돌아가야 한다는 사실 하나뿐이었다. 린의 말을 들었을 땐 그것이 정녕 최선의 방법인가 싶었으나 막상 닥치니 머릿속을 온통 가득 채우는 것은 단 한 사람뿐이었다. 그녀는 위협이 목전에 닥친 뒤에야 린의 조언이 정녕 유일한 방도였음을 인정할 수밖에 없었다.

[피.]

아.

시연은 귓가로 파고드는 끈적이는 목소리에 휘청거리는 발을 억지로 앞으로 뻗었다. 해가 지고 있었다. 아니, 이미 진 것인지도 몰랐다. 노을이 남아 있던가? 그녀는 그러나, 눈앞이 온통 시뻘겋게만 보여서, 도저히 그 단순한 사실을 알 도리가 없었다.

[피다. 피. 하늘신의 피.]

[피를 마시고, 살을 뜯어, 영생을, 아아, 영생을!]

점차 가까이 다가오는 목소리에 그녀는 도박을 하듯 몸을 숙였다. 허리가 아래로 휘어지고, 허벅지에서 단검을 뽑아든 그녀의 상체가 그대로 뒤쪽으로 틀어졌다. 억지로 비튼 몸에 절로 흘러나오는 신음을 억지로 삼킨 시연은 그대로 검을 옆으로 그으며 그슨대를 베어냈다.

술자리에서 쌓은 지식이 참으로 요긴하게도 쓰인다. 그녀는 그 와중에서도 그런 생각을 했다.

"요괴를 베는 것은, 기의 싸움이라 해도 무관할 것이다. 그리고 그대의 피에 미쳐 달려드는 것들은, 전부 하늘신의 피보다 아래에 위치해 있으므로 부인이 쥔 검으로 벨 수 있을 테니……."

"사정 봐주지 말고 베라."

횡으로 긋는 단검의 궤도를 따라 그슨대가 고통으로 울부짖었다. 그러나 하나를 처리했다 해 쉬이 마음을 놓고 쉴 수 없었다. 시연은 점차로 저를 둘러싸기 위해 모습을 드러내는 이름조차 알 수 없는 수많은 요괴들의 모습에 속으로 욕설을 뱉었다. 그녀는 검에 묻은 피를 한번 털어내고는 다시 달리기 시작했다. 하나하나 상대했다간 끝도 없다는 것은 한 번 보는 것만으로도 알 수 있었기에, 그녀는 이를 악물고 달렸다.

"젠장할, 키안, 어디에 있는 거야."

시연은 자신이 무슨 말을 하는지도 몰랐다. 그 정도로 그녀는 절벽에 몰려 있었다. 당장의 죽음이 두려운 것은 아니었다. 그녀는 무수히 많은 죽음을 보고, 듣고, 경험하며 자라났기에 그것이 오히려 언젠간 다가오는 필연적인 것임을 누구보다 잘 알고 있는 축에 속했다. 그러나 이건 아니다. 시연은 다시금 욕설을 뱉으며 검을 휘둘렀다. 이런 식은 아니었다. 이렇게 제 피를 갈망하는 요괴들에게 잡아먹히는 끝은 상상한 적도 없었다. 질척한 무언가가 그녀의 팔을 잡아끌어, 그녀는 반쯤 허리를 비틀며 그대로 그것을 베어냈다. 무엇인진 볼 생각도 들지 않았다. 보고 싶지도 않았다.

"젠장!"

무언가가 왼쪽 다리를 잡아챘을 때, 그녀는 기울어지는 시야를 억지로 붙들기 위해 이를 악물며 욕지기를 내뱉었다. 오만가지로 갈래갈래 찢어져 들끓던 감정이 오직 한 가지에 집중되고, 저를 잡아 뜯으려는 것에 강한 분노를 느꼈을 때…….

소리보다 먼저 빛줄기가 밤하늘을 찢어 내렸다. 먹구름도, 비도, 아무것도 없이 맑은 하늘에 갑작스럽게 떨어져 내린 빛줄기는 이내 귀가 아플 정도로 맹렬한 소리를 내며 제 존재를 알렸다.

콰쾅!

하늘에서 번개가 내리꽂혔다.

어둠을 가르고 땅을 향해 그대로 처박듯 꽂힌 빛줄기는 하늘신의 후손이 품은 분노에 공명하듯 강렬하기 그지없었다. 등 뒤에서 일직선으로 떨어진 번개에 그녀의 두 눈이 더는 커질 수 없을 정도로 확장됐다. 무언가가 터지는 소리, 그리고 그 잔해가 제게도 튀는 끔찍한 기분을 동시에 느끼며 그녀의 고개가 천천히 뒤로 향했다. 결국 제 다리를 잡아챈 것이 무엇인지 알아볼 수도 없을 정도로 새까맣게 타버린 자국은, 방금 전 그녀가 들은 소리와 본 빛이 거짓이 아님을 반증해 주고 있었다. 시연은 그제야 생각지도 않았던 사실을 깨달았다. 찬물에 오래 몸을 담그면 결국 추위마저 잊는 것처럼, 너무 오랫동안 그저 알아왔기에 그 위력도, 가치도, 무서움마저, 머릿속 저편에서 잊히고 있었던 것이 단숨에 몰려드는 기분이었다.

"……하늘."

시연의, 목에 졸린 듯한 목소리가 선언하듯 뱉어졌다. 다음으로 그녀가 한 일은 풍사나 운사가 혹여나 제 뒤를 쫓진 않았는가 확인하는 것이었다. 그저 눈에 보이는 것들이라고는 온통 새카맣게 보이는 요괴들뿐이라, 안심해서는 안 될 상황에서 안심하며 그녀는 다시 몸을 일으켰다. 바닥을 짚는 손이 덜덜 떨리고 있었고 이미 온몸은 찐득한 잔해와 모래, 먼지로 엉망이었으나 그런 사소한 것들은 눈에 들어오지도 않았다. 힘이 빠져 버린 다리는 한계라 외치듯 중심을 잡지 못하고 계속해서 엇나갔다. 넘어지려 휘청이는 것을 다시 허공으로 끌고 가며 그녀는 이를 악물었다.

시연의 머릿속을 가득 채웠던 목표는 바뀐 지 오래였다. 멀어져야 한다. 풍사와, 운사로부터 멀어져야만 했다. 조절하지 못하고 날뛰는 힘만큼 두려운 것이 또 어디 있으랴. 그것에 제가 아끼는 이들이 말려들어도 구해내지 못할 것이라는 확신과 공포가 그녀를 채찍질했다. 부디 그들이 제 뒤를 쫓지 않길 빌며 시연은 내달렸다.

그러나 얼마 지나지 않아 그녀는 다시 붙들리고야 말았다.

[피, 피를 다오.]

이번엔 묵직하다. 시연은 제 힘으로는 베어낼 수 없음을 직감했다. 팔 한쪽이 무언가에 끌려가는 느낌이 선연했다. 질척거리고, 끈적한 무언가가 끊임없이 갈망하는 것이 적나라해, 시연은 내지를 뻔한 비명을 속으로 삼켰다. 늪에 빠지는 것 같다.

그보다도 더 지독한.

시연은 속에서 올라오는 토기를 느끼며 더는 도망칠 수 없음에 절망했다. 그럼에도 그녀는 이미 무언가가 잔뜩 엉겨 붙어 있는 단검을 허공에 치켜들었다.

그리고.

그 단검은 그대로 제가 그토록 찾던 사내의 손에 붙잡혔다.

아. 그때의 안도감이란 미처 말로 다 표현할 수가 없어, 시연은 까무룩 정신을 놓으면서도 머릿속으로는 더는 어쩔 수 없겠다며 난생처음으로 제가 한 선택을 뒤돌아보았다.

❀

대관식이 끝나고, 키안은 곧장 별채에 틀어박혔다. 시연이 마지막으로 랑(狼)가를 떠나기 직전까지 그는 별채에서 문을 굳게 걸어 잠근 채……,

"쿨럭! 후……."

맹약을 깬 대가를 받고 있었다. 신이 입에 담은 말은 그 자체로 굴레가 된다. 하물며 맹약이라 내건 것을 어겼음에 아무런 대가가 없을 리 없었다. 내장이 썩어 들어가고 끊임없이 피를 토하면서도 결코 죽지는 않음에 그는 이것이 과연 축복인가, 아니면 저 주인가 중얼거렸다. 그러나 이미 답을 알고 있는 말이었기에 키안은 다시 재생되기 시작하는 몸속 장기들을 느끼며 고개를 뒤로 젖혔다. 찬물에 흠뻑 적신 천이 눈을 가려, 방금 전까지 쏟아내던 것이 거짓인 양 느끼게 했다.

"이제, 곧……."

창틈으로 새어 들어오는 노을빛에 그는 오지 않을 것 같던 시간이 오고 있음을 체감했다. 안채는 이제 곧 비워질 것이다. 언제고 그러했듯 언제고 채워지지 않을 제 옆자리와 마찬가지로 휑하니 비어 냉랭해질 터다. 홀로 남은 자신은, 다시 목표도, 방향성도 잃은 채 무한한 시간을 다시, 그저, 표류할 것이다. 그 생각과 동시에 다시 문드러지기 시작하는 속에 그는 한 손으로 입을 가리며 이를 아득, 물었다.

피를 토해내고, 다시 재생되고, 그것을 쉼 없이 게워내는 것만 몇 번을 반복했는지 기억조차 나지 않았을 때 그는 완전히 지쳐버리고 말았다. 마지막으로 가는 길이라도 봐야 한다는 생각과는 달리 손끝 하나 움직이지 못할 정도로 그의 육신은 한계에 달해 있었다. 끊임없이 죽음과 되살아남을 반복하는 것과 진배없는 일이었다. 제아무리 신이라 할지라도 한계란 있기 마련이라, 그는 텅 비어버린 시선을 허공에 던지며 몸을 축 늘어뜨렸다. 원치 않았던, 원한 적 없던 영생은 이토록 끈질겨 이토록 지독하게도 저를 괴롭힌다.

그는 빛 한 점 담기지 않은 눈을 깜빡이며 생각했다.

무엇이 남았지.

늑대신은 아무것도 떠오르지 않는 대답에 헛웃음을 지었다. '남았다'라고 표현할 것조차 더는 없다는 사실을 깨달았기에. 호국에서 더는 하늘신의 피를 이은 황제도, 여황도 나오지 않을 것이다. 신의 개입으로 인해 예정된 것보다 배는 빠른 전성기를 맞이했던 호국은 마치 그 대가를 치르듯 배는 빠른 쇠퇴기를 맞이하여 점차 몰락해 갈 터다. 아주 오랜 시간이 흐른 뒤엔 호국이라는 이름도, 하늘신도 늑대신도, 모두 그저 한 줄의 글귀로 남을지도 모른다. 그것도 운이 좋을 때 얘기다. 운이 나쁘다면, 그 누구도 기억하지 않은 채 역사의 저편으로 사라질지도 모를 일이다.

그렇다면 결국, 그 오랜 시간 동안 제가 한 일은 대체 무슨 가치를 가진단 말인가.

"주군."

점차로 죽어가던 그를 일깨운 것은 가느다랗게 떨리는 목소리였다. 들어오라 하지도 않았는데 열린 문틈으로 보이는 구미호는, 무척 불안정해 보였다. 그 불안정함이 못내 이상해 키안은 장침에 기대어 있던 몸을 억지로 움직여 일어섰다. 시간이 무섭다는 말마따나, 고작 일 년의 시간이 흘렀음에도 불구하고 린이 그를 찾을 때면 언제고 시연과 연관되어 있었다. 이미 떠났을 사람이건만, 그럼에도 그는 이유 없는 확신을 하고 있었다. 린이 저를 찾은 이유가 시연이라는 확신을.

"무슨 일이지."

눈 밑에 선연히 남아 있는 죽음의 기색에 린은 흠칫 놀라며 뒤로 물러섰다. 그러나 그녀는 이내 고개를 저으며 다시 앞으로 한 걸음, 되돌아갔다.

"소하가 이상합니다, 가주."

"……소하가?"

"예. 제, 직감입니다. 하지만…… 소하가, 마마님을 꺼려하는 것이 계속 마음에 걸리어……."

그녀는 구미호였다. 키안은 그 사실을 잊지 않았기에, 언제나 머릿속 한구석에 새겨놓았기에, 다른 잡다한 것들을 묻는 시간을 절약할 수 있었다. 그는 방구석에 던져 놓았던 검을 집어 들며 물었다.

"부인은."

"그, 방금 전에 출발하셨습니다. 안 그래도 소하가 가주께서 주셨다고 건네준 옥가락지도 조금 걸리고, 소하 표정도…… 물론 소하는 가주를 위해 한 일이겠으나…… 혹시 몰라……."

이제 린은 거의 어쩔 줄을 몰라 하고 있었다. 키안의 입매가 굳었다. 구미호가 이렇게까지 불안해하는 일은 한 손에 꼽을 정도로 흔치 않은 일이다. 덩달아 불안해지기 시작한 그는 나머지 문을 열어젖히고 밖으로 나섰다. 방금 전까지 삐거덕거리던 몸은 가야 할 곳이 생기자 언제 그랬냐는 듯 다시 착실히 움직이기 시작했다.

"저, 주군, 소하가, 소하가, 주군께 피해를 주고자 한 일은, 아니, 아닐 것……."

"알고 있으니, 돌아가 있어라. 부인껜, 내가 가지."

확답을 해주자 린의 얼굴이 조금 밝아졌다. 그런 린을 스쳐 지나간 키안은 몇 번의 도약만으로 이미 랑(狼)가를 벗어나고 있었다. 랑(狼)가 밖으로 나오자 기다렸다는 듯 옅은 혈향이 코끝을 찔렀다. 오래 평화에 젖어 있었다 할지라도 그는 늑대였다. 예민한 감각이 피 냄새에 언제 풀어졌냐는 듯 바짝 긴장하기 시작했다. 키안은 더 속도를 높이며 한 손으로 검을 쥐었다. 언제든 뽑아낼 수 있도록, 언제든 휘두를 수 있도록 검을 쥔 손에 힘을 주며 그는 동시에 눈살을 찌푸렸다. 혹시 모를 상황에 전부 대비했다고 생각했다. 위험한 일은 생기지 않을 것이라 자신도 할 수 있었다. 그러나 그런 그의 확신을 비웃듯 허공에 가득 찬 피 냄새는 점차 짙어지고 있었다.

어디에서 잘못된 거지.

대체 어디서부터 비틀린 거지.

머릿속을 가득 채웠던 참회는 눈 안에 익숙한 모습이 들어오자 단숨에 허공으로 날아가 버렸다.

"빌어먹을."

그는 제가 욕을 하고 있다는 것도 알아차리지 못했다. 소리도 없는 발검에 언제 휘둘렀는지도 모르는 검날을 따라 여인을 탐하던 것들이 단숨에 잘려 나갔다. 저 멀리서 달려오던 태하와 풍사가 그대로 멈춰 서는 모습이 보였다. 본 것인가? 그는 그것엔 관심을 주지 않아 제가 본 것이 맞는지 확신하지 못했다. 대신 그는 반쯤 이성을 잃은 얼굴로 검을 들어 올리는 시연을 보곤 놀라며 검날을 그대로 붙잡았다. 잘못했다간 제 팔을 잘라낼 것만 같았기 때문이다.

시연이 고개를 들어올렸다. 공포로 점철되어 있던 갈색 눈동자가, 그를 보자 한가득 물기를 머금는다. 금방이라도 뚝뚝 떨어질 것만 같은 여인의 시선에 놀란 키안이 제가 휘두르던 검을 바닥에 내팽개치며 그녀를 받아들었다. 온기가 품 안에 파고들자 헛헛하던 속이 채워지는 그 기이하고도 놀라운 경험을 하며 그는 아직도 덜덜 떨고 있는 여인의 귓가에 대고 나지막이 속삭였다.

"괜찮다. 이제, 전부…… 괜찮아."

꾸밈 하나 없는 투박한 위로에 단검을 쥐고 있던 손에서 힘이 빠졌다. 그대로 바닥에 떨어져 내리는 단검을 발로 차 멀리 보내 버린 키안은 혼절해 버린 시연을 안아들었다. 피 냄새를 맡고 몰려든 요괴들은 정신을 잃은 하늘신의 피가 탐이 나 어쩔 줄 모르겠다는 듯 웅성거리면서도 동시에 차마 늑대신에게 덤벼들 용기는 없어 주위만을 뱅뱅 맴돌았다. 그런 그들을 베어내며 태하가 키안의 앞을 지키고 섰다.

"송구합니다, 주군. 마고가……."

"됐다."

태하가 마고를 상대할 수 없다는 것은 누구보다도 키안, 그가 더 잘 알고 있었다. 키안이 고개를 젓자, 태하는 이를 악물며 고개를 떨궜다. 노력으로 해결할 수 없는 문제임을 머리로는 알고 있으나 도깨비의 피를 타고 흐르는 넘치는 호승심은 그것을 쉬이 인정하려 들지 않았다. 붙을 때마다 얻어터지면서도 끈질기게 키안에게 대련을 해달라 조를 수 있는 원동력이 이 시점에서도 발휘되는 순간이었다.

맨손으로 단검을 쥐어 살갗이 벌어지고 피가 뚝뚝 흐르기 시작하는 왼손이 아닌, 검을 쥐고 있던 오른손으로 시연을 안아든 키안은 태하를 뒤로 밀쳐내며 앞으로 한 걸음 나갔다. 그리고 그가 허공을 바라보며 입술을 달싹이자, 기다렸다는 듯 마고가 모습을 드러냈다.

"저와 싸우실 생각이십니까."

그 물음에, 여신은 붉게 칠한 입술을 비틀어 올렸다.

"늑대신과? 오오. 키안, 나는 그리 어리석지 않아. 네 품에 안겨 있는 마지막 핏줄이 끊어지기 전까지 늑대신은 땅 위에서 가장 지고하면서도 위대한 존재일 테지. 한데 그런 이와 내가 무엇하러 싸움을 해?"

"저는 지금 농을 하는 것이 아닙니다, 마고."

검 한 자루 들고 있지 않음에도 당장에 제게 달려들어 손톱과 송곳니로 갈갈이 찢어버리겠다 말하는 듯한 늑대신의 모습에, 마고는 웃었다.

깔깔깔깔, 키안이 아주 재미진 농담을 했다는 듯 하늘이 떠나가라 배를 잡고 웃던 마고는 눈꼬리에 매달린 눈물을 훔쳐내며 말했다.

"아직도 모르겠니, 늑대야. 너는 이미 선택을 했고, 나는 이미 원하는 것을 얻었단다. 하늘신의 피가 늑대신의 것과 섞일 때 비로소 하늘의 피는 힘을 잃고 땅에 동화되리라! 깔깔깔, 늑대야, 이제야 알겠느냐? 서로가 원하던 것을 손에 쥐었는데 무엇하러 피를 탐할까?"

그녀는 새하얀 노리개를 키안을 향해 던지며 말을 이어나갔다.

"아아아. 드디어 염원이 이루어졌도다. 백 년도 채 되지 않아 하늘신의 피가 끊어질 것이니, 오늘은 잔치를 벌여야겠구나."

노리개가 시연의 품 안으로 떨어지자, 언제 그랬냐는 듯 요괴들이 흩어지기 시작했다. 그리고 키안이 고개를 돌렸을 때, 이미 그 자리에 마고는 없었다.

저를 끌어안는 온기에, 엉망으로 더러워져 있을 머리칼을 거리낌 없이 쓸어내리는 손길에, 끝없이 귓가에 무언가를 속삭이는 듣기 좋은 저음에, 그녀는 흐릿해지던 의식이 점차 되돌아옴을 느꼈다. 시연의 눈꺼풀이 파르르 떨리곤 천천히 위로 밀려 올라갔다. 연갈색 눈동자에 초점이 돌아오자 가장 먼저 본 것은 저를 품 안에 끌어당긴 채 어딘가로 걷고 있는 키안이었다.

"……키안?"

귓가에 속삭이듯 작은 목소리였음에도 불구하고 정면을 향했던 잿빛 시선은 그녀를 향해 떨어져 내렸다.

"쉬…… 다 끝났다."

그 시선에 그녀는 눈살을 찌푸렸다. 엉망으로 엉킨 기억을 더듬느라 두통이 인 탓이다. 그녀는 성급해하지 않고 차분히 기억을 더듬어 나갔다. 마고, 요괴, 그리고 키안. 짚어 올라간 기억의 끝엔 제가 휘두른 단검을 맨손으로 잡아챈 늑대신이 있었다.

이젠 또렷하게 색감을 가진 기억이 머릿속을 가득 채웠다. 눈앞에서 뚝뚝 떨어져 내리던 붉은 피는 그리 정신없는 와중에도 참으로 선연해서, 세상에 오직 그것만이 색을 가진 것은 아닐까 헛된 생각이 들 정도였다. 검을 타고 흐르는 피, 그리고 저를 끌어안은 크고 단단한 팔.

시연은 낯빛이 희게 질린 채 버둥거렸다. 그녀가 놀라서 그런다고 생각한 건지, 키안은 시연을 고쳐 안으며 천천히 등을 두드렸다. 마치 아이를 달래는 듯한 그의 행동에 그녀는 팔을 휘저어 저를 두드리는 손을 잡아채려 노력했다. 몸을 반쯤 뒤틀지 않는 이상 불가능했기에 결국 포기할 수밖에 없었지만.

"난. 키안, 그러니까, 난."

길을 잃은 아이처럼 방황하는 시선을 제게 붙들어놓으며 키안은 가느다란 연갈색 머리칼을 쓸어내렸다. 정신을 잃은 내내 악몽에라도 시달렸는지 식은땀에 젖은 머리칼을 한 올 한 올 조심스레 매만지며 그는 안타까움을 금치 못하는 목소리로 말했다.

"미안하다."

바닥을 뒹굴어 흙과 먼지로 엉망이 되어버린 옷 위에 키안의 겉옷을 걸친 그녀가 어렵사리 말했다.

"무엇이……."

"보내줄 수가 없을 것 같아, 언제고 부인의 옆에서 도저히 떨어질 자신이 더는 나지가 않아, 언제고, 어디고, 어느 때고 부인의 곁을 내어달라 이리 매달리게 되어 미안하기 그지없어."

숨조차 쉬지 않고 이어지는 말들에 그녀는 눈을 깜빡였다. 아직 제가 꿈을 꾸는 것인가, 잠시 그런 생각도 들었으나 제 등을 감싸고 있는 온기는 거짓이 아니었기에 시연은 입술을 달싹였다. 그러나 말이 나오기도 전에 그것은 다시 그녀의 입안으로 사라졌다.

마치 커다란 어른이 제 한 몸 가누지 못하는 아이를 안듯 왼팔로 그녀를 지지하며 오른팔로 끊임없이 등을 토닥이는 키안의 옆모습을 바라보며 시연은 가느다란 한숨을 내쉬었다. 그것은 안도와, 동시에 제 이기심을 비난하기 위함이었다.

"전, 인간이라, 그리 오래 살지 못합니다."

"알고 있다."

"욕심도 끝없이 많아, 그럼에도 손에 쥔 것은 몇 없어, 줄 수 있는 것은 많지 않고, 원하는 것은 수없이 많을지 모릅니다."

"무엇을 원하건, 부인의 손에 그것을 쥐어주지."

"……결국 당신께 남는 것은 상실감뿐일지도 모릅니다."

"부인이 준 것이라면, 그것이라도 기꺼이."

시연은 울컥 속에서 무언가가 올라와 그대로 눈을 질끈 감았다. 그러지 않는다면 바보같이 엉엉 울 것만 같았기 때문이다. 그녀는 키안의 목 뒤로 축 늘어져 있던 팔에 힘을 줘 그를 꽉 끌어안았다. 둘 사이에 틈이 조금이라도 남아 있지 않도록 역으로 그를 제 품 안으로 끌어들이며 그녀는 말했다.

"그렇다면, 내 옆에 있어요. 나는 당신의 옆에 있어줄게요."

내 생이 허락하는 한, 영원토록.

참으로 투박한 고백에 키안은 기쁘게 웃었다.

"그래."

그는 눈꼬리를 휘며, 소리 내며, 그리 웃었다.

"그래."

물론 이 모든 장면들을 등 뒤에서 지켜보던 태하와, 풍사와 운사가 서로의 민망함을 어찌하지 못하며 우왕좌왕 갈 길 잃은 시선을 제각기 다른 방향의 하늘로 돌렸음은 그다지 중요한 일이 아니었다.

랑(狼)가보다 산채가 더 가까웠기에, 그들은 산채로 향했다. 그곳에서 목을 빼고 기다리고 있을 우사에게 일정이 바뀌었음을 알려야 할 필요성도 있었고 시연이 당장 누울 곳도 필요했기 때문에 이동하는 속도는 빨랐다. 정확히 말하자면 키안이 뒤따르는 이들은 조금도 신경 쓰지 않고 가장 먼저 산채에 도착했다고 설명하는 게 맞을지도 몰랐다. 그는 약조한 시간이 돼도 오지 않는 이들에 발을 동동 구르던 우사를 그대로 지나쳐 언젠가 한번 들렀던 나무집으로 시연을 안은 채로 들어가 버렸다. 만약 시연이 깨 있었다면 그를 말렸겠지만, 안타깝게도 시연은 다시 혼절한 상태였기에 얼이 빠져 버린 우사에게 설명하는 것은 일각 뒤에 도착하는 이들에게로 미뤄졌다.

"이, 이게 대체 전부 무슨 일이야! 마마께서 대체 저게 아니, 그러니까, 이게 무슨……!"

풍사와 운사, 그리고 태하가 지친 기색이 다분한 채 도착하자 우사는 냅다 달려가 운사의 살을 틀어쥐었다. 안색이 희게 질린 우사의 머리를 애정을 담아 툭툭 두드리며 운사가 대답했다.

"다 해결됐어."

"그게 아니라! 무슨 일이 있었는지 말하란 거잖아!"

"일단 좀 쉬고. 나 지금 다리가 풀려서 어디든 드러눕고 싶은 심정이거든. 좀 참아주라. 머리도 너무 아프고."

아닌 게 아니라 정말 한계였다. 운사는 제 옷자락을 잡아채려는 우사의 손길을 몸을 틀어 피하고는 재빠르게 도망갔다.

"운사!"

어느새 보이지 않게 된 운사를 대신해, 우사를 위로해 준 것은 다름 아닌 풍사였다. 그는 금방이라도 기절할 것만 같은 얼굴을 한 채 우사의 어깨를 툭툭 두드렸다.

"마고를 만났고, 요괴가 난동을 부렸는데…… 늑대신이 등장해 전부 해치웠어."

물론 그다지 쓸모가 있진 않았지만.

안 하느니만 못한 풍사의 설명에 우사의 얼굴이 멍해졌다. 그는 역시 흙과 먼지로 엉망이 되어버린 태하를, 그리고 늘어지게 하품을 하는 풍사를 번갈아 바라보고는 이내 제대로 된 설명을 듣길 포기하고 고개를 저었다.

"일단 들어가서 눈 좀 붙여라. 대체 무슨 일인지 자세한 설명은 그 뒤에 듣자. 지금 네놈 여기서 숨넘어가도 안 이상해 보여."

당장 궁금해 죽겠다는 표정을 하고선 한걸음 물러서는 우사의 모습에 풍사는 씩 웃었다.

✿

눈가를 간질거리는 햇살을 느끼며 시연은 눈을 감은 채로 생각했다. 날이 밝았구나.

그 뒤는 살아남았다는 안도감과…….

"헉!"

자리를 박차고 일어난 그녀는 흘러내리는 이불자락을 붙든 채 숨을 내뱉었다. 복잡하게 엉겼던 기억들이 그 순간 일사분란하게 정돈되었다. 그리고 이내 기억의 마지막 조각에 다다르자 시뻘겋게 달아오르는 얼굴을 감추기 위해 흘러내린 이불자락을 끌어당기던 그녀는 옆에서 쿡쿡, 터져 나오는 웃음에 그대로 굳어버렸다.

"부인은, 참으로 표정이 다양하군."

술자리에서도 보지 못했는데, 잠자리에서 보게 될 줄은 몰랐어. 시연은 웃음 섞인 목소리로 말하며 제 머리칼을 쓸어내리는 이가 과연 누구인가 고민했다. 그러다 어제의 기억이 그 고민 사이에 끼어들어 그녀는 다시 얼굴을 붉혔다. 희게 질렸다가, 금방이라도 터질 것처럼 붉어지는 것을 반복하는 시연의 모습에 키안은 아예 소리 내어 웃기 시작했다. 그는 아예 침대 옆에 걸터앉으며 얼굴을 양손으로 가린 그녀의 손을 조심스레 아래로 끌어내렸다.

"부인 입으로 한 말이니, 철회하진 않으리라 생각하지만……."

그는 어찌할 줄 모르고 이리저리 움직이는 시연의 눈동자를 바라보며 한 번 더 웃었다. 희고 가느다란 손을 들어올려, 그 끝에 입술을 조심스레 누르며 그는 말을 이어나갔다.

"부인께 주고 싶은 것이 있어."

참으로 시기부적절한 말이 아닐 수 없었다. 그렇기에 그녀는 잠시 제 귀를 의심했다. 무언가 잘못 들었을 것이라 생각한 시연은 눈을 깜빡이며 여전히 제 손을 붙들고 있는 사내를 바라봤다. 시연이 아무런 대답도 하지 않자, 그는 조금 장난스럽게 입술을 끌어올리며 방금 전 제가 입 맞춘 손가락을 만지작거리며 다시 말했다.

"받아주겠나?"

시연은 갑작스레 묵직해진 무게를 느꼈다. 그럴 리 없지만, 그럼에도 그렇게 느낀 그녀는 자유로워진 손을 눈앞에 펼쳐 보였다. 은으로 만들어진 반지는 그녀의 검지에서 반짝여서, 시연은 그대로 팔을 뻗어 키안을 끌어안았다.

"그것으로, 말입니까?"

궁희의 물음에 키안은 잠시 제가 꺼내든 것을 내려다봤다. 아주 오래전, 이젠 기억도 나지 않는 언젠가 언제 만날지도 알 수 없는 이를 위해 안배해 둔 것이었다. 너무 오래되어 이젠 그때의 감정마저도 흐릿하건만, 궁희의 물음이 새삼 그것을 되새겨서, 그는 고개를 저었다.

"미안하지만, 궁희, 그대가 가진 것 중 하나로 해주지 않겠나. 사례는 배로 하지."

"이런. 이제 와 아까워지셨나 보지요?"

궁희는 조용히 웃음 지었다. 여인의 놀림에 키안은 고개를 저으며 답했다.

"아니…… 그런 식으로 손에 들려주어도…… 전혀 기쁘지 않을 것이란 걸 이제야 깨달았을 뿐이야."

그런 식으로 써먹지 않길 잘했지. 그는 그녀의 손에 끼워진 뒤에야 가치를 가진 반지를 바라보며 그리 생각했다.

자고로 남녀가 함께하기 위해선 몇 가지의 시련을 통과해야만 하는 법이다. 보통 그 시련이란 것은 부모의 반대, 혹은 부모의 분노가 되기 마련이거만, 한쪽은 양친 모두 타계했고, 남은 한쪽은 부모의 개념 자체가 존재하지 않는 신이었다. 그러나 그렇다고 해서 반대가 존재하지 않는 것은 아니었다.

"저 남자가!"

빽 소리쳤던 우사는 제 쪽을 향하는 잿빛 시선에 내키지 않는
다는 표정으로, 방금 전 제가 뱉은 말을 바꿨다.

"……늑대신께서, 같이 간단 말입니까?"

"그래."

"그리고, 호, 호, 혼례를 올리신다구요?"

"뭐 따지자면 혼례식은 이미 치른 거긴 하지만."

우사는 어디서부터 문제로 삼아야 할지 알 수가 없어져서 아무
런 말도 하지 못했다. 얼이 빠져 버린 우사와, 어제의 일들을 목격
한 뒤 이미 포기한 운사와 풍사를 앞에 둔 채 시연은 웃었다. 태
하만이 참으로 재빠른 행동력이라 남몰래 감탄할 따름이었다―물
론 그는 반려파였기에 이 상황 자체는 꽤나 마음에 들어 하고 있었다―.
시연을 한 번, 키안을 한 번 바라본 우사는 조심스럽게 입을 뗐
다.

"마마. 그는, 신이잖습니까."

본인을 앞에 두고 할 말은 아니지 싶었으나 짚고 넘어가야 할
문제였다. 우사는 수없이 많은 문제들 중에서 가장 근본적이며
어찌할 수 없는 본질적인 문제를 집어냈다.

"알아."

대답에 머뭇거림은 없었다. 이미 수도 없이 많은 날들을 고뇌
했던 문제는 그토록 치열했던 고민이 무색하게도 이제 와 아무것
도 아닌 것처럼 느껴져 시연은 웃었다. 그녀는 말문이 막혀 버린
우사의 눈앞에 자랑스레 제 손을 펴며 말을 이었다.

"게다가 이미 청혼도 받았다구?"

"……마마, ……통보만 하실 생각이셨군요."

맹점을 찌르고 들어가자 시연은 어색하게 웃으며 시선을 피했다. 그런 그녀를 바라보던 우사는 한숨을 내뱉었다. 그는 착잡한 시선으로, 그러나 더는 반대할 생각이 전혀 없이, 시연의 손가락에 끼워져 있는 투박한 은반지를 바라봤다.

호국에서 귀하기로는 한 손 안에, 아니, 으뜸일 여인이다. 유일하게 남은 황가의 피를 이은 여인이었으며 '하늘'을 움직인 여황이 될 재목이다. 너무 귀하고도 또 가치 있어, 태어난 그 순간부터 세상에서 제일 값진 것이 아니라면 보지도, 듣지도, 몸에 걸치지도 않으며 자라난 여인이다. 그저 그런 가문에서 나고 자란 우사는 처음 시연을 봤을 때 저도 모르게 감탄 어린 탄성을 내뱉었었다. 이야기 속에서나 나오던 여신이 실제로 존재한다면 바로 저런 모습이겠구나 싶어서.

그런 여인이,

원한다면 대륙에서 가장 강한 나라의 가장 높은 자리에 오를 수 있는 여인이,

고작 값싸고도 투박한 은반지 하나에 저리 좋다고 웃고 있다. 그 웃음을 보자 우사는 그만 수백 가지는 더 댈 수 있었던 이유가 모조리 쓸모없어졌다 생각했다. 오직 그 웃음만이 그 무엇보다 가치 있기에, 그는 남몰래 제 등을 두드려 주는 풍사와 운사의 손길을 느끼며 그녀를 따라 웃음 지었다.

"따르겠습니다. 하니 마마, 마마께옵서 원하시는 바를 하소서."

그리고 고작 일각 후, 우사는 제가 뱉은 말을 마음 깊이 후회했다.

"……마마, ……원하시는 바를 하시라 하긴 했지만, 이건 너무 하시지 않습니까!"

"어허! 남아일언중천금(男兒一言重千金)이라 했어! 그리고 빨리 떠날수록 좋다니까?"

"마마를 두고 떠나라니요! 주군을 사지에 버려둔 채 떠나는 심복이 어디에 있답니까!"

우사의 주장에 운사와 풍사가 옆에서 고개를 끄덕이며 거들었다.

"습격이 걱정되신다면 풍사가 백성들을 먼저 이동시키게 하겠습니다."

그럼 문제될 것이 없지 않느냐는 운사의 말에 풍사가 뒷목을 잡았다.

"왜 나야!"

"그럼 우사를 보낼까?"

안 그래도 비실비실한 녀석을? 운사의 지적에 인상을 쓰면서도 틀린 말은 아니라 생각했는지 풍사의 입이 다물렸다. 한 놈을 조용히 만들었으니 운사는 본격적으로 설득을 시작했다.

"물론 어제의 습격은 예상치 못한 일이었습니다. 새로운 황제가 즉위했으니 빨리 호국을 떠야 하는 것 역시 맞습니다. 하나 저희의 주군은 마마십니다. 그러할진대 어찌 두고 가라 말하십니까."

그야말로 어불성설(語不成說)이라며 운사는 고개를 저었다. 이 일만큼은 절대 물러설 수 없겠다는 의지가 그의 온몸에서 일렁이는 듯했다. 옆에서 풍사도 차라리 제가 갈 테니 우사와 운사를 곁

에 두라며 고개를 주억거리고 있었다. 참으로 희귀한 세 남자의
의견이 일치하는 순간이었다.

"안 돼. 이곳에서 일을 정리하자면 시간이 오래 걸릴 거야. 마
고가 제 뜻을 이뤘다며 사라지긴 했지만 언제 또 나타날지 모를
일이니 나는 키안과 함께 있는 편이 나아. 그런데 우사와 운사마
저 남겠다고? 새로운 땅에 사람들만 잔뜩 데려다 놓고 방치할 셈
이야? 차라리 풍사를 놓고 둘은 가."

새로운 나라에서 일어날 법한 혼란들을 잠재우기엔 풍사보다
우사와 운사가 적합했기에 한 말이었다. 그러나 그녀의 제안이 꽤
나 솔깃했는지 운사가 턱을 쓸며 고개를 끄덕였다.

"생각해 보니…… 마마의 말씀이 맞습니다. 어제 같은 일이 또
벌어진다면 저나 우사보단 풍사가 있는 편이 더 쓸모가 있겠지요.
저놈은 그래도 몸이 튼튼하니 여차하면 방패막이라도 쓸 일이 있
을 겁니다."

"잠시만, 그거 뭔가 듣기에 이상한……."

"그럼 네놈은 마마께서 위험에 처했는데 도망갈 생각이었냐?"

운사의 매서운 질타에 무어라 반박하려던 풍사가 꿀 먹은 벙어
리가 되어 고개를 세차게 저었다. 짐승 같은 본능은 저놈이 제 욕
을 했으니 당장 멱살을 잡으라 외치고 있었지만 또 운사의 말이
맞는 것 같기도 한지라 풍사는 주먹을 쥐었다 펴며 고민했다. 멱
살을 잡아야 하는 건가, 말아야 하는 건가에 대해서.

운사는 그런 그의 머릿속이 빤히 보인다는 표정으로 혀를 차며
말을 이었다.

"새로운 황제가 즉위했으니 권력 구도가 제대로 잡히기 전까진

사람이 나고 드는 일에 신경을 바짝 세우겠지요."

새로운 황제를 위해 대비는 제 외가에게서 권력을 빼앗아 오기 위해 안간힘을 쓸 터였다. 그리고 대비의 오라비는 그것을 지키기 위해 모든 방안을 동원할 테지. 동일한 목적을 갖고 뭉쳤던 이들이 이젠 제 이득을 위해 서로에게 검을 겨눌 차례였다.

시연의 말이 맞았다. 피바람이 불기 전, 하루라도 빨리 호국을 벗어나야만 했다. 자칫 잘못해 말려들었다가는 공들인 탑이 무너지기 십상이었다.

"최대한 빨리 수습해 떠나겠습니다."

운사는 양손을 맞잡으며 고개를 조아렸다.

"마마께서 언제든 왕위에 오르실 수 있도록 완벽하게 기반을 닦아놓겠나이다."

"……풍사도 데려갈 생각은 없는 거지?"

슬쩍 찔러오는 시연의 물음에 운사가 즐겁게 웃었다.

"저놈은 소신도 감당이 되질 않으니 마마께 맡기겠나이다."

졸지에 서로 떠넘기는 짐덩이가 되어버린 풍사가 분에 차 발을 굴렀다. 그 위로 우사와 시연의 웃음이 쏟아져 내렸다.

5.
유한함의 가치

호국에서 황족이란 존재만으로도 가치 있다.

그들은 하늘신의 증거이자, 호국인들이 신의 후손이라는 자부심의 결정체이다.

햇빛 아래에서 금빛처럼 빛나는 갈색 머리칼,

호박을 그대로 박아 넣은 것 같은 아름다운 눈동자.

호사가들은 호국 황족에 대한 얘기를 노래하며 그것을 찬미했다.

"그렇기에…… 황족들 중 태반은 미쳤지."

호 적란, 호국 최초의 여황은 사신이 떠난 빈자리를 바라보며 조소했다.

그녀의 머리에 관을 씌운 사내는 아무런 말 없이 여인이 쥔 잔에 술을 따랐다.

"내 형제도, 자매도 절반은 이미 미쳤어. 아니 그런가, 태사?"

답은 돌아오지 않았다. 그럼에도 여황은 웃으며 말을 이었다.

"피를 뽑히는 인생이라, 오로지 좁디좁은 궁에 갇히어 홀로 늙어 죽어가는 운명이라."

그것 아나 태사? 나였다면 목을 매었을 거라네.

"그런 삶은, 도저히 상상조차 되질 않아."

여황은 웃었다. 그러나 동시에 그녀는 울고 있었다.

　태하에게 시연을 맡긴 뒤 한발 앞서 랑(狼)가로 되돌아온 키안
이 가장 먼저 찾은 것은 소하였다. 땅에서 가장 강하다 널리 알려
진 신의 분노는, 오히려 고요했다. 그렇다 하여 그 기세가 약하냐
묻는다면 그보다 더 어리석은 질문은 없을 것이다. 서늘한 살기
와 속으로 꾹 내리눌러진 노기가 어찌나 매서웠던지 예민한 요괴
몇이 숨을 쉬지 못하고 헐떡일 정도였다. 새하얀 꼬리만큼이나 얼
굴이 희게 질린 백여우 몇이 구미호를 찾아 재빠르게 몸을 돌려
어디론가 뛰어갔다. 길달들은 방금 전까지 양손에 가득 쥐고 있
던 일감을 내던진 채 주춤거리며 뒤로 물러섰다.
　그 누구도, 그 무엇도 분노한 늑대신의 길을 막지는 못했다.
　제 계획이 실패했음을 깨달은 뒤에도 도망가지 않았던 소하는,
장지문을 열어젖히는 늑대신의 존재에 죽음을 직감하며 눈을 감
았다. 그 사이에 말 한 마디도 끼어들 틈은 없었다. 그의 예감은

그리 틀리지 않았다. 사실, 꽤 적절했다. 키안은 변명이고, 이유고 들어줄 생각도 없이 도깨비의 숨을 끊어낼 생각이었으므로.

그러나 그는 검을 뽑아들기 직전 멈춰 섰다. 갑작스레 동정심이 일어 분노를 억누른 것은 아니었다. 그 정도로 그가 감상적인 성격도 아닐 뿐더러 고작 그 정도로 용서할 성질의 일도 아니었다.

그럼에도 그는 멈춰 섰다.

이미 죽음을 예견한 사내의 모습에.

"변명도 하지 않느냐."

살려 달라 빌 생각도 없느냐는 늑대신의 물음에, 그제야 소하의 눈이 떠졌다.

"변명할 말이 없습니다."

실로 담백한 고백이었다. 심지어 제가 한 일을 후회하지 않는다 말하는 것 같은 새까만 눈동자에, 키안이 이를 가는 듯한 목소리로 노성을 뱉었다.

"끝내, 네 길을 내게 밀어놓는 네놈은—!"

손이 검을 찾아 움직이고, 검날이 낮게 웅— 소리를 내며 검집에서 뽑혀 나왔다. 허공을 반듯하게 가르며 위로 휘어 올라간 검이 그대로 고개를 숙이고 있는 도깨비를 향해 뻗어갔다. 죽음을 예감한 소하는, 그러나 시간이 지남에 느껴지지 않는 고통에 눈꺼풀을 천천히 밀어 올렸다.

초점을 찾은 눈에 가장 먼저 들어온 것은 제 바로 앞에 꽂혀 있는 검이었다.

"그 긴 명줄, 오직 린이 붙들어놓았다 여겨라."

외면하려 했던 것이 늑대신의 입에서 적나라하게 내뱉어졌다.

그 말의 의미를 누구보다 잘 아는 소하의 어깨가 처음으로 떨렸다. 바닥을 향해 떨어져 있던 고개를 찬찬히 들어 올리자, 저를 내려다보고 있는, 지친 기색이 역력한 제 신이 보였다. 그 모습을 차마 마주할 낯이 없어 소하는 다시 시선을 떨어뜨렸다. 그러자 이번엔 소리도 없이 울던 린의 얼굴이 떠올랐다. 위로도 아래로도 도망칠 곳을 잃어버린 도깨비는 어찌할 바를 모르다 그만 눈을 감아버렸다.

"린이 아니었다면 그 목, 떨어진 지 오래였을 터다. 그러니……."

키안은 잠시 말을 멈추었다. 분노로 인해 사고가 멈춘 상태에서도 그는 소하를 죽일 수 없음을 확신하고 있었다. 딸린 목숨이 하나가 아니라 둘이니 머릿속은 더 차갑게 식을 수밖에 없다.

소하를 죽이면 린도 죽는다. 심지어 그가 증인으로 섰던 혼례였다. 잠시 외면하자 속으로 중얼거리다가도 불현듯 떠오르는, 세상의 절반은 축복하고 나머지 절반은 비난하던 둘의 혼례 날을 그는 도저히 외면할 수 없었다. 외면할 수 없으니 죽일 수도 없다. 키안은 그날의 선택이 이토록 오래 제 발을 붙들지 미처 몰랐다 생각하며 쓰게 웃었다.

"살아라. 그러나 더는, 네 길을 내게서 찾지 말거라. 더는 용납하지 않을 테니."

원하던 바 명확했으니 그것을 빼앗겠다는 키안의 목소리는 낮았다. 무어라 답하기 위해 입을 벙긋거리는 소하의 모습에도, 그는 잠시의 틈도 주지 않고 몸을 돌렸다. 더는 상대하지 않겠다는 그 명확한 의사 표현에, 잠시 소하의 두 눈이 절망으로 물들었다.

차라리 죽음이 나았다.

제 삶의 전부이자 목표이자 이상이었던 존재에게 저리 단호히 버려질 바엔, 죽음이 나았다.

그러나 이제는 죽을 수 없다. 죽음이라는 선택지조차 더는 제 것이 아니게 되어버렸다. 귓가에 마고의 높은 웃음소리가 들린다. 그리 허망한 생각을 하며 소하는 비통함에 툭, 고개를 떨궜다.

운사를 필두로 한 상단은 다음 날 날이 밝기가 무섭게 호국을 빠져나갔다. 호국에 남아 황녀의 부재를 메워주기로 했던 랑(狼)가가 갑작스럽게 뒤따르겠다 나섰기에 벌어진 변화였다. 생각지 않았던 늑대신의 등장은 계획을 절반 정도는 다시 엎어야 하는 상황으로 만들었으나, 유능한 이들은 문제를 빠르게 해결해 냈다. 가장 먼저 바꾼 것은 이동 구성원이었다. 본래 시연과 함께 가고자 했던 운사는 선두의 상단을 이끄는 것으로 바뀌었고, 같은 날 동시에 출발하기로 한 날짜는 상단이 먼저 출발하는 것으로 변경되었다. 그 결과 산채는 텅 비었고, 그들을 배웅한 이들은 비어버린 산채를 뒤로한 채 랑(狼)가로 되돌아왔다.

시연을 지키기 위해 남았건만, 옆을 지키기는커녕 태하에게 붙들려 수련장으로 끌려간 풍사를 향해 그녀는 조금의 아쉬움도 없이 웃으며 손을 흔들어주었다. 굳이 험한 곳에 풍사를 데려갈 생각은 애당초 없기도 했거니와 그에게도 잠시간의 휴식이 필요하다 생각했기에 나올 수 있는 기꺼움이었다. 그녀는 풍사가 태하의 손에 붙들려 절규하며 사라진 뒤에야 새털처럼 가볍게 별채로 향했다. 한창 떠날 준비를 하고 있던—저도 데려가 달라며 매달리는 이들에 두통에 시달리고 있던— 키안은 시연의 말에 단숨에 대답했다.

"안 돼."

예상했던 거절에도 시연은 웃었다. 이틀 사이에 시도 때도 없이 튀어나오는 웃음은 인력으로 어떻게 할 수 있는 종류의 것이 아니었기에, 그녀는 해맑게 웃으며 저를 걱정하는 키안을 꽉 끌어안았다.

"낮이니까 괜찮아요. 마고도 더는 나타나지 않을 거고, 노리개도 조심할게요. 반드시 다녀와야 할 곳이 있어서 그래요."

그럼에도 여전히 탐탁지 않은 듯 눈살을 찌푸린 키안의 얼굴에, 시연은 눈꼬리를 부드럽게 휘며 그의 볼에 쪽 입을 맞췄다.

"이번이 마지막이에요."

물론 이 모든 것을 지켜보고 있는 린의 시선은 전혀 고려하지 않은 과감한 행동이었다. 린이 '어머어머'를 연발하자 키안은 드물게 얼굴을 붉히며 마른세수를 했다.

"……대신 태하를 대동해."

그것이 그가 양보할 수 있는 최대한임을 알기에, 시연은 태하가 한창 대련을 하고 있을 것이라는 말도, 지금 가면 흥이 깨질 것이라는 말도 하지 않은 채 고개를 끄덕였다.

"마마. 제가 불평하는 건 아닌데 말입니다."

태하는 말 위에서까지 콧노래를 흥얼거리는 시연의 뒷모습을 보며 중얼거렸다. 막 검을 빼들었을 때 들이닥친 시연으로 인해 제대로 검 한 번 휘둘러보지 못한 태하는 말과는 달리 불퉁한 표정을 감추지 않았다.

"……그리 좋으십니까?"

툭하니 던져진 질문에 시연은 잠시 제가 말에 타고 있다는 것
도 잊고 고개를 돌려 태하를 봤다. 물론 그 순간 말 위라는 것을
깨닫고 원래대로 고개를 돌렸지만. 그녀는 조금 놀란 표정으로
되물었다.

"내가 기분이 좋아 보여?"

"모르셨습니까? 지금 하늘을 날아다니실 것 같습니다, 아주."

기분이 좋다, 라. 그녀는 묘한 어감이라 생각하며 피식 웃었다.
말머리가 향한 곳은 기분이 좋아질 리 없는 장소였다. 그곳을 향
해, 다름 아닌 제 발로 가고 있으면서 기분이 좋아 보인다는 말을
들을 것이라고는 이전에는 상상도 해본 적 없었다. 시연은 속도를
높였다. 어서 일을 끝내고 저를 기다리는 이가 있는 곳으로 되돌
아가고 싶어졌다.

불길한 대관식. 사람들은 때 맞지 않는 소낙비가 내린 대관식
을 그리 불렀다. 궁 안에서도, 궁 밖에서도 사람의 입을 타고 퍼
지는 말이란 달리는 말보다도 재빠른 법이라 대관식이 치러진 지
채 하루가 지나지 않았건만 새로운 황제에 대한 소문은 점차 부
피를 더해가고 있었다. 그런 와중에 예상치 못한 황녀의 방문이
라, 궁녀들은 그녀를 안내하면서도 서로 시선을 주고받았다. 23대
황제, 호 도운과는 달리 황족의 색을 짙게 타고난 황녀. 누구 하
나 입을 열지 않는 상황이었으나 궁녀들의 머릿속에는 전부 같은
얘기가 스쳐 지나가고 있었다.

적법한 황녀를 몰아내고 황위를 찬탈한 황제의 부정함에 하늘
이 노하였도다.

누구의 입에서 가장 먼저 나왔는지 아무도 알지 못했으나, 그

얘기를 듣지 못한 이도 없었다. 내관들은 시연을 발견하자 하나같이 어쩔 줄 몰라 하며 고개를 숙였고, 궁녀들은 호기심을 채 감추지 못한 시선으로 일 년 전 황궁에서 쫓겨나듯 혼례를 치른 황녀를 바라봤다.

그 웅성거림과 소란스러움에 그녀의 뒤를 따르는 태하가 눈살을 찌푸릴 정도였다.

"뭔가 분위기가 이상하지 않습니까?"

방으로 안내되어 장지문이 닫히기가 무섭게 태하가 말문을 열었다. 그는 궁 입구에서 빼앗긴 검이 못내 아쉽다는 듯 아무것도 없는 허리춤을 버릇처럼 매만졌다.

"뒤숭숭한 것이, 사람 한둘은 죽어나간 것 같아 말입니다."

"나 때문이야."

"예? 마마께서 무엇을 하셨다구요."

"이것저것 했지만…… 지금 당장은 존재하기 때문이라고밖에는 대답할 수가 없겠다."

그녀는 대충 자리에 앉으며 말했다. 대비는 아마 쉽게 모습을 드러내지 않을 것이다. 궁녀가 내온 찻잔의 차가 전부 식은 뒤에야 내키지 않는다는 표정을 한 채로 무거운 몸을 움직이겠지. 그렇기에 시연은 차가 나오기가 무섭게 대비의 도착을 알리는 궁녀의 말에 놀라움을 감추지 못했다.

바로 방금 전에 닫혔던 장지문이 다시금 소리도 없이 열렸다. 황비에서 대비 자리까지 오른, 황후가 되었어야 마땅할 여인은 화려하다고 밖엔 표현할 길이 없는 붉은 치맛자락을 들어 올리며 방 안으로 걸음을 들여놓았다. 태어남과 동시에 황후가 될 것이라 기대를 받았던 여인이니만큼 손짓 하나 몸짓 하나에 폄하할 구석이 한 군데라도 있을 리가 없다.

"호국의 호 시연, 대비마마를 뵙습니다."

그런 그녀는 제 앞에 서 있는, 갓 성년이 된 어린 황녀의 모습에 견고하던 가면을 벗어던졌다. 등 뒤로 장지문이 닫힘과 동시에 희고 주름 한 점 없는 대비의 고운 얼굴이 와그작 구겨졌다. 가느다란 팔이 태하가 미처 인지하기도 전에 뻗어나가 시연의 옷자락을 움켜쥐었다. 대비는 마치 원수를 만난 것처럼 핏발이 선 눈으로 소리쳤다.

"기어코 네년이 일을 망쳐!"

"마마!"

태하가 달려들어 둘 사이를 떼어놓자 그 힘을 미처 이기지 못하고 대비는 비틀거리며 뒤로 물러났다. 희게 분을 바른 얼굴에 열이 올랐다. 두 눈에는 핏발이 서, 섬뜩할 정도였다. 그러한 모양새로 태하에게 붙들려 있음에도 대비는 이를 득득 갈며 악을 썼다. 허락만 된다면 당장에 시연에게 달려들어 그녀를 갈기갈기 찢어놓고 싶다는 듯이.

"그 빌어먹을, 빌어 처먹을 년의 피를 이어 내 누워서도 잠을 이루지 못하게 하더니! 기어코! 기어코 대관식을 망쳐놓아! 감히, 무슨 억하심정이 있어!"

그 선연한 빛을 가진 분노에 시연은 놀랐다. 언제나 저를 짓누르는 것 같던 대비의 존재가 이토록 미약하다는 것에 놀랐고, 생애 처음으로 직접 쏘아지는 노성에 놀랐다. 그녀에게 익숙한 대비는 이런 존재가 아니었다. 제 위치의 격을 지켜야만 한다고 생각하는 여인이었기에, 대비는 언제나 고상한 얼굴을 무너뜨리지 않으며 저를 옥죄어왔다. 분노할지라도 그것은 목청을 높이는 정도의 선에 그쳤고, 그마저도 문밖을 넘어서는 일은 없었다.

그렇기에.

"태하."

"예?"

"나가 있도록 해."

시연은 처음으로 확신했다. 지금 대비라면, 거래가 아닌, 협박할 수 있다는 확신을. 그것은 참으로 웃기면서도 굳건한 확신이라 그녀는 저를 이상한 것 보듯 바라보는 태하의 눈빛에도 그저 어깨를 으쓱일 수 있었다.

"어서."

시연이 재촉하자 태하는 제가 아직도 붙들고 있는 대비의 팔을 내려다봤다. 귀한 옷감으로 감싸여 있었으나 실상 그 본질은 약하기 그지없어서, 조금만 힘을 줘도 부러질 것임이 분명했다. 소하는 시연을 보고 세월에 도태됨에 마땅한 피였다고 말했다. 태하의 눈에 대비는 그런 시연보다도 약했다. 그래서 그는 내키지 않음에도 불구하고 대비를 풀어주었다. 억지로 붙들려 있느라 그 반동으로 균형을 잃고 비틀거리는 대비를 굳이 잡아주지 않은 채 태하는 뒷머리를 벅벅 긁었다. 그는 무슨 일이 생기면 대뜸 비명을 지르라는 충고 아닌 충고를 던져 놓곤 미련 없이 문밖으로 훌쩍 나가버렸다.

쾅!

기세도 좋은 이의 손에 의해 요란스레 문이 닫히자 방에 남은 것이라고는 오직 두 여인뿐이었다. 가계도로 따진다면야 피 한 방울 섞이지 않은 어미와 딸이라. 그러나 서로를 바라보는 시선은 참으로 냉랭해서 누가 본다면 참으로 우스운 상황이라며 고개를 저을지도 모를 노릇이었다.

하지만 처음으로 그녀와 그녀가 대등하다 할 수 있는 상황이었기에 시연은 기꺼움을 느끼며 무릎을 굽혔다. 시연은 바닥에 주저앉아 있는 대비와 눈높이를 맞춘 뒤에야 몸을 낮추는 것을 그만두었다. 밤새도록 생각한 얘기들과, 이곳으로 오며 정리했던 수없이 많은 말들이 일순간 시연의 머릿속을 가득 채웠다가 단숨에 사라졌다. 그녀는 참으로 쓸데없는 노력이었다고 그 모든 것을 일축하고는 입을 열었다.

"마마께서 원하시는 바, 이뤄드리고자 합니다."

대비는 바닥을 짚은 손으로 주먹을 쥔 채 고개를 치켜들었다.

"내가 원하는 것은 이미 네년의 손에 찢어발겨졌다."

"그것 말고도 원하시는 바가 있으셨잖습니까."

시연은 그전까지는 단 한 번도 해보지 않은 고민을 저를 바라보는 악에 찬 시선을 마주하며 처음으로 해봤다. 나는 이 여인에게 무엇을 잘못한 것일까. 저는 대비에게 잘못한 것이 없음에도 불구하고, 그녀는 참으로 오랜 세월동안 저를 증오해 왔다. 이제 와 그것이 중요한 것도 아니건만, 이제 와서야 처음으로 드는 의문에 결국 내릴 수 없는 답을 썼다 지우며 시연은 말을 이어나갔다.

"호국을 떠나겠습니다."

"……뭐?"

"랑(狼)가도 함께 떠납니다. 행선지는 밝히지 않을 것입니다. 언제가 됐건 다시 돌아올 생각도 없습니다. 마마께서 원하시는 대로, 눈에 보이지도 귀에 들리지도 않도록 아예 호국에서 제 존재를 지워내지요."

혼인을 한다 말했을 때도 우스운 얘기를 들었다는 듯 눈매를 일그러뜨리며 억지로 입꼬리를 끌어올리던 대비였다. 그런 그녀가 호국을 떠나겠다는 말에는 충격을 받은 양 가늘게 떨리는 온몸을 주체하지 못하고 대답했다.

"떠난, 다고? 이곳을?"

진리라 여겨지던 것이 부서지는 것처럼 과한 반응에 시연은 미간을 좁혔다. 그녀가 상상했던 수없이 많은 반응들 중에서 이리 당황하는 선택지는 존재하지 않았다. 기쁨과 분노, 그 사이의 무언가일 것이라 생각했던 것이 산산이 부서져 내렸다. 그 선연한 감각에 시연은 아주 천천히 제가 간과한 사실을 깨달았다.

"아는군요."

마마께서도.

"신이 떠난 나라가 어찌되는지."

가늘게 떨리기 시작하는 대비의 어깨를, 그곳에서 느껴지는 미약하나 명확한 두려움을 바라보며 시연은 눈을 감았다.

"추격대를 보내지 마세요."

들려오지 않는 답과 내뱉어지는 경고가 서로 부딪쳤다.

"……이럴 수는, 늑대신이, 호국을 버릴 수는……."

시연은 팔을 뻗어 대비를 잡았다. 시연의 손길이 닿자 그녀는 역겨운 것이 저를 만졌다는 양 표독스럽게 시연의 팔을 쳐냈다. 잠시간의 혼동과 충격으로 감싸였던 대비는 몇 번의 눈을 깜빡이는 것만으로 저를 덮쳤던 충격을 밀어냈다. 그녀는 천천히 자리에서 일어나 다시 제 두 다리로 땅을 딛고 섰다.

"지금 네가 겁박하는 것이 누구인 줄 아느냐."

대비의 말에 시연 역시 자리에서 일어났다. 참으로 치졸한 협박이었다. 그 위세, 하찮을 정도로 보잘 것 없어 웃음도 나오지 않을 정도였다. 그녀는 투명하리만치 맑은 제 갈색 눈동자에 대비를 한가득 담으며 대꾸했다.

"마마께서 겁박하는 것은 누구인지 아십니까."

시연의 고개가 모로 기울었다.

"너는, 절대, 호국에서 벗어나지 못할 것이다. 죽더라도 이 땅에서 죽어, 죽어서도 호국을 수호하는 신이 되어야 마땅할 것이야! 네년의 뿌리는 이곳이다! 그리하여 내게 속죄를 해야……!"

"저는 마마께 빚진 것이 없습니다."

시연은 오랜 세월 고민하고, 또 고뇌해 내린 결론을 절제 없는 분노를 쏟아내는 대비에게 말했다.

"엉뚱한 이에게 분노를 쏟지 마십시오, 추합니다."

어미의, 아비의 문제를 제게 끌고 오지 마라. 한 걸음 뒤로 물러서며 넘지 못할 선을 긋는 시연의 표정은 선득했다. 노기를 품은 갈색 눈동자에, 대비는 이를 아득 물었다.

"그 피에 새겨진……!"

"이미 궁을 떠나던 날, 마마께 말했습니다. 이 피에 새겨져 원치 않았던 것도, 원하던 것도 모조리 앗아가 놓은 뒤에 그 의무만은 지키라 말하지 말라고."

고요한 그녀의 분노를 기다렸다는 듯, 구름 한 점 없던 하늘에서 전조도 없이 벼락이 떨어져 궁 앞에 내리박혔다. 궁녀들의 비명 소리와, 내관들이 혼비백산하는 소란스러움을 가르고 귀가 찢어질 듯한 벼락 소리에 대비의 눈이 더는 커질 수 없겠다 싶을 정도까지 확장됐다.

"예. 마마, 하늘신의 피를 이은 황족은 드물게 '하늘'을 움직일 수 있다 하지요. 궁을 전부 불태워 버리고 싶었으나 그리하진 않겠습니다. 하니, 마마. 진정 하늘을 붙들어놓고 싶으시다면, 마고라도 데려오셔야 할 것입니다."

시연은 그 자리에 그대로 굳어버린 대비를 스쳐 지나갔다. 문을 열기 직전 잠시 멈춰 선 그녀는 얕은 한숨을 뱉으며 말했다.

"쫓지 마세요. 더는 제게 상관하지도, 관심을 갖지도 마세요. 이 이상 자극하면 저도 어찌 대응할지 모릅니다."

아슬아슬하게나마 이어지던 관계를 잘라낸 것은 한때 그것에 희망이 있지 않을까 생각했던 아이였다. 아이는 커서 성인이 되었고, 제 발로 걷기 시작했으며, 저를 묶고 있는 끈을 미련 없이 잘라냈다.

남은 것은 끈의 끝을 쥔 채 그것을 방치해 왔던 대비, 한 명뿐이었다.

❁

"어딜 다녀왔다고?"

랑(狼)가로 돌아온 둘 사이에 놓인 것은 돌고 돌아 다시 술잔이었다. 키안은 그녀가 술을 마시는 것을 탐탁찮아 했지만, 그녀는 술을 마셔야만 할 수 있는 얘기가 있다 말하며 그의 걱정을 일축했다. 대신 반상 위에 놓인 것은 화주가 아닌 그보다 약하고 그보다 구하기 쉬운 술이었다. 시연은 조금 아쉬운 술맛에 술잔을 노려보다가 폭 한숨을 내쉬었다.

"대비마마와 담판을 짓고 왔죠. 다 알고 있는 것 같던데요? 신이 사라진 나라가 어찌 되어가는지 어느 정도 짐작은 하는 것 같아서 좀 놀랐어요."

아닌 게 아니라 정말 놀랐었다. 정작 황족인 그녀조차도 알지 못하던 것을 대비가 알고 있을 것이라고는 상상조차 하지 못했으니까.

마시지도, 버리지도 않은 술잔을 손안에서 이리저리 굴리며 손장난을 치는 시연의 모습을 키안은 턱을 괸 채 바라봤다. 그는 고민에 빠지기 시작하는 제 연인의 관심을 돌리기 위해 손을 뻗어 그녀의 얼굴을 감싸 쥐었다. 온기를 따라 어딘가로 향하고 있던 초점이 그에게로 맞춰졌다.

"대비는, 아마 선황이 서거한 후에 황궁을 샅샅이 뒤진 모양이더군. 확인하고 싶었겠지."

"황제의 자리, 말이군요."

"그래. 황족의 피를 잇지 않았음에도 그 좌에 앉아도 될 것인가, 그녀는 그것을 확인하고자 고작 황비에게 허락된 곳부터, 허락되지 않은 곳까지 전부 뒤졌던 것으로 추정 중이다."

그중 한 곳에 늑대신에 대한 얘기가 기록되어 있었기에 할 수 있는 추론이었다. 그것을 걸고넘어질 수도 있었으나, 그는 굳이 그리 복잡한 길을 갈 생각은 없었다. 언젠가 기억조차 잘 나지 않는 시간에 분명 어느 정도 의미를 가졌던 것이 분명할 얼굴들이 차례로 떠올랐다, 그대로 사라졌다. 이미 아무런 의미도 가치도 없어져 버린 일에 관심을 두는 대신 그는 제 손안에 있는 열기에 좀 더 관심을 쏟는 쪽을 택했다.

말을 하면서 그는 눈빛으로 혼을 냈다. 필요한 일이라는 것을 알고 있었기에 뭐라 말을 하진 않았으나, 제게 알리지 않은 것을 탓하는 것이다. 그 시선에 괜스레 억울해진 시연은 입술을 비죽이 내밀며 반박했다.

"알고 있는 거 아니었어요? 평소엔 내가 가는 곳마다 잘도 나타나더만."

일련의 사건들 덕분에 그녀는 태하가 호위이자 동시에 감시 역할이라 확신하고 있었다. '아마 도깨비가 할 수 있는 능력 중에 뭔가가 있겠지'라는 태하가 듣는다면 억울함으로 방방 뛸 만한 생각을 하고 있었던 시연은 키안이 웃음기 어린 얼굴로 저를 바라보자 움찔했다.

"왜요, 아니에요?"

"부인은 인질도, 죄수도 아니니 그런 짓은 하지 않아. 그러나, 오해할 여지가 충분했다는 건 인정해야겠군."

이 모든 오해의 근간에 존재하는 게 다름 아닌 린이라는 것을 전해들은 시연은 놀란 심장을 진정시키기 위해 술잔을 쭉 들이켰다.

"리이인이요?"

그녀는 언제나 자수나, 그것도 아니면 바느질감을 손에 쥔 채 마치 고고한 백합 한 송이처럼 웃고 있는 린을 떠올렸다. 안채의 한쪽에 자리를 잡고 있는 린은 지난 일 년여간 너무도 눈에 익어서 이제 없으면 허전할 정도였다. 그런 린이 사실은 제 일거수일투족을 키안에게 보고하고 있었다는 게 믿기지가 않아, 그녀는 연달아 술을 들이켰다. 그런 그녀에게 속도가 빠르다며 술잔 끝부분을 검지로 두드린 키안은 말을 이어나갔다.

"그래, 린. 그녀는 이 저택에 있는 요괴의 대부분을 휘어잡고 있거든."

"……나중에 태하에게 사과라도 해야겠네요."

"태하라고 생각한 건가?"

키안은 대련밖에는 모르는 도깨비가 정보책으로 움직이는 모습을 상상하고는 피식 웃었다. 상상이 되지 않을 정도로 안 어울려서. 그 웃음에 시연도 방금 전까지 제가 한 짐작이 얼마나 우스운가 하는 생각에 킥킥 웃었다.

"하긴 태하는 뭔가…… 곧바로 들킬 것 같죠."

"린도 태하를 써먹을 생각은 안 할 정도니까."

거짓말을 못해도 너무 못한다며, 시연은 이내 박장대소했다. 그녀는 웃었으니 한잔해야 한다는 말도 안 되는 이유를 들먹이며 서로의 잔을 채우곤 가쁜 숨을 길게 내뱉었다.

"흐아아―. 아는 줄 알았던 거긴 하지만, 그래도 말 안 해서 미안해요."

"괜찮았나."

타박은 하지 않는다. 무슨 일을 했는지, 무슨 말이 오갔는지도 묻지 않은 채 오직 제 안위만을 걱정하는 사내의 말에 시연은 흐물흐물하게 녹아 절로 올라가려는 입꼬리를 억지로 끌어내리며 헛기침을 뱉었다.

"뭐. 그저 그랬죠. 마지막이라는 생각에 괜히 궁도 좀 돌아보려고 했는데…… 안 그러길 잘한 것 같아요."

"……뭐라 하던가."

"아……."

시연은 키안의 만류에 대신 집어 들었던 젓가락을 다시 내려놓았다.

"아뇨. 그게 아니라, 옛 생각이 나서."

새하얀 술잔을 들어 올린 그녀는 슬쩍 입술을 휘어올렸다. 누구는 그녀보다도 더 귀이 자란 이는 찾아볼 수 없을 것이라며 찬탄을 하곤 했다. 관리를 잘 받은 머리칼과 피부는 한눈에 보더라도 오랜 시간과 공을 들여야 나올 수 있는 결과물이었고, 겉에 걸친 옷자락은 거대한 호국에서도 구하기 어려운 것들뿐이었으니 틀린 말은 아니었다. 양친 모두 없는 것이나 다름없었으나 그녀의 환경은 참으로 풍족했다. 그렇다 생각했었다. 그러나 사고분별이 가능하고, 인지능력이 명확하게 서기 시작한 열 살을 전후해서 호국의 황녀는 제 세상이 기괴하게 일그러져 있음을 알게 되었다.

"황족은, 보통 독에 쉬이 죽지 않는다고 하더군요. 그걸 전 열두 살 때 알았어요. 간식으로 나온 다과를 애기궁녀에게 쥐어준 적이 있는데, 그걸 서로 나눠먹은 애기궁녀 셋이 독에 중독되어서 죽었거든요."

궁이 발칵 뒤집어지는 날이었다. 술과 약에 취한 채로도 황제는 분노했고, 황녀의 음식을 총괄하는 수라간이 뒤엎어졌다.

"모르는 사이에 독을 먹고 있었던 거죠. 그것도 몇 년이나."

그런데도 독을 먹는다는 사실조차 몰랐어요. 중독은커녕 피 한 번 토한 적이 없으니까. 그녀는 무시무시하게 변하는 키안의 낯빛에, 그의 얼굴 앞에서 손을 한 번 휘저어 관심을 제 쪽으로 다시 끌어왔다.

"다 극복한 일이니 화내지 마요. 애기궁녀들에게 미안해서 일주일도 넘게 울었고, 그 가족들과 직접 만나 사죄도 했고, 아직도 미안함에……."

툭, 갈색 눈동자에서 떨어진 눈물을 훔쳐낸 키안은 깊은 침음을 삼켰다. 겉보기엔 화려하기 그지없는 황녀의 하루하루는 속으로 썩어 들어가는 시간이었다. 그는 '대비의 팔 한 쪽쯤은 뜯어내도 괜찮지 않았나'라는 생각을 하며 시연의 눈 밑을 조심스레 매만졌다. 그가 그런 생각을 하고 있음을 알 리 없는 시연은 그의 손길에 위로받으며 천천히 일렁이는 감정을 진정시켰다.

"선황이. 황족 여섯을 도륙한 일이 있었지."

듣기만 하던 키안이 꺼내든 과거는 참으로 오래되고 또 참혹해서, 시연은 잠시 숨을 멈췄다. 그녀의 놀란 얼굴에 그는 조금 씁쓸한 표정으로 말을 이어나갔다.

"예상보다 진통이 빨리 시작됐을 때, 선황은 각국의 사신들과 중요한 회담 중이었어."

황제가 자리를 비우자 자연스럽게 황비의 명령이 최우선으로 작용했다. 그녀는 본디 황후로 내정되어 있을 정도로 강한 외척을 뒷배로 갖고 있을 뿐만 아니라 그녀 스스로도 강한 여인이었다. 하여 황비의 독단 아래, 황후의 출산은 선황에게 알려지지 않은 채 이뤄졌다. 황후가 오직 황제의 사랑만으로 황후의 자리에 올랐기에 가능한 일이었다. 그리고 황후는 시연을 낳다 죽었다.

"이미 그때 선황은 절반쯤은 미쳐 있었어. 명확한 사고를 하지 못해, 황후의 죽음을 황족들의 탓으로 돌렸다. 그럼에도, 그는 부인에겐 손가락 하나도 대지 않았어."

500여 년이 훌쩍 넘는 호국의 역사를 통틀어 이례적이자 끔찍한 사건에 한동안 궁에 발걸음을 끊었던 키안마저도 궁의 문턱을 넘었었다.

"어째서 선황이 그 책임을 황족들에게 물었는지 그땐 알지 못했지만…… 피와 관련되었다는 걸 이젠 알겠더군."

미쳤다 생각했던 선황은 사실 미치지 않았을지도 몰랐다. 그는 황비에 굴복해 피 두어 방울로 황후를 구할 수 있었음에도 앞으로 나서지 않은 황족들에 분노했고, 미쳤다는 가면을 쓴 채, 그것을 이유로 검을 휘두른 것인지도 모른다. 키안은 그때 몇 달이 넘도록 황궁의 공기 중에 떠돌던, 머릿속이 마비될 정도로 진한 혈향이 다시 떠올랐는지 눈살을 찌푸렸다.

"그날 선황은, 제 형제들의 피로 범벅이 된 채 황좌에 앉아 내게 말했지."

"배신당한 여인이, 이렇게까지 잔혹해질 수 있음을 신께서는 알고 있었소? 내 핏줄들을 도륙해 피로써 경고해야 그 잔혹함이 조금이나마 수그러들 것임을 짐작하고 있었소? 그렇다면 신이여, 당신은 참으로 잔혹하다. 몰랐다면, 그럼에도 잔혹하기 그지없다. 이제 나는, 죽지도 살지도 못한 채 고작 이 자리를 지키는 시체가 되어갈 터이니……."

"그는, 부인을 지키고자 했어."

아랫입술을 문 턱에 힘이 들어갔다. 금방이라도 뜯어져 피가 배어나올 것만 같은 입술을 손끝으로 매만지는 키안의 눈동자가 흐렸다.

"선황은…… 잘 모르겠어요, 나는. 그러나 대비는……."

시연은 키안의 손끝을 톡톡 두드려 술 마시기엔 적합지 않은 그것을 치웠다. 그녀는 채워진 잔을 비우며 말을 이었다.

"뭐랄까. 제가 보고 들은 유일한 모성이라고 해야 할까."

그런 비슷한 느낌이었죠. 제 모후는 사물을 인지할 수 있는 나이가 됐을 땐 이미 곁에 없었으니. 때로 궁녀들은 어린 황녀를 안타깝게 바라보며 친절함으로 범벅된, 사실인지 알 수 없을 말들을 속삭여 주었다. 궁녀들이 말해주는 황후는 세상 그 누구보다 아름답고 비단결 같은 마음을 지닌 여인이었다. 단지 흠이라고 한다면 한미한 가문과 약한 몸이 전부인, 그 외엔 모든 것이 완벽한 여인. 그러나 결코 그녀가 살아생전 그것을 확인할 수 없는, 그저 이야기 속 여인. 시연은 그에겐 참으로 재미없을 얘기를 끊지 않고 귀 기울여 들어주는 키안을 향해 잔을 내밀었다. 잔과 잔이 부딪치는 경쾌한 소리가 채 사그라지기도 전에 그녀는 말을 이어나갔다.

"그리고 선황이 서거하기 전까지 대비는 제게 꽤 친절했거든요. 그게 원치 않은 연기였다는 건 대비가 더는 제 앞에서 가면을 쓸 필요가 없어진 뒤에야 알아차렸죠. 아니, 어쩌면…… 알고 있었는데 무시했는지도 몰라요."

그녀는 술이 좀 들어간 뒤에야 맨 정신으로는 차마 하지 못했던 말을 꺼냈다.

"그래서 무서웠어요. 아이를 갖는다는 게."

언젠가 그들이 비슷한 술상을 앞에 둔 채 했던 얘기를 다시 끌어오며 시연은 어깨를 으쓱였다. 자신이 이 맹약의 굴레와 관련된 마지막 이일 것이라 했던 말은 충동적으로 한 것도, 동정으로 의미 없이 던진 것도 아니었다.

그녀는 정말 아이를 가질 생각이 조금도 없었기에 할 수 있는 말이었다.

자신이 없어서.

금방이라도 사라질 것 같은 아슬아슬한 웃음에, 키안은 술상을 밀어냈다. 당장에 품 안에 넣지 않으면 새벽의 안개처럼 눈 한 번 깜빡하는 사이에 허공에 녹아버릴 것만 같아, 그는 팔을 뻗어 그녀를 끌어당겼다. 살갗이 맞닿은 뒤에야 그는 방금 제가 한 생각이 얼마나 허무맹랑했던가 깨달았다. 그는 이렇게까지 여유를 잃어버린 스스로가 참으로 오랜만이라, 널뛰듯 빠르게 뛰던 심장 박동이 점차 진정되기 시작하자 깊은 안도의 한숨을 내뱉었다.

"그댄."

그는 색소가 옅은 갈색 머리카락에 반쯤 입술을 붙인 채 중얼거렸다.

"아주 좋은 어머니가 될 거야."

그는 몸을 뒤로 빼 시연과 시선을 마주했다. 이제 그에겐 유일해진 갈색 눈동자가 저를 올려다본다. 도수가 낮은 것을 고른다고 했건만 양이 많았던 건지 그녀는 술에 취한 채 느릿하게 눈을 깜빡였다. 그 모습이 너무도 사랑스러워, 동그란 이마 위에 입술을 누르며 그는 말을 이어나갔다.

"부인을 닮은 머리칼은 태양 아래에서 황금보다도 더 값지게 빛날 테고……,"

눈가 위를 스친 입술은 그대로 콧등에 내려앉았다.

"부인의 미소를 쏙 뺀 아이의 웃음은 보기만 해도 기분이 좋아지겠지."

입술 바로 위에서 멈춘 키안은 눈을 가늘게 내리뜨며 부드럽게 웃었다.

말하며 상상되는 장면들이 너무도 사랑스러워서 그대로 눈을 감아버리고 싶었다.

그러나 동시에, 지금 당장 그의 품 안에 있는 연인이 너무도 애틋해 도저히 눈을 감을 수가 없었다.

그래서 그는 그 사이의 어딘가에서 방황하며 얕은 한숨을 뱉었다.

"그 옆엔, 내가 있을 테니, 그러니…… 걱정하지 마."

그의 입술은, 그토록 바라마지 않던 곳에 조심히 내려앉았다.

❀

열린 창을 통해 방 안으로 내려앉은 전서구는 이불을 칭칭 감싼 채로 움직이지 않는 시연의 머리칼을 콕콕 쪼았다. 시간이 더 해갈수록 포기하지 않고 점차 부리에 힘이 들어가는 것이, 여간 성실하거나 한 성질 하거나 둘 중 하나임이 분명한 전서구는 장지문이 열리자 깜짝 놀라 포르르 날아올랐다. 방문을 열고 들어온 백여우는 눈앞에서 알짱거리는 새를 보자 눈동자가 가늘어지며 잠시 입맛을 다셨다. 그러나 이내 아쉽다는 기색이 역력한 채로 전서구에겐 관심을 끈 채 이불에 먹혀 버린 여인을 깨웠다.

"마마. 마마아!"

린이 부드럽게 깨운다면, 백여우들은 과감하게 이불을 들추는 쪽이었다. 이번에도 예외는 아닌지라, 몇 번 시연을 부르던 백여우는 전혀 일어날 기미가 보이지 않자 머뭇거림 없이 이불의 끝자락을 움켜쥐었다. 시연이 이불에 꽁꽁 싸매어져 있는 것은 그리 큰 문제가 아니었다. 눈을 한번 반짝인 백여우는 어디서 발휘되었는지 모를 괴력으로 단숨에 이불과 시연을 동시에 들어올렸다. 정확히는 허공에서 바닥으로 패대기쳤다. 물론 바닥에도 두툼하게 요가 깔려 있었지만, 갑작스레 몸이 둥실 떠오르는 느낌은 잠에 빠진 상태에서도 선연하기 그지없어서 시연은 번쩍 눈을 떴다.

"끄악!"

"어머, 마마, 일어나셨어요?"

조금 아쉽다는 듯 입맛을 다시는 백여우의 모습에 시연은 몸을 부르르 떨며 자리에서 일어났다. 이불에 발이 꼬여 앞으로 엎어지려는 시연을 받아든 백여우는 안타깝다는 표정으로 말했다.

"한데 마마. 저 전서구 말입니다."

백여우의 말에 그제야 시연은 제 주위를 빙빙 날아다니는 전서구를 발견했다.

"제가 혹시나…… 정말 혹시나 싶어서 여쭤보는 건데요…… 먹으면 안 되겠지요?"

하늘을 배회하는 전서구를 따라 움직이는 백여우의 눈동자가 짐승의 그것처럼 길게 찢어지는 것을 본 시연은 두통을 느끼며 대답했다.

"……답신을 보내야 하니 참아주겠어?"

감이 예민하기로 손꼽을 수 있는 것은 짐승이요, 그중에서도 먹이사슬의 아래쪽에 위치한 것들이라 했다. 전서구도 그에 예외는 아닌지라 예민하게 위험을 감지했다. 분명 외양은 인간임에 분명한 여인이 저를 보는 시선이 섬뜩하기 그지없다는 것을 알아차린 전서구는 시연의 옆에 꼭 붙었다. 방금 전까지 일어나지 않는다며 머리칼을 쪼아대던 것은 까맣게 잊은 행동이었다. 저를 살려줄 이를 예민하게 알아보는 전서구에게 감탄을 해야 할지, 전서구를 보호해야 하는 현실에 한숨을 쉬어야 할지 알 수 없는 상태로 시연은 백여우가 건네는 꿀물을 단숨에 들이켰다.

"고마워. 필요한 게 있으면 부를게."

완곡한 축객령에, 백여우는 마지막으로 전서구를 참 아쉽다는 시선으로 바라보고는 방에서 나갔다. 장지문이 닫히자 시연은 폭 한숨을 내뱉으며 종이를 펼쳐 들었다. 전서구를 통해서 전할 수 있는 내용은 참으로 한정적이었기에, 그 안에 들어 있는 것은 그리 많지 않았다. 마지막 문구에는 시연이 뒤따라오기를 기다리며 먼저 그녀가 앉을 새로운 왕좌를 만들어놓겠다는 얘기가 장난스레 쓰여 있었다. 풍사가 썼을 법한 말에 시연이 쿡쿡 웃었다. 그녀가 오랜 시간 공을 들여 찾아낸 새로운 땅은 호국에서 멀리 떨어져 있었다. 도착하기까지 오랜 시간이 걸릴 터라 걱정했지만, 안전히 예상 진로에 진입했다는 것만은 확실하게 알 수 있었다. 시연은 안도의 한숨을 뱉으며 답신을 휘갈기듯 적곤 전서구를 다시 하늘에 날려 보냈다. 물론 랑(狼)가를 벗어나기 전까지 안전히 날아가는가 지켜보는 것도 잊지 않았다.

그녀는 비어 있는 사기그릇을 내려다보며 여기저기 헝클어진 머리칼을 하나로 질끈 묶었다. 이제부터 본격적인 전쟁이 시작될 것임을 알고 있었기에 마음의 다짐을 할 필요가 있었던 것이다.

당연한 말이겠으나 갑작스럽게 결정된 랑(狼)가의 이주에, 가문은 반쯤 뒤집어졌다. 키안은 굳이 따르지 않아도 된다, 이제 갈 길을 가라 했으나 그 말에 따른 이는 한 명도 없었다—키안은 떠나라는 말을 제외한 모든 명령에 따르는 이들의 어딘가 뒤틀린 충성에 조금 좌절했다—. 그러던 중에도 시연은 백여우들을 통해 믿기 어려운 말을 들었다. 그녀는 안채의 제 방을 빙글빙글 돌며 고민했다. 이것을 물어도 좋은 것인지에 대해. 엄연히 자신과 연관되어 있는 일이었으나, 엄밀히 따진다면 그녀가 문제의 이유이자 원인인 셈이었기에 고민은 깊었다.

그녀는 그렇게 한참 방 안을 빙빙 돌다 조금 답답한 것 같아서 안뜰로 나가 다시 빙빙 돌기를 반복했다. 시연이 한곳에서 진정하지 못하고 이리저리 돌아다니는 것을 가장 먼저 눈치챈 것은 그녀의 옆에 딱 붙어 있는 태하였다. 그는 나무에 기대고 있던 몸을 일으켰다.

"마마."

"……어? 어어어, 왜?"

"그, 빙빙 도는 것 좀 그만하시면 안 되겠습니까?"

신경 쓰여 죽겠습니다. 투덜거리는 태하의 말에 그녀는 무언가 간과하고 있던 아주 중요한 일을 떠올리고는 우뚝 발을 멈췄다. 그러나 시연이 마음속으로 정한 목적지로 향하기 전에, 먼저 입을 연 것은 태하였다.

"안 그래도 지금 소하놈 때문에 머릿속이 복잡하단 말입니다. 그놈은 왜 마고에게 협력 따위를 해선……."

자리를 피해주려던 주제가 본인의 입에서 나오자 당황한 것은 시연이었다. 그녀가 무어라 대답해야 할지 모르겠다는 표정으로 우뚝 멈춰 서 있자 본격적으로 태하의 한풀이가 시작됐다.

"아니 왜 그랬는지는 이해가 될 것도 같거든요? 물론 저도 주군이 영생을 포기하는 건 마음에 안 든다, 이 말입니다. 그래도 가신이라면 주군의 의지를 꺾는 게 아니라 그것을 이룰 수 있도록 돕는 것이 정석 아닙니까? 인간들도 그렇잖아요. 안 그렇습니까, 마마?"

시연은 태하를 본 지 무려 일 년이 지났건만 그가 이렇게 길게 말하는 것을 처음 봤다는 사실에 가장 먼저 놀랐다. 숨을 쉬는가 걱정이 될 정도로 빠르게 뱉은 말들을 차근히 하나하나 짚어본 뒤에 그녀는 그 내용에 놀라 손을 뻗어 발을 구르고 있는 태하의 옷자락을 붙들었다.

"무슨 말이야, 그게. 영생을 포기한다니?"

갑작스레 엎어진 우선순위에 태하는 제가 분통을 터뜨리고 있었다는 사실도 잊은 채 눈을 꿈뻑였다.

"혼례, 올리신다면서요?"

"그게 영생과 대체 무슨 상관이 있기에?"

린이 봤다면 아련하게 둘을 보며 고개를 좌우로 저었을 법한 문답이 오갔다. 정확히는 물음과 물음이 허공에서 부딪쳤다. 태하는 그제야 시연이 아무것도 모른다는 사실을 깨달았다. 그는 오랜 경험과 축적된 시간을 통해 시연이 모를 수밖에 없도록 제 주군이 아무런 말도 하지 않았다는 사실을 깨닫고는 곤란함을 여실히 드러냈다. 그러나 이미 입 밖에 말을 내었으니 시연이 어떻게든 알아내고야 말 것임도 모르는 바 아니었기에, 태하는 제 머리칼을 흐트러뜨리며 한숨 섞인 목소리로 대답했다.

"음, 어…… 그러니까, 신들의 혼례는 조금, 그, 인간의 것과 다릅니다."

복잡하진 않은데 꽤나 번거로운 게 한두 가지가 아니라 오늘날에 이르러 굳이 혼례식을 치르는 신들은 거의 없을 정도라며 태하는 말문을 열었다.

"다른 것들은 인간과 크게 차이가 없는데, 신들의 혼례는……."

쾅!

별채에 들이닥친 시연은 무시무시했다. 한눈에 보더라도 화가 났다는 게 역력한 그녀의 모습에 별채에 가득 차 있던 요괴들이 슬금슬금 뒷걸음질 쳤다.

"부인?"

방금 전까지만 하더라도 꽤나 많은 얘기와 이해를 나누었다 생각한 그 부인이, 다음 날 화가 머리꼭대기까지 올라 들이닥칠 타당한 이유 몇 가지를 생각하며 키안이 시연을 불렀다. 그러나 그녀는 치렁치렁해 거치적거리는 치맛자락을 한 손으로 잡아채며 남은 한 손으로는 서류가 잔뜩 쌓여 있는 책상을 내려쳤다.

"생사를 함께한다는 게 무슨 의미인지 설명 좀 들어야 할 것 같은데…… 이미 전부 듣고 왔으니 사실대로 전부 말해요."

이런. 키안은 최대한 미루고 싶었던 얘기를 꺼내드는 시연의 말에 방 안에 가득 차 있는 이들을 물렸다. 방 안에 단둘만 남게 되자, 그는 조심스레 서두를 열었다.

"말한 적 있을 거다. 영생이란, 내게 있어 그저 무용할 뿐이라는 것을."

반박하기 위해 입술을 달싹였던 시연은 진지한 그의 표정에 입을 다물었다. 그러나 쉬이 넘어갈 수 없는 일이었기에 그녀는 입을 열었다.

"과한 희생이에요."

"영원은, 모든 이들이 원하는 것이지만."

그는 저를 올려다보고 있는 여인에게 한 걸음 다가섰다. 이해하지 못할 바 아니었다. 반 천 년 동안 신화 속에서, 현실에서 그는 신이었다. 호국을 상징하며 동시에 수호하는 늑대신이 까마득할 정도로 높은 자리에서 내려온다는 것이 어떤 의미일지 그 스스로도 완벽하게 이해되지 않을 만큼 오랜 시간 동안 그는 신이었다.

"그보다 더 덧없는 것도 없어."

뻗어나간 커다란 손이 시연의 얼굴을 조심스럽게 감쌌다. 지금 손끝에 와 닿는 이 온기도 저를 바라보는 시선도, 그 모든 것으로부터 느껴지는 가슴 벅차는 감격도 시간이 흐르면 결국 퇴색해버리고 만다. 영원한 삶은 존재할 수 있을지언정 영원한 감정이란 제아무리 신이라 할지라도 불가능한 일이었다. 이성을 누르고 일렁이던 불꽃은 언젠가 다 타버려 재만 남기 마련이란 것을 그는 수없이 많은 세월 동안 헤아릴 수 없을 정도로 많이 경험해 왔다. 겪고, 실망하고, 잊어버리기의 반복.

"종족을 초월했다 모든 신들이 놀라 마지않았던 세기의 사랑마저도, 결국엔 파경을 맞이했지. 나는 그 과정을 바로 옆에서, 지켜봤어."

그가 말하는 사랑의 주인공이 누구인지 짐작하지 못할 바 아니었다. 언젠가 태하가 얘기해 준 린과 소하 사이의 관계임을 눈치챈 시연은 조금 가쁘게 숨을 내뱉었다. 세상이 놀라고, 그 세상의 절반이 반대한 사랑이었다. 그럼에도 막지 못할 정도로 뜨거운 열기로 불타오르던 그것은 고작 300년을 채웠다 들었다.

"그러니, 순간이 값진 시간을, 오직 부인과 함께하고 싶어. 그것만을 바랄 뿐이야. 부디 허락해 주겠나, 의미 없는 영원보다 한순간이라 할지라도 값진 시간들을 함께할 수 있도록."

화를 낼 수 없는 말에 그녀는 낮은 신음을 흘렸다. 아래로 축 내려진 눈꼬리에 잠시간의 머뭇거림이 머물렀다 떠났다. 무슨 말로 막는단 말인가.

"나는 부인과 함께 죽고 싶어."

평생을 살고 싶다는 말보다 더 큰 무게감을 지니는,

생(生)을 넘어서 사(死)마저도 함께하고 싶다는 고백을.

6.
맹약의 대가

붉은 실이라는 것이 있다 하더이다.

인연인 남녀의 손가락에 붉디붉은 인연의 실이 서로 연결되어 있다는,

꽤나 낭만적인 이야기지요.

한데 그것 아십니까?

붉은 실 얘기가 신들의 혼례에서 나왔다는 것을요.

이상하지요.

붉은 실에 대해서는 모르는 이 하나 없는데,

어째서 그것이 신들이 치르는 고귀한 의식에서 비롯되었음을 아는 이는 없

는 것인지.

　어제 하루 종일 모습이 보이지 않던 린은 다음 날 새벽같이 안채로 들이닥쳤다. 그것도 다섯은 훌쩍 넘는 백여우들과 함께. 시연은 잠이 덜 깬 채로 얼굴이 흥분으로 붉게 물든 린을 바라봤다. 여느 때와 같이 붉게 칠한 입술이 빠르게 열렸다 닫히며 무언가 말하고 있었으나 무엇을 말하는지 알 도리가 없어 시연은 묵직한 눈꺼풀을 천천히 깜빡였다.

　"으응?"

　"그러니까!"

　린은 제 등 뒤에 서 있던 백여우 둘에게 손짓했다. 그러자 들어올 때부터 눈을 반짝이고 있던 백여우들이 조금의 손속도 두지 않고 단숨에 두터운 이불을 걷어냈다. 슬슬 날이 추워지는 시기였다. 갑작스러운 온기의 부재에 시연의 몸이 부르르 떨렸다. 그녀는 이제 완전히 잠이 달아난 채로 몸을 일으켰다. 잠이 깨니 귀도 열리는지, 같은 내용을 반복하는 린의 말이 이번에는 아주 잘, 제대로 귓가에 박혀 들어왔다.

"마마, 혼례 날이잖습니까! 해야 할 치장이 한가득이라구요!"

반쯤 느릿하게 일으켰던 몸이, 단숨에 움직였다. 박차고 일어선 시연은 가장 먼저 창을 열어 해를 확인했다. 다행히도 그녀가 늦잠을 잔 것은 아닌지라, 이제야 해는 슬슬 떠오르고 있는 참이었다. 긴장이 갑자기 탁 풀리자, 시연은 어깨를 축 늘어뜨리며 대꾸했다.

"린…… 아직 해도 안 떴어……."

"신부 치장은 두 시진도 넘게 걸린답니다. 자자, 어서 씻고 오세요. 해야 할 일이 산더미라니까요?"

"……두 시진이 넘는다고?"

일 년 전의 혼례 때도 고작 한 시진이 조금 넘었기에, 시연의 낯빛이 희게 질렸다. 아무리 제 머릿속을 뒤져 봐도 치장의 순서와 과정들은 한정되어 있건만, 그것을 두 시진이라 당당히 외치는 린이 조금 무서워질 정도였다. 그러나 결국 린의 등쌀에 이기지 못한 시연은 백여우들에게 이끌려 가장 기본적으로 씻기 위해 끌려가야만 했다.

두 시진.

시연은 정말 그 말이 사실이었음을 체감함과 동시에 어지럼증을 느껴야만 했다. 꼼짝도 하지 않은 채 앉아 있는 것은 그녀에겐 너무 익숙한 일이라 오히려 쉬웠다. 문제는 끊임없이 이어지는 백여우들의 수다를 무려 두 시진이 넘도록 들어야 했다는 점이었다. 물론 그 부분을 지적한다면 금방 닫힐 입들이었다. 그러나 제게 깊은 호의를 갖고 대하는 이들에게 모질게 대하고 싶지 않았기에 시연은 절반은 흘려 보내고 절반은 적당히 받아친 수다들로 복잡한 머릿속을 찬물과 함께 비워냈다.

"아, 시원하다."

린은 혹여 입술연지가 지워지진 않았는가 매의 눈으로 살피곤, 아무런 문제도 없음을 확인하자 그제야 감격에 찬 표정을 하며 양손을 꽉 붙잡았다.

"마마. 전, 이제 여한이 없습니다."

"응?"

"드디어 오랜 염원이 이뤄지는 날이건만, 어찌 여한이 남아 있겠습니까."

500년도 더 넘는 시간 동안 반려를 기다리며 오래도록 외로움에 죽어갔던 늑대신이 드디어 제 짝을 찾은 날이니 어찌 기쁘지 않을까. 린은 제게 하는 말이 아니었기에 마땅히 대답할 말을 찾지 못해 그저 고맙다고 말하며 웃는 시연을 바라봤다. 언젠가 키안이 흘리듯 말했던 것을 잊지 않았던 그녀는 시연의 머리 장식에 꽤나 공을 들였다. 위의 절반은 동그랗게 말아 은비녀로 고정했고, 역시 은으로 만든 머리 장식 하나를 더 꽂았다. 가느다란 머리 장식의 끝에는 섬세한 나비장식이 진주와 함께 장식되어 있어 시연이 고개를 움직일 때면 나비의 날개 부분이 팔락여서, 마치 진짜 나비가 날갯짓을 하는 것만 같이 보였다.

"신들의 혼례엔 흰빛 외엔 쓰지 않는 것이라, 공을 많이 들였답니다."

치마를 어찌 해야 할지 가장 많이 고민했다며 다시 감탄사를
뱉는 린의 말에, 시연은 만지면 듣기 좋은 바스락 소리가 나는 치
맛자락을 들어올렸다.

"고마워, 정말 너무 예뻐."

"모시는 주군의 신부님인걸요. 그 어떤 신부님보다 마마님께서
가장 아름다우셔야 저도 기가 산답니다."

아마 오늘이 지나기도 전에 마마님의 아름다움이 신들 사이에
서 자자하게 소문이 날걸요? 린은 상상하는 것만으로도 짜릿하
다며 양손으로 제 몸을 끌어안았다. 그런 린의 말에 슬쩍 얼굴을
붉히던 시연은 제 눈앞에 무언가를 묻기에 최적인 상대가 있다는
사실을 그제야 깨달았다. 시연은 머뭇거리지 않고 손을 뻗어 린
의 팔을 잡았다.

"린."

"예?"

"소하가 어떻게 됐는지 알아?"

그 물음에, 화사하게 피었던 꽃이 하루아침에 지듯 린의 얼굴
에서 화사하게 만개했던 미소가 서서히 사그라졌다.

"다행히, 가주께서 여러 가지로 너그러이 용서해 주셨답니다."

입꼬리를 끌어올리며 말하는 린의 모습은 깨져 버린 유리를 억
지로 이어붙인 것처럼 위태롭기 그지없었다. 그 모습에 놀란 시연
은 손을 뻗어 린의 어깨를 감싸 안았다.

"잠시만. 린, 왜 그래. 설마 키안이 무슨……."

"아뇨아뇨. 그렇지 않아요. 마마, 소하는 그저 가주께서 떠나신
뒤에 뒷일을 정리하고 마지막에 오는 벌을 받았을 뿐이에요. 아,

지위도 하락했지만요."

그녀의 말에 그제야 시연은 안도의 한숨을 뱉었다. 시연은 세상 모든 것이 좋게만 돌아간다 믿는 철없는 황녀님은 아니었다. 그렇기에 소하에 대한 처분이 마냥 좋게 넘어가야 한다 생각지도 않았다. 사지를 믿지 못한다면, 머리는 제 구실을 하지 못한다. 소하가 벌인 일은 그 정도의 배신이었다. 신뢰를 저버리고, 믿음을 깨부수는 행위였다. 그것은 그저 넘어간다 하여 해결될 종류가 아니었다.

그러나 동시에 그녀는 소하가 그렇게까지 행동했던 이유를 이해했기에, 낮은 처벌에 안심했던 것인지도 모른다. 시연의 품에 안긴 채로 오직 그 당시 키안의 분노를 직접 보고 들었던 린만이 그때를 떠올리자 공포로 떨리는 몸을 진정시키며 눈을 감을 따름이었다.

키안은 잠시 제 눈을 의심했다. 저를 향해 걸어오고 있는 여인이 너무도 아름다워, 상투적이지만 그래도 혹 지금 이 모든 것이 현실이 아닐까 걱정스러울 정도였다. 그는 눈을 한 번 비빈 뒤에야, 그리고 옆에서 헛기침을 가장한 태하의 억눌린 웃음소리가 들린 뒤에야 꿈이 아니라 현실이라는 것을 확신할 수 있었다.

온통 흰빛투성이인 여인에게서 유일하게 색이 있는 곳은 동그란 두 눈과 긴 머리칼뿐이었다. 손을 뻗으면 훌쩍 날아가 버릴 것 같은 흰나비를 맞이하듯 키안은 부드러이 웃으며 조심스레 그녀를 향해 걸어갔다. 서로의 시선과 시선이 맞부딪치고, 남녀의 눈꼬리가 같은 모양을 하며 휘자 주변에 가득 차 있는 이들이 실실

허파에 바람 들린 듯 웃어댔다.

"부인께 어울리는 꽃을 생각하다……."

키안은 등 뒤에 감춰놓았던 것을 앞에 내어놓았다. 눈송이 같은 안개꽃을 사이에 두고 한 아름의 나리꽃으로 만들어진 꽃다발에 몇몇 백여우들이 탄성을 내뱉었다. 벌써 첫눈이 내릴 계절이다. 여름 꽃인 나리꽃을 구할 수 있을 리 만무한 계절인 것이다. 그럼에도 눈앞에 보이는 것은 바로 그 나리꽃이라, 시연은 잠시 할 말을 잃었다.

린과 태하를 포함한 몇몇 요괴들만이 이 기적 같은 일이야말로 요마의 숲이 가진 힘임을 눈치챘을 뿐이었다.

"부인을 꼭 닮은 것을 주고 싶었어."

그 말에 시연의 두 눈에 가득 들어찼던 놀라움이 씻겨 내려갔다. 대신 그녀는 값비싼 보화를 받았을 때보다 몇 배는 더 행복하게 웃으며 꽃다발을 받아들었다.

"다행이에요."

그는 소하의 처분에 가슴을 쓸어내리는 시연이 마음에 들지 않는다는 듯 눈살을 구겼다.

"부인을 위험에 처하게 했어. 과할 정도로 가벼운 처분이지."

"그렇긴 하지만."

그리고 그걸 생각하면 한 대쯤 때려주고 싶긴 하지만. 시연은 제가 그 말을 뱉자마자 당장 어디 한두 군데 정도는 부러뜨려도 상관없다는 키안의 말을 반쯤 무시하고는 말을 마쳤다.

"잘 해결됐잖아요."

기존의 지위를 박탈당한 채 랑(狼)가에 남아 뒷일을 마무리하고 후발대로 오는 것으로 소하에 대한 처분은 마무리되었다. 그 동안 그가 쌓아온 일들과, 시연의 선처로 만들어낸 결과였다. 그 결과에 만족하지 못하는 키안은 잠시 얼굴을 굳혔으나, 이내 그들이 가고 있는 곳과 이유를 떠올리고는 표정을 풀었다.

"그런데, 신들의 혼례는 어찌 이뤄지죠?"

그녀는 한창 걷고 있는 요마의 숲을 둘러보며 물었다. 호국을 떠나기 하루 전, 조금 급한 혼례는, 그러나 언젠가 이런 날이 올 줄 알았다는 린 덕분에 완벽에 가까웠다. 키안은 좀 더 준비를 완벽하게 하고 싶어 했으나 새로운 나라를 세우기 위해 해야 할 일들이 많다며 시연이 만류했다.

"궁희에게 증인을 맡아 달라 했으니, 그녀만 있으면 돼."

"절차는요?"

"딱 하나 있지."

키안은 린의 주도하에 새하얀 예복을 갖춰 입은 시연을 내려다보며 말했다. 호국의 붉은빛 일색인 예복과는 정반대인 흰빛의 예복은 신들의 혼례에서 필수적이라 여겨지는 것들 중 하나였다. 흰 비단에 은실로 수놓은 것은 신의 언어로 미래의 영원한 축복을 비는 예문이라며 린은 웃었다. 그 위에 반투명한 천을 덧대어 걸을 때마다 바스락 소리가 나는 치맛자락에 흙이 묻지 않도록 시연은 끝부분을 들어 올렸다.

"하나요?"

"그래."

그는 린이 혼신의 힘을 다한 치맛자락에 신경을 빼앗긴 신부가 못내 아쉬워, 팔을 뻗어 그녀를 안아 올렸다. 작게 '꺅!' 하는 소리와 그를 타박하는 시연의 한숨 섞인 말들이 뒤를 이었으나, 그는 은을 깎아 만든 비녀로 절반만 틀어 올린 그녀의 머리칼에 입을 맞출 뿐이었다.

"인간들의 것과는 달리 복잡한 과정이 있는 것도, 긴 축사도 없어. 혼례를 올리는 당사자들이 신인데, 누군가에게 축복을 바라는 것도 말이 되지 않지. 대신 인간들의 혼례엔 없는 것이 바로 맹세야."

한 팔로 시연을 지지하며 그녀와 시선을 맞춘 채 조곤조곤 설명하는 목소리는 참으로 달콤해, 그녀의 눈꼬리가 접혔다.

"피로써 서로의 생(生)에 서로를 새겨 넣는 맹세지."

그의 말이 끝남과 동시에 빽빽하게 들어찬 나무들이 길을 열었다. 궁희는 이미 기다리고 있었다는 듯 키안이 숲속에서 벗어나기가 무섭게 숙이고 있던 고개를 들어올렸다. 시연은 난생처음 본 궁희의 외양에 잠시 감탄했다, 뒤이어 물 흐르듯 움직이는 그녀 자체에 탄성을 삼켰다. 키안은 신부를 조심스레 땅에 내려놓으며 시연의 귓가에 속삭였다.

"그렇기에 흰 예복을 입는 것이다. 이전의 삶을 모두 지워내고, 반려와 함께하는 삶을 다시금 채워나가겠다는 의미로."

둘만의 시간을 깨고 그 사이로 부드러운 목소리가 끼어들었다.

"드디어 반려를 찾았군요, 늑대신이여."

앞으로 한 걸음 나서며 빙긋 웃는 궁희의 말에 키안이 여상히 대꾸했다.

"아아. 이리 사랑스러운 반려를 맞이하기 위해 그리 오랜 시간

랑을 품은
나리송이

이 걸렸던 모양이야."

"어머. 그런 간지러운 말도 할 줄 아셨습니까?"

"부러운가."

키안은 입가에 드리운 미소를 지워내지 않은 채 잘도 말하고 있었지만 창피함에 얼굴을 붉히는 건 시연이었다. 궁희의 시선이 잠시 시연에게 향했다. 궁희는 조금 흥미롭다는 기색으로 시연 쪽으로 한걸음 다가섰다. 반짝이는 시선이 연갈색 머리칼과 눈동자를 차례로 훑고 지나갔다.

"하늘신의 피란, 이토록 아름답고 또한 약해, 후회할지 모릅니다. 늑대신이여, 되돌릴 수 없는 선택임을 알고 있겠지요."

시연을 향해 뻗어가는 손을 중간에서 쳐낸 그는 눈을 가늘게 뜨며 대꾸했다.

"그리 아까운 일을 할 리가 있나."

후후후. 궁희는 이미 제 반려인 양 행동하는 늑대의 모습에 작게 웃었다. 그녀는 잿빛 머리칼과, 그것을 꼭 닮은 눈동자에 스쳐 가며 시선을 던졌다. 아주 오랜 세월이었다. 늑대처럼 일평생 단 한 명의 반려를 정하는 늑대신으로서는 참으로 순간순간이 지옥 같은 세월이었을 것이다. 짝을 짓지 않고 홀로 살아가는 그녀로서는 평생을 걸어도 이해할 수 없을 감정에, 궁희는 그것을 재단하는 것을 관두었다. 대신 궁희는 뒤로 한 걸음 물러나며 품 안에서 자그마한 검을 꺼내들었다. 손잡이에 작고 투명한 보석이 자잘하게 박혀 있어 무기라기보다는 장식품이 아닌가 싶을 정도로 아름다운 검이었다. 그녀는 그것을 먼저 키안에게 건넸다.

"늑대신이……."

한 뼘도 채 안 되는 검을 받아든 그는 머뭇거림 없이 제 손바닥을 베었다. 분명 날카로운 날이 살갗을 찢었건만, 피는 배어나오지 않았다. 이내 시연은 키안에게서 그것을 받아들었다. 대충 설명은 들었기 때문에 알고 있었지만, 직접 눈으로 보니 놀라지 않을 수 없는 일이었다. 그녀는 고개를 들어 올려 키안을 바라봤다. 온기를 가득 품은 잿빛 시선은 저를 내려다보고 있었다. 그 안에는 재촉도, 초조함도 없이 그저 저에 대한 애정과 온기뿐이라 그녀는 그를 보며 마주 웃었다.

"하늘신의 후손과……."

시연이 손바닥을 베어내자 두 연인의 피를 머금은 검날이 잠시 붉게 번뜩였다 이내 다시 본래의 흰빛으로 되돌아왔다. 궁희는 두 남녀의 손바닥을 맞닿게 한 다음 그것을 길고 흰 천으로 천천히 감쌌다.

"생(生)과 사(死)를 함께함을 이 자리에서 맹세하노니."

흰 천이 그들의 피로 천천히 붉게 물들기 시작했다. 궁희의 손 끝이 천을 그어 내리자 그곳에서 불꽃이 일어 천천히 피를 머금은 천을 태웠다. 갑작스러운 불에 시연이 움찔하자 키안은 손을 뻗어 그녀의 얼굴을 감싸곤 이내 그 입술에 입을 맞추었다. 긴장으로 뻣뻣해졌던 몸이 입안으로 파고드는 열기에 부드럽게 녹아내렸다. 참으로 민망한 모습을 전부 지켜봐야 하는 궁희가 모든 것이 보이는 제 눈이 지금만큼은 아무것도 안보이면 참으로 속이 편하겠다고 작게 투덜거리며 의식을 마무리했다.

"붉은 피로써 이들이 이어졌음을 증명하노라."

흰 천이었던 그것이 붉게 물들어 둘을 잇고, 이내 재가 되어 사

랑을 품은
나리송이

라졌음에도 불구하고 시연은 느낄 수 있었다. 전과는 달리 무언가가 강하게 둘 사이에 이어져 있음을. 그녀는 붙잡고 있던 손을 풀어 그대로 팔을 뻗어 키안을 끌어안았다. 열렬한 입맞춤을 시작하는 연인을 앞에 둔 채 궁희만이 신음을 흘리며 이마를 짚었다. 궁희가 알아서 돌아가라 말한 뒤에 동굴 속으로 들어간 뒤에도, 한참 동안이나 둘은 입을 맞추고 있었다.

키안은 제 반려를 들어 올려 품 안에 끌어안고 되돌아가며 끝없이 그녀의 머리칼에, 눈가에, 손등에, 입술에 입을 맞췄다.

참으로 긴 맹약의 끝에 반려를 줄 것이라 상상도 하지 못했으나, 그 누가 말했던가.

긴 기다림 끝에 손에 넣은 것이야말로 달고 가치 있다고.

"기약 없는 세월 동안 수없이 많은 하늘을 만났으나……."

그는 부끄럽다며 부루퉁한 입술 위에 가볍게 제 것을 누르며 속삭였다.

"오직 그대가, 그대만이 나의 하늘이라."

그러니 평생 그것만을 보며 살아가겠다는, 낯부끄러운 고백을 하며 키안은 웃었다.

외젠

호국의 황제는 제 뒤를 이을 황녀에게 물었다.

"신이 무엇이라 생각하느냐."

황녀는 저와 똑 닮은 연갈색 눈동자를 마주보며 답했다.

믿음입니다.

생각하지 못한 답에 황제는 놀라며 그 연유를 물었다.

신이 존재할 수 있음은 사람들이 믿음에 달려 있기 때문입니다.

황제는 웃었다.

"네 말이 답이다. 우문현답(愚問賢答)이었구나."

천랑국.

그것은 어느 날 갑자기 나타난 운사란 사내가, 유목민들에게 미래를 약속한 나라의 이름이었다. 대대로 신이 존재하지 않아 나라도 없이 버려진 땅에서 성벽도, 무기도 갖지 못한 채 떠돌아다니던 이들에게 운사는 하늘신의 존재를 알렸다. 예국과 인접한 땅에서 그들은 처음으로 소문으로만 듣던 하늘신에 대해 명확히 인지할 수 있었다.

비와 해를 제 편으로 유목민들을 수호할 신.

그리고 그 옆에서 하늘신을 수호하는 늑대신.

그것이 천랑국의 시초였으며, 땅을 정하고 건물을 세운 뒤 사람들이 모여들기 시작하자 마지막으로 옮겨온 것이 천랑국의 왕과 여왕이었다.

가뭄과 홍수가 없으니 기름진 땅에서는 매해 곡식이 풍요로웠고, 중간에서 수탈하는 이를 용서치 않으니 살기 좋은 곳으론 무아 대륙에서 제일이라 손꼽혔다. 신(神)이 둘이요, 받치는 이들은 하나같이 현명하고 충성심이 가득하여 천랑국은 고작 건국 10여 년 만에 쉬이 무시할 수 없는 나라가 되었다.

그리하여,

"……화친?"

"예, 전하. 예국에서 사신이 도달했습니다. 의혼서―혼담, 혼례 의사를 묻는 것을 의미한다―를 가져왔더군요."

시연은 금빛 비단으로 둘러싸여 있는 두루마기를 내려다보며 끙, 신음을 흘렸다. 사가의 혼례도 아니고 의혼서라니. 예국의 왕이 무슨 생각을 하고 있는지 알 도리가 없었다. 보통 왕실의 혼례란 세자는 왕비 간택으로 이뤄졌고 공주는 왕실 어른들이 적당한 집안의 사내와 이어주는 방식으로 이뤄지기 마련이었다. 호국의 혼례도 타국에 비하면 꽤나 독특한 편이었는데 의혼서를 보내오는 예국보다는 못하다 싶을 정도로 이번 의혼서는 파격적인 행보였다.

하필이면 키안이 국경을 시찰 나갔을 때 이런 일이 터지다니. 시연은 한 손으로 이마를 짚었다. 생각 같아선 미뤄두고 싶은 일이었다. 그러나 예국은 국경이 인접해 있으므로 쉬이 무시할 수도 없는 노릇이라, 그녀는 운사에게서 의혼서를 받아들었다. 양 끝을 잡아당기자 고급 비단으로 감싸인 의혼서가 펼쳐졌다. 그 안에 적힌 글을 읽어 내리던 시연의 눈가에 잘게 주름이 가자, 운사가 걱정스러운 기색을 감추지 않으며 물었다.

"……왜 그러십니까, 전하. 무슨 해괴한 말이라도 쓰여……."

"우리 운이를, 사위 삼고 싶다는데?"

"예에?"

경악에 찬 운사의 기분을 이해하지 못할 바 아니었기에 시연은 눈가를 좁혔다. 혹시 다른 내용이라도 적혀 있나 싶어 빛에 종이를 갖다대보기도, 물을 살짝 뿌려보기도 했건만 새로운 내용이 나타나는 일은 일어나지 않았다. 그 일련의 과정들이 오히려 예국의 의혼서라는 것을 더욱 확고히 할 뿐이었다. 몇 번의 시도로 너덜너덜해진 의혼서를 께름칙한 시선으로 바라보던 시연은 끙 소리를 내며 중얼거렸다.

"그래도 이거, 일단 약혼부터 하고 혼례는 성인식을 치른 후에 올리자는데……."

"전하!"

발을 동동 구르는 운사의 외침에도 시연은 섣불리 대답하는 대신 잠시 침묵했다.

예국이라. 그리 나쁘지 않은 상대다. 아니 오히려 최고라 할 수 있었다. 그럼에도 이리 먼저 의혼서를 보내온 의중을 알 수가 없으니 찝찝했다. 게다가 공주를 보내라는 것이 아닌 공주를 보내오겠다니. 아무리 천랑국이 몇 년 사이에 급격히 성장하고 있다 한들 그 역사가 수백 년에 달하는 예국엔 비할 바가 못 되었다. 시연은 검지로 팔걸이 부분을 두드리며 예국이 먼저 화친을 청해올 만한 일이 과연 무엇일까에 대해 고민했다. 그러나 의외로 고민은 길지 않았다.

"세자저하께옵서 알현을 청하옵니다."

문 저편에서 들려오는 내관의 외침에 시연은 운사와 시선을 한 번 주고받고는 들어올 것을 허락했다.

천랑국의 세자 천 명운은 문지방을 사뿐히 넘어서며 안으로 들어섰다. 올해 고작 열둘이 되는 명운은 풍사의 말에 따르면 검술에 있어서 그 누구도 따라오지 못할 천재였다. 기골이 장대하다는 표현이 어울릴 나이가 아니었건만, 제 또래보다 큰 키는 열넷은 되어보이게 했다. 명운은 먼저 온 운사를 발견하고는 잠시 주춤했지만, 이내 결연한 표정을 한 채 성큼성큼 걸어 들어왔다.

"소자, 어마마마께 긴히 드릴 말이 있어 찾아왔습니다."

예를 갖춰 힘이 들어간 명운의 말에 시연과 운사가 서로 시선을 주고받았다. 천랑국의 왕실 법도는 아직 미완성인 상태였기에 조금 느슨한 부분이 존재했다. 그래서일까, 세자도 공주들도 사석에서는 마냥 어린아이들이나 다름없었다. 그런 명이 이토록 격식을 따지는 것을 보아하니 심각한 일일 것이라 지레짐작한 운사의 안색이 어두워졌다.

"그래, 말해보거라."

"소자……."

반쯤 숙여졌던 명운의 고개가 번쩍, 들어 올려졌다. 시연을 꼭 닮은 세자는 아직 조막만한 두 주먹을 야무지게도 쥐며 기세 좋게 외쳤다.

"반려로 맞이하고 싶은 여인이 생기었습니다!"

그 당당하기 그지없는 선언에, 천랑국의 건국 여왕이 뒷목을 짚었음은 두말할 것도 없는 일이었다.

"린. 얘기해 준 거랑 다르잖아!"

랑을 품은
나리송이

명운은 발을 구르며 억지로 웃음을 참고 있는 린을 흘겼다. 그러나 천 년 가까이 살아온 구미호가 세상에 난 지 겨우 10여 년 정도밖엔 되지 않은 어린아이의 눈흘김에 겁먹을 리 없다. 린은 마치 손자를 보는 노인의 마음이 되어 기어코 막지 못한 웃음을 터뜨렸다.

"푸흐흐……! 아, 크흠, 푸핫, 아니, 흠, 크흠! 그, 예국에서 벌써 의혼서를 보냈다는 건 몰랐잖아요."

천랑국을 이끌어 나갈 천재라 불리는 명운이었건만, 그 속은 아직 어린아이라 린의 말에 자그마한 어깨가 축 늘어졌다.

"그건 나도 몰랐는걸."

이런.

린은 금방이라도 눈물을 떨어뜨릴 것처럼 축 늘어진 명운의 눈꼬리에 재빠르게 정신을 다잡았다. 작은 왕자님은 우는 모습도 귀엽기 그지없었지만 그렇게 된다면 잔소리로 책 몇 권은 족히 쓸 법한 우사에게 한 소리 들을 것이 뻔했다.

"걱정 마세요, 전하. 그래도 안 된다곤 안 하셨다면서요? 분명 허락하실 거예요."

"그럴까……?"

"그럼요! 첫 만남부터 운명적이었잖아요? 길, 풉, 아니, 흠흠. 길 잃으신 전하를 예국 공주가 구해주신 거니 말이에요."

다시 그때 일이 떠오르자 명운은 슬쩍 고개를 돌렸다. 새삼스레 린에게 구구절절 털어놓은 과거의 생각 없는 스스로가 참으로 한스러웠으나 어쩌겠는가. 그땐 그 아이가 누구인지 알아내는 것이 가장 중요했는걸.

단순하다 싶을 정도의 만남이었다. 의례적으로 행해지던 예국으로의 사신 행렬에 외교 감각을 익힌다는 명분하에 명운이 참여한 것이 그 시작이었다. 교역물품에 대한 논의와 늘어나기 시작하는 호국으로부터의 이민 행렬을 어찌 수용할지가 주된 논쟁거리였다. 문제는 회담이 시작되기 전날 잠시 바람을 쐬러 나갔던 명운이 길을 잃었다는 것뿐이었다.

길을 잃었다는 것도, 그런 그를 자그마한 여인이 도와주었다는 것도 아는 이 몇 되지 않는 비밀이었지만 말이다.

제게 내밀어지던 손을 떠올리자 다시 얼굴에 열이 올라서, 명운은 재빨리 말문을 돌렸다.

"한데 아바마마께선 언제쯤 돌아오실까?"

"음…… 글쎄요. 이번엔 좀 크게 다투셔서."

"아바마마가 어마마마께 혼나는 건 하루이틀 일이 아니잖아."

뭘 새삼스러운 얘길 하는 거냐는 명운의 말에 린이 아련한 눈으로 고개를 저었다.

"아뇨. 이번엔 마마께서 잘못하셨어요. 그래서 가주께서 토라지신 거랍니다."

입에 붙어버린 호칭을 쉽게 바꾸지 못하는 린은 여전히 키안을 가주라 불렀다. 그녀는 그때 당시의 실랑이를 떠올리곤 휘휘 고개를 저었다.

발단은 언제나와 같았다. 국경을 순찰하러 갔다 크게 다친 풍사를 넘기지 못하고 다시 피를 낸 시연과, 그런 그녀의 결정에 화를 낸 키안. 사실상 둘의 의견이 충돌하는 지점은 오직 그뿐이었다.

아마 며칠은 더 돌아오지 않을 거라고 말하는 린의 모습에 명운은 이유를 물어도 답해주지 않을 것임을 깨닫곤 어깨를 으쓱였다. 제게 비밀로 붙여지는 몇몇 가지 일들 중 하나인 모양이라 납득하며.

그런 세자를 내려다보던 린의 눈동자가 재밌는 일을 떠올리면으레 그러하듯 반짝였다. 그녀는 붉은 입술을 호선으로 휘어 올리며 말했다.

"아, 그거 아세요, 전하? 두 분이서 같이 술을 마시지 않는 이유요."

알 리가. 명운은 고개를 저었다.

두 눈을 빠르게 깜빡이며 어서 말해달라는 듯 저를 바라보는 때 묻지 않은 순수한 시선에, 린은 속으로 한숨을 폭 쉬었다. 어쩌겠는가. 이 귀여운 세자저하께서 이렇게 원하시는걸! 그러나 린이 첫마디를 내뱉기도 전에 한쪽 팔과 등에 각각 공주를 들고 업은 태하가 나타나는 것이 먼저였다. 그는 린을 찾아 헤매고 있었는지, 그녀를 발견하자마자 씩씩거리며 다가왔다.

"린! 또 공주님들 떼어놓고 어딜 갔던 거야!"

태하가 화를 내려 하자 린은 기다렸다는 듯 손을 뻗어 그의 팔에 매달려 있는 료아를 받아들며 말했다.

"어머. 류아 공주님, 료아 공주님. 태하가 잘 놀아주었나요?"

"응응! 재밌었어!"

쪽, 료아의 볼에 애정이 가득 담긴 뽀뽀를 날려준 린은 이내 그녀를 명운의 품에 안겨주었다. 그리곤 류아를 받아들어 똑같은 행동을 반복했다. 올해로 고작 여섯 살인 쌍둥이 공주님들은 기다렸다는 듯 제 핏줄을 향해 달려들었다.

"오라버니!"

"운이 오라버니다!"

까르르 터져 나오는 웃음소리와 함께 세 아이가 한창 만발하고 있는 벚꽃나무로 뛰어가자 짐을 덜어낸 태하가 푸, 숨을 내뱉었다. 공주와 세자의 뒤를 와르르 따라가는 궁녀들과 궁인들을 멍한 눈으로 바라보면서.

"마마와 내기를 하는 게 아니었어."

"어머. 내기라면 사족을 못 쓰는 도깨비한테 그런 말을 들을 날이 올 거라곤 생각도 못해봤는데."

하늘이 무너지려나? 과장스럽게 허공을 한 번, 땅을 한 번 둘러보며 웃는 린의 모습에 태하는 화낼 힘도 없다는 듯 고개를 저었다.

"설마하니 두 공주님을 돌봐달라는 소원을 빌 거라고는 생각도 못했다고. 난 누군가를 돌보는 덴 쥐약이란 말이야!"

"뭘 그 정도 가지고. 그리 오래 걸릴 일도 아니잖아? 길어야 백년인데."

린은 바람이 불자 눈처럼 아롱아롱 떨어져 내리는 벚꽃에 까르르 웃음을 터뜨리는 두 공주를 바라보며 말했다. 두 공주와 세자는 오래전 이어져 내려오던 얘기를 그대로 재현하기라도 하려는지 갈색과 회색을 번갈아 갖고 태어났다. 아이들을 받아 안고 놀라는 시연에게 키안은 그저 색이 이어질 뿐이라 말했다. 신으로서의 능력도, 하늘신의 피도 더는 이어지지 않음을 당시 그곳에 있던 모두가 그저 느낌만으로 알 수 있었다.

갈색 눈동자에 회색 머리칼을 가진 천랑국의 세자 천 명운, 그리고 양쪽 다 갈색인 천 료아, 양쪽 다 회색인 천 류아는 모두 평범한 인간이었다. 제 주군을 꼭 닮은, 그러나 주군과는 천지차이로 다른 아이들을 바라보던 린은 그제야 소하가 하려던 말을 조금은 이해할 수 있었다. 언제고 멈춰 있던 그들의 시간이 흐르기 시작했다. 몇백 년간 주군으로 모시던 늑대신은 얼마 지나지 않아 마지막 숨을 내쉬며 세상에서 사라질 것이다. 그 피를 짙게 이은 아이들도 채 백 년도 지나지 않아 더는 존재하지 않게 될 것이다.

린은 새삼스레 제 옆에서 바삐 손부채질을 하고 있는 태하를 바라봤다. 입으로는 귀찮다느니 싫다느니 불만이 산이었지만 치맛자락을 붙들고 해맑게 뛰노는 공주들을 바라보는 시선에 가득한 것은 분명 애정이었다.

이걸 걱정한 거니, 소하.

소중한 것이 사라져야만 하는, 언젠간 도달하고야만 말 상실감을 걱정한 거니. 린은 상상만으로도 아릿해져 심장께를 가볍게 두드렸다.

"왜 그래?"

힐끗, 시선을 보내오는 태하의 물음에 린은 씩 웃었다. 그녀는 갈 길 잃은 수다거리를 도깨비에게 대신 풀어놓았다.

"아니, 갑자기 그때 생각이 나서. 왜, 기억 안 나니? 마마와 가주께서 금주(禁酒)하기 시작한 이유."

척하면 척인 얘기였다. 태하는 고개를 주억였다.

"아아."

물론 움찔거리는 입꼬리는 미처 숨기지 못한 채였다.

세자가 다섯 살이 된 날, 시연은 그동안 천랑국의 기초를 닦느라 멀리했던 술상을 오랜만에 눈앞에 마주하고 있었다. 세자의 무탈함을 축하한다는 명목하에 준비된 술상 위에는 그 구하기 힘들다는 화주가 세 병이나 올라 있었다.

"마마아, 그래도 어찌 홀로……."

"아니야, 린. 자고로 술은 말릴 사람이 오기 전에 마셔야 해."

급한 업무를 처리하고 있을 키안이 오게 된다면 가까스로 구한 화주에 물이 들이부어질 게 분명하다며 시연은 결연한 눈으로 잔을 쥐었다.

"그러니 말릴 생각 하지 마."

그렇게 시작된 술자리는, 키안이 도착했을 때 이미 절정에 달해 있었다. 그는 잠시 눈앞의 상황을 파악하기 위해 멈춰 섰다. 술자리를 마련한다는 것은 들어 알고 있는 일이었다. 그렇기에 린을 보내 자제시키라 말하기도 했다. 그런데 이게 무슨 일이란 말인가.

자제시키라 보낸 린은 이미 구석에서 고개를 떨어뜨린 채 잠에 빠져 있었고, 홀로 술잔을 기울이고 있는 시연은 만취한 지 오래인 것처럼 보였다. 그는 어디서부터 손을 대야 할지 알 수 없는 상황에 절로 나오려는 한숨을 삼키곤 시연에게 다가섰다.

그러니까, 그게 문제였다.

"당신인!"

그가 손을 뻗자 귀신같이 알아차리고는 고개를 팩 치켜든 시연이 벼락같이 내질렀다. 그 목청이 사내 두셋은 저리 가라일 정도였다. 놀라 멈춘 키안의 모습을 두 눈으로 확인하자 꾹꾹 누르던 분이 터졌는지 시연은 붉게 달아오른 얼굴을 한 채로 그에게 삿대질을 시작했다.

"남자가아, 그러면 안 되지! 하루에 막 여자를 셋도 넘게 안고! 엉? 어떻게 그래?"

예고도 없이 갑작스레 시작된 과거 폭로에, 키안의 뒤를 따르던 내관의 어깨가 움찔 떨렸다. 왕의 과거사라니, 내관은 갑자기 목이 바싹 마르는 것 같다 생각하며 더욱 고개를 숙였다. 굳이 경고 받지 않더라도 방금 제가 들은 내용은 무덤까지 가져가야 할 것임을 짐작한 그는, 슬쩍 뒤로 물러섰다. 아무런 제재가 없자 눈치껏 방문을 열고 사라진 내관은 참으로 눈치한번 빠른 자였다. 물론 내관이 나가건 말건 키안의 관심은 오로지 술에 반쯤 잡아먹힌 시연에게 쏠려 있었다.

"난봉꾼도 아니고, 여자를, 하루에, 셋이나……!"

꺼이꺼이 울음이라도 터뜨릴 것 같은 그녀는 울분을 참지 못하고 입을 꾹 다물었다. 입술 바로 앞까지 억울함이 넘실 흘러넘칠 것만 같았다. 500년 전의 일을 들출 필요가 없다 생각했건만, 술이 들어가니 이보다 더 억울한 일도 없었다. 시연은 제게 한 걸음 다가오는 키안을 발견하자 눈을 빛내며 자리를 박차고 일어났다. 물론 한 손엔 술병을 쥔 채로.

"잘못했어요, 안 했어요!"

벼락처럼 내리 닥치는 훈육에 키안이 우뚝 멈춰 섰다. 시연 쪽으로 향한 팔이 가늘게 떨리는 것 같기도 했다. 그러나 연신 대답을 재촉하는 시연의 끈질김에, 결국 그는 양손으로 전부 백기를 치켜들었다.

"잘…… 못했다. 다신 안 그러지. 그런데 부인, 그건…….'

"그래. 잘못한 거 알면…… 됐어."

막 변명을 늘어놓으려던 키안의 입을 막으며 시연이 스르르 쓰러졌다. 그녀를 다급히 받아든 키안은, 갈 길 잃은 변명을 입안에 가득 담은 채 하염없이 그 자리에 서 있었다.

그리고 그날 이후, 시연은 지끈거리는 두통과 속이 뒤집어질 것 같은 숙취를 껴안고는 창피함에 이불을 박차며 다시는 술을 마시지 않겠노라 선언했다.

"푸흡…….'

"그날 내가 가주님께 불려가 혼난 걸 생각하면. 아휴. 그래도 엄청 귀여우셨다니까. 양손 이렇게 들고 잘못했다고 하시는데…… 푸흐흐!"

회상에서 시작해 폭소로 끝나는 대화는 근래 들어 둘의 새로 생긴 취미였다. 하루가 멀다 하고 사건사고가 터지니 얘깃거리가 끊임없이 나왔다.

한참을 웃었을까. 린이 이번엔 명운이 첫눈에 반한 예국 공주에 대해 얘기를 꺼내려던 순간 료아가 목청 높여 태하를 불렀다. 언제나 료아와 류아를 돌보며 투덜거리던 태하였지만, 그는 저를 부르는 목소리가 들리자 반사적으로 자리를 박차고 일어났다. 몇 번의 도약만으로 공주들에게 달려가 버린 태하의 뒤를 바라보던 린은 기분 좋게 웃으며 한 폭의 그림과도 같은 장면을 눈에 담았

랑을 품은
나라송이

다. 그야말로 완벽한 순간이었다. 언젠가 끝나 버릴 행복이라 할지라도, 그렇기에 더 시선이 가고 마음이 가는 것이리라.

어느새 린의 입가에 걸쳐진 미소는, 조금 쓴맛이 도는 것으로 바뀌었다. 이래서 혼자 있으면 안 된다니까. 상념에 잠기면 여김 없이 끼어드는 누군가 덕분에 그녀는 폭 한숨을 내쉬며 자리에서 일어났다.

"오랜만이네."

등 뒤에서 익숙하고도 낯익은…… 속이 아릴 정도로 그리운 목소리가 들리지 않았다면 한바탕 웃음을 쏟아내는 무리를 향해 달려갔을 터였다. 그러나 그녀는 제 귓가를 파고드는 목소리의 주인공이 누구인지 알았다.

어찌 잊겠는가.

린의 눈꼬리가 파르르 떨렸다. 그녀는 혹여나 제가 헛소리를 듣고 있는 것은 아닐까 걱정에 걱정을 더하며 천천히, 만약 헛소리라면 꿈이라도 좀 더 길게 꿀 수 있도록 아주 천천히 고개를 뒤로 돌렸다.

봄바람이 세차게 불어, 그 바람을 타고 날아온 벚꽃들이 다시 이어진 만남을 축복하듯 둘 사이를 비집고 하늘하늘 내려앉았다.

린은 그제야, 누르고 구겨 뒤로 미뤄놓았던 감정을 꺼내들며 왈칵 울음을 쏟아내었다.

"소하……!"

천랑국, 건국 13년째 봄이었다.

천랑국의 세자, 명운은 암담함에 고개를 떨궜다. 길을 잃다니. 그는 인정하고 싶지 않았으나 마주할 수밖에 없는 현실에 푹 한숨을 뱉어냈다. 심지어 바깥도 아니다. 예국의 궁 안에서 길을 잃었으니 창피함이 배는 더했다. 지나가던 궁인을 붙들고 물어보면 될 일이었건만 개똥도 약에 쓰려면 없다더니 지나가는 이 하나 없었다. 일단 벽을 타고 걷다 보면 끝이 나오겠거니, 라는 생각을 하며 걸어가던 그가 발견한 것은…….

"……선녀?"

자신도 모르게 중얼거린 명운은 이내 화들짝 놀라며 한 손으로 입을 가렸다. 그러나 고요한 허공에 내던져진 작은 중얼거림은 꽤나 커서, 문에 달라붙어 있던 소녀의 고개가 움직였다.

"와아."

명운은 저를 보며 탄성을 뱉는 소녀에 꿀꺽, 마른침을 삼켰다. 아름답다, 아름답다 주변에서 찬양하는 시연을 보며 자라서인지 눈이 하늘 끝까지 맞닿아 있는 명운에겐 충격적인 순간이었다. 시연이 화려할 정도로 빛나는 아름다움이라면 제 앞에 서 있는 소녀는 한없이 들여다보고 싶은 미(美)였다. 열 번을 보고 백 번을 봐도 질리지 않을 것 같아, 명운은 혹여 소녀가 사라질까 두려워 눈도 제대로 깜빡이지 못했다.

예국은 수신의 나라라던데, 저 소녀는 수신의 선녀인 걸까. 명운은 만약 태하가 듣는다면 배꼽을 잡고 뒹굴 만한 생각을 아무렇지도 않게 하며 입술을 달싹였다. 그러나 소리가 난 것은 명운

쪽이 아닌 소녀 쪽이었다.

"복식을 보아하니 예국인이 아니신 듯하군요. 혹, 천랑국에서 오신다는 사신 일행이십니까."

나붓이 웃으며 물어오는 소녀는 예국의 공주, 련이었다. 련이 입고 있는, 반투명한 연하늘색 옷감을 서너 겹 겹쳐 만든 예복은 천랑국에선 볼 수 없는 방식이었다. 손짓 하나, 몸짓 하나에 살랑이는 옷감은 단숨에 시선을 사로잡아서, 명운은 잠시 넋을 놓고 말았다.

"……세자 ……가요?"

그리하여 그가 정신을 차렸을 땐, 걱정이 가득 담긴 련의 시선을 바로 눈앞에서 봐야만 했다. 화들짝 놀라며 뒤로 물러서는 명운의 모습에 련의 양 볼에 푹 볼우물이 패었다. 그녀는 와르르 웃음을 쏟아내며 다시 같은 말을 되풀이했다.

"혹 천랑국의 세자저하이신지 물었습니다."

짤랑, 움직이는 고개를 따라 머리에 매단 장신구가 맞부딪치며 소리를 냈다.

"아, 그, 예. 그, 누구신지……."

붉어진 얼굴을 미처 감추지 못한 채 다급히 물어오는 말에, 련의 눈이 동그래졌다. 그녀는 이내 그때까지 제 정체를 알리지 않았음을 깨닫곤 물음에 답했다.

"지나가던 선녀라 하지요."

그 당당함에 명운은 방금 전 제가 중얼거린 말을 소녀가 들었음을 깨닫곤 더욱 얼굴을 붉혔다. 시시각각변하는 명운의 낯빛에, 련은 와르르 웃음을 쏟아내곤 본래 물으려 한 질문으로 되돌아갔다.

"그런데 이곳엔 어쩐 일이신지요?"

"아, 그게, 길을 잃어⋯⋯."

푹 고개를 숙인 명운의 머리 위로 출입이 제한된 곳이라는 련의 설명이 늘어졌다. 그가 서 있는 곳은 예국에서 오로지 무녀들에게만 허용된 제례원 입구였다. 그 사실을 알 리 없는 명운은 다급히 사죄를 표하며 뒤로 몇 걸음 물러섰다. 그 당혹스러움에 그녀는 한 번 더 웃고는 기꺼이 길잡이를 자처하며 나섰다.

"방금 그곳은 무녀들 외의 이들의 출입이 엄중히 금지된 곳이랍니다. 자칫 잘못했다간 오해를 사실 수 있어요."

"무녀라면⋯⋯ 신을 모시는 이들인가 보군요."

"예."

련은 슬쩍 시선을 뒤로 돌려 멀어져 가는 제례원을 눈에 담는 명운의 모습에 슬그머니 웃었다. 그녀는 공주였으나, 세자 못지않은 교육을 받아왔기에 머릿속에 떠오르는 몇몇 예민한 사안들을 정리했다. 그녀가 명운의 존재를 알아차릴 수 있었던 이유도 사전에 외양에 대해 전해 들었기 때문이었다.

무아 대륙에서 인간들 사이엔 존재하지도, 존재할 수도 없는 신이 가진 색을 갖고 있는 천랑국의 세자. 대륙에 터를 잡고 있는 여러 나라들 사이에서 이미 천랑국 왕실은 꽤나 유명한 얘기였다. 그 왕실의 일원이자 차후 천랑국을 이끌어나갈 천 명운 역시, 그러했다. 늑대신의 색을 머리칼에, 하늘신의 색을 두 눈에 품은 세자가 앞으로 천랑국에 번영을 가져올 것이라는 소문은 나라와 나라를 오가는 상단을 타고 대륙 전체로 퍼져 나가고 있었다.

그 천 명운이 이리 솔직한 성정인 줄은 미처 몰랐지만 말이다.

련은 선녀라 밝힌 제 존재를 믿기라도 하는지 경계하는 기색도 없이 제 뒤를 졸졸 쫓는 명운의 모습에 푸흐, 웃음을 흘렸다.

"예국은, 수신을 모시는 나라라 들었습니다. 하면 수궁의 선녀이십니까?"

오. 련은 잠시 진지하게 고민했다. 지금이라도 사실을 밝힐 것인지, 아니면 좀 더 이 즐거운 연극을 지속할 것인지에 대해서. 물론 어린 시절부터 재미난 얘기라면 사족을 못 쓰던 련의 고민은 그리 길지 않았다. 그녀는 저보다 다섯은 어렸던 명운의 나이를 되짚으며 자고로 어린아이의 꿈과 희망은 지켜져야 마땅한 것이라며 남몰래 두 주먹을 불끈 쥐었다.

예국의 왕실에 소문이 자자한 련의 연기력이 발휘되는 순간이었다. 그녀는 고개를 사선으로 내리며 깊은 한숨을 폭 내쉬었다. 땅을 바라보는 눈꺼풀 아래로 길게 드리워진 그림자는, 안 그래도 여린 얼굴이 더욱 수심에 잠긴 것처럼 보이게 했다. 단숨에 걱정 가득한 여인으로 탈바꿈한 련은, 한 손을 가슴께에 얹으며 말했다.

"예. 사실⋯⋯."

"마마아!"

그리고, 안타깝게도, 연극은 막이 올라감과 동시에 예국 왕녀 사부의 우렁찬 목소리와 함께 막을 내렸다. 금방이라도 저를 휘어잡을 듯 뛰어오는 왕녀사부의 모습에, 련의 안색이 희게 질렸다.

"죄송합니다, 세자저하. 제가 급한 일이 생겨서. 이쪽으로 쭉 가시면 찾던 곳이 나올 테니 그리 가십시오."

빠르게 말들을 내뱉은 련은 어느새 바짝 다가온 왕녀사부를 한 번, 얼떨떨한 표정을 짓고 있는 명운을 한 번 바라보고는 지금껏 걸어온 방향으로 내달리기 시작했다. 달려가는 방향을 타고 휘날리는 물빛 옷감이 마치 진짜 물결인 양 눈앞에서 너울거려, 명운은 제가 꿈이라도 꾸는 것인가 생각했다.

날 좋은,

"마마!"

"기회가 닿는다면 다음에 만나지요, 천랑국의 세자저하!"

슬슬 새싹이 움트기 시작하는, 아직은 조금 추운 초봄.

물의 자손과 하늘의 자손이 처음 만난 날이었다.

〈完〉